BHARTI KIRCHNER

Der Duft von süßen Mandeln

Buch

Mit viel Liebe und Begeisterung führt die junge Sunya Malhotra ihre eigene kleine Bäckerei in Seattle. Die Arbeit mit dem Teig, den Aromastoffen und exotischen Zutaten hat für sie etwas beinahe Magisches an sich – es ist ihr ganz spezieller Weg zum Glück. Jeden Tag genießt Sunya, deren Eltern aus Indien eingewandert sind, den Duft des backenden Brotes oder verwandelt mit viel Fantasie ihre berühmten Kuchen und Torten in kleine Kunstwerke. Plötzlich aber bricht ihr Leben entzwei: Eine Bäckereikette eröffnet eine Filiale in ihrer Straße, und das Geschäft ist plötzlich in Gefahr. Sunyas schicker japanischer Freund eröffnet ihr, dass er sie für eine andere Frau verlassen wird. Und ihre Mutter verlobt sich mit einem Mann, den Sunya nicht ausstehen kann.

Mit einem Schlag ist die Magie der Düfte und Farben dahin: Mit der Freude am Leben verliert Sunya auch ihre Lust am Backen. Selbst die beginnende Beziehung mit Andrew, einem jungen Dokumentarfilmer, kann sie nicht trösten, bis ihr einer ihrer Angestellten einen ungewöhnlichen Tipp gibt. Er empfiehlt ihr, bei einem japanischen Meisterbäcker in die Lehre zu gehen. Eher zögernd, aber doch neugierig, reist Sunya zu Meister Matsumoto nach Japan. Es wird für sie eine berauschende Odyssee in eine fremde Welt, an deren Ende nichts mehr ist, wie es einmal war …

Autorin

Bharti Kirchner, in Indien geboren, arbeitete lange in den USA in der Computerbranche. Inzwischen ist sie Journalistin bei der Seattle Times und eine vielfach ausgezeichnete Kochbuchautorin. Bharti Kirchner lebt mit ihrem Mann in Seattle, Washington.

Von Bharti Kirchner außerdem erschienen

Die Gärten von Darjeeling. Roman (35898)

Bharti Kirchner

Der Duft von süßen Mandeln

Roman

Aus dem Englischen
von Antje Althans

BLANVALET

Die Originalausgabe erschien unter dem Titel
»Pastries«
bei St. Martin's Press, New York.

Umwelthinweis:
Alle bedruckten Materialien dieses Taschenbuches
sind chlorfrei und umweltschonend.

Blanvalet Taschenbücher erscheinen im
Goldmann Verlag, einem Unternehmen der
Verlagsgruppe Random House

1. Auflage
Deutsche Erstveröffentlichung September 2004

Dieses Werk wurde vermittelt durch die Literarische Agentur
Thomas Schlück GmbH, 30827 Garbsen.
Umschlaggestaltung: Design Team München
Umschlagfoto: Zefa/Wood
Satz: Uhl + Massopust, Aalen
Druck: GGP Media, Pößneck
Verlagsnummer: 35976
Redaktion: Alexander Groß
UH · Herstellung: Katharina Storz/HN
Made in Germany
ISBN 3-442-35976-7
www.blanvalet-verlag.de

Für die ganze Clique:

Tom, Kachi, Didi, Satyada, Rinku,
Tinni, Nivdeditamami, Dollymasi und
Apumami mit ihrer Familie

Lang dacht ich, dass Wissen allein mir genüge.

WALT WHITMAN

Im tiefen Winter lernte ich endlich,
dass in mir unbesiegbarer Sommer war.

ALBERT CAMUS

1

Ich, Sunya Malhotra, bin eine Frau, die lebt, um zu backen.

Heute Morgen um fünf, als die Spatzen gerade zu zwitschern beginnen, springe ich aus dem Bett und fahre bald darauf verschlafen mit dem Auto die zehn Blocks zu meiner Bäckerei.

In der luftigen Küche gehe ich geradewegs zur Theke, streiche sanft über die Marmorplatte und erfreue mich an ihrer sauberen und kühlen Oberfläche. Schon bald siebe ich mit rhythmischen Bewegungen Mehl in eine Rührschüssel und muss dabei einfach ab und zu den Finger in das sinnlich weiche Pulver stecken. Ein Blick auf die Wanduhr sagt mir, dass ich langsam einen Zahn zulegen muss. Eidotter gleiten in eine Schüssel, Eiweiße in eine andere. Der Dotter schimmert wie ein See aus eingefangenem Sonnenlicht; das Eiweiß ruht: eine klare Masse, die das Mosaikmuster auf dem Boden der Kupferschüssel vergrößert. Zum Schluss lege ich die Stückchen erstklassiger Schokolade in ein Wasserbad, wo sie zu einer bittersüß duftenden, dunklen Flüssigkeit verschmelzen. Eiweißschlagen ist schon seit langem ein Ritual für mich, und der Schneebesen in meiner Hand bewegt sich flink und gekonnt.

Im Hintergrund spielt das Radio ein Barockstück.

Ich muss an Roger denken, die Liebe meines Lebens, die ich erst vor kurzem verloren habe; er liebte diese Melodie.

Diese einsamen Morgenstunden sind immer noch das Schlimmste für mich, aber ich bin mit Leidenschaft bei der Arbeit. Ich backe meine Spezialität: Sunya Cake. In nur wenigen Stunden wird mich ein Gastronomie-Kritiker von der Zeitung zu diesem Verkaufsknüller interviewen; allein der Gedanke daran macht mich nervös.

Ich bin die alleinige Inhaberin des Pastries-Cafés, einer modernen Bäckerei in Seattle mit Platz für zwanzig Personen. In letzter Zeit hat mein Sunya Cake dank sagenhafter Kritiken und Mundpropaganda ziemliches Aufsehen erregt. Dieser Erfolg ist umso überraschender, da das Café sehr versteckt im ruhigen Wohnviertel Wallingford liegt, fünf Meilen entfernt vom glanzvollen Stadtzentrum mit seinen Boutiquen, Nachtclubs, Museen und Restaurants.

Die unterschiedlichsten Bewohner Seattles strömen in mein Geschäft, um ein Stück Sunya Cake zu probieren, und kommen wegen anderer Leckereien wieder. Eine gewichtsbewusste Verkäuferin sagt, dass sie den ganzen Morgen an einem einzigen Kreuzkümmel-Karotten-Muffin knabbert, während ein Student, der nach den gleichen Muffins »süchtig« ist, bei jedem Einkauf mehrere davon in seinen Rucksack packt. Meine Lieblingsstadträtin kommt regelmäßig vorbei und verschlingt zwei Stück Kuchen – ihre Entschädigung dafür, dass sie Tag für Tag den Bürgermeister ertragen muss, wie sie sagt. Und der Bürgermeister hat gerade drei Sunya Cakes bestellt, um damit eine Handelsdelegation aus Singapur zu bewirten. Doch trotz der großen Nachfrage nach Sunya Cake ist es schwierig, sich in einer Branche zu halten, in der sich die durchschnittliche Gewinnspanne im niedrigen einstelligen Bereich einpendelt.

Etwa vor einem Monat fragte mich eine langjährige Kundin, die matronenhafte Mrs. Cohen: »Was für ein Name ist Sunya?«

»Er ist indisch.« Mehr verriet ich nicht, obwohl ich sehr wohl merkte, dass sie brennend gern mehr darüber wissen wollte.

Mrs. Cohen rückte umständlich ihre Brille zurecht und bohrte subtil weiter: »Indisch? Wie interessant. Ich wollte schon immer mal die Gärten von Delhi sehen.«

»Ich war selbst auch noch nie in Indien.«

Mrs. Cohen begab sich zurück an ihren Tisch, doch ihr Lavendelparfüm hing noch in der Luft, während ich weiter das Gebäck in der Vitrine arrangierte. Bin ich wirklich eine Inderin? Für jemanden, der in Seattle aufgewachsen ist, eine Weile mit einem Japaner zusammengelebt hat und seinen Lebensunterhalt mit französischem und amerikanischem Gebäck verdient, existiert Indien nur in den Nachrichten, in Mutters stark gewürztem Essen, in den Alfonso-Mangos, die ich im Lebensmittelgeschäft kaufe, und vielleicht noch in den Yoga-Stunden, die ich nur selten nehme.

Ich wurde in Seattle geboren – ein Jahr nachdem meine Eltern aus Indien eingewandert waren. Mein Vater, ein Buddhist, gab mir den Namen bei meiner Geburt. Zwei Tage später verschwand er und ließ meine erwerbslose Mutter sitzen, die uns von Stund an allein durchbringen musste. Mutter hatte nur wenig Erspartes, auf das sie zurückgreifen konnte. Sie hoffte noch jahrelang, dass er zurückkommen würde.

Ich habe mich immer gefragt, aus welchem Grund er den Namen Sunya aussuchte, der in Indien nicht sehr geläufig ist. Einen Teil der Antwort bekam ich an meinem siebzehnten Geburtstag, aber nur weil ich Mutter direkt darauf ansprach. Wir saßen damals bei Vollmond auf der Veranda.

»Dein Name ist eine Kurzform des buddhistischen Worts *sunyatta*«, antwortete sie schließlich, und ihre Stimme wurde mit jedem Wort leiser. »Es bedeutet ›Leere‹.«

Warum ein Name, der so freudlos klang? Traurig über die implizite Ablehnung darin forschte ich in ihrem mondbeschienenen Gesicht nach einer Antwort. Ich sah mich selbst – eine durchschnittliche Nase, hohe Wangenknochen, wehmütige dunkle Augen, die aufgrund ihrer Intensität noch dunkler erschienen als sonst, und Haare so schwarz wie der Puget-Sund bei Nacht.

Eine leichte Brise wehte aus einem offenen Nachbarfenster ein paar Takte Musik herüber. »Was meinst du mit ›leer‹?«, fragte ich Mutter. Ich konnte einfach den Mund nicht halten.

Sie antwortete nicht. Als sie aufstand und wieder ins Haus ging, fiel mir die Traurigkeit in ihren Bewegungen auf. Gab sie mir die Schuld, dass mein Vater uns verlassen hatte? Diese Möglichkeit kam mir nicht zum ersten Mal in den Sinn. Ich schluckte.

Seither habe ich in jeder Vollmondnacht über die Bedeutung meines Namens und über den Vater nachgedacht, den ich nie kennen gelernt habe. Auf dem Foto, das auf Mutters Frisiertisch stand, sah mein Vater distinguiert aus. Er hatte eine widerspenstige Locke, die über dem rechten Auge hing, und über dem linken Auge eine halbmondförmige Narbe. Seine Haut war rötlich braun.

In den Jahren mit Roger, der in Japan geboren und aufgewachsen ist, habe ich eine Vorliebe für alles Asiatische entwickelt, obwohl ich im Grunde immer noch keine Ahnung vom Buddhismus habe. Ich seufze, heute so wie damals.

Ein beißender Geruch verpestet die Luft. Ich fahre herum und muss feststellen, dass meine teure Schokolade angebrannt ist. Wie konnte ich so nachlässig sein? Jeder Konditor lernt, dass Schokolade, die auf Feuchtigkeits- und Temperaturschwankungen äußerst empfindlich reagiert, von allen Zutaten am schwierigsten zu handhaben ist. Bis zu dieser Sekunde hatte ich mir eingebildet, die Sache im Griff zu haben. Dieses Versagen finde ich entsetzlich, besonders jetzt, wo ich unter Zeitdruck stehe. Gegen halb neun müssen die vorbestellten Torten zur Abholung bereit sein. Hastig kratze ich den verbrannten Brei in den Ausguss und schalte die Abzugshaube an.

Dann werfe ich einen Blick auf die altvertrauten Reservezutaten, die in Reih und Glied auf der Theke stehen: Mehl, Eier, Zucker, Treibmittel, Schokolade, Vanille und meine Geheimzutaten. Das Mehl ist aus frisch gemahlenem weichen Winterweizen, die sinnliche venezolanische Schokolade stammt von einem berühmten Händler in Salt Lake City, und die prallen, duftenden Vanilleschoten wurden extra aus Papantla in Mexiko eingeflogen. Ich verwende nur die qualitativ hochwertigsten Rohmaterialien, um garantiert das bestmögliche Produkt herzustellen.

Ich wache über dem zweiten Schokoladengemisch und atme den buttrigen Dunst ein, bis die Flüssigkeit genau die richtige Temperatur hat und geschmeidig glänzt. Schließlich vermenge ich die trockenen Zutaten mit den feuchten, wobei ich schneller arbeite als sonst, sodass um mich herum Mehlpartikel aufsteigen. Ich verteile den Teig in mehrere Kuchenformen, schiebe sie in den Ofen und knalle die Tür zu. In dieser kurzen Verschnaufpause denke ich über die Alchemie nach, die sich im Ofen abspielt, während die hohe Temperatur einige ausgesuchte Zutaten zu einer triumphalen Kreation verschmilzt: reichhaltig, köstlich, unvergesslich und unverkennbar Sunya. Während ich die Arbeitsfläche sauber wische, versichere ich mir, dass der Tag gerettet ist.

Ein unausgewogener Schokoladenduft zieht aus dem Ofen. O nein. Ich habe den Vanilleextrakt vergessen. Es sind die feinen Details – ein Hauch Grand Marnier, ein raues Stück Zitronenschale, ein Schuss bitterer Espresso und, wie im heutigen Fall, eine Spur Vanille –, die meine Backkunst auszeichnen. Mein Café könnte dichtmachen, wenn ich diese Fähigkeit verlöre. Zu spät, das Missgeschick auszubügeln. Gesprächsfetzen aus dem Café lassen erkennen, dass Scott, mein Angestellter, gerade den Laden geöffnet hat.

Knapp eine Minute später steckt Scott, blass, mit rotbraunem Haar, ein ruhiger Typ, der im Konditoreigeschäft noch viel lernen muss, den Kopf durch die Tür. »Wie läuft's?«

Wir besprechen den heutigen Dienstplan. Auf dem Weg zurück zur Ladentheke sagt er: »Ich hab gerade den Müll rausgebracht. Da lungert ein Typ auf dem Parkplatz rum. Ich glaub, den hab ich schon ein paarmal gesehen.«

»Muss von der Müllabfuhr oder von der Verkehrspolizei sein«, erwidere ich geistesabwesend, weil ich immer noch mit den fehlenden Zutaten in den Kuchen beschäftigt bin, die im Ofen backen.

»Glaub ich nicht – montags kommt weder die Müllabfuhr noch die Polizei«, sagt er im Weggehen. »Sie sollten lieber vorsichtig sein.«

Scotts Auftauchen wirft eine Frage auf, die man mir schon oft gestellt hat: Warum schufte ich in der Küche, obwohl ich drei vielseitig ausgebildete Angestellte habe, die rund um die Uhr für mich arbeiten?

Die Antwort ist einfach: Ich überlasse ihnen die anderen Torten, Kuchen, Obsttörtchen und Desserts, aber nicht den Sunya Cake. Das Geheimrezept dafür liegt in meinen Genen. Ich habe es kreiert. Allein der Gedanke daran macht mich stark. Das brauche ich heute dringend.

Kurze Zeit später schaut Scott noch einmal herein, um Gastronomie-Kritiker Donald J. Smith anzumelden. Es ist ein kritischer Moment, da ich, die ich sehr an Publicity interessiert bin, Donald eigentlich herzlich willkommen heißen sollte. Er schreibt für die angesehenste Tageszeitung der Stadt, die *Seattle Daily News*. Vor zwei Jahren hat Donald mich in seiner wöchentlichen Kolumne »Dinieren mit Donald« lobend erwähnt. Obwohl er mir nur einen kurzen Absatz widmete, war es ein wichtiges Ereignis, von dem die Kunden noch monatelang sprachen. Der Ausschnitt hängt am Kühlschrank; er hat inzwischen einen vergilbten Vanille-Farbton angenommen, aber die Schrift ist noch dunkel und lesbar. Donald schrieb:

> Sunya Cake ist schmackhaft, schön, hypnotisierend und lyrisch. Das ist eine Leistung, an die höchstens meine Mutter herankommen könnte. Doch meine Mutter ist nicht im Besitz des Geheimrezepts. Das kennt nur Sunya Malhotra – und sie verrät es nicht.

Seitdem hat Donald ungeheure Anstrengungen unternommen, an das »Geheimrezept« heranzukommen, was ihm seiner Meinung nach bei den Lesern Ansehen verschaffen würde. Bei seinem letzten Besuch ließ ich ihn so viel von dem Kuchen kosten, wie er verdrücken konnte (was reichlich war), und erlaubte seinem Fotografen, nach Herzenslust zu knipsen (an die dreißig Aufnahmen), verweigerte ihm jedoch das Rezept. Aber Donald ist hartnäckig, und deshalb finde ich jedes Treffen mit ihm ungemein aufreibend.

Jetzt kommt Donald in die Küche gewatschelt. Er hat

seine 108 Kilo in ein kariertes Sakko und eine dunkle Hose gezwängt; sein Haar hat die Farbe von Weizentoast. Wie immer hat er sich einen Schal um den Hals geschlungen. Mit seinen sechzig Jahren hat er bereits eine lange Karriere bei der *News* hinter sich. Er ist mit Rindfleisch, Kartoffeln und tiefgekühltem Apfelkuchen aufgewachsen und hat eine eindeutige Vorliebe für das hiesige Großkapital. Kurz gesagt, er repräsentiert das alte Seattle. Viele Leser halten seinen Rückzug aus dem Berufsleben für lange überfällig, und sein Geschmack stimmt nicht mehr mit der neuesten Vorliebe der Seattler für internationale Einflüsse überein, aber er ist stur und weigert sich, seinen Platz zu räumen.

Donalds Blick schweift durch die Küche, während er genüsslich schnuppert. »Muss himmlisch sein, hier zu arbeiten.«

»Ja.« Ich reiße mich zusammen, lächle gezwungen und ziehe zwei Stühle heran. Donald nimmt Platz und mustert kritisch die Küchentheke, die mit einem 20-Kilo-Sack Mehl, einer 12-Kilo-Packung Pekannüsse, einer riesigen Küchenmaschine, einem hitzebeständigen Teigspatel und einem Nudelholz aus massivem Buchenholz übersät ist.

»Das gehört alles zum Arsenal eines Bäckers«, sage ich, als ich ihm einen Becher Kaffee und ein Stück Kirsch-Mandel-Scone serviere. Eigentlich hatte ich ihm Sunya Cake anbieten wollen und hoffe, dass es ihm nicht auffällt.

»Genau die richtige Metapher, Sunya.« Donalds Stimme wird mit jedem Wort lauter. »Ich habe nämlich vor, über den bevorstehenden Bäckereien-Krieg zu schreiben.«

»Bäckereien-Krieg?«

Er weicht meinem Blick aus, aber ich sehe ein süffisantes Lächeln um seine Lippen spielen. »Cakes Plus eröffnet nur vier Blocks entfernt eine neue Filiale«, sagt er. »An der Ecke

Meridian und Fifty-sixth, wo früher der M and R Produce Market war. Sie wird mehr als doppelt so groß sein wie Ihre Bäckerei. Die neue Unternehmensleitung ist sehr aggressiv, wie Sie sicher wissen.«

Mit den Händen im Schoß sitze ich regungslos da. Das ist das erste Mal, dass ich davon höre. Mein Café, auch wenn es kaum Gewinn abwirft, hat sich zu einem gemütlichen Treffpunkt entwickelt, zu einer Art zweitem Zuhause für die Kunden. Sie würden doch kaum ihre zweite Heimat aufgeben und zu irgendeinem Lizenzunternehmer überlaufen, oder?

»Ich glaube nicht, dass wir dieselbe Kundschaft bedienen.« Ich spiele mit meinem Kaffeebecher und täusche Sorglosigkeit vor. »Die Leute kommen wegen der hochwertigen Ware und der Atmosphäre, und weil unser Laden klein und gemütlich ist. Das gefällt ihnen, Donald.«

»Ihres wäre nicht das erste kleine Geschäft, das Cake Plus platt walzt.« Er reißt den Scone auseinander und untersucht sein fruchtgesprenkeltes Inneres. »Ganz im Vertrauen – die neuen Scones dort schmecken sehr ähnlich. Mandelteig gespickt mit süßen getrockneten Kirschstückchen. Die sind doch nicht irgendwie an Ihr Rezept gekommen?«

Ich lehne mich auf meinem Stuhl zurück. »Das ist höchst unwahrscheinlich.«

Er verputzt seinen Scone bis auf ein winziges Stück, das seinen gierigen Fingern entgeht. Nach mehreren Versuchen erwischt er es schließlich. »Ihres ist besser, wenn ich das so sagen darf. Aber dort machen sie wirklich tolle Hot Cross Buns. Die sind wieder im Kommen, wussten Sie das?«

»Noch einen Scone?«

Er schüttelt den Kopf und wirft noch einen wehmütigen Blick auf den Teller. »Die Nutznießer des Bäckereien-Krieges werden die sein, die gern Süßes essen, Sunya. Entschuldigen Sie das Wortspiel, aber die Crème de la Crème wird sich durchsetzen.«

Inzwischen höre ich nur noch mit halbem Ohr hin, während ich versuche, die Auswirkungen dieser unangenehmen Neuigkeit einzuschätzen. Wie soll ich, Inhaberin eines kleinen Geschäfts, mit einer lang etablierten Bäckerei konkurrieren, die von der herausragendsten Brotfirma der Region finanziert wird, die genug Geld hat, um ganzseitige Anzeigen in der *News* zu schalten? Da wird Donald höchstwahrscheinlich nicht auf meiner Seite sein.

»Und was duftet da so wunderbar im Ofen?«

»Sunya Cake. Er ist noch nicht fertig.«

»Und das Rezept ...«

»Ist immer noch ein Geheimnis ...«

»Ich wäre bereit, dem Rezept eine halbe Seite zu widmen. Denken Sie nur, wie viele neue Kunden Ihnen das bringen würde.«

»Tut mir Leid, Donald. Verschwiegenheit ist immer noch das verführerischste Gewürz.«

Es ist erst kurz nach neun, als Donald endlich geht und mich noch verunsicherter zurücklässt, als ich es vorher schon war. Espresso-Autos und Drive-in-Cafés machen mir sowieso schon genug zu schaffen. Und jetzt noch ein neuer Konkurrent? In diesem Moment kommen die Sunya-Kuchen aus dem Ofen: Sie sind wabbeliger als normal. Meine Laune verschlechtert sich noch mehr; ich bin an Vollkommenheit gewöhnt und an das Lob, das ein perfekt hergestelltes Produkt mit sich bringt. Ich glasiere die Kuchen. Während ich noch von einem Stück Blockschokolade Kringel hobele, mit denen ich sie garnieren will, kommt Scott hereingestürzt, um die Kuchen in den Laden zu karren.

»Wir haben unseren Achtuhrdreißig-Termin nicht eingehalten«, sagt er.

Ich wende mich ab. Wie konnte das passieren? Das ist das erste Mal.

»Übrigens möchte Mrs. Hawthorn gern, dass Sie ihren Kuchen signieren, wenn es nicht zu viel Mühe macht. Er ist für ihre kleine Enkelin, die einfach alles aus unserem Laden toll findet.«

Trotz des Kompliments gerate ich derart in Panik, dass ich ein paar Minuten brauche, um das nötige Werkzeug zusammenzusuchen: einen Spritzbeutel, aus dem Schlagsahne quillt, und eine sternförmige Tülle. Bald darauf signiere ich schwungvoll den Kuchen.

Minuten später mache ich Inventur (stelle den ältesten Mehleimer von hinten nach vorn), als ich plötzlich an der Hintertür ein eindringliches Klopfen höre. Ich drehe mich um. Dort steht Roger, steif, gut angezogen im adretten, blau gestreiften Hemd und einer Hose mit Hahnentrittmuster, mit einem Pappkarton unter dem Arm. Ich wische mir die Hände an meiner Latzschürze ab – sogar jetzt noch bin ich von Roger Yahura beeindruckt – und bitte ihn herein. Wir sehen uns lange an. Ich registriere das ernste Gesicht, das entschlossene Kinn, das wie immer ordentlich gebügelte Hemd und die muskulösen Arme, die mich einst sicher in einer festen Umarmung hielten. Ein Hoffnungsschimmer flackert in mir auf, wie schon allzu oft in den vergangenen vier Wochen.

»Hoffentlich komme ich nicht ungelegen.«

»Nein, nein. Komm rein.«

Er zögert einen Moment, tritt näher und überreicht mir den Karton. »Ich hab ein paar von deinen Sachen gefunden…«, sagt er mit freudloser Stimme.

Ich öffne den Karton: alte, schlaffe Socken, abgetragene T-Shirts, eine kaputte Armbanduhr und *Surfing: A Book of Morning Poems*, ein dünner Gedichtband, den er mir zu meinem letzten Geburtstag geschenkt hat. Ich blicke hoch und spüre ein plötzliches Verlangen in mir aufsteigen: nach den Lippen, an denen ich früher geknabbert habe, nach den Haaren, die meine Finger so sanft zwirbelten, nach den Schläfen, die ich massierte, wenn er überlastet war. Mit Massage konnte ich sein Herz jederzeit erobern. *Ach, Roger...* Ich fühle es, aber ich spreche es nicht aus.

Er streichelt mir mit dem Handrücken über die Wange, wie er es in der Vergangenheit so oft getan hat. Die kurze Berührung wirft mich aus der Bahn, bis ich den Ausdruck in seinen Augen sehe.

»Ich ziehe in eine größere Wohnung«, sagt er. »Ich wollte es dir sagen, bevor du es von jemand anderem erfährst... Ich ziehe mit Kimiko zusammen.«

Bei dieser unerwarteten Neuigkeit steht die Welt still. Ich verenge die Augen und erinnere mich an mein erstes Treffen mit Kimiko Iwata, das vor einem Jahr auf der jährlichen Fuchsien-Schau im Seattle-Center stattfand. Sie – ein dünnes Geschöpf, nicht übermäßig hübsch, aber mit tofuweicher Haut – hatte sich eine seidige Haarlocke aus dem Gesicht gestrichen und mich mit intensiven Obsidian-Augen betrachtet.

»Fuchsien«, sagte sie, »erinnern mich an Tränen in raffinierten Röcken.«

Das amüsierte mich. Wir unterhielten uns eine Zeit lang und tranken grünen Tee in einem nahe gelegenen Gartencafé. In den nächsten Monaten tauschten wir uns ab und zu über unser gemeinsames Interesse aus. Deshalb erschien es mir letzten Sommer, als die beiden riesigen Fuchsienbüsche vor meinem Haus mit ihren prächtigen rot-violetten Röckchen üppig blühten, auch nur selbstverständlich, sie zu einer Party bei uns einzuladen. Ich war enttäuscht, als sie die Fuchsien nur flüchtig musterte, sich Roger zuwandte und sich den ganzen Abend in einer dunklen Wohnzimmerecke intensiv mit ihm unterhielt. Wenn ich einen Blick auf ihn erhaschte, kam es mir vor, als sei er vom Sommerblitz getroffen worden. Doch ich wollte es nicht wahrhaben und dachte mir nichts dabei. Schließlich hatte Roger in Seattle selten die Gelegenheit, japanisch zu sprechen oder das Neueste aus Tokio zu erfahren. Während sie sich in ihrer Muttersprache unterhielten, kamen sie mir frei und glücklich vor und schienen sofort miteinander vertraut zu sein.

Wie dumm von mir, ihnen zu vertrauen.

»Wie konntest du nur?«, frage ich Roger, obwohl ich mir nicht sicher bin, ob ich die Antwort hören will.

»Das solltest du selbst wissen«, erwidert er. »Du hast zu viel gearbeitet. Du hattest nur diese Bäckerei im Kopf.«

»Ich hatte keine große Wahl. Ich stecke bis zum Hals in Schulden. Die Bäckerei kann jeden Tag Pleite gehen.«

»Was hast du denn schon von all der Arbeit, von deiner Besessenheit, wenn du nicht mal die Rechnungen bezahlen kannst?«

»Und was hast du von deinen ganzen Treffen und Demonstrationen?«, schnauze ich. »Hast du etwa die Welt gerettet?«

Er ignoriert den Seitenhieb, aber wenigstens haben wir wieder ein gemeinsames Thema. Die Leidenschaft in unserer Beziehung ließ etwa vor einem Jahr nach, als Roger, von seiner Arbeit als Modeverkäufer gelangweilt, der People's Trade Campaign, einem Zusammenschluss aus Verbraucher- und Umweltschutzgruppen, beitrat. Ich erinnere mich noch, was in ihrer Broschüre stand, jedenfalls an die Kernaussage: Internationale Unternehmen – »Welteliten«, »Parasiten« oder »Mafia-Familien« – rissen die Weltmacht an sich.

Diesen Herbst planten die politischen Aktivisten eine Demonstration gegen die Dritte Welthandelskonferenz, auch bekannt als die Seattler Ministerkonferenz, die angesetzt war, um eine neue Runde weltweiter Handelsgespräche einzuleiten. Von heute auf morgen verlor der kunstsinnige Roger seinen japanischen Akzent und seine Hemmungen und hielt in Kirchenkellern und bei Nachbarschaftsrats-Treffen leidenschaftliche Reden. Mit dem Feuereifer, den Neubekehrte oft an den Tag legen, prangerte er die Übel der Globalisierung an, die angeblich für die Ausbeutung der Entwicklungsländer verantwortlich war, die Umwelt gefährdete und die Regelungen zum Verbraucher- und Arbeiterschutz unterhöhlte.

In meinen Ohren klang das alles wie das übliche radikale Geschwätz. Zu allem Übel kam Roger abends erst spät nach Hause, und wenn ich mich beklagte, stellte er Gegenfragen wie: »Machst du dir je Gedanken darüber, dass Bauern in den weniger entwickelten Ländern gezwungen sind, ihr Korn von multinationalen Unternehmen zu kaufen, weil ihnen nicht erlaubt ist, es selbst zu lagern?« Die Sache, die vielleicht eine Nummer zu groß für ihn war, saugte seine Zeit, Energie und Libido auf. Wenn wir zusammen waren, wirkte er abwesend, was ich nicht verstand. Obwohl sein Lieblingsspruch zu dem Thema »Konzentration auf das menschliche Gesicht« lautete, konzentrierte er sich kaum auf meins. Wir stritten und versöhnten uns und stritten dann erneut. Während er sich um die Sache sorgte, sorgte ich mich um seine Sicherheit. Diese Demonstrationen konnten außer Kontrolle geraten.

»Kritisierst du wieder mein soziales Engagement?«, durchbricht Rogers Stimme meine Gedanken.

Ein dumpfes Geräusch an der Haustür deutet darauf hin, dass die Zeitung ausgeliefert wird, und für einen kurzen Moment verstummen wir beide. Keiner von uns will nachgeben. Er bedeutet mir immer noch viel, auch wenn meine Stimme scharf klingt. »Pass bloß auf, dass sie dir nicht den Schädel einschlagen.«

Er zieht die dünnen Augenbrauen zusammen und wendet sich zum Gehen, und das tut weh. Er hätte nicht zurückkommen und mich daran erinnern müssen, wie es einmal zwischen uns war. Ich schiebe den Karton unter die Werkbank und sage: »Das ist alter Plunder. Die Fahrt hierher hättest du dir sparen können.«

»Scheint so.«

Die Worte, kalt und spröde, schneiden durch die Luft, als er aus der Tür hinaus ins Halbdunkel schlüpft. Ich höre rasche Schritte, dann den Motor eines Wagens, der aus der Auffahrt fährt. Die Stille und der leere Türrahmen vermitteln eine trostlose Endgültigkeit. Wie ein Mann geht, verrät viel über ihn.

Benommen lehne ich mich an die Küchentheke. Im Geiste gehe ich noch einmal die Geschichte unserer Beziehung durch – bis zurück zu meiner Lehrzeit in Paris vor fünf Jahren, als Roger mich ermutigte, meine Träume zu verwirklichen. Später, als ich versuchte, von Seattler Banken ein Start-up-Darlehen zu erhalten, und man mir ausnahmslos die Tür wies, tröstete er mich. »Lass dich nicht unterkriegen, mein Apriköschen. Das macht dich nur noch stärker …« (Als Kind in Japan waren Aprikosen für ihn die kostbarsten Früchte.)

Dann ging ich zurück in die Küche, um neue Rezepte zu

kreieren. Er schrieb Ratschläge, Kommentare, Erkenntnisse und verliebten Unsinn auf die Rückseiten meiner Rezeptkarten. Nachdem er meine Kirsch-Pflaumen-Törtchen probiert hatte, kritzelte er verzückt: »Nur Sunyas Küsse sind verlockender.« Als ich schließlich aus dem Nichts diese Bäckerei aufbaute, spielte er dabei eine wesentliche Rolle. Er kam jeden Morgen hierher. Er wusste, wo ich die Hefewürfel aufbewahrte, wie viel Pfund Zucker ich jeden Monat bestellte und nach welchen Eigenschaften ich einen Stellenbewerber aussuchte. Nach unserem Bruch fühle ich mich, als sei mein Fluss an seiner Quelle abgeschnitten.

Und das zu dem Zeitpunkt, an dem ich mit der Aussicht auf einen Bäckereien-Krieg konfrontiert werde.

2

Um sechs Uhr morgens kriecht das graue Morgenlicht durch mein Schlafzimmerfenster. Als ich das muntere Lied der Kohlmeisen höre, werfe ich die warme Wolldecke beiseite und stehe auf. Während ich dusche, drehen sich meine Gedanken immer noch um die gestrige Nachricht, dass Cakes Plus in die Nachbarschaft zieht. Ich schlurfe zum Wandschrank und nehme mir ein gut gebügeltes Baumwollkleid mit V-Ausschnitt heraus. Es ist blau und mit schwarzen geometrischen Figuren bedruckt – ein Schnäppchen von Nordstrom. Modisch ist es nicht; aber egal, dieses relativ lange Kleid und meine vernünftigen flachen Kalbslederschuhe werden mich bequem durch den Tag bringen, und Flecken sind darauf auch nicht zu sehen. Außerdem wird es meine Sexualität verhüllen, wie Mutter es mir beigebracht hat. Ich fasse mein schulterlanges schwarzes Haar mit einer goldenen Haarspange zusammen und werfe einen letzten Blick auf meine schlanke, gepflegte Gestalt. Man sagt mir, dass ich nett aussehe. Wie immer verschwende ich keine Zeit mit Make-up (ich trage nicht einmal Mascara) oder Kaffeekochen. Aber heute ist Dienstag, und ich muss den Recycling-Eimer rausstellen, bevor ich zur Arbeit fahre. Ich bin sehr gewissenhaft, was Recycling betrifft.

Ich rolle das riesige Ungetüm auf den Bürgersteig, und als ich mich bücke, um die Morgenzeitung aufzuheben, sehe ich einen Mann, der lässig am Laternenpfahl auf der anderen Straßenseite lehnt. Er – mittelgroß, Anfang dreißig, mit blonden Haaren, die einem windgepeitschten Weizenfeld ähneln – trägt eine dunkelbraune Ziegenlederjacke. Sein Gesicht ist meinem Haus zugewandt; seine Augen sind hinter einer violetten Sonnenbrille verborgen.

Eine Sonnenbrille so früh am Morgen?

Als ich die Zeitung aus ihrer Plastikhülle ziehe, fällt mir auf, dass jemand eine weiße Visitenkarte unter das Gummiband gesteckt hat. Zu meinem Erstaunen ist sie mit eleganten schwarzen japanischen Schriftzeichen bedruckt. Sofort kommt mir Roger in den Sinn.

Die Rückseite der Karte ist mit der Hand beschrieben, ebenfalls auf Japanisch. Ich erkenne den bogenartigen Stil der Hiragana-Schrift wieder, obwohl ich ihre Schönheit unter diesen Umständen nicht gebührend würdigen kann. Ich stecke die Karte erst einmal in meine Handtasche. Roger kann sie für mich übersetzen.

Dann fällt es mir ein: Es gibt keinen Roger mehr in meinem Leben.

Als ich in einen Steppmantel gehüllt wieder herauskomme, die Autoschlüssel in der Hand und bereit, mich allem und jedem zu stellen, ist der Mann verschwunden. Aus alter Gewohnheit nehme ich mir einen Augenblick Zeit, mich umzusehen, und fühle mich eins mit der stillen Landschaft, die ich jeden Morgen erlebe: die violetten Berberishecken, die mein Grundstück begrenzen, die Roteiche, die fest und unerschütterlich auf der anderen Straßenseite steht, die schrägen Dächer eines zweistöckigen Stuckhauses, die einen halben Block entfernt aus der noch verbliebenen Dunkelheit hervorlugen. Für eine Stadtbewohnerin wie mich ist das die Natur.

Mrs. Petrocelli, eine Frühaufsteherin, die drei Häuser weiter wohnt, nähert sich mit ihrem Pudel. Sie, unser »Blockwart«-Captain, gehört zu den Nachbarn, zu denen ich Kontakt halte. Die ehemalige Wetterfrau bei einem Kleinstadt-Fernsehsender ist Witwe und leidet am »Leeres-Nest-Syndrom«; sie ist Mitte siebzig und lebt allein. An verregneten Wochenenden, wenn sie sich nicht gern hinauswagt, bringe ich ihr ein Plundergebäck oder ein Stück Heidelbeerkuchen mit, und wir veranstalten einen Kaffeeklatsch. »Jede Frau hat ein Recht auf Süßes«, witzelt sie. Sie mag Farben, die »den Morgen gebären«, was heute an einer zinnoberroten Windjacke zu erkennen ist, und »schweren« Schmuck, der heute aus zwei handschellenartigen Silberarmbändern besteht. Wenn ich ihr morgens begegne, versäumt sie es nie, mich mit dem Wetterbericht zu beglücken. Sie zwitschert dann: »Regen, kein Rainier.« Oder: »Der Berg ist draußen.« Oder: »Eins! Vier! Sieben!« Mit ihrer melodischen Stimme vorgetragen hören sich die Tagestemperaturen an wie die Lottozahlen.

Während ich stehen bleibe, um sie zu begrüßen, ist ihr Hund damit beschäftigt, auf dem Parkstreifen an einer Löwenzahnknospe zu schnuppern, und ausnahmsweise einmal wirft sie mir keine Celsiusgrade an den Kopf. Stattdessen fragt sie: »Haben Sie den blonden Mann gesehen?«

»Ja. Er lehnte am Laternenpfahl da drüben. Ist er ein neuer Nachbar?«

»Nein, glaube ich jedenfalls nicht. Ich habe gesehen, wie er etwas vor Ihrer Tür ablegte. So wie er sich umsah, schien er furchtbar an Ihrem Haus interessiert.« Dies verkündet sie mit einer Gewissheit, die auf mich wirkt wie eine deutliche Warnung, das Letzte, was ich gebrauchen kann. Konnte der Blonde derselbe Mann sein, von dem Scott gestern gesprochen hatte? Hier in der Gegend lungern die Leute nicht so früh am Morgen auf dem Bürgersteig herum. Er muss auch die japanische Visitenkarte vor meiner Tür abgelegt haben. Mein Magen rebelliert ein wenig.

»Ist wahrscheinlich harmlos.« Ich wende mich der Garage zu.

»Er ist süß. Informieren Sie mich, wenn Sie ihn noch einmal sehen. Komm, Timbuktu.« Mrs. Petrocelli zerrt an der Leine, und der Hund, der ein rotes Nylonhalsband trägt, folgt ihr. Ich mag Timbuktu, auch wenn ich im Allgemeinen für Hunde nicht viel übrig habe.

Wieder denke ich über Cakes Plus nach. Wie kann ich, aufgezogen von einer allein erziehenden Mutter, die sich ständig Sorgen macht, solche Warnungen auf die leichte Schulter nehmen? Während ich unter dem hoffnungsvoll dämmernden Himmel durch die kirschbaumgesäumten Straßen fahre, kommen mir Ideen, Ansätze einer Lösung. Ich könnte einen Catering-Service anbieten, jeden Monat ein neues Gebäckstück einführen, Hochzeitstorten auf Wunsch liefern und in ausgewählten Zeitschriften werben. Ein anderer Teil meines Gehirns hält dagegen: Woher soll ich das Geld für die Mehrausgaben nehmen? Und wie die zusätzlich nötige Zeit und Lauferei einplanen, die für eine Werbekampagne unerlässlich sind?

Und was unternehme ich wegen des Herumtreibers?

Nun, das ist ganz einfach. Ich spreche mit Detective Colby, der regelmäßig im Café frühstückt.

Minuten später betrete ich die Bäckerei-Küche, wo ich vom rhythmischen Hämmern von Metall, das auf Holz schlägt, begrüßt werde. Ich rieche die Zutaten, noch bevor ich sie sehe. Heute ist Karamell-Apfelkuchen-Tag. Pierre, mein bester Bäcker, schneidet wie erwartet glänzend grüne Granny-Smith-Äpfel in halbmondförmige Stücke. Das Messer kerbt Rillen in das Schneidebrett. Irgendetwas stimmt nicht.

Pierre mag es nicht, wenn man ihn bei der Arbeit stört, deshalb bleibe ich unauffällig im Türrahmen stehen. Im weißen Kochkittel und mit einer Drahtbrille, durch die er konzentriert nach unten blickt, wirkt der Zweiunddreißigjährige eher wie ein Arzt als wie ein Bäcker. Als ich ihm das einmal sagte, antwortete er, er hätte in Frankreich einmal ein Medizinstudium angefangen, es aber nicht über das zweite Jahr hinaus geschafft. Das überraschte mich nicht, da Pierre eher Künstler ist als Wissenschaftler. Er reduziert instinktiv den Zucker, wenn das Obst überreif ist, lässt intuitiv den Eigelb-Überzug auf dem Teigdeckel weg oder öffnet die Ofentür, bevor der Timer piept, weil seine Nase ihm sagt, dass der Kuchen fertig ist.

Der einzige Streitpunkt mit Pierre sind seine Arbeitszeiten. Abgemacht waren vier 8-Stunden-Tage pro Woche, und in den ersten beiden Jahren lief auch alles problemlos. Doch seit letztem Monat ist er in die Gewohnheit verfallen, von Dienstag bis Donnerstag drei 10-Stunden-Tage zu arbeiten, und das ist nicht das Gleiche – ich brauche ihn hier vier volle Tage. Heute Morgen werde ich darauf bestehen.

Das heutige Rezept, mit der Hand auf eine goldumrandete Karteikarte geschrieben und signiert (wie ich es immer tue), ist mit Klebestreifen am Wandschränkchen aus dunklem Kirschholz befestigt. Pierre braucht es nicht. Er schüttet intuitiv die richtige Zuckermenge in den Topf und streut schwungvoll Zimt und Kardamom aus Gläsern hinein. Seine fertigen Kunstwerke, die wir ohne Eiskrem oder Schlagsahne servieren, werden innerhalb von zwei Stunden ausverkauft sein. Sie sind nicht nur schmackhaft und hübsch, sondern wecken auch Nostalgie. Ein Stammkunde, ein 90-Kilo-Mann, der als Kranführer im Hafen arbeitet, bekam vor Rührung feuchte Augen, als er zum ersten Mal eins frisch aus dem Ofen probierte. Man weiß nie, wer sich als Gourmet entpuppt oder eine bestimmte Vorliebe hat.

Während ich den süßen, warmen Duft einatme, beobachte ich Pierre dabei, wie er zwischen Schrank und Ofen hin und her flitzt. Einen kurzen Moment lang sehe ich uns gemeinsam auf einer Tanzfläche, meine Füße in hochhackigen Pumps, meine Beine flink um seine herumwirbelnd. Doch nein, er ist schließlich mein Angestellter und hat einen Lebensgefährten. Ich verbanne den abwegigen Gedanken und schreibe ihn meiner momentanen Einsamkeit zu.

Lässig wirft Pierre eine Hand voll uneinheitlich geformter Apfelscheiben in den Kochtopf. Jetzt endlich bemerkt er mich. Mit von der Hitze hochroten Wangen ruft er *bonjour* und fügt hinzu: »Das muss mein tausendster Schwung Pies sein.«

Ich nicke unbehaglich, weil das so klingt, als würde ihn die Backerei zermürben. Pierre hat sich nicht nur als hervorragender Bäcker erwiesen, sondern auch eine unbekümmerte Atmosphäre, einen gewissen *esprit*, in meine Bäckerei gebracht. Seine Sätze sind mit *donc, c'est vrai?* oder *de toute façon* gespickt, gerade oft genug, um unserem Laden ein schickes europäisches Flair zu verleihen, ohne dabei die Gore-Tex-Parkaträger in diesem umweltpolitisch korrekten Seattler Stadtteil zu befremden. Jeden Morgen, wenn er die Tür zur Bäckerei öffnet, wird er mit herzlichen »*bonjours*« überschüttet. Einmal, als er an der Theke bediente, gab ihm eine Frau für Pfefferminztee, der nur einen lumpigen Dollar wert war, einen 100-Dollar-Schein. Jill hätte alles in Bewegung gesetzt, um Wechselgeld aufzutreiben. Pierre hingegen zog die Augenbrauen hoch, zuckte viel sagend mit den Achseln und sagte: »Aber *madame*...« Die zur Einsicht gelangte Frau durchwühlte prompt ihre Handtasche und kramte mit entschuldigendem Lächeln vier 25-Cent-Stücke hervor. Ich werde nie erfahren, ob es am Achselzucken lag, am Akzent oder einfach an Pierre.

Jetzt rührt er im Topf. Durch eine eigenwillige Bewegung mit dem Spatel fallen mehrere Apfelscheiben auf die Herdplatte. Er hebt sie auf und wirft sie ins Spülbecken. »*Merde*«, murmelt er, als er seine verbrannten Finger unter den Wasserhahn hält. Einen Augenblick später dreht er das Wasser ab und seufzt tief.

Sorge steigt in mir auf, bis mir auffällt, dass sich auf einem Teigdeckel auf der Theke winzige Tröpfchen bilden. »Glaubst du, es ist zu warm hier, Pierre?« Der Teig muss im Kühlschrank gekühlt werden, sonst blättert er beim Backen nicht, und das sollte er wissen.

Pierre verzieht das Gesicht und schaltet die Abzugshaube über dem Herd ein. Die kühle Luft und das gleichmäßige Geräusch scheinen ihn zu beruhigen. Er lässt in jedes der zehn Kuchenförmchen aus Jenaer Glas einen Teigboden gleiten, wobei sich sein Gesicht vor Konzentration anspannt. Als er damit fertig ist, blickt er auf. »In letzter Zeit habe ich mich gefragt, was ich vom Leben will.«

Solches Philosophieren verspricht nichts Gutes. Der Mensch stellt sich die großen Fragen des Lebens nicht, wenn er vor Glück überschäumt. »Was meinst du damit?«, frage ich.

»Bedeutet Erfüllung, sich noch eine antike Vase anzuschaffen? Stephan scheint das zu glauben. Neulich ist er zu einem Nachlassverkauf gegangen und hat einen teuren Kupferkessel erstanden, den er auf unseren Kaminsims stellte. Er konnte den ganzen Abend nicht den Blick davon abwenden. Zugegeben, er hat eine schöne komplizierte Gravur, und ich musste keinen Lilienstrauß kaufen, um ihn aufzumotzen, aber mir sagte er nichts. *Rien.* In meinem Leben fehlt irgendwas. Irgendetwas schreit mich ab und zu an und sagt mir, ich soll endlich meinen *derrière* hochkriegen und etwas unternehmen.«

In der Vergangenheit hat er mir anvertraut, dass er und Stephan wie die meisten Paare schon diverse Meinungsverschiedenheiten hatten: Wo lassen wir uns nieder? Wen laden wir zum Abendessen ein? Wie geben wir unsere Prämie aus? Und, ein Klassiker, wer bringt den Müll raus? Pierre, von Natur aus umgänglich, tendiert dazu, beim geringsten Anzeichen von Konflikten in Herzensdingen überzureagieren. Ich habe das schon öfter erlebt. Trotzdem ist es einfach schön, einen Partner zu haben, selbst wenn man sich mit ihm nicht einig ist. Ich wünschte, ich könnte mich noch mit Roger streiten. Auf diese Wehmut folgt die gefürchtete, schmerzhafte Frage: Werde ich je wieder einen passenden Mann finden? Um Händchen zu halten, Tisch und Bett zu teilen und gemeinsam mit ihm zu leben und zu träumen; jemanden zu haben, dessen Welt sich mit meiner überschneidet. Mutter erinnert mich daran, dass sie mit vierundzwanzig bereits verheiratet war, ein Alter, das ich schon vor fünf Jahren überschritten habe. Es ist mir nie leicht gefallen, zum anderen Geschlecht eine Beziehung zu finden. Als Einzelkind und ohne Vater aufgewachsen, finde ich Männer gelinde gesagt verwirrend. Ihre Sprache und ihr Verhaltenskodex sind mir vollkommen fremd. So selbstsicher ich in der Bäckerei auch wirke, privat bin ich zurückhaltend, und Smalltalk fällt mir nicht leicht, zumindest nicht, bis ich einen Mann gut kenne.

»Ich habe in letzter Zeit nicht gut geschlafen«, fügt Pierre hinzu.

Seine untypische Selbstanalyse veranlasst mich, meine eigene Situation weiter zu überdenken. Ich picke am Leben wie ein Vogel an einem Baumstamm, der nie ganz zu dem Saft durchstößt, der im Innern lagert. Ich kann zwar mit einzelnen Tagen umgehen, aber nicht mit dem Leben schlechthin. Ich habe zwar eine lange Liste mit Zielen und Wünschen, aber sie ergibt sich nicht aus einer groß angelegten Strategie.

»Um ehrlich zu sein, bin ich selbst beunruhigt«, vertraue ich ihm an. »Roger und ich sind jetzt seit einem Monat getrennt. Ich dachte, wir kämen vielleicht wieder zusammen, aber gestern hab ich erfahren, dass er mit seiner neuen Freundin zusammenzieht.«

Pierre, der vor Mitgefühl feuchte Augen bekommt, wirft mir einen Blick zu. »*Désolé*. Aber wenn ich das so sagen darf, er war nicht gut genug für dich. Sein Ego treibt ihn. Er redet über den Welthandel, als sei er eine üble Verschwörung. *Mir* gefällt die Idee der Globalisierung. Macht sie die

Welt nicht zu einem einzigen Markt und gibt den Entwicklungsländern dadurch eine Chance? *Mais*, zu allem Übel scheint er sich auch noch einzubilden, dass er die Seattler Ministerkonferenz verhindern kann. War er schon immer so arrogant?«

»Nein, glaub mir. Als ich ihn kennen lernte, war er faszinierend und süß. Nach Amerika zu kommen, um seinen Traum zu verwirklichen, und der Gedanke, dass es für ihn keine Grenzen gibt, haben ihn verändert. Er ist anmaßend geworden. Aber du hast Recht. Es ist Zeit loszulassen. An andere Dinge zu denken. Besonders jetzt, da Cakes Plus in die Nachbarschaft zieht ...«

»Du glaubst wirklich, dass Cakes Plus es hier schaffen kann?«, schnaubt Pierre verächtlich. »Wir haben gewissenhafte Kunden. Sie bringen sogar ihre eigenen Kaffeebecher und Stoffservietten mit, um die Umwelt zu schonen. Sie ziehen das Persönliche dem Kommerziellen vor. Ich bezweifle, dass sie unserem großen Konkurrenten viel Beachtung schenken werden.«

Pierre übersieht, dass Cakes Plus bis Mitternacht auf hat, in Zeitungsannoncen Two-for-One-Coupons anbietet, dienstags für Senioren Gratiskaffee ausschenkt und niedrigere Preise hat. »Ich fürchte, Pierre, letzten Endes könnten unsere Kunden sich doch für Cakes Plus entscheiden, weil es dort billiger ist.«

Wie ein liebevoller Vater, der die Kinder zur Schule schickt, tritt Pierre zurück und wirft einen letzten Blick auf seine Pies. Sein Gesicht ist vor Stolz rosa. »Warum vor der Konkurrenz zittern? Schlimmstenfalls kannst du diese Bäckerei verkaufen und dabei einen ordentlichen Profit rausschlagen. Du kriegst jederzeit einen anderen Job.«

»Es ist nicht so leicht für mich, diesen Laden aufzugeben,

mon ami. Es ist sogar unmöglich. Meine Mutter würde mir nie verzeihen. Du hättest ihr Gesicht sehen sollen, als ich ihr sagte, dass ich die Bäckerei ihr widme.«

Pierre stellt die Pies in den Ofen. Seine ruhigen Hände halten die Backformen, als wollte er ein Opfer darbringen. Ich erinnere mich an die Zeit, als Mutter, eine allein erziehende Frau, sich an ihren winzigen Doughnut-Laden klammerte, um unseren Unterhalt bestreiten zu können. Als ich klein war, etwa fünf oder sechs, reichte das Geld einmal nur für Milch und nicht für Teebeutel. Deshalb braute sie sich eine dünne Mischung aus Milch und heißem Wasser und nannte es »weißen Tee«. »Wenn man nicht allzu genau darüber nachdenkt«, beharrte sie, »schmeckt es wie schwacher Tee.« Sobald ich alt genug war, jobbte ich nach der Schule, um Mutter zu unterstützen. An den Wochenenden half ich ihr im Doughnut-Laden.

Jetzt schüttle ich kaum wahrnehmbar, aber entschlossen den Kopf.

Er wäscht sich die Hände mit handgemachter französischer Seife und trocknet sie an einem Leinengeschirrtuch ab, beides persönliche Extrawünsche. »*En vérité*«, sagt er, »fürchte ich sehr wohl, dass Cakes Plus uns Kunden abspenstig machen wird. Weißt du was, Sunya? Gib mir am Donnerstag frei, dann statte ich ihrem Hauptgeschäft einen Besuch ab und peile die Lage.«

»Nein, Pierre, du bist zu bekannt. Ich werde Jill hinschicken.«

Pierre strahlt. »*C'est possible*. Gestern Abend bei der Truffaut-Retrospektive drüben im Grand Illusion hat man mich auch erkannt. In der Pause kam ein Mann zu mir und fragte: ›Sind Sie nicht Pierre vom Pastries?‹« Nach einer kleinen Pause fragt er: »Kann ich Donnerstag frei haben?«

»Kannst du. Aber als Gegenleistung möchte ich, dass du nächste Woche zusätzlich zu deinen normalen drei Tagen am Montag arbeitest. Wir haben eine Riesenbestellung von der Women's Funding Alliance für ihr alljährliches Wohltätigkeits-Dinner.«

Pierre macht ein bestürztes Gesicht. »Montag kann ich nicht. Stephan und ich haben was vor. Wir haben in der letzten Zeit nicht viel Zeit miteinander verbracht, und er hat sich beklagt –«

»Oh, bitte, Pierre, es ist nicht nur für mich. Francine Cole ist eine deiner treuesten Kundinnen. Denk daran, wie sie von deiner Mohn-Zucker-Garnierung auf der Muttertagstorte geschwärmt hat! Sie hat die Torte als Hauptattraktion verwendet!«

Pierre schweigt entschlossen. Er hat eine bestimmte Art, die Lippen zusammenzupressen und den Blick zu senken, um zu zeigen, dass das Thema für ihn erledigt ist.

»Hör zu, vor ein paar Jahren konntest du nicht mal Sahne schlagen. Und jetzt kriegst du von mir die höchste Prämie und kannst dir als Erster die Ferientermine aussuchen.«

Wie anders es an dem Tag war, als er sich um die Stelle bewarb! Als ich ihm diese große Küche zeigte, in der es drei gewaltige Regale, zwei riesige Fenster und eine zentrale Insel – unsere Werkbank – gab, auf der sich ein extragroßer Ballonschneebesen, eine elektronische Waage und ein Hochleistungsmixer befanden, fiel mir die Verblüffung in seinem runden Gesicht auf. »Und wo haben Sie bisher gebacken?«, fragte ich.

Verlegen antwortete er: »Eigentlich habe ich noch nie als Bäcker gearbeitet, *madame.*«

Der Mann hatte Nerven, sich um eine Bäckerstelle zu bewerben, obwohl er null Backerfahrung hatte! Ich erinnerte ihn daran, dass aus meiner Anzeige in der *Weekly* eindeutig hervorging, dass ich »einen erfahrenen und fantasievollen Bäcker« suchte. Ich wollte keinen Bäckergehilfen.

Er zog seine dichten schwarzen Augenbrauen hoch, neigte den Kopf zur Seite und sagte herausfordernd: »Erfahrung, leider nein. Fantasie? *Mais oui.* Und Sie müssen berücksichtigen, *madame*, dass ich Franzose bin. Das Kochen liegt uns im Blut.«

Mit seiner felsenfesten Überzeugung und seinem französischen Akzent erinnerte er mich an das kulinarische Format seines Heimatlandes. Aber was für mich den Ausschlag gab, es mit ihm zu versuchen, waren seine kräftigen, geschickten Hände und seine positive Einstellung. Wie wir im Konditoreigeschäft so schön sagen: »Die Einstellung, der nötige Elan, ist schon die halbe Miete.«

Ich stellte ihn einen Monat zur Probe ein. Sein erster Versuch mit Blätterteig scheiterte (er war zäh wie Leder), sein Rührkuchen fiel in sich zusammen, und seine geschmolzene Schokolade erstarrte zu einem unbrauchbaren Klumpen. Aber er lernte durch Beobachtung und Beharrlichkeit. Bald hatte er den Dreh raus. Im Backen von amerikanischem Apfelkuchen brachte er es zur Meisterschaft. Das überraschte mich, weil dieser Kuchen in seiner Fülle und Reichhaltigkeit so ganz anders ist als seine europäische Verwandte – die flache, spärlich geschichtete rechteckige *tarte aux pommes*, die man überall in Frankreich findet.

Roger und ich lernten uns in Paris bei so einer minimalistischen *tarte* kennen, obwohl ich mich jetzt weigere, mir diesen Abend ins Gedächtnis zu rufen.

Sein Apfelkuchen ist nicht alles. Für Pierre, den Perfektionisten, müssen Nektarinen-Törtchen die rötlich gelbe Farbe haben, die von der Natur vorgesehen, aber nur selten zu finden ist. Die Pflaumenscheiben, mit denen er seinen berühmten Pound Cake garniert (gebacken in einer hohen Rührkuchenform), müssen über Nacht in Kognak eingelegt werden, um ihren vollen Geschmack zu entfalten. Selbst bei etwas Unkompliziertem wie Shortbread Cookies, die Pierre am französischen Nationalfeiertag bäckt, macht er sich große Umstände. Er fügt Reismehl zu seinem Teig hinzu, damit die Butterkekse schön krümelig und zart werden. Letzten Monat kaufte er bitteren Honig, um sein Rezept für Himbeer-Linzertorte zu verfeinern. Seine *trucs*, oder Techniken, sind ihm wichtig, und sie machen seine Kunst überragend. Im Moment möchte ich ihn jedoch aus seiner düsteren Stimmung aufrütteln. Mit einem Bäckereien-Krieg am Horizont kann ich mir keine Primadonna leisten, auch keine mit charmantem Akzent.

Ich spreche weiter. »Du musst meine Lage verstehen. Ich brauche deine Hilfe.«

»Aber Stephan…«

Plötzlich fallen mir die Opernkarten ein, die ich im Voraus gekauft und in meinem Schmuckkasten vor Roger versteckt habe. Ich wollte sie ihm zum Geburtstag schenken. Ab und zu sah ich sie mir an, freute mich und stellte mir den Abend vor: Ich würde mir den Nachmittag freinehmen, in die Stadt fahren und mir im Spa Club eine kosmetische Gesichtsbehandlung und eine Massage gönnen. Dann würde ich rechtzeitig wieder zu Hause sein, um mein rückenfreies Abendkleid anzuziehen, eine silberne Halskette anzulegen, eine Stola mit Spitzenapplikation überzuwerfen und in Stilettosandalen zu schlüpfen. Bald darauf würde ich Arm in Arm mit Roger durch das mit Teppichböden ausgelegte Opernfoyer schweben. Nach der Aufführung würden wir im schicken Flying Fish in Belltown ein spätes Abendessen zu uns nehmen. Satt und mit Herzen »so voll wie der Herbstmond« – eine japanische Redensart, die Roger oft spät am Abend gebrauchte – würden wir tanzen gehen.

Doch jetzt liegen die Karten dort so unansehnlich wie rissige Edelsteine. Ich muss sie loswerden.

»Hättest du Lust, am Mittwochabend mit Stephan in die Oper zu gehen?«, frage ich und hoffe, dass meine Stimme nicht bricht.

»Die Oper?« Pierre dreht sich sichtlich interessiert um. »Vielleicht könnte ich an diesem Montag *doch* arbeiten. Aber die Woche danach –«

»Lass uns eins nach dem andern regeln.«

»Stephan wird inzwischen aufgestanden sein.« Pierre flitzt zum Wandtelefon und reißt ruckartig den Hörer von der Gabel. Er murmelt ein paar französische Koseworte in die Sprechmuschel.

Ich wende mich ab und gestatte mir ein leises Lächeln. Eine Kuchenschicht über die andere schichten, ein winziges Ziel nach dem anderen erreichen – so meistere ich meinen Bäckereialltag.

Auf dem Weg hinaus blicke ich aus dem Küchenfenster, das nach Westen zeigt. Grauweißes Sonnenlicht lässt die Metallschindeln eines Craftsman-Bungalows funkeln. Die Straße ist verlassen, abgesehen von einem geparkten weißen Lieferwagen, auf dem in Schwarz die Worte »Rent-a-Schwiegersohn: Heimwerker frei Haus« stehen. Ich wage mich in den Steingarten hinaus, muss aber feststellen, dass die Sonnenstrahlen schwächer werden. In Seattle ist der Herbst ein launenhafter Gast.

Als ich nach Hause komme, inzwischen dämmert es schon, finde ich vor meiner Haustür einen gelben Lilienstrauß, der in zerknittertes grünes Papier gewickelt ist. Was für eine Freude! Ich hebe ihn auf und betrachte ihn von allen Seiten. Die Blüten strahlen so hell, als wären sie von innen erleuchtet. Ein paar Knospen halten sich fest geschlossen, wie die Faust eines Zauberers, die sich jeden Moment öffnen wird.

In dem Blumenarrangement steckt eine Karte, und darauf steht: »Ein Sonnenstrahl für Sunya«. Unterschrieben mit »Pierre und Stephan«.

Das ist ihre Art, mir die Trennung von Roger zu erleichtern.

Ich versuche, den Strauß nicht zu fest zu packen. Ich darf die Blütenblätter nicht zerdrücken.

3

Bei den heutigen Fernsehnachrichten läuft es mir kalt den Rücken herunter, auch wenn der kurze Beitrag nur ein oder zwei Minuten dauert. Ein Aktivist, der mich sehr an Ralph Nader erinnert, wird interviewt. Er beschuldigt die großen Landwirtschaftsunternehmen, sich die Samen für Grundnahrungsmittel patentieren lassen zu wollen, um arme Bauern in der Dritten Welt dazu zwingen zu können, sie zu überhöhten Preisen zu kaufen.

Ich schalte den Apparat ab und erinnere mich an den Abend vor einem Jahr, als ich Roger nach Hause kommen hörte. Seine Schritte auf dem Teppich klangen zögernd, fast schlurfend. Ausnahmsweise hatte ich in der Bäckerei früher Schluss gemacht. Ich saß am Küchentisch und legte die *News* weg, in der ich gerade einen Bericht über die bevorstehende Welthandelskonferenz gelesen hatte, die im November 1999 in Seattle stattfinden sollte. Draußen wurden die Abendschatten langsam länger, und als Roger mich begrüßte, nahm ich in seiner Stimme eine tiefe Müdigkeit wahr. Seine Lippen, normalerweise voll und warm, waren verkniffen und kalt, als ich sie küsste. Was war nur los? Auf meine typisch direkte Art begann ich zu bohren.

»Du siehst ein bisschen müde aus …«

»Ich bin total erledigt«, erwiderte er. »Dabei habe ich gar nicht so viel getan.«

»Bist du von deiner Arbeit gelangweilt?«

»Gelangweilt und angewidert.«

Das kam nicht überraschend. Er hatte sich schon früher über Kunden beklagt, die in den schicken kleinen Laden kamen, in dem er arbeitete. Kunden, die glaubten, ihre dicken Brieftaschen gäben ihnen das Recht, ihn herablassend zu behandeln, während sie nach etwas Neuem suchten, das die Leere in ihrem Leben ausfüllen sollte. Sie würden sich besser fühlen, wenn sie nur … Er hasste es, sie zu bedienen.

Ich, in einem abgetragenen Pullover mit Stehkragen und einer alten Hose, beides akzeptabel, aber nicht modisch, erwiderte leicht nervös: »Wozu ist Mode denn da, wenn nicht dazu, um die frivole Seite des Menschen zum Ausdruck zu bringen?«

Er ging zum Kühlschrank und blieb dort stehen. Roger war nicht klein, aber der Frigidaire ließ ihn zwergenhaft aussehen. »Mode – ich habe mich für diese Branche entschieden, weil ich dachte, sie sei mehr als nur Spaß an der Freud.« Er hatte geglaubt, dass uns die Mode im 21. Jahrhundert mit sozialen, politischen und umweltpolitischen Realitäten in Einklang bringen würde. Wie naiv er gewesen war! Mode bediente nur die Fetische der Dekadenten, füllte die Bankkonten reicher Investoren und manipulierte die breite Masse so, dass sie Billigangebote kaufte und sich auch noch einbildete, dadurch ihren gesellschaftlichen Status zu heben. »Es ist Ekel erregend«, fügte er hinzu.

Ich spürte seine enorme Frustration, die an seinem leeren Blick und den verkniffenen Lippen abzulesen war. Er hatte das Risiko auf sich genommen, in ein fremdes Land auszuwandern, nur um letzten Endes feststellen zu müssen, dass er unausgefüllt war, und nun plagten ihn Ängste, was seine Familie in Japan davon halten würde.

Meine Bäckerei hatte ein paar zufrieden stellende, wenn auch unprofitable Anfangsjahre gehabt. Nun war ich an der Reihe, ihm zu helfen.

»Vielleicht ist die Arbeit als Verkäufer nichts für dich. Wenn du vielleicht etwas Originelleres und Kreativeres tun würdest... Hast du nicht mal überlegt, deine Modeentwürfe an einen New Yorker Designer zu schicken?«

»Ja, was mir vorschwebte, war militärischer Schick. Armee-Arbeitsanzüge, Stiefel, Helme, so was in der Art. Das wird sich irgendwann durchsetzen, aber ich bezweifle, dass Seattle der richtige Ort dafür ist. Ich kriege meine Ideen, indem ich Menschen beobachte, aber hier kleiden sich alle so unauffällig in weiten Klamotten in Grau- und Brauntönen...«

»Vielleicht nicht mehr lange. Lies das.« Ich deutete auf eine Spalte mit der Überschrift »Zuerst der Handel, dann die Menschen«. »Wusstest du, dass sich in der Stadt schon Bürgergruppen formieren, um gegen den Welthandel zu protestieren? In der Zeitung steht, dass die Konfrontation eventuell nicht friedlich ablaufen wird. Vielleicht kannst du dich davon inspirieren lassen?«

Er wandte sich ab, öffnete die Kühlschranktür und schnappte sich eine Dose Milchkaffee, die von unergründlichen japanischen Schriftzeichen überzogen war. Ich wünschte, er hätte mir auch eine angeboten, aber das wäre ihm nicht in den Sinn gekommen. Mit geschlossenen Augen trank er einen Schluck: »Heb mir den Artikel auf, ja?«

Eine Woche später schneite Roger Stunden später als sonst zur Tür herein. Es hatte den ganzen Abend geregnet, und ich war nicht gern allein zu Haus gewesen. Regenwetter macht mich miesepetrig, ungeduldig und pessimistisch. Insbesondere da ich früher als sonst nach Hause gekommen war, um den Abend mit ihm zu verbringen.

»Wo warst du?«, fragte ich und gab mir keine Mühe, meine Verärgerung zu verbergen. »Es ist zehn Uhr. Ich hab mir Sorgen gemacht …«

Sein Gesicht glühte geradezu vor Aufregung, was durch den leichten olivfarbenen Blazer, den er trug, und die golden schimmernde Haut an seinem Hals nur noch verstärkt wurde. Seine Haare waren wie immer ungekämmt – es gefiel ihm so. »Ich war auf einem Treffen von Globalisierungsgegnern.« Er blieb stehen.

Als wir uns kennen lernten, hatte er gern stundenlang mit mir zusammengesessen und geschwatzt. Jetzt, wo wir zusammenlebten, war er unnahbar geworden. Wenn ich seine Meinung zu einem Thema wissen wollte, musste ich ihn direkt danach fragen. »Wie war es?«

Er schilderte mir den Ablauf des Abends. Zuerst hatte er sich umgesehen und es langweilig gefunden: freundliche Blicke, höfliche Konversation und schwacher Tee. Doch dann präsentierten sie Vandana Shiva, die berühmte indische Aktivistin, als Hauptrednerin. Sie malte ein trostloses Bild von einer Zukunft, die von absoluter Kontrolle geprägt war, in der sogar das Saatgut von habgierigen internationalen Biotechnologie-Firmen monopolisiert wurde. »Was für eine erschreckende Aussicht«, schloss er.

»Klingt, als hätte sie in deinem Kopf eine ganz andere Saat gepflanzt. Etwas, das über Mode hinausgeht…«

»Es ist, als wären mir die Augen geöffnet worden. Ich habe sehr viele Denkanstöße bekommen. Und ich muss eine Menge lesen.« Er wandte sich ab.

»Das ist lobenswert, Liebling… Aber hast du vergessen, dass wir im Ichiban-Restaurant zu Abend essen wollten? Du hast irgendwo eine Kritik darüber gelesen und wolltest es ausprobieren, weißt du noch?«

»O nein! Das hab ich total vergessen. Es tut mir sehr Leid.« Es folgten sein typisches Stirnreiben und ein Schwall von Entschuldigungen. »Können wir das nicht nächsten Mittwoch machen?«

Wie sich herausstellte, schafften wir es nie in dieses Restaurant, und in mir blieb ein winziges Bedauern zurück, eine klitzekleine Enttäuschung. Ich hätte darauf bestehen können, aber das war nicht meine Art. Ich hielt mich lieber ein wenig zurück. Einmal fragte ich ihn spielerisch, ob ihm bewusst sei, dass Nachlässigkeit Leidenschaft tötet. Er blinzelte nur verständnislos und wirkte schuldbewusst.

Aber in dieser Beziehung gab es schließlich keinen Schuldigen außer mir.

4

Es ist Mittwochmorgen in der Bäckerei, und ich habe gerade den Ofen abgestellt. Die Sunya-Kuchen, die mir erst beim zweiten Anlauf gelungen sind, kühlen auf Drahtgittern aus. Ich schlendere aus der Küche nach vorn in den Laden.

Der morgendliche Ansturm ist vorbei. Meine Bäckergehilfin Jill, einundzwanzig, mit frischem Gesicht und trüffelbraunem Haar, das sie zu einem Pferdeschwanz zusammengebunden hat, sitzt mit einem Kunden, schätzungsweise Mitte zwanzig, an einem Tisch nahe am Eingang. Aus der Lebhaftigkeit, mit der sie ihn vollschwatzt, schließe ich, dass er ein Freund von ihr ist. Ich will mich schon abwenden, als ich das Emblem auf dem strohgelben T-Shirt des Mannes sehe: eine dreischichtige weiße Torte. Die fetten Buchstaben darunter verkünden: CAKES PLUS.

Ich bleibe stehen und starre auf das Logo. Jill folgt meinem Blick und setzt ein zurückhaltendes Lächeln auf. »Sunya, das ist Earl. Er war mal Bäcker bei … Ich hab ihn gestern Abend auf einer Party kennen gelernt. Ich habe ihn hierher eingeladen.«

Ich versteife mich, aber als ich ihn mir genauer anschaue, sehe ich Sandalen, strahlende Augen, ein offenes Gesicht, einen Pferdeschwanz und einen abgenutzten Rucksack. Wie könnte ich ihn hassen? Die Devise »Kenne deinen Feind, bevor du dein Schwert wählst« kommt mir in den Sinn. Ich habe gute Gründe, mich mit ihm zu unterhalten. »Noch Kaffee, Earl?«, frage ich ihn freundlich.

»Nein, danke. Ich will nicht den Geschmack Ihres Poppy Seed Bundts wegspülen. Ich muss sagen, es ist erstklassig, wenn auch etwas zu ausgefallen für meinen Geschmack.«

Ich ignoriere das zweifelhafte Kompliment und will schon gehen, als Jill fragt: »Möchten Sie sich zu uns setzen?«

Ich lasse mich auf dem nächstbesten Stuhl nieder. Ein Student blickt kurz von seinem Laptop auf und tippt dann weiter. »Sie tragen das T-Shirt immer noch?«, frage ich Earl.

»Mein Bruder spielt in einem Jazz-Quartett, und Mr. Cartdale hat ihn für die Geschäftseröffnung in der Meridian Street engagiert. Ich werde ihnen beim Aufbauen helfen. Mr. Cartdale erwartet, dass die gesamte Nachbarschaft kommt.«

Obwohl ich zum zweiten Mal schockiert bin, mache ich ein freundliches Gesicht und erzähle Earl von meinem Traum, dieses Café eines Tages zu vergrößern, die Öffnungszeiten auf den Abend auszudehnen und Live-Musik anzubieten. Er hört sich verständnisvoll die Probleme an, mit denen ein Unternehmer zu kämpfen hat, um an Gelder zu kommen. Abschließend frage ich: »Wie war denn die Arbeit bei …?«

»Die Bezahlung war gut, besser als in der Branche üblich. Ansonsten ziemlich unerfreulich.«

»Unerfreulich, warum?«

Earl zögert. Jill und ich sehen ihn neugierig an. »Na ja, was wir alles tun mussten, um die Kosten zu senken«, sagt er schließlich. »Zum Beispiel mussten wir zweitklassiges Mehl benutzen und die Butter heimlich mit Margarine anreichern. Und unsere Valentinskuchen mit Plastikherzen garnieren, obwohl dekorative Rosen meine Spezialität sind. Einmal wiesen sie uns an, die Kuchen vom Vortag zu zerkleinern, sie neu zu formen und neu zu backen, um Minimuffins daraus zu machen. Nur die Hot Cross Buns wurden jeden Tag frisch hergestellt.«

Ich kann kaum glauben, was ich da höre. Resteverwertung ist eine höchst unhygienische Verfahrensweise. Erschüttert und aufgeregt zugleich wende ich mich Earl zu.

»Wir waren so in Eile, dass das Schweinefleisch für die Humbow Buns oft bei Zimmertemperatur auf der Arbeitsfläche liegen blieb.«

Das ist noch viel schlimmer. Es grenzt sogar an Gefährdung der öffentlichen Gesundheit. »Irene Brown, die als Hygieneinspektorin für das städtische Gesundheitsamt arbeitet, sollte das wissen«, sage ich zu Earl. »Was ist mit den Kunden? Haben sie das verdorbene Fleisch in den Buns nicht gerochen?«

»Wie sollten sie? Wir haben das Fleisch sehr stark gewürzt! Außerdem mögen Kunden Werbegeschenke. Mr. Cartdale, dem das Unternehmen gehört, verteilt ständig Gratiscoupons für Humbows. Besonders Senioren fallen auf so was rein. Mr. Cartdale sagt, die alten Käuze haben sowieso keinen Geschmack mehr – denen kann man alles vorsetzen. Für ihn zählt nur der Profit. ›Schröpft die Trottel‹, ermahnte er die Bedienungen stets. Zwanzig Minuten pro Kunde pro Tisch war sein Limit. Und er ist sehr wettbewerbsorientiert. Bei einer Personalbesprechung hat er sich vor uns allen damit gebrüstet. Als er einen Waschsalon leitete, senkte er die Preise und machte Sonderangebote, bis alle anderen Waschsalons in der Umgebung schließen mussten. Danach trieb er die Preise sofort in die Höhe. Sein Motto lautet: ›Drück die Konkurrenz an die Wand wie Nadeln in ein Nadelkissen.‹«

»Klingt nicht so, als würden ihm moralische Aspekte den Schlaf rauben.«

»Das ist noch untertrieben, aber es ist nicht mehr mein Problem. Ich gehe jetzt wieder zur Uni und studiere Moderne Philosophie. Was zählt Moral schon in der Wirtschaft? Für die meisten zählt doch nur die Kohle. Und warum auch nicht? Kunden kennen keine Loyalität.« Earls

Blicke wandern durch den Raum. »Sie fahren immer auf die neueste Masche ab. Die sind ganz schnell weg.«

Ich blicke aus dem Fenster und betrachte das Zusammenspiel von Licht und Schatten auf dem Pfad unter dem Schwarznussbaum. Als ich diese Bäckerei vor dreieinhalb Jahren eröffnete, rechnete ich nicht damit, dass es leicht sein würde. Trotzdem hat sich der Beruf als härter erwiesen als erwartet. Mir bleiben nur acht Wochen, um eine Strategie zu entwickeln, sonst wird auch mein Geschäft diesem Gauner Cartdale zum Opfer fallen. So hart mir diese Schlacht auch vorkommen mag, ich kann es mir nicht leisten, sie zu verlieren. Nicht nur mein finanzielles Überleben steht auf dem Spiel, sondern auch mein Beruf und damit verbunden mein Selbstwertgefühl.

»Hören Sie sich in ein paar Monaten nach der Band meines Bruders um«, sagt Earl.

»Meine Kunden haben es gern ruhig.«

In das gereizte Schweigen hinein erklärt Jill, dass wir die Registrierkasse extra am anderen Thekenende installiert haben, damit sie nicht so laut ist, und dass unsere Hintergrundmusik, Bach im Moment, »Schlummerlautstärke« hat.

Earl erhebt sich, murmelt, dass er zu spät zum Unterricht kommt, wenn er sich nicht beeilt, und schiebt seinen Stuhl zurück.

Jill fragt: »Glaubst du, du könntest beim Gesundheitsamt anrufen?«

»Dazu habe ich keine Zeit. Aber Sie können mich jederzeit wieder herlocken, Sunya.« Earl blinzelt mir zu. »Sie müssen bloß die Poppy Seed Bundts da haben.«

»Sind die nicht zu frisch für Sie?«

Dann, ohne ihm die Chance auf eine Antwort zu lassen, danke ich ihm. Während Jill ihn zur Tür bringt, stellt er den

Kragen seiner Jacke hoch. Sie murmeln irgendetwas. Dann umarmt sie ihn rasch, und weg ist er.

Sie wendet sich mir nur halb zu. »Na, dann Zeit für eine Pause.«

Da Scott heute bei Gericht als Geschworener fungieren muss, habe ich sowieso schon zu wenig Personal. Ich könnte einwenden, dass ihr Schwatz mit Earl schon als Pause gilt, beschließe jedoch, keine große Sache daraus zu machen. »Okay. Ich übernehme.«

»Übrigens haben wir überhaupt keinen Rohzucker mehr, Sunya.«

»Hätten Sie mir das nicht gestern sagen können?«

»Ich dachte, dafür wäre Scott zuständig.«

Sie lügt, und das nicht zum ersten Mal. Ich finde, sie ist noch ein halbes Kind, und lasse bei ihr eine gewisse Nachsicht walten, auch wenn ich mich damals, als ich in ihrem Alter war, für sehr erwachsen hielt. »Das wissen Sie doch besser, Jill. Stellen Sie etwas Zuckerwürfel raus und seien Sie in zwanzig Minuten zurück.«

Ich mache mich daran, die Sunya Cakes von den Drahtgittern in der Küche ins Café zu bringen. Ein kurzer Blick sagt mir, dass alle Kunden bedient wurden. Ich stehe an der Theke, betrachte die Szene und genieße, was ich sehe: einen Backsteinkamin, frische beigefarbene Rosen als Tischschmuck, Hintergrundbeleuchtung, die zwischen den Holzbalken versenkt ist, Efeu, das sich aus Töpfen rankt, die über der messingbesetzten Theke hängen; und eine lange Glasvitrine, in der die Flottille aus Gebäck in Rot-, Beige- und Dunkelbrauntönen verführerisch zur Schau gestellt wird. Weiche Geigenklänge streicheln die Luft. Es war von jeher mein Anliegen, einen Ort für die Kunden zu schaffen, an dem sie mit einem Freund, Liebhaber oder Verwandten gemütlich sitzen, in Ruhe einen Roman lesen oder sich einfach nur entspannen können. Das ist mir größtenteils auch gelungen, denke ich. Jetzt sehe ich Mrs. Cohen, die tief in dem rostfarbenen Polstersessel in der Ecke versinkt und genüsslich kaut; Schnellredner Dennis Butler berät sich bei Kaffee aus übergroßen Frühstückstassen mit seinem schnauzbärtigen Dotcomfirma-Partner; Mrs. Chong, eine Hennakünstlerin, von der es heißt, sie sei stolz auf ihre lebensgroßen Werke, hat sich in Träumen und Peach Turnover verloren. Sam Khan, Jungakademiker an der Universität Washington, hat das Gesicht in einem Lehrbuch vergraben, und nur sein Augenbrauenring schaut noch hervor; ansonsten sitzen da noch verschiedene andere Kunden, die ich nicht kenne, die sich aber harmonisch ins Bild einfügen. Ein paar ganz Unerschrockene haben beschlossen, sich draußen im ruhigen Steingarten zu entspannen, der die Bäckerei nach Norden begrenzt. Am Fenster sitzt ein Little-League-Vater mit aufgesetzten Kopfhörern und blickt hinaus.

Ich höre jemanden hereinkommen. Ein dünner Mann mittlerer Größe, der eine schwarze Mappe umklammert, rauscht in die Bäckerei. Er bleibt stehen, um genüsslich zu schnuppern, während er den Raum mit neugierigen braunen Augen mustert. Ich schätze, er ist fünf oder sechs Jahre älter als ich, wahrscheinlich an die fünfunddreißig. Seine Haare sind unauffällig braun, und sein Gesicht ist durchschnittlich, doch er hat etwas Gebieterisches an sich, als wäre er daran gewöhnt, dass ständig Assistenten um ihn herumscharwenzeln. Sein strahlend weißes Hemd, eine taillierte beigefarbene Nadelstreifenhose und blank polierte Schuhe ergeben einen Gesamteindruck von Klasse, Wohlstand, Bildung und gutem Geschmack. Als ich noch eine arme Studentin an der Universität von Washington war und in Billigläden einkaufte, schüchterten mich Männer wie er ein. Doch jetzt, als erfolgreiche Geschäftsfrau, bin ich weniger beeindruckt. Trotzdem ertappe ich mich dabei, dass ich ihn aus irgendeinem Grund anstarre.

»Guten Morgen.« Ich setze meine freundliche Kundenstimme ein.

Er antwortet mit einem Nicken. Ohne Zeit zu verlieren, beugt er sich über die Gebäckvitrine und betrachtet das Angebot mit großen, schillernden teefarbenen Augen hinter dicken Brillengläsern. Sein Blick kehrt zum Sunya Cake zurück, der auf goldener Folie an seinem Ehrenplatz auf dem obersten Bord thront. Er mustert den Kuchen anerkennend. Ich vermute, dass er im Allgemeinen eher durch seine Intelligenz als durch sein Aussehen ans Ziel kommt.

Als würde er sich aus einer yogischen Pose erheben, richtet er sich auf und sieht mich begeistert an. »Würden Sie gern ein Stück von dem Kuchen probieren?«, frage ich, da ich aus Erfahrung weiß, dass männliche Kunden oft einen kleinen Stups brauchen, wenn sie sich nicht entscheiden können.

»Ja, und eisgekühlten *chai.*«

Ich lasse ein Stück Schokoladenkuchen mit Kirschrand auf einen weißen Teller gleiten und dekoriere es mit einem frischen Rosmarinzweig. Er scheint wie hypnotisiert von dem Feuerwerk aus Farben und Formen. Wo unser Blick hingeht, folgt unser Herz. Ich gieße eisgekühlten *chai* in ein großes Glas, das auf einer Untertasse steht, und serviere den Tee mit einem winzigen antiken Silberlöffel. Die durchsichtige Glasuntertasse hebt sowohl den silbrigen Schimmer des Löffels als auch die Filigranarbeit an seinem Griff hervor. Mutter hat mir diesen Löffel geschenkt. Ich habe ihn nur hier, damit ich ihn in meinen freien Minuten polieren kann. Später werde ich ihn wieder in die Küche bringen. Um sich im Einzelhandel zu behaupten, muss man ständig Menschen und Situationen analysieren und geistig flexibel bleiben. Dieser Mann, das spüre ich intuitiv, weiß die angenehmen Seiten des Lebens zu schätzen.

»Mein Bruder, der hier lebt, hat mir von dieser Bäckerei erzählt.« Er sieht mich durchdringend an, und seine Stimme schmeichelt mir. »Er hat mir geraten, mal vorbeizuschauen.«

»Sie werden es nicht bereuen. Ich bin Sunya, die Besitzerin.«

»Andrew.«

Nur seine Augen leuchten auf. Vielleicht kommt er von irgendwoher, wo offen zu lächeln als anzüglich oder bedrohlich gilt. »Woher kommen Sie?«, frage ich.

»L. A.«

Für mich ist Los Angeles weiter weg und schwieriger zu verstehen als Japan. Ich kann mir nicht vorstellen, wie man in einer Stadt dieser Größe leben kann, in der einem die Nachbarn fremd sind und wo die Sonne jeden Tag scheint.

Er nimmt seinen Kuchen und den *chai* mit zu einem Fenstertisch und setzt sich mir zugewandt hin (obwohl er von dem Stuhl gegenüber einen besseren Blick auf die Straße gehabt hätte); er schlägt beiläufig die Mappe auf und überfliegt die Seiten. Ich nehme ein weiches Tuch und poliere damit den Messingrand der Vitrine, wobei ich ihn die ganze Zeit beobachte. Nach einer Minute, noch immer auf seine Lektüre konzentriert, streckt er blind die Hand nach dem Kuchen aus und probiert ein Stückchen. Dann blickt er ungläubig von seinen Papieren auf und konzentriert sich voll und ganz auf den Genuss. Ich lächle vor mich hin. Kurze Zeit später untersucht er das Krümelmuster auf seinem

Teller, als würde er Teeblätter lesen. Er ist vor allem enttäuscht, dass der Kuchen weg ist, schätze ich. Aus den Augenwinkeln beobachte ich, wie sein Hals sich wölbt und die Fingerknöchel der mageren Hände hervorstehen. Ich bekomme langsam eine ungefähre Vorstellung von seinem unverwüstlichen Geist und seinem ebenso unverwüstlichen Appetit. Irgendwo piepst ein Pieper.

Ob er noch ein Stück Kuchen will? Ich verkneife mir, sein Schweigen zu brechen, um ihn zu fragen.

Am Eingang wird es lebhaft. Fünf Männer in Jeans, die miteinander flachsen, schlendern herein. Einer von ihnen marschiert schnurstracks zur Theke und gibt eine relativ große Bestellung auf, während die anderen sich um Andrew scharen. Sie sind seine Untergebenen, nehme ich an. Er hält Hof und befragt jeden Einzelnen nach dem Stand seiner jeweiligen Aufgabe. Aus dieser Entfernung kann ich nicht viel von dem Gespräch hören. Die Crew scheint einen knapp bemessenen Zeitplan zu haben, denn sie nehmen ihren Kaffee und ihre Biscotti und eilen zur Tür. Andrew steht auf, schiebt den Stuhl zurück an seinen Platz und nickt mir zu. Unsere Blicke treffen sich. Ich spüre ein Kribbeln in mir, zart und zögernd wie das erste Flackern einer Kerzenflamme.

Dann lege ich den antiken Löffel weg und erteile mir selbst einen Tadel, weil ich einem Kunden so viel Beachtung schenke. Bin ich dermaßen verzweifelt?

Ich poliere weiter das Messing.

5

Am Donnerstag kontrolliere ich am späten Vormittag die Kuchenvitrine. Der verführerische Duft von Nüssen in Verbindung mit weißer Schokolade hat mich angelockt. Jill hat gerade einen Mandelkuchen hereingebracht, ein Neuzugang auf meiner Speisekarte. Ich habe beschlossen, jeden Monat einen neuen Kuchen einzuführen, um meine Kunden bei der Stange zu halten, und dieser schöne beigefarbene, fünf Zentimeter hohe Ring mit geriffelten Seiten und einer Verzierung aus weißer Schokolade ist meine Eröffnungssalve im Bäckereien-Krieg. Außerdem werbe ich bei Geschäften um zusätzliche Bestellungen, ein weiterer Versuch, Cakes Plus zu bekämpfen. Jetzt fällt mir auf, dass Jill in ihrer Hast dem Geschmack nicht genug Zeit zum Reifen gegeben hat. Der Kuchen hätte wenigstens eine Stunde auf der Küchentheke stehen müssen.

Jills halbherzige Bemühungen sollten mich nicht überraschen. Da Pierre krank ist, hat Jill widerwillig zusätzlich die Verantwortung für Torten und Kuchen übernommen. Ihr eigentliches Talent liegt in der Zubereitung von Sahnedesserts aller Art, weshalb sie auch »Vanillepudding-Queen« genannt wird. Wenn man ihr Eier, Milch, Zucker und ein paar Aromen wie Rum, Kirschwasser, Kahlúa oder Orangenlikör gibt, kreiert sie – malen wäre der passendere Ausdruck – verführerische Desserts, die wie von selbst vom Löffel gleiten. Letztes Jahr habe ich ihr beigebracht, wie man Crème anglaise zubereitet, und sie meisterte es gleich beim ersten Versuch. Traurigerweise fehlt ihr Pierres Perfektionismus, wie man unschwer an dem fleckigen Puderzuckerstaub-Überzug auf der fehlerhaften Kuchenoberfläche erkennen kann.

Ich will den Kuchen gerade wieder mitnehmen und nach dem Zuckerstreuer suchen, als eine Asiatin durch die Tür schlendert. Sie trägt ein klassisches Kostüm, eine doppelreihige Perlenkette und Schuhe mit mittelhohen Absätzen; sie ist perfekt proportioniert, sorgfältig zurechtgemacht und auffallend gelassen. Ich werfe ihr zur Begrüßung einen Blick zu – jeder neue Kunde ist ein kleiner Sieg. Dann erkenne ich sie und halte mitten im Schritt inne. Als sich unsere Blicke treffen, bringt sie ein liebenswürdiges Lächeln zustande. »Sunya-san!«

Kimiko Iwata, meine ehemalige Freundin, die inzwischen mit Roger zusammen ist. Sie vergisst nie die Höflichkeitsform »san«.

Sie packt die schicke Krokodil-Ledertasche, die von ihrer Schulter hängt, fester, lächelt jedoch weiter. »Ich war rein zufällig in der Nähe. Ich hoffe, es macht dir nichts aus, wenn ich kurz vorbeischaue.«

»Natürlich nicht.« Ich gehe zur Kasse am anderen Thekenende und hoffe, dass sie sich einen Platz sucht.

Stattdessen trottet sie hinter mir her. »Roger weiß nicht, dass ich hier bin. Ich bin ganz allein gekommen.«

Roger. Wie kann ich Erinnerungen auslöschen, die so tief in mir verwurzelt sind wie die Quelle meines Atems? Als ich mich umdrehe, fällt mein Blick auf den 22 Quadratzentimeter großen Druck einer zerteilten Aprikose mit dem rustikalen Rahmen, der an der gegenüberliegenden Wand hängt. Roger hat mir noch in diesem Jahr beim Erwerb der Skizze geholfen, mit der ich eine dunkle Ecke aufhellen wollte. Er hatte ein gutes Gespür dafür, welche Art von Kunst dort hinpasste. Als ich auf einem Hocker stand, um das Bild aufzuhängen, hielt er den Rahmen gerade. Meine Finger streiften sein seidiges Haar.

Vielleicht kann Kimiko Gedanken lesen. Sie steht ein paar Sekunden unschlüssig herum, faltet raschelnd eine Zeitung zusammen und fragt: »Hast du Zeit zum Reden?«

Ich will gerade Nein sagen, als vor meinem geistigen Auge Mutter erscheint und mich an eine Begebenheit aus meiner Kindheit erinnert. An einem Sonntagnachmittag war Tante Madhu, die Klatschbase der Gemeinde, deren Atem nach Kreuzkümmel roch, zu einem Überraschungsbesuch vorbeigekommen. Meine Mutter, die von einer harten Woche im Doughnut-Laden völlig erschöpft war, lächelte tapfer, kochte ein Abendessen, plauderte mit ihr und unterdrückte ihre Müdigkeit bis abends um zehn, und ich wünschte mir die ganze Zeit, dass sie ein wenig offener ihre Meinung sagen würde. Als ich sie später fragte, warum sie sich das hatte bieten lassen, antwortete Mutter: »Sie war ein Gast. Gäste sind Narayan.« Dann fragte sie mich auf Bengalisch: *»Jano na?«* Verstehst du nicht? Daraufhin hielt sie mir einen Vortrag, dass die Menschen im alten Indien, als es noch keine Holiday Inns und Denny's Restaurants gab, durch die Tradition verpflichtet waren, sich um jeden zu kümmern, der an ihre Tür klopfte, sogar um Fremde. Es könnte ja der Gott Narayan in Verkleidung sein, der einen auf die Probe stellte, argumentierten die Leute. Dieses Risiko ging niemand ein. Mutter ganz sicher nicht.

Ich höre mich zu Kimiko sagen: »Lass uns in den Garten gehen.«

In dem winzigen Garten, wo jeder Stein seinen festen Platz hat, setzen wir uns auf eine Bank am Petunienbeet. Ich lasse meine Blicke über die späte Explosion beruhigender Pink- und Violetttöne wandern. Manche Pflanzen geben selbst bei kühlem Herbstwetter die Lust zu blühen nicht auf.

Kimiko durchbricht meine Träumereien. »Ich habe heute Morgen vom Bäckereien-Krieg gelesen.«

Ist Kimiko aus Mitleid hergekommen? Mitleid, weil ein größeres Geschäft mich an die Wand drücken wird? Mein Impuls ist, ihr die gefaltete Zeitung aus der Hand zu reißen und die betreffende Nachricht zu überfliegen, aber sie hält sie fest umklammert. »Der Kolumnist tratscht über dich.«

Ich bin sofort in Alarmbereitschaft. Seattle mag sich in eine größere Metropole verwandelt haben, aber die Leute brauchen nicht viel, um in Kleinstadtverhalten zurückzuverfallen. Hier verbreiten sich Neuigkeiten durch Hörensagen, was in kurzer Zeit über Erfolg oder Misserfolg eines Lokals entscheiden kann.

Scott, der sich bisher mit kaum verhohlener Neugier im Hintergrund gehalten hat, kommt zu uns und unterbricht Kimiko. »Darf ich Ihnen etwas bringen?«

»Einen Mokka mit Sahne. Was ist frisch in der Vitrine?«

»Alles, was wir servieren, ist frisch, Ma'am, aber der Mandelkuchen ist noch ofenwarm.«

Ich lächle innerlich. Scott ist ein guter Angestellter. Er ist zwar lakonisch und zurückhaltend, aber in Zeiten der Not ist auf ihn Verlass. Er wählt genau den richtigen Moment für sein Erscheinen, spricht mit Überzeugung und Nonchalance, und er ist auf meiner Seite, was durch den vertrauten Blick, den wir gerade gewechselt haben, zum Tragen kommt.

»Ich probiere ein Stück davon.«

»Und Sie, Sunya?«

»Das Gleiche.«

Kimiko wendet sich wieder mir zu. »Ach, was für ein hübscher Garten. Ich sitze das erste Mal hier.«

»Roger hat ihn entworfen«, entgegne ich.

Zwischen uns herrscht Schweigen, während wir über das

Phänomen Roger nachdenken, bis Scott mit einem Tablett zurückkommt. Wie eine gute Gastgeberin warte ich, bis Kimiko ihre Gabel nimmt und ein Stück vom Kuchen abbricht. Sie tut das zögerlich, als wolle sie nur ungern das delikate Innere des Kuchens beschädigen. Als ich über mein Stück herfalle, stelle ich fest, dass mit dem Geschmack etwas nicht stimmt. Jill hat die Mandeln vor dem Mahlen nicht geröstet, was zur Folge hat, dass der Kuchen nicht sein volles Aroma entfalten kann. Konnte Kimiko einen so empfindlichen Gaumen haben, dass ihr diese Unzulänglichkeit auffiel? Im nächsten Moment rüge ich mich für meine gefährliche Tendenz, sie zu unterschätzen.

Kimiko runzelt die Stirn, isst noch ein Stückchen, überlegt kurz, schiebt den Teller beiseite und nimmt ihre Tasse in die Hand. »Gestern Abend hat Rogers Cousin Bob Namura uns seinen Schokoladen-Käsekuchen mitgebracht. Hast du Bob mal kennen gelernt?«

Ich schüttle kaum merklich den Kopf. Roger hat seinen Cousin einmal erwähnt, das ist alles, woran ich mich erinnere.

»Bob ist aus Kioto in die USA gekommen, um an der kalifornischen Kochakademie zu studieren, und hat vor kurzem die Abschlussprüfung als Bester seiner Klasse bestanden. Jetzt ist er hier, um zu arbeiten. Es war der absolut beste Käsekuchen, den ich je gegessen habe, Sunya-san. Roger konnte von der Haselnusskruste gar nicht genug bekommen.«

Ein neuer Bäcker in der Stadt macht großartigen Käsekuchen, und ich weiß nichts davon? Die Seattler Gastronomie-Szene ist so gewachsen, dass ich nicht mehr in allen Einzelheiten über sämtliche neuen Talente Bescheid wissen kann.

Diese Frage muss sich auch Kimiko gestellt haben. »Bob ist hier nicht bekannt«, fährt sie fort. »Noch nicht. Er ist neu, aber sehr talentiert. Er kauft die besten Zutaten, die er auf dem Markt finden kann, und macht alles selbst. Wie Roger sagt, die Griechen haben den Käsekuchen zwar erfunden, aber perfektioniert haben ihn die Japaner.«

»Und wo genau finde ich diesen perfekten Käsekuchen?«

»Im Georgian. Bob macht dort Urlaubsvertretung für den regulären Konditor. Du musst den Kuchen in den nächsten Tagen probieren, Sunya-san. Es ist Bobs letzte Woche dort.«

Ah, das elegante Georgian, das Spitzenrestaurant im Four Seasons Hotel, mit den hohen Decken, weiträumig verteilten Tischen und dem tadellosen Service, wo man das Gefühl einer besseren Ära vermittelt bekommt. Roger hat mich an meinem letzten Geburtstag dorthin eingeladen. Wir verbrachten einen herrlichen Abend bei raffiniert präsentiertem, zeitgenössischem Essen aus dem Nordwesten Amerikas. Sofort steigt mein Respekt vor dem mir unbekannten Bäcker. Aber... Kimiko ist noch nicht fertig. Ihr Blick ruht auf einem moosigen Stein. Sie scheint nicht in Eile zu sein.

Ich blicke auf meinen leeren Teller. »Nun, Kimiko, es war nett von dir, vorbeizuschauen.«

Sie sieht hinab auf die *News* – ihre Augen suchen Donald J. Smiths Kolumne – und liest laut vor. »›Doch Malhotra muss ihr Geschäft verdoppeln, um zu überleben.‹« Sie hebt ihre glatte Stirn jäh von der Lektüre. »Wie willst du dein Geschäft *verdoppeln*, Sunya-san?«

»Meine Bäcker werden länger arbeiten.«

»Ab nächster Woche«, fährt sie unbeirrt fort, »hat Bob ein paar Tage pro Woche frei.«

»Ich habe nicht vor, einen zusätzlichen Bäcker einzustellen, wenn du *darauf* hinauswillst. Aber wenn du schon mal hier bist, warum nimmst du Roger nicht ein Stück Sunya Cake mit? Er isst ihn gern zu einem Glas Milch.« Damit mache ich Anstalten, mich zu erheben.

»Du verstehst mich falsch.« Kimikos Stimme klingt plötzlich angespannt – wahrscheinlich hat sie nie angespannter geklungen. »Ich mochte dich, Sunya-san, gleich als ich dich zum ersten Mal sah. Und ich habe großen Respekt vor Bäckern. Es fällt dir vielleicht schwer, es zu glauben, aber ich will dir helfen. Es tut mir Leid, dass es zwischen dir und Roger nicht funktioniert hat.«

Ich brauche ihr Mitleid nicht. Und was ihre freundliche Geste betrifft... Nun, ich muss erst sehen, ob sie echt ist. »Bob soll im Sorrento Hotel anrufen. Sie erweitern ihren Tee-Service und brauchen vielleicht einen Konditor.«

Wie durch Zauberei hat sie Kuli und Notizblock zur Hand. Mit ordentlichen, feinen Strichen kritzelt sie eine Gedächtnisstütze in flüssigen japanischen Schriftzeichen, steckt den Notizblock wieder in ihre Handtasche und die Kappe zurück auf den Kugelschreiber. Sie erinnert mich an eine gut organisierte Kommodenschublade.

Dann steht sie auf, drückt mir die *News* in die Hand, verneigt sich leicht, dankt mir und entfernt sich rückwärts, mit winzigen Schritten, als wären ihre Beine durch die Falten eines unsichtbaren Kimonos behindert.

Ich bleibe noch eine Weile auf der Gartenbank sitzen.

6

Es dauert mindestens eine Stunde, um den Zwischenfall mit Kimiko zu vergessen. Gegen zehn Uhr, als ich ein paar freie Minuten habe, rufe ich die Party-Planerin im Washingtoner Sportclub an. Dort findet bald der jährliche Vater-Tochter-Ball statt. In den letzten zwei Jahren hat meine Bäckerei zu diesem besonderen Anlass die Desserts geliefert. Jetzt informiert mich die Party-Planerin jedoch, dass Cakes Plus ihnen ein besseres Angebot gemacht hat und von nun an der Händler ihrer Wahl ist.

»Tut mir Leid, Sunya«, schließt die Frau. »Ihre Kuchen sind lecker, aber ich wurde vom Management angewiesen, die Kosten zu senken. Das Dessert ist eine Möglichkeit, ein wenig zu sparen. Nach einem kompletten Abendessen ist der Nachtisch nicht mehr so wichtig.«

Ich sage ihr, dass die Gäste sehr wohl Wert auf den Nachtisch legen; dass eine Mahlzeit ein süßes, leckeres Finale braucht, das zudem noch schön anzusehen ist, damit es im Gedächtnis haften bleibt; dass ein schlechtes Dessert die Wirkung jedes ausgezeichneten Essens ruiniert.

»Wir werden Sie nächstes Jahr wieder in Betracht ziehen. Danke für den Anruf.«

Enttäuscht lege ich den Hörer auf.

Gegen vier, als ich mit der Northwest Food Bank, einer Essensausgabe für Bedürftige, telefoniere, um die Abholung der unverkauften Kuchen vom Vortag zu arrangieren, schwebt Pierre in die Küche und geht schnurstracks zu den Regalen.

Ich beende das Telefongespräch und frage ihn: »Du bist an deinem freien Nachmittag hier?«

»Ich wollte nur kurz nachsehen, ob ich mein Handy hier irgendwo gelassen habe.« Er trägt ein helles Kordhemd und eine Baumwollflanellhose und wirkt fröhlich. Während er die Regale durchkämmt, bemerkt er: »Ich frage mich, ob ich es am Drehort verloren habe.«

»Was wurde denn gedreht?«

Er sieht mich vorsichtig von der Seite an. »Ach, eine Story, die sich um die bevorstehende Handelskonferenz rankt.«

»Ein Dokumentarfilm?«

»Nein, in der Zeitung steht, es ist ein Spielfilm, eine Liebesgeschichte. Stephan und ich haben bei den Dreharbeiten drüben bei der Wells Fargo Bank zugesehen. Sie hatten eine etwa zwanzigköpfige Crew und verursachten einen Verkehrsstau von mindestens einer halben Meile.«

Die Nachricht von den Filmaufnahmen versetzt mich in Hochstimmung. Ich kann es nicht abwarten, Mutter davon zu erzählen. Als Inderin liebt sie Filme abgöttisch. Sie sagt, dass Filme für die Menschen in Indien großartige Träume in Technicolor sind, ein Mittel zur Erbauung. In einem Land, in dem Politiker als Lügner und Diebe entlarvt werden und *sadhus*, als heilige Männer verehrt, sich als Betrüger entpuppen, ermöglichen Filme eine tröstliche Flucht aus dem Alltagstrott. In der anonymen Dunkelheit eines Kinos sitzen junge und alte Menschen gleichermaßen drei Stunden lang wie gebannt auf ihren Plätzen. Nach der Vorstellung sind alle fröhlicher; sie fühlen sich größer, reicher und hübscher als vorher. Vielleicht liegt es an den Genen, die meine Mutter an mich weitergegeben hat, aber meiner Meinung nach haben Filmleute Zauberkraft. Doch aller Zauber, erinnere ich mich, ist vergänglich.

»Wir haben sogar Andrew Johnson gesehen«, fügt Pierre hinzu. »Weißt du, wer das ist?«

»Nein.«

»Er ist ein unabhängiger Regisseur aus L. A., der *Storm Country* gedreht hat – war vor ein paar Jahren auf dem Sundance-Filmfestival ein großer Hit. Ich dachte, er wäre so ein verrückter Typ mit schwarzem T-Shirt und langen verfilzten Haaren, die bis über die Schultern reichen. Seltsam, aber er hatte sich in ein Brooks-Brothers-Hemd und eine Frackhose geworfen. Er hat einen hübschen *derrière.*«

Warum hat mein Herz gerade ausgesetzt? Will ich mir überhaupt eingestehen, dass es so war? Betont lässig frage ich: »Wie sieht er aus?«

»Mittelgroß, schrecklich dünn. Mitte dreißig.«

»Trägt er eine Brille?«

»Ich glaube ja. Warum?«

»Ich wette, es ist derselbe Typ, der gestern hier war. Er hat ein Stück Sunya Cake gegessen.«

»Wirklich? Er war hier?«

»Ja. Ich habe kurz mit ihm gesprochen. Jill hatte gerade Pause.«

»Wenn er von dem Sunya Cake gegessen hat, kommt er wahrscheinlich wieder.« Pierres blaue Augen zwinkern fröhlich. »Vielleicht kann ich mir nächstes Mal ein Autogramm geben lassen. Besorgst du mir eins, wenn ich nicht da bin?«

Ich blicke auf meine dicke, mit drei Taschen besetzte Hüftschürze mit dem albernen Habanero-Chili-Aufdruck hinab, die ich auch am Mittwoch umhatte. Ich brauche eine leichtere, hübschere Schürze; ich glaube bestimmt, dass Andrew zurückkommt. Vielleicht habe ich bald einen Filmregisseur als Stammkunden, wenigstens solange die Dreharbeiten dauern.

»Jill hat ihm auch zugesehen«, neckt mich Pierre. »Ich bin mir sicher, sie würde ihn gern besser kennen lernen.«

Insgeheim nehme ich mir vor, Jill von nun an mittwochs freizugeben, nur für den Fall, dass Mr. Johnson sich auf diesen Tag einpendelt. Jill meckert sowieso oft, dass sie mittwochmorgens nicht aus dem Bett kommt, nachdem sie Montag und Dienstag mit ihrem Freund, einem Flugbegleiter, verbracht hat, der meistens am Wochenende fliegt.

Pierre, der frustriert die Stirn gerunzelt hat, gibt seine Suche auf. Er nimmt sich eine Portion von dem übrig gebliebenen Pear Turnover aus dem Kühlschrank und schnappt sich einen Hocker. Während der Arbeit nascht er normalerweise nicht viel, doch jetzt, als er die Gabel in die klebrigen, karamellisierten Birnenscheiben sticht, erliegt er den Freuden seiner eigenen Kreation. Wir verbringen die Zeit gern so – indem wir in der Küche sitzen und diskutieren. Wir schweigen ein paar Sekunden. In Bäckerkreisen wird der Begriff »sofortige Befriedigung« als Grund dafür gehandelt, warum wir backen, aber ich persönlich denke, dass die Befriedigung eines Bäckers langsam und spät kommt, nämlich mit den Stücken, die abends übrig geblieben sind. Bissen für Bissen bestimmen wir, ob alle Zutaten miteinander harmoniert haben, was Pierre genau in diesem Moment mit dem Gaumen eines Profis tut.

Er muss zufrieden sein, denn jetzt fragt er: »Kennst du den blonden Typ mit Sonnenbrille, der ums Haus herumstreicht?«

Das ist das dritte Mal, dass mich jemand auf diesen Mann anspricht. Da ich nicht verraten will, dass ich wegen ihm beunruhigt bin, frage ich beiläufig: »Ist er dir auch aufgefallen?«

»*Oui.* Es ist ziemlich komisch. Er hängt nur rum und beobachtet, wer kommt und geht. Eigentlich sieht er sogar sehr nett aus.«

»Räuber machen so was auch, wenn sie eine Bank ausspionieren.«

»Er ist wahrscheinlich in Ordnung. Und außerdem gibt es hier in der Gegend alle möglichen Typen.« Pierre zählt seine Liste auf: Gärtner, Lebenskünstler, alte Damen, Romanschriftsteller, Katzen und sogar ein Transvestit, der als Flamenco-Tänzerin auftritt. Aber damit nicht genug. Er beschreibt die Tänzerin im Detail. Herausgeputzt mit hohen Tanzschuhen, aufgebauschtem Rock und Wolkenkratzerfrisur entstieg sie neulich einem Lieferwagen, stolzierte zum Briefkasten an der Ecke und warf theatralisch einen Brief ein. »Ein Bild für Götter.«

»Dieser blonde Mann ist aber nicht die neueste Ergänzung auf deiner Liste aus Nachbarschafts-Originalen, oder, Pierre?«

»*Mais non.* Aber wie kommst du darauf, dass er nichts Gutes im Schilde führt? Vielleicht hat *madame* zu viele Krimis gelesen?«

»Nein. Ich lese nur die Zeitung.« Mit ungutem Gefühl gehe ich aus der Küche.

7

Allein schon die Überschrift von Donald J. Smiths neuester Kolumne entmutigt mich. Leicht beklommen lese ich noch einmal, was er schreibt.

BÄCKEREIEN-KRIEG WIRD HITZIGER

Als ich sie auf den Krieg anspreche, erinnert mich Sunya Malhotra gelassen daran, dass ihre Bäckerei schon seit dreieinhalb Jahren existiert und sich für die Nachbarschaft zu einem beliebten Treffpunkt entwickelt hat. Sie glaubt, dass ihre erstklassigen Produkte und loyalen Kunden sie retten werden. Meiner Meinung nach muss Malhotra ihr Geschäft jedoch mindestens verdoppeln, um zu überleben. Wenn ich richtig vermute, ist es in ihrer Küche in letzter Zeit heißer geworden. Wird sie die Hitze aushalten?
Aber ich hoffe wirklich, dass wir ihren vollendeten Sunya Cake noch lange genießen können.

Aber sicher doch!

Die letzten Tage waren nicht die besten, weil ich von allen Leuten, ob nun wohlmeinend oder nicht, auf den Bäckereien-Krieg angesprochen wurde. Alle hatten Donalds Kolumne gelesen und mussten ihren Senf dazu abgeben. Ein Kunde, ein pensionierter Historiker mit strähnigen Haaren und einer blühenden Fantasie, sagt, er sieht mich mit dem Schwert in der Hand wie Johanna von Orléans. Ein anderer fragt mich, warum ich den Laden nicht bis dreiundzwanzig Uhr öffne wie Cakes Plus, als wäre das so einfach. Eine süße alte Dame hat sich angeboten, Reklamezettel für meine Bäckerei zu kopieren und an der Bushaltestelle zu verteilen, hat es bisher aber noch nicht wahr gemacht.

Heute Nachmittag, als ich eine Schüssel Lime Curd, eine Art Zitronencreme, schlage und daran herumbastle, um genau das richtige Gleichgewicht zwischen Säure und Süße hinzukriegen, ruft mich Mutter an und sagt, sie sei in der

Stadt und käme vorbei. Bestimmt kommt sie, um mit eigenen Augen zu sehen, wie es mir nach der Veröffentlichung des Artikels geht. Und das ist auch berechtigt, da sie einen großen Anteil an der Entstehung dieses Cafés hatte.

Während ich die glänzenden Limonenkerne aussiebe, erinnere ich mich an die Zeit vor sechs Jahren – eine Zeit der Unschuld –, als die Hoffnung mir verliebte Worte zuraunte.

Es war an dem Tag, als ich endlich meinen Job als Kundenservice-Vertreterin im Mayberry-Kaufhaus kündigte. Ich hasste meinen aufdringlichen Chef, einen Endvierziger mit Schlafstörungen, der mich einmal sogar zu Hause anrief, als ich krank war, um mich zu kontrollieren. Und trotz der hochtrabenden Stellenbezeichnung deckte das Gehalt kaum meine Grundausgaben.

Später an jenem Morgen stand ich in der Küche meines Apartments und betrachtete zärtlich den Ofen, in dem ein Blech Dattel-Karos backte. Ein warmes, fruchtiges Aroma stieg mir in die Nase, und ich begann vor Freude, die von Unsicherheit getrübt war, zu summen. Das war es, was mir Spaß machte: in der Küche Obst klein zu schneiden, Teig zu verrühren und zu kneten und Pies, Scones, Cobblers und Desserts für Freunde und Nachbarn herzustellen. Innerhalb eines Jahres hatte ich dieses Plätzchen-Rezept verfeinert und damit herumexperimentiert, bis es perfekt war.

Während ich auf das Piepen des Timers wartete, dachte ich über meine Berufsmöglichkeiten nach. Ein Jahr nach dem College hatte ich für ein großes Unternehmen gearbeitet, und mir hatte weder der Job noch der Chef oder die Bezahlung zugesagt. Nachts hatte ich oft denselben Traum: Schwindlig vor Hoffnung betrete ich eine Bäckerei. Die Glasvitrine vor mir ist gefüllt mit edlem Konfekt in allen

Größen, Formen, Gerüchen und Farben. Mir läuft das Wasser im Mund zusammen, doch in dem Moment, als ich die Hand danach ausstrecke, wache ich auf und frage mich, was der Traum bedeutet. Wonach hungere ich wirklich? Stehen diese Leckereien für die Erfüllung, nach der ich mich sehne, die ich aber nie bekomme? Wäre eine Karriere in der Backindustrie das Richtige für mich?

Der Timer piepte. Mit behandschuhten Händen holte ich die Dattel-Karos rasch aus dem Ofen. Die krümelige Haferoberfläche wies genau die richtige Bräune auf, und die reichhaltigen weichen Obststückchen darunter brodelten fröhlich. Eine Wolke aus heimelig duftendem Dunst legte sich über mich, als ich das Blech auf Zimmertemperatur abkühlen ließ. Einmal berührte ich aus Ungeduld den heißen Rand und zuckte zusammen.

Als Freizeitbäckerin und Autodidaktin fehlte mir die professionelle Ausbildung, die zur Leitung einer kommerziellen Bäckerei notwendig war. Wie konnte ich da Abhilfe schaffen?

Am Nachmittag besuchte ich mit ein paar in Folie verpackten Dattel-Karos meine Mutter in Mount Vernon, einer Kleinstadt nördlich von Seattle. Mutters Heim ist ein bescheidenes Backsteinhaus, dessen Eingang nach Norden zeigt. (Bevor sie dieses renovierungsbedürftige Haus kaufte, hatte Mutter verkündet, dass *vatsushastra*, die indische Version von Feng-Shui, Eingänge empfiehlt, die nach Norden oder Osten zeigen.) Wir nahmen in ihrem Wohnzimmer Platz, gerade als der Nebel sich lichtete und durch eine Fensterfront den Blick auf die leuchtenden Cascade Mountains freigab. Aber ich war nicht in der Stimmung, um die schneeweißen, erhabenen Gipfel gebührend zu würdigen.

Mutter packte die Dattel-Karos aus, prüfte eines mit dem

Finger und lobte ihre Zartheit und Perfektion. Schweigend hörte ich zu. Mein Glas Limonade blieb unberührt.

»Was ist los, Sunya?«

Den Kopf in meinen züchtigen, bis zum Hals reichenden Pulloverausschnitt gesenkt, erzählte ich ihr von meiner neuesten Job-Katastrophe, obwohl ich genau wusste, dass sich wiederholtes Scheitern für eine Immigrantentochter nicht ziemt.

»Ich liebe dich so sehr, Sunya, dass ich sogar deinen kleinsten Schmerz spüre wie meinen eigenen. Ich habe nie versucht, dir vorzuschreiben, wie du zu leben hast, wirklich nicht, kein einziges Mal – du warst schon als Kind so unabhängig.« Sie zögerte in ihrer mütterlichen Zuneigung und biss sich auf die Unterlippe, fragte schließlich aber doch: »*Ki korbe?*« Aber was willst du jetzt tun? Es war mehr eine Erwartung als eine Frage.

Ich wusste die Antwort, und sie kam von einem Besuch in einer französischen Bäckerei, Le Délice, in San Francisco an einem der vergangenen Wochenenden: das sanfte Nachgeben des Blätterteigs, die Verführung durch Creme- und Obstfüllungen, Garnierungen, die einen nach jedem Biss innehalten und nachdenken ließen, und jede Menge Atmosphäre.

»Ich würde gern in Frankreich backen lernen.« Ich beendete den Satz fast flüsternd und forschte in Mutters Gesicht nach einer Reaktion.

Die großen, umbrabraunen Augen wurden noch größer. »Frankreich? Warum so weit weg?«

Ich erklärte ihr, dass amerikanische Kochschulen sich auf die Zubereitung von Fisch und Fleisch konzentrierten, was mich nicht interessierte, während in Frankreich Backen hoch angesehen war. Ich hätte noch mehr sagen können: Französische Konditoren erlernten ihr Handwerk so gut, dass sie in ihrem Beruf die besten waren, wenn sie in die USA kamen. Diese Sachkenntnis hätte ich auch gern. Da ich eine schnelle Auffassungsgabe hatte, würde ein kurzer Kurs genügen. Außerdem hatte ich meine Hausaufgaben gemacht: In Seattle bestand große Nachfrage nach Konditoreien, besonders wenn sie französisch inspiriertes amerikanisches Gebäck anboten – eine Wachstumsbranche.

Mutters Mund verzog sich zu einem schmerzlich-wehmütigen Lächeln. »Das war auch einmal mein Traum, eine richtige Bäckerei.«

Sie sprach sonst nie aus, was sie wirklich wollte, was vielleicht mit ihrer Erziehung zu tun hatte, die Mädchen vorschrieb, sich still und unauffällig zu verhalten. Solange ich denken kann, stand sie um zwei Uhr morgens auf und arbeitete bis sechzehn Uhr in ihrem Laden, worüber sie sich nur selten beklagte. Sie kleidete sich zweckmäßig in Hose und Oberteil, obwohl sie Hosen hasste, weil sie sie für männlich hielt. Wir verbrachten den Großteil des Tages in einem beengten kleinen Kabäuschen, das wir unser »Küchenreich« nannten. Die Luft dort war stickig vom Duft nach Zimt aus Vietnam, Muskat von den Westindischen Inseln und Safran aus Indien. Sie ließ mich den Zuckersirup rühren, während sie das Mehl siebte und leise ein Lied aus Indien sang, dessen Text ich nicht verstand. Wenn Kunden kamen, eilte ich über den harten Zementboden und nahm an einem knarrenden Fenster, das Mutter hinten als Ladentisch diente, ihre Bestellungen entgegen. Ich tat das so oft am Tag, dass mir die Füße die ganze Nacht wehtaten.

»Warum hast du den Doughnut-Laden denn so lange geführt?«, fragte ich jetzt. »Nach dem, was du mir erzählt hast, hattest du nie im Leben einen Doughnut gegessen, bevor du aus Indien weg bist.«

»*Taito.*« Das stimmt. »Ich mochte Doughnuts von Anfang an.« Ihr dunkler Teint hatte von den vielen Jahren, die sie so nah am Ofen verbracht hatte, immer noch einen rötlichen Schimmer. Ihre Lippen waren stets blass, rau und aufgesprungen gewesen, da sie nie daran dachte, Lippenbalsam zu benutzen. Trotzdem wurde ihr Gesicht beim Gedanken an diese Zeit jetzt rot. »Ich habe immer wieder geübt, bis ich die beste Zubereitungsmethode gefunden hatte. Was ich anfasste, erledigte ich mit großer Sorgfalt. Ich habe sogar meine kostbaren Seidensaris zerschnitten, um daraus Fenstervorhänge für meinen Laden zu nähen.«

Orangerote, mit Gold changierende Vorhänge in einem Lädchen in einer engen Gasse. Die Frau war eigen, was ihre Doughnuts und die Instandhaltung ihres Ladens betraf. Sie nahm Hefe als Treibmittel, damit das fertige Produkt leicht und zart schmeckte, auch wenn sie sich dadurch auf ein komplizierteres, zeitaufwändigeres Verfahren festlegte. Wenn sie das Schmalzgebackene frittierte – immer in kleinen Mengen –, hielt sie die Öltemperatur so nahe bei 190 Grad wie möglich. Ein De-Luxe-Zuckerthermometer half ihr dabei. Während sie arbeitete, zwang sie mich trotz meines kindischen Gejammers ständig, den Boden zu kehren, um ihn tadellos sauber zu halten.

Um mich auch geistig zu beschäftigen, erzählte Mutter mir Geschichten: Wie die holländischen Siedler in Pennsylvania die Doughnuts, die damals noch frittierte Teigkugeln waren, mit nach Amerika gebracht hatten. Dann hatte ein erfinderischer Koch seiner Fantasie freien Lauf gelassen, mitten in den Teig ein Loch gestanzt und damit die Frittierzeit verkürzt. »Warum bin *ich* da bloß nicht draufgekommen«, haben die anderen Köche bestimmt gejammert, sagte Mutter dann lachend. Die Geschichte amüsierte mich;

gleichzeitig pflanzte sie schon damals einen Kern der Inspiration in meinem Kopf, dass auch ich eines Tages meiner Fantasie freien Lauf lassen sollte. Mutters Doughnut-Laden war ein Treibhaus für meine Träume – für die Träume, die ich auch heute noch habe.

»Mir gefällt dein Selbstvertrauen, Mutter.« Jetzt sage ich es ihr. »Es ist schade, dass du nicht die Gelegenheit hattest, mehr zu erreichen.«

Sie starrte auf ihre ringlosen, knotig-arthritischen Finger. (Sie hatte ihren ganzen Schmuck verkauft, um ihr Geschäft zu gründen.) »Ich konnte das Risiko nicht eingehen. Und das werde ich auch nie. Aber du, meine Tochter, du kannst es. Du hast die flinken Finger einer *pâtissière.*«

Ich saß schweigend da und erinnerte mich daran, was meine Nachbarin, Mrs. Uspensky, gesagt hatte, als ich ihr heute eine Ladung Dattel-Karos vorbeibrachte. Wann eröffnest du eine Bäckerei, Sunya?

»Wann eröffnest du eine Bäckerei, Sunya?«, fragte Mutter.

»Dafür ist eine größere Investition nötig, Mutter.«

»Meine Ersparnisse sind kaum der Rede wert.«

Ich sah weg, um meine Verlegenheit zu verbergen. Wie konnte ich sie um noch mehr bitten, als sie mir sowieso schon gegeben hatte? Ich schätzte mich schon glücklich, dass sie mir ihre Zeit und ihre Zuneigung schenkte. Aber eine andere Seite von mir, in der Falle wie eine Fliege hinter einem geschlossenen Fenster und verzweifelt bemüht, sich zu befreien, erwiderte: »Ich zahle es dir mit Zinsen zurück… Und ich werde immer für dich sorgen. Das weißt du.«

Mutter wandte sich ab und blickte zum Berg, ein Verhalten, das sie stets an den Tag legte, wenn sie Zeit brauchte, um eine problematische Situation zu überdenken. »Ich weiß«, sagte sie nach einer Weile. »Was mir Sorgen macht, ist die Konkurrenz. Big Business. Mich haben sie das Risiko eingehen lassen, einen Doughnut-Laden zu eröffnen. Als ich dann Erfolg hatte, schluckten sie mich. Ich hätte meinen Laden gern noch ein paar Jahre behalten ...« Sie legte das Gesicht in Sorgenfalten. »Ich weiß, dass du die besten Absichten hast, aber was passiert, wenn ...«

»Wenn ich auch aus dem Geschäft gedrängt werde ...?«

»Ja. Wie willst du mir dann das Geld zurückgeben? Wie willst du dann für mich sorgen? Ich habe kaum genug, um davon zu leben. Auch wenn deine Absichten gut sind, *ami jani.*« Das weiß ich.

»Ich muss das Risiko eingehen, Mutter. Ich werde einen Weg finden, für dich zu sorgen ...«

Mutter richtete den Blick auf die Cascades und schwieg. Ich wette, sie wägte die Risiken ab. Sie muss beschlossen haben, dass ich eine Chance hatte, denn schließlich lächelte sie. Ihr Gesicht entspannte sich und strahlte. Es war, als hätte sie eine wichtige Entscheidung getroffen und dadurch ihre eigenen Träume verwirklicht.

»Ich konnte mich nicht durchsetzen«, sagte sie, »aber du kannst es. *Ami jani.*«

Sie stand rasch auf und eilte ins Schlafzimmer. Es war, als würde sie bereits mein Leben leben und daraus eine gewisse Befriedigung ziehen. Ich blickte auf mein unberührtes Glas Limonade, führte es zum Mund und trank einen großen Schluck. Wie immer hatte sie das Getränk, das aus Limonensaft mit Wasser und Zucker bestand, mit frisch gepresstem Ingwersaft aufgepeppt. Dann hob ich den Blick und staunte über die steilen Abhänge der Cascades, und fragte mich gleichzeitig, welch außergewöhnliches Durchhaltevermögen und welchen Mut man haben musste, um sie zu erklettern.

Mutter, deren Augen immer noch funkelten, kam zurück und gab mir einen Scheck. Ihre Wimpern waren inzwischen feucht. Ich verspürte plötzlich freudige Erwartung, obwohl ich mir des Risikos durchaus bewusst war. Ich blickte auf mein Ticket zu einer besseren Zukunft. Mutters Unterschrift war größer als gewöhnlich, und sie hatte den Betrag sorgfältig eingetragen. Ich schluckte, als ich den Scheck von ihr entgegennahm.

Mutter streckte die Hand aus und berührte mein Gesicht. Damit gab sie mir ihren Segen und ihre volle Unterstützung. Ich empfand Demut und war gleichzeitig in Hochstimmung.

»Geh und studier in Paris, mein Kind«, sagte sie mit klarer, glücklicher Stimme.

Nun eilt Mutter geschäftig in die Küche. Sie bewegt sich recht flink für eine Frau, deren dick gewordene Taille durch ihre gut sitzende Strickjacke mit dem mandarinenfarbenen Kragen zu sehen ist. Selbst nach Jahrzehnten in diesem nördlichen Klima trägt sie ihre Jacken und Mäntel, als wäre das eine Unannehmlichkeit, die sie nur vorübergehend in Kauf nehmen muss, bis sie in ihr schwüles Heimatland zurückkehrt. Ihre Haare sind im Nacken zu einem kleinen Nest hochgebunden. Ich ziehe ihr einen Stuhl heran und helfe ihr aus der Jacke.

Das fröhliche Lächeln bestätigt, dass ihr diese höfliche Geste gefällt, obwohl sie wie immer protestiert. »Du musst nicht mit der Arbeit aufhören, bloß weil ich da bin. *Elam ektoo.*« Ich bleibe nicht lange.

Ihr Make-up, das sie erst seit kurzem trägt, bildet auf ihrem Kinn eine Kruste, die aussieht wie getrocknete Erde.

Trotzdem mag ich Mutters freundliches, gelassenes Gesicht. Sie legt die Stirn nur in Falten, als sie ihrer Sorge über den Bäckereien-Krieg Ausdruck verleiht.

»Keine Angst, Mutter«, werfe ich irgendwann ein. »Du weißt, ich gebe nicht so leicht auf.«

Ich nehme mir den Zitronenschäler und beginne, eine Limone zu schälen. Mein Blick ist auf die durchsichtigen grünen Fetzen gerichtet, die in eine Schüssel fallen, während Gedanken durch meinen Kopf schwirren. Ich will Mutter möglichst nicht den geringsten Anlass zur Sorge geben. Ihr Blutdruck steigt schon beim allerersten Anzeichen von Stress an, manchmal höher als 180 zu 100. Und obwohl wir uns oft streiten, stehen wir uns sehr nahe, was nur natürlich ist, da wir jahrelang aufeinander aufgepasst haben.

»Das ist so eine große Herausforderung.« Mutter sieht aus dem Fenster, obwohl ich mir sicher bin, dass sie nicht über das tiefe Kastanienbraun des Ahornbaums nachdenkt. »Ich wünschte, Roger wäre da, um dir zu helfen.«

Das ist neu. Als ich Roger kennen lernte, hatte Mutter Bedenken gegen ihn und seine Heimat Japan. Sie hatte unzählige Samurai-Romane gelesen und misstraute der kriegerischen Tradition, die darin dargestellt wurde. Mit der Zeit hatte Roger, der ihr alles über das moderne Japan beibrachte, sie jedoch bekehrt und zu einer begeisterten Anhängerin von Taiko-Trommeln, *sumi-e*-Malerei, Ikebana, japanischen Zeichentrickfilmen und Origami gemacht.

Ich schnappe mir ein Handtuch aus einer Schublade. »Erwähn den Namen nie wieder, Mutter. Ich brauche ihn nicht. Ich schaffe es allein.«

»Du wirst die Bäckerei doch nicht schließen, wie es in der Zeitung steht, oder?«

»Keine Chance.«

Mutter sitzt ein paar Sekunden still da; ihr Schweigen ängstigt mich. »Dushan sagt, er würde gern mit dir sprechen«, erklärt sie.

Ich schneide die bittere weiße Haut der Limone ab und werfe sie weg. Ich kann Mutters Verlobten, Dushan Bashich, nicht ausstehen. Obwohl er zehn Jahre jünger ist als sie, kommandiert er sie ständig herum. Er ist erst vor kurzem aus dem krisengeschüttelten Balkan gekommen und neigt dazu, beim geringsten Anlass zu streiten, egal um welches Thema es geht. Warum muss er immer noch so sein? Als ich die geschälte Limone in die Hand nehme, überlege ich, warum der Mann mich sehen will.

Als würde sie meinen Widerwillen spüren, fügt Mutter hinzu: »Er hat einen *bhalo matha* für finanzielle Fragen.« Einen »guten Kopf«.

Anscheinend glaubt Mutter, dass Dushan, der in der Kreditabteilung der Home Street Bank arbeitet, mir helfen kann. Bei meinen früheren Versuchen, Kapital für die Bäckerei aufzutreiben, habe ich mehr Banker getroffen, als mir lieb ist. Die meisten erwiesen sich als visionslose Pfennigfuchser. Vielleicht erklärt das auch zum Teil, warum ich Dushan nicht besonders gut leiden kann.

»Ich habe schon Probleme, den Kredit zurückzuzahlen, den ich habe. Es könnte sogar sein, dass du das Geld von mir in diesem Monat später kriegst. Ich habe noch ein paar zusätzliche Rechnungen bekommen, die nicht eingeplant waren.«

»*Deri? Koto deri?*« Spät? Wie spät? Mutter blickt mit beunruhigt geweiteten Augen zu mir auf. »Habe ich dir erzählt, dass ich ein neues Dach brauche? Mein Dach ist zwanzig Jahre alt und wird langsam undicht. Ich habe mit der Reparatur gewartet, bis das Geld von dir kommt, damit ich genug habe, um die Anzahlung zu decken.«

Ich stelle mir ein rissiges Dach vor. Das Regenwasser sickert hindurch und durchnässt Mutters Haare, wodurch sie eine schlimme Erkältung bekommt. Ich erschaudere. »Es handelt sich nur um ein paar Wochen.«

»Ein Grund mehr, mit Dushan zu sprechen.« Mutter blickt neugierig zum Herd. »Was machst du da eigentlich?«

»Möchtest du mal kosten?« Sie nickt prompt, und ich löffle Lime Curd auf ein Törtchen, garniere das Ganze mit Schlagsahne und gerösteter Kokosnuss und serviere es ihr mit elegantem Schwung. Hoffentlich verfolgt sie das Thema Dushan nicht weiter.

Mutter probiert ein winziges Häppchen. Vor Jahren hat sie mir beigebracht, wie man die Bestandteile eines Gerichts mit kleinen Anfangsbissen analysiert, bevor der Geschmack den Mund überwältigt. Mit gespitzten Lippen fragt sie: »Was ist da noch drin außer frischer Limone?«

Sie hört meiner Erklärung aufmerksam zu, wie ich frisch gepresste Limonenessenz mit persischem Limonensaft aus der Flasche und gefrorenem Blutorangennektar vermischt habe, um diese besondere Dimension fruchtiger Herbheit hinzubekommen. Ihr Motto hatte immer gelautet: »Das Ende kann man im Anfang finden.« Das bedeutet im Küchenjargon, dass das Endresultat von der Qualität der Rohmaterialien abhängt, mit denen man arbeitet.

Gerade als ich denke, dass wir bei einem angenehmeren Thema angelangt sind, sagt Mutter: »Ich glaube, dieser Lime Curd würde Dushan schmecken. Ja, bestimmt.« Sie nickt nachdrücklich.

Ich wende mein Gesicht ab. Aus dem Augenwinkel sehe ich, dass Mutter mich beobachtet.

»Ich weiß, er kann manchmal herrisch sein, aber er tut alles für mich...« Ich will gerade ein eigenes Aber einwerfen, als Mutter weiterspricht. »Es ist schon so lange her, dass ich mich so gefühlt habe. Ich kann endlich wieder einem Mann trauen, und ich kann sogar darüber reden. Ich war nie in der Lage auszudrücken, wie es war, dreißig Jahre ohne Partner zu sein. *O baba!*« Mutter gebrauchte den bengalischen Ausruf, um die schwierige Situation zum Ausdruck zu bringen. »Dein Vater war angeblich der sanftmütigste Mensch auf Erden, ein kluger Mann, ein ehrenwerter Mann, und sieh nur, was er uns angetan hat...«

Das habe ich schon oft von Mutter gehört, aber es geht mir immer noch furchtbar nahe. Da ist dieses ungelöste Rätsel um das Verschwinden meines Vaters, obwohl ich insgeheim die Hoffnung immer noch nicht aufgegeben habe, ihn wiederzufinden. Immer wenn ich eine Zeitung in die Hand nehme, durchsuche ich sie sporadisch nach dem Namen Prabhu Malhotra und rechne fast damit, dass er irgendwo im Zusammenhang mit einem Chemie-Forschungsprojekt auftaucht. Da er ein hoch angesehener Akademiker war, habe ich sogar übers Internet in den Fachbereichen der Eliteuniversitäten nach ihm gesucht. Bisher habe ich nichts gefunden.

Jetzt schiebt Mutter ihren leeren Teller beiseite, sieht auf ihren neuen Verlobungsring (ein Solitär in Platin), und ihre Augen glänzen wie lange nicht mehr. Bevor sie Dushan traf, hatte sie sich weder Schmuck noch anderen Luxus leisten können. Warum kann ich nicht mehr Verständnis für ihn aufbringen? Ich blicke forschend in Mutters Gesicht. Sie sieht so glücklich aus, wie wir es unseren Müttern wünschen.

»Dushan will unbedingt mit dir reden. Sei nicht überrascht, wenn er in den nächsten Tagen vorbeikommt.«

»Sollte er das nicht zuerst mit mir abklären?«

»Ich hab ihm schon gesagt, dass das in Ordnung geht.«

Der Lime Curd muss sofort in den Kühlschrank – er wird sonst schnell flüssig –, und trotzdem stehe ich mit der Schüssel in der Hand wie angewurzelt da und bin wütend darüber, wie Mutter ihre Macht über mich ausübt.

»Ich weiß, was gut für dich ist.« Sie steht auf, wobei ihr Stuhl ein nervtötendes Kratzgeräusch macht, und schlüpft leise wie immer durch die Tür. Sie dreht sich noch einmal um, sagt sanft: »Danke, bis später, *achha choli*«, und lässt mich sprachlos zurück.

8

Nach Mutters Aufbruch ist es mir unmöglich, mich auf meine Arbeit zu konzentrieren, deshalb suche ich Zuflucht im Café. Jill, die eine türkisfarbene Bluse im Knitterlook trägt, steht an der Theke und sieht mich prüfend an.

»Möchten Sie eine Tasse Tee?«, fragt sie.

Von all meinen Angestellten habe ich zu Jill das schlechteste Verhältnis. Sie ist wortkarg und wirkt nach außen hin sehr kühl, sodass ich nicht recht warm mit ihr werde. Ihre freundliche Geste verblüfft mich. »Klingt fantastisch.«

»Warum setzen Sie sich nicht? Ich bringe sie Ihnen.«

Ich setze mich an einen Fenstertisch. Bald beugt sich Jill mit einem Becher Kamillentee über mich und murmelt ein Dankeschön dafür, dass ich ihr am nächsten Mittwoch frei gegeben habe.

»Ich habe Earl zufällig getroffen«, fügt sie flüsternd hinzu. »Er hat die Hygieneinspektorin immer noch nicht angerufen. Er sagte, er hätte es vergessen.« Dann schlendert sie zurück zur Theke; ihr türkisfarbenes Perlenarmband klickt leise dazu.

Ich wünschte, jemand würde das Gesundheitsamt über die unhygienischen Zustände bei Cakes Plus informieren. Ich trinke aus meinem Becher. Draußen scheint die Sonne nur schwach, aber dieser Tee mit seinem kräftigen Kräuteraroma, das so sehr nach Erde duftet, ist wirklich beruhigend. (Wir benutzen lose, getrocknete Blätter, niemals Teebeutel.) Ein angenehmes, allumfassendes Gefühl durchstrahlt meinen Bauch. Ich verlangsame meine Gedanken.

Bilder aus der Vergangenheit, Mutters Geschichten, kommen angeflogen. Wie Vater nur mit ein paar Sachen verschwand – einem Koffer, zwei Hemden, zwei Hosen, ein paar Büchern und seinen Toilettensachen – und nur ein paar knappe Zeilen über den sinnlosen Luxus unseres Seattler Apartments hinterließ. Als ich neun wurde, gab Mutter mir den Zettel und schüttelte den Kopf. Der Brief, geschrieben mit edlem Füller und in einer Schrift, die gleichmäßig und kontrolliert war und in der nichts auf inneren Aufruhr deutete, enthielt keine Anrede. Als hätte ihr Name ihn zurückgelockt. Er hatte sich auch nicht die Mühe gemacht zu unterschreiben.

Als ich von dem Briefpapier aufsah, war ich nicht überrascht, dass Mutter vor Wut kochte und einen leisen Zischlaut von sich gab. Sie musste diesen Zettel tausendmal in die Hand genommen, gelesen und sich darüber den Kopf zerbrochen haben. *Ma Durga!* Sie rief ihre Göttin an. Einem Mann vergeben, der *samsara* verleugnet? Auch wenn die wissenschaftlichere Bedeutung des indischen Wortes »der schmerzhafte Kreislauf aus Geburt, Tod und Wiedergeburt« lautete, verstanden die einfachen Leute darunter schlicht die Pflichten eines Familienvaters. Einem Mann vergeben, der die alleinige Verantwortung für das Aufziehen eines Neugeborenen auf die Schultern seiner Frau ablädt und sich aus dem Staub macht? In den Monaten nach Vaters Verschwinden litt Mutter sehr unter den Schmähungen ihrer indischen Bekannten. Sie blickten sie düster an, als sei sie ein schlechtes Omen. Der Gipfel war, als sie mit anhörte, wie Mrs. Tewari, die selbsternannte Gemeindeerste, zu ihren Freundinnen sagte: »Wenn ein guter Mann geht, liegt der Grund in der Küche oder im Schlafzimmer. In ihrem Fall ist es nicht die Küche.« Mutter nahm nie wieder an einer Gemeindeveranstaltung teil. Sie besuchte sogar ihre Verwandten in Indien nicht mehr, weil sie Angst hatte, dass auch diese ihr die ganze Schuld an ihrem schweren Schicksal geben würden.

Als sie zu Ende gesprochen hatte, wischte sich Mutter die Augen, und in mir flammte Wut auf. Meine Hand versteifte sich aus Protest. Vater musste ein schlechter Mensch sein, eine widerliche Kreatur mit durchtriebenem Blick. Wenn ich ihn je zu Gesicht bekäme, würde ich ihm deutlich die Meinung sagen. Doch insgeheim (das konnte ich Mutter jedoch nicht erzählen) sehnte ich mich danach, ihn zu treffen, nur einmal, damit ich mit eigenen Augen sehen konnte, wie widerlich er wirklich war.

Noch ein Schluck Tee. Ich sehe Mutter vor zwei Jahren vor mir, als sie zu ihrer ersten Verabredung mit Dushan ging. Sie war so nervös, dass sie ihre Handtasche vergaß. Im Restaurant ließ sie ihren Salatteller auf Dushans Schoß fallen. Sie erlaubte ihm nicht, ihre Hand zu halten. Heute lacht sie über diesen Zwischenfall. Ich bin stolz auf sie. Die einst schüchterne Frau hat ihre Hemmungen überwunden, sich über die Moralvorstellungen ihrer seriösen indischen Bekannten hinweggesetzt und erst spät im Leben die Liebe gefunden, was mit einigen Schwierigkeiten verbunden war. Im Gegensatz zu einsamen älteren Damen wie die inzwischen verwitwete Mrs. Tewari, die vor dem Fernseher schmachtet und mit Freundinnen hoch fetthaltige *gulab jamons* in sich hineinstopft, hört Mutter mit Dushan in der Benaroya Hall Symphoniekonzerte, wandert die Hügel im Discovery Park hinauf, gönnt sich kosmetische Behandlungen in der Erno-Laszlo-Abteilung bei Nordstrom's und widmet ihre Zeit großzügig der Wohltätigkeitsorganisation »People for Progress in India«. Ihre Bekannten, die ihr am Anfang so distanziert gegenüberstanden, bewundern sie inzwischen. »Eine starke Frau«, soll Mrs. Tewari vor kurzem über Mutter gesagt haben. »Und sanft dazu.« Sie plant einen Polterabend, eine Junggesellinnen-Party für Mutter. Sie hat versprochen, mich einzuladen.

Ich kehre in die Gegenwart zurück, als eine Gestalt im weißen Hemd mir von einem Nachbartisch zunickt. Ich nicke geistesabwesend zurück und bemerke erst dann, dass es Andrew Johnson ist.

Der Filmregisseur – so bald schon wieder hier? Vielleicht hat er gehofft, mich zu sehen? Ich schaue weg, um meine Reaktion zu verbergen.

Vor dem Fenster flattern Herbstblätter in Rot und Gold. Ich sehe eine gestresst wirkende Mutter, die auf dem Bürgersteig ihrem Kleinkind nachläuft – ein liebenswerter Anblick –, und registriere das Miauen einer Katze. Gleichzeitig bin ich mir vage bewusst, dass Jill mit wachsamen Augen an der Theke steht, was mich ein wenig hemmt.

Mit einer geschmeidigen Bewegung nimmt Andrew seinen eisgekühlten *chai* und rutscht auf einen Stuhl mir gegenüber. Ein glatter weißer Kragen unterstreicht seine raue

Gesichtshaut. Ich hätte nie gedacht, dass ich schlechte Haut an einem Mann attraktiv finden könnte, aber diese kleinen Narben und Unreinheiten scheinen seinem Gesicht Charakter zu geben.

»Es ist mir gelungen, mich für ein paar Minuten loszueisen, um hierher zu kommen und ein Stück Sunya Cake zu essen, aber es hieß, heute gäbe es keinen.« Sein Ton scheint eine Erklärung zu verlangen. Als die ausbleibt, fährt er fort: »Aber der Apfelkuchen ist kein schlechter Trostpreis.« Er spricht mit der Selbstsicherheit und Autorität eines Ivy-League-Absolventen.

»Irgendwann«, sage ich langsam, »backe ich einen Sunya Cake nur für Sie.«

Sein Gesicht bekommt einen hellen Glanz, und er sieht mich mit dunkelbraunen Augen an – ein Reservoir nach einem Regenguss. Die Anziehung zwischen uns ist stärker geworden – die symbiotische Bindung zwischen Bäckerin und Konsument.

»Ich könnte ein paar Sunya Cakes für eine Party gebrauchen, die ich in ein paar Wochen gebe«, sagt er. »Für meine Crew. Ich drehe einen Spielfilm.«

»Das habe ich schon gehört. Ich muss zugeben, dass ich Ihren letzten Film nicht gesehen habe, aber diesen werde ich nicht verpassen …«

»Ich glaube, er ist es wert, ihn sich anzusehen. Es ist das beste Werk, das ich bisher gedreht habe. Wir gehen einige Risiken ein und wenden ein paar innovative Techniken an, die in Spielfilmen nicht oft eingesetzt werden, zum Beispiel echtes Filmmaterial über die Handelskonferenz.« Er sagt, dass er einen guten Mitarbeiterstab hat und einen großen Talentpool, aus dem er schöpfen kann. »Aber ich brauche noch ein wenig Lokalkolorit und Atmosphäre.«

»Was genau brauchen Sie denn?«

»Es gibt da eine Szene, in der zwei Menschen, die sich zum ersten Mal begegnen, zusammen an einem Ort zu sehen sind. Das könnte eine Bar, ein Café oder eine Konditorei sein.«

»Sie haben noch nichts gefunden?«

»Mein Scout hat Ausschau gehalten – kein Glück bisher. Ich bin da ziemlich eigen. Eigentlich habe ich an diese Bäckerei gedacht.«

»Hier?« Das Fragezeichen ist reine Höflichkeit. Ich fühle mich geschmeichelt. Außerdem ist mir in dieser Situation jede Publicity, ob kurz- oder langfristig, hoch willkommen.

Sein Blick schweift durch den Raum. »Ich habe mich in dem Moment in Ihre Bäckerei verliebt, als ich zum ersten Mal hereinkam. Mir gefällt die Atmosphäre hier, und ich habe überlegt, ob ich Sie frage.« Er hält inne, zögert und sagt dann: »Aber es wird eine Beeinträchtigung sein. Und ich habe kein großes Budget, um Sie zu bezahlen.«

Ich denke darüber nach. Ich kann es mir nicht leisten, die Bäckerei einen Tag zu schließen und die Einkünfte zu verlieren. Wie würden meine Kunden reagieren, wenn auf einmal das »Geschlossen«-Schild vor ihrer Nase baumelt? Würden sie je wiederkommen? Oder würden sie es aufregend finden, in ein Café zu gehen, das durch Filmaufnahmen berühmt geworden ist? Mir fällt eine scheinbar akzeptable Lösung ein. »Können Sie früh drehen?«

»Ich glaube schon.« Er denkt einen Moment nach. »Ich werde Ihre Bäckerei von außen filmen müssen. Hätten Sie etwas dagegen, wenn wir unser eigenes Schild mitbrächten?«

»Das erlaube ich nicht.« Das rechteckige Schild, in Gelb und Grün bemalt und genau über dem Eingang festgenagelt, kommt mir in den Sinn. Die dramatischen Farbtöne und die elegante Beschriftung hat Mutter ausgesucht. Sie vergisst nie, das Schild in Augenschein zu nehmen, wenn sie herkommt.

»In dem Fall nehmen wir eben Ihr Schild. Würde es Ihnen etwas ausmachen, wenn ich ein paar Innenaufnahmen mache? Die Decke ist hoch genug für unsere Kamera. Der Keramik-Übertopf an der Tür wäre ein guter Vordergrund.«

Die Sicherheit meiner Bäckerei ist mir wichtig, aber dies ist eine einzigartige Gelegenheit. »Ich denke, das ginge in Ordnung.«

»Wir werden aufpassen und alles wieder an seinen Platz stellen. Wir fangen um drei Uhr morgens an und sind um sechs fertig.«

»Wann wollen Sie das machen?«

Wir sprechen über Termine, entscheiden uns letztlich für nächsten Dienstag und handeln eine angemessene Bezahlung aus. »Wird zu dieser Stunde jemand da sein, um uns reinzulassen?«, fragt er.

»Ja, Pierre, mein Bäcker. Er kommt gegen Mitternacht. Bitte bemühen Sie sich, ihn nicht zu sehr zu stören. Er ist ein brillanter Konditor, aber er lässt sich leicht ablenken und ist sehr launenhaft. Seien Sie so leise wie möglich. Ich komme dann so gegen fünf.«

»Können wir Ihren Parkplatz benutzen? Wir bringen mindestens einen LKW mit.« Er sieht demonstrativ aus dem Fenster zu der Baustelle direkt gegenüber der Bäckerei, wo ein Apartmenthaus errichtet wird. Ein Teil der Straße ist mit Barrikaden abgesperrt, sodass Parken auf der Straße verboten ist. »Je weniger weit wir mit der Ausrüstung laufen müssen, desto besser.«

Ich nicke zustimmend. Natürlich kann er unseren Parkplatz benutzen. Zu dieser frühen Stunde ist er abgesehen von Pierres Volvo leer. Er kann dort parken, seine Ausrüstung durch die Hintertür schleppen und dann durch die Küche gehen. Ich mache es ihm einfach.

Während er die Details in sein Notizbuch kritzelt, lehne ich mich zurück und stelle mir Mutters Reaktion vor. Einmal pro Woche fährt sie allein von Mount Vernon nach Renton, je zwei Stunden hin und zurück. Ihr Ziel ist das dortige Roxy Theater, wo am Wochenende Hindi-Filmhits gezeigt werden. Auch Pierre, der Cineast, wird entzückt sein. Er geht mindestens zweimal pro Woche ins Kino. Und Jill, die gerade an der Theke steht und Andrew verstohlen mustert, wenn sie gerade nichts in die Kasse eintippt, hat sicher auch nichts gegen Filmaufnahmen. Und schließlich, was am allerwichtigsten ist, meine Kunden: Ich sehe da keine Probleme. Viele von ihnen sind Kinofans.

Andrew, der inzwischen mit seinen Notizen fertig ist, schüttelt mir die Hand; sein Händedruck ist angenehm fest. Plötzlich kann ich meinen Körper überdeutlich spüren: das enge Anliegen des BHs, meine verschwitzten Achselhöhlen, das glatte Gefühl des Rocksaums, wenn er meine Knie streift.

»Kommen Sie, ich zeige Ihnen alles.«

In der Küche sieht sich Andrew genüsslich schnuppernd um. Nostalgie glüht in seinen Augen, als wir Platz nehmen. »Dieser Geruch versetzt mich weit zurück«, erzählt er. »Als ich vierzehn war, bin ich mit meinem Dad ein paar Wochen hier gewesen. Er war Fernsehreporter und recherchierte über den pazifischen Nordwesten, und ich durfte mitkommen. Ich liebte die Berge, Seen und die saftig grüne Landschaft, doch anders als in New York, wo ich aufwuchs, gab es hier damals nicht viele Bäckereien. Glücklicherweise stieß ich nach langer Suche auf einen Doughnut-Laden mit wunderschönen Seidenvorhängen an den Fenstern. Er war in einer Gasse versteckt und machte von außen nicht viel her, aber dort gab es die wunderbarsten Zimt-Doughnuts. Ich habe nie etwas Derartiges gegessen, auch nicht in New York. Ich rannte jeden Morgen dorthin und bestellte gleich mehrere Doughnuts auf einmal. Ich werde nie vergessen, wie der weiße Zuckerguss an meinen Fingern klebte und wie ich alles ableckte. Ich hielt das für meine größte Entdeckung auf dieser Reise. Ich frage mich, ob es den Laden noch gibt.«

Mein Gesicht muss meine Bestürzung verraten haben. Andrew beugt sich mit besorgtem Blick zu mir: »Oje, hoffentlich glauben Sie nicht, ich wollte Ihre Bäckerei herabwürdigen.«

»Nein, nein, es ist nur alles so seltsam. Wissen Sie, das war der Doughnut-Laden meiner Mutter! Der Laden ist schon seit vielen Jahren geschlossen. Sie hat ihn verkauft und sich zur Ruhe gesetzt.«

Andrew richtet sich auf. »So ein Zufall! Ich kann es kaum glauben.«

Doughnut – kreisrunde Form – er musste zurückkommen. Das würde Mutter in ihrer folkloristischen Weisheit sagen. Ich höre, wie Andrew fragt: »Waren Sie auch da? Sie müssen damals ein kleines Mädchen gewesen sein.«

»Ich habe Mutter nach der Schule geholfen. Rückblickend muss ich sagen, dass es ein gutes Training war, auch wenn ich es damals nicht wusste.«

»So wie Ihr Gebäck schmeckt, besonders der Sunya Cake«, erklärt er, »haben Sie offensichtlich das Talent Ihrer Mutter geerbt. Backen war für Sie eine gute Berufswahl.«

Das hat Roger auch immer gesagt. Jedenfalls bis mich mein Beruf vollkommen in Anspruch nahm und er begann, seine Arbeit zu hassen. Roger. Erinnerung. Wie ein altes

Lieblingskleid zu streicheln, das man lange nicht getragen hat. Ich reiße mich zusammen und sage zu Andrew: »Als ich frisch vom College kam, glaubte ich das überhaupt nicht. Mein letzter Job, nachdem ich mein Studium in Paris abgeschlossen hatte, war in einer Leichenhalle. Sie können sich vorstellen, wie das war ...«

Andrew lacht herzhaft, ein Lachen, das tief aus seinem Inneren aufsteigt und ihn den Kopf in den Nacken werfen lässt. Er kommt mir jetzt viel zugänglicher vor. Seine Hand liegt entspannt auf dem Tisch. Der Anführer in ihm ist verschwunden.

Ehe ich mich's versehe, erzähle ich ihm von meiner Schulzeit. Wie die anderen Kinder mich verspotteten, wenn ich im Flur an ihnen vorbeiging. Sie waren nicht die einzigen. Viele von Mutters indischen Freundinnen besaßen Restaurants in der Innenstadt, mit Tischdecken, Kerzenlicht, Batikdrucken an den Wänden, Two-for-One-Coupons und stereotypischen Namen wie »India Pavilion«, »The Taj« oder, was am beliebtesten war, »Bengal Tiger« (ungeachtet der Tatsache, dass diese Tiger fast ausgestorben waren). Sie hielten den Besitz solcher Lokale für einen angesehenen Beruf, das Führen eines Doughnut-Ladens hingegen für »Arbeit der Unterschicht«. Mrs. Tewari, Angehörige der feinen Gesellschaft und schon damals fettleibig, lud uns nicht mehr zu den herbstlichen Diwali-Festlichkeiten bei sich zu Hause ein. »Sie haben bereits Verpflichtungen, habe ich gehört«, sagte sie zu Mutter, wenn sie sich im Supermarkt trafen, verabschiedete sich mit einem abweisenden »Guten Tag« und ging weiter, ohne eine Antwort abzuwarten. Und Dr. Hussain, dieser unerträgliche, aufgeblasene Kardiologe, konnte es sich nie verkneifen, darauf hinzuweisen, dass in Indien nur Analphabeten als Köche arbeiteten. Hinter seinem Rücken nannte Mutter ihn »Essens-Analphabet«, weil er ein Mann war, der in zwei Minuten seinen Teller leer putzte und dann gelangweilt aussah, ein Mann, der nicht einmal den Unterschied zwischen *naan* und *kulcha* kannte. Was wusste er schon von der wichtigen Rolle, die Essen in der indischen Kultur spielte? Und was wusste er schon wirklich über das menschliche Herz? Eines Tages zog sein nur minimal beaufsichtigter siebenjähriger Sohn an Mutters Sarischleppe und kicherte. »Mein Dad sagt, du kannst nicht lesen und schreiben. Deshalb hast du keine andere Wahl, als Doughnuts zu machen!« Unfähig, die Demütigung zu ertragen, gab ich ihm eine Ohrfeige, das einzige Mal in meinem Leben, dass ich so etwas getan habe. Ich war damals zwölf. Ich ohrfeigte ihn so heftig, dass meine Handfläche brannte. Der Junge schrie und rannte schreiend weg. »Mommy! Daddy! Die hat mich gehauen!« Soviel ich weiß, hat er Mutter nie wieder belästigt. Sie hielt mir deshalb eine Riesenstandpauke, aber das war mir egal. Außerdem nahm ich, noch während sie mich ausschimpfte, einen erfreuten Schimmer in ihren Augen wahr.

Tante Madhu (die nicht mit uns verwandt war) und ein paar andere hielten zu uns. Mutter klagte immer darüber, dass so viele ansonsten intelligente Leute sich nicht vorstellen konnten, dass sie freiwillig Doughnuts verkaufte, dass ihr Schmalzgebackenes so vielen Menschen Freude bereitete.

Andrew hört zu, hört wirklich zu, eine Eigenschaft, die ich an einem Mann schätze. Als er sich vorbeugt, nehme ich den Geruch seiner Seife, seines Rasierwassers, seiner Haarkrem oder einer Mischung davon wahr – erfrischend, was es auch sein mag. Ist sein Interesse echt, frage ich mich, oder geht es ihm bloß ums Geschäft?

Er fragt mit gespieltem Ernst: »Und wo ist Mrs. Tewari abgeblieben?«

»Ach, sie lebt immer noch in der Gegend und kommt jeden Samstag hier vorbei. Sie isst immer noch gern Süßes. Sie ist kaum wiederzuerkennen. Sie hat derart zugenommen, dass sie praktisch seitlich durch die Tür kommen muss.«

Noch ein herzhaftes Lachen von Andrew. Während ich ihm bezaubert zuhöre, sehe ich zur Wanduhr und beschließe, zur Sache zu kommen. Ich habe die Zeit ganz vergessen, genau wie er. Mit dem Notizbuch und dem Call Sheet vor sich stellt er relevante Fragen und notiert sich Details; als Jill vorbeikommt, um Silberbesteck abzuräumen, hält er kurz inne und blickt auf. Das bemerke ich durchaus. Wir brauchen noch eine halbe Stunde, um den Plan auszuarbeiten, worauf er sein Notizbuch zuschnappen lässt, es in seine Hosentasche steckt, das Call Sheet an sich nimmt und etwas von der Freude murmelt, die es für ihn gewesen sei, mit mir Geschäfte zu machen. Dann erhebt er sich mühsam von seinem Stuhl. Unsere Zeit ist um, stelle ich mit leichtem Bedauern fest.

Ein zurückhaltendes Lächeln spielt um seine Lippen, als er sich kurz, aber herzlich von mir verabschiedet. Ich hoffe, unser Händedruck zum Abschied hat meinen inneren Aufruhr nicht verraten.

Allein in der Küche sinke ich glücklich auf einen Stuhl und denke über den Lauf der Ereignisse nach. Meine Bäckerei wird im Spielfilm eines bekannten Regisseurs ewig weiterleben.

Die von Cakes Plus werden vor Neid erblassen.

9

Auf das hartnäckige Klingeln hin gehe ich schnell zur Haustür und öffne sie einen Spalt. Es ist Dushan, Mutters Verlobter, mit hochgezogenen Schultern, die Hände in den Taschen eines schweren Jacquard-Wollpullovers vergraben.

»Hallo, Dushan, ich habe dich erst in zehn Minuten erwartet. Komm rein ins Warme.« Meine energische Stimme täuscht über meine innere Anspannung hinweg. Als ich die Tür öffnen will, klemmt sie für einen Moment. Ich mache mich daran zu schaffen, bis sie endlich widerwillig aufschwingt.

Dushan tritt sich die Füße auf der Fußmatte ab und stürmt herein, wobei er den Kopf einzieht, um einem imaginären Hindernis auszuweichen. Mit seiner großen, massigen, etwas zu wohl genährten Gestalt überragt er mich, aber davon lasse ich mich nicht einschüchtern.

»Ich habe mir heute Nachmittag freigenommen, um dich zu besuchen«, erklärt er, als verkünde er ein feierliches Ereignis. Dann zieht er ein Taschentuch hervor und hustet hinein.

»Du klingst schrecklich.«

»Ja, diese Erkältung macht mich fertig.«

Ich lotse ihn ins Wohnzimmer. Obwohl Dushan es versäumt hat, mich über den Zweck seines Besuchs aufzuklären, schwöre ich mir, ihn nicht zu verärgern, egal um welches Thema es geht. Diesmal werde ich ihn Mutter zuliebe einfach ausreden lassen und mich vor einem Streit hüten. Das kräftige Aroma eines Topfes mit heißem Kakao (in den ich meine Geheimzutat, eine Spur Espressopulver, gemixt habe), der auf kleiner Flamme kocht, zeugt von meinen guten Absichten.

Ich deute auf eine Couch in der gemütlichen Sitzecke, wo ein nach Süden gehendes Fenster ein paar Strahlen der schwachen Herbstsonne hereinlockt. Dushan sinkt auf die Couch, und das Kissen ächzt protestierend. Ich ergreife die Gelegenheit, Dushan erneut verstohlen zu betrachten. Ein Teint, der fleckiger ist als normal, die wässrigen traurigen Augen, die rote Nase und das verschwollene Gesicht lassen ihn weniger lebhaft als sonst wirken. Insgeheim seufze ich vor Erleichterung.

Ich schenke ihm meine volle Aufmerksamkeit, während er über eine Krise in der Bank spricht, wo ein neues Scheck-Nummerierungssystem ein Riesenchaos verursacht hat, auch wenn mich das Thema nur wenig interessiert. »Das verursacht mir eine Menge Ohrenschmerzen«, schließt er. Ich unterdrücke das Bedürfnis, über seine völlig vermurkste Redewendung zu lächeln, da mir einfällt, dass Dushan leicht Ohrenschmerzen bekommt, wie Mutter sagt. Dann erzählt er mir von einem Karton mit 150 Tulpenzwiebeln, die er im Sonderangebot bei Chubby and Tubby's für Mutter erstanden hat, und wie toll ihr Rasen im Frühling mit den Blüten aussehen würde. »Aber sie muss sich beeilen, um sie noch in den Boden zu kriegen, bevor es Frost gibt.«

Ich arrangiere die Untersetzer auf dem Couchtisch neu, während ich mir vorstelle, wie meine arme Mutter für jede einzelne der 150 Zwiebeln ein drei Zentimeter großes Loch gräbt. »Du wirst ihr doch sicher dabei helfen, oder?«

Dushan traut seinen Ohren nicht. Seine wilden Augenbrauen erheben sich auf seiner Stirn, als wollten sie nach oben fliehen. »Ich? Ich bin Banker, junge Lady. Banker graben keine Löcher in den Boden.« Er schnieft.

Und schon rege ich mich wieder auf, was nichts Neues ist. All unsere Gespräche bisher, jedes einzelne davon, endeten verdrießlich. Das letzte Mal war bei Mutter vor ein paar Wochen. Wir saßen zu dritt in bequemen Korbsesseln auf ihrer Terrasse und vertrödelten den Nachmittag bei meinem Schichtkuchen mit brauner Butter und Nektarinen. Auf Mutters Frage hin, was den Kuchen so feucht und weich mache, hatte ich mein Geheimnis verraten: extrafeiner Zucker. Zucker war ein unverfängliches Thema, hatte ich angenommen, jedenfalls bis Dushan mich unterbrach. »*Zucker*? Ich erzähl euch was über Zucker.« Anscheinend füllte seine Mutter ihre Speisekammer mit kleinen weißen Tüten Vanillezucker, einem raffinierten Süßmittel wahrscheinlich deutschen Ursprungs, von dem amerikanische Konditoren in ihrem Provinzialismus noch nie etwas gehört hatten. Schade, klagte er, da Vanillezucker meine durchaus lobenswerten Bemühungen um ein vornehmes europäisches Element bereichern würde. Nicht dass mein Kuchen schlecht wäre, so viel gestand er mir zu. Dann verstummte er. Ich fühlte mich, als hätte er mir mit dem Rasensprenger Wasser in die Augen gesprüht. Natürlich provozierte das eine Reaktion meinerseits. Höflich konterte ich, dass Geschmack und Marke des Zuckers nicht annähernd so wichtig seien wie seine Konsistenz. Je feiner der Zucker, desto besser absorbierte er Feuchtigkeit. Dushan jedoch blieb bei seiner Meinung, genauer gesagt bei seiner Vorliebe für Vanillezucker, und so ging es eine halbe Stunde hin und her, wobei das Gespräch immer hitziger wurde, bis Mutter schließlich mit einem Zungenschnalzen einschritt.

»Würdest du uns etwas auf dem Klavier vorspielen, Liebling?«, warf sie ein und sah Dushan bittend an. Ich saß dort und starrte schweigend vor mich hin, während Dushan einen Chopin-Walzer verhackstückte. Kaum war der letzte falsche Ton verklungen, da stand er auch schon auf, verbeugte sich und marschierte schnurstracks zum Tisch, wo er sich das letzte Stück Kuchen einverleibte, ohne uns etwas davon anzubieten. Dieser Vorfall ließ mich an seiner Kinderstube zweifeln.

Er scheint das alles vergessen zu haben, denn er erzählt mir ganz unbefangen von der wunderbaren Automobil-Schau, auf der er neulich war. (Wohin er Mutter natürlich mitgeschleppt hat.) Er rattert mir unbekannte Begriffe wie V6, Standard-AWD, Vierrad-ABS und Fahrtüchtigkeit im Gelände herunter. Ich rutsche unbehaglich in meinem Sessel hin und her.

»Ich freue mich, dass du trotz deines vollen Terminkalenders die Zeit gefunden hast, mich zu besuchen, Dushan. Du musst etwas auf dem Herzen haben ...« Ich formuliere den Satz mit einem offenen Ende, um ihm etwas Spielraum zu geben, seine Absichten kundzutun.

Zur Antwort blickt er zur Küche und schnieft noch einmal.

Ich stehe auf und wende mich zum Gehen. »Oh! Ich war so sehr in deine Geschichten vertieft, dass ich ganz vergessen habe, dir heißen Kakao zu bringen.« Ich flitze in die Küche, wo mich der kräftige Kakaogeruch für einen Moment überwältigt. Das karamellfarbene Gebräu fließt schäumend in eine Tasse. Ich streue Kakaopulver darauf.

Dushan nimmt seine Tasse mit einem Nicken entgegen und trinkt einen Schluck von dem siedend heißen Getränk. Er verzieht das Gesicht und atmet tief durch, wobei ihm ein leises zufriedenes Glucken entfährt. Der Mann muss eine Zunge aus Stahl haben.

»In meiner Kindheit«, erklärt er, »war heißer Kakao Luxus. Meine Mutter machte ihn nur an Weihnachten. Wir sind schließlich nicht bei Königs, sagte sie immer, wenn ich zu anderen Gelegenheiten danach verlangte. Am Weihnachtsmorgen kippte mein älterer Bruder zuerst seine Tasse herunter, und wenn meine Mutter nicht hinsah, nahm er mir meine weg, trank das meiste davon, stellte die Tasse wieder vor mich und schlich sich aus dem Zimmer. Er war ein solcher Tyrann! Deshalb habe ich gelernt, schnell zu trinken. Er sitzt jetzt in Texas im Gefängnis.«

Ich empfinde plötzlich Mitleid für den kleinen Jungen, der um seinen verlorenen Kakao weint. Nicht zum ersten Mal stellt sich mir die Frage nach seiner Vergangenheit.

»Wo hast du diesen Kakao gekauft?«, fragt er.

»Ich bestelle ihn extra bei einem Importeur in Frankreich. Es ist Luxusware aus speziellen Kakaobohnen, die in Venezuela angebaut werden. Aber kein Vanillezucker, Dushan, tut mir Leid.«

Dushan scheint den Seitenhieb gutmütig wegzustecken. »Das ist der beste Kakao, den ich seit langem getrunken habe. Immer nur das Beste aus Sunyas Küche, wie?«

Ich nehme dieses untypische Kompliment vorsichtig entgegen. Ich frage mich immer noch, warum er hier ist.

Dushan räuspert sich und beugt sich vor. Seine derben Gesichtszüge werden weicher. »Du hast so viel in deine Bäckerei gesteckt, und sie ist inzwischen sehr beliebt. Die Leute loben dich in den höchsten Tönen. Aber in letzter Zeit …«

»Was war in letzter Zeit, Dushan?«

Er bewegt seine massige Gestalt auf der Couch, um bequemer zu sitzen. »Es ist nur eine kleine Bäckerei. Du glaubst doch nicht wirklich, dass du dich mit einem Riesen wie Cakes Plus auf gleicher Augenhöhe befindest, oder?«

»Auf gleicher Augenhöhe?« Ich lächle. »Oder sollten wir lieber sagen ›auf gleicher Kuchenhöhe‹? Wenn ich jetzt so darüber nachdenke, sehe ich uns durchaus nicht auf gleicher Augenhöhe. Cakes Plus ist eine große Industriebäckerei, der es an Fantasie und Atmosphäre fehlt. Alles, was sie anzubieten haben, sind Billigwaren en gros. Man kriegt das, wofür man bezahlt. Mein Café ist zwar klein, aber ich biete erstklassiges Gebäck und einen gemütlichen Treffpunkt für die Nachbarschaft. Wir sind eigentlich keine Konkurrenten. Trotzdem nehme ich ein paar Änderungen vor. Ich komme schon klar.«

Dushan schlürft einen großen Schluck heißen Kakao. »Ob es dir gefällt oder nicht, meine Liebe, ihr seid sehr wohl Konkurrenten. Und das ist ein Krieg, den du höchstwahrscheinlich nicht gewinnst.«

Ich bemühe mich, die Hände nicht zu Fäusten zu ballen. »Du scheinst ja viel über unseren Krieg zu wissen.«

»Cartdale ist zufällig einer meiner Bankkunden, aber das verrate ich nur ein paar Leuten wie dir. Und ich muss dich warnen, er ist mächtig.«

Meine Kehle ist vor Wut wie zugeschnürt. »Bist du etwa in seinem Auftrag hier?«

Bei meiner direkten Frage fährt Dushan zusammen und schüttet versehentlich einen Schuss Kakao auf seinen Schoß. Er verzieht das Gesicht und greift nach einer Papierserviette. Ich frage: »Soll ich dir ein feuchtes Handtuch bringen?«

Er schüttelt energisch den Kopf. Auch nach mehrmaligem Reiben hält sich der Schmutzfleck hartnäckig auf seiner Khakihose. Schließlich gibt er auf. »Anscheinend kann ich nie vernünftig mit dir reden, Sunya. Nie.«

Im Hinblick auf unsere gemeinsame Geschichte wäre es auch etwas zu viel verlangt, dass gerade dieses Gespräch von Erfolg gekrönt sein sollte.

»Cartdale hält dich für eine sehr talentierte Bäckerin.« Dushan leckt sich die Lippen. Wahrscheinlich sucht er vergeblich nach einem Kakaotropfen. »Neulich hat er beim Abendessen zugegeben, wie gern er Sunya Cake isst. Er hat sogar durch seinen Cousin einen ganzen Kuchen bestellen lassen. Er konnte es nicht über sich bringen, es persönlich zu tun.« Dushan lächelt schelmisch. »Er hat ihn ganz allein aufgegessen.«

»Ich warte auf das ›Aber‹.«

Dushan wischt sich demonstrativ mit seinem Taschentuch die Nase. Er schlürft den Kakao bis auf den letzten Tropfen aus und blickt vielsagend auf die leere Tasse. Ich weigere mich, darauf einzugehen. Er sagt: »Cartdale würde dich gern aufkaufen.«

Der ernste Ton klingt mir in den Ohren und macht mir klar, dass er sich keineswegs einen Spaß erlaubt. »Ich wusste gar nicht, dass ich mein Geschäft zum Verkauf angeboten habe.«

»Das hast du nicht, jedenfalls bisher noch nicht, aber der Mann ist raffiniert. Er hat in der Vergangenheit schon ganz andere Geschäfte gekauft. Er sieht den Tag kommen, an dem du eingehst. Diese Peinlichkeit möchte er dir ersparen. Seine Vision, wie er es nennt, sieht folgendermaßen aus: Er behält deine Bäckerei genauso bei, wie sie ist, mit dir am Ruder, und bezahlt deine Bankkredite mit sehr vernünftigen Gehaltsabzügen ab. Wenn du dich in den folgenden Jahren zur Geschäftsaufgabe entschließen solltest, dann – und nur dann – wird er dein Café in eine Cakes-Plus-Filiale umwandeln. In der Zwischenzeit bleibt dir die Bäckerei, deine Angestellten behalten ihre Arbeitsplätze, und Cartdale hat seine Konkurrenz ausgeschaltet.«

Ich bin so fassungslos, dass alles stillzustehen scheint, sogar der Sekundenzeiger an der Uhr. »Er ist nicht ganz bei Trost, wenn er glaubt, ich ließe mich darauf ein. Letzten Endes läuft es doch darauf hinaus, dass ich die Kontrolle verliere. Es wird nicht mehr meine Bäckerei sein.«

»Du bist so unvernünftig, Sunya. Warum hast du nicht mehr von deiner Mutter? Sie ist so süß und sanft und geht immer gern auf meine Vorschläge ein, die stets in ihrem Interesse sind, wie ich hinzufügen darf.«

»Lass mal für einen Moment meinen Charakter aus dem Spiel. Lieber verkaufe ich Kuchen mit einem Wagen auf der Straße, als mein Geschäft an Cartdale zu verhökern.«

»Siehst du denn nicht, mein liebes Mädchen, dass er dich rettet? So wie die Dinge stehen, machst du bald Bankrott. Was willst du dann tun? Wie willst du deiner Mutter und deinen Investoren das Geld zurückzahlen? Cartdale ist willens, dir etwa eine Woche Bedenkzeit zu geben. Sei ausnahmsweise einmal nicht so hitzköpfig, ja?«

»Weiß Mutter davon?«

»An deiner Stelle würde ich das nicht in ihrer Gegenwart ansprechen. In der letzten Zeit ist ihr Blutdruck gestiegen, obwohl sie eine höhere Dosis Medikamente bekommt.«

»Ich bin mir sicher, Mutters Gesundheit steht für dich an erster Stelle.«

»Was meinst du damit?« Dushan starrt mich wütend an und schüttelt den Kopf. »Denk darüber nach, Sunya. Das ist die beste Lösung für alle Beteiligten. Eigentlich ändert sich nichts.«

»Alles ändert sich. Alles, wofür ich stehe, löst sich in Luft auf. Ich habe vielleicht nicht die Gutmütigkeit meiner Mutter geerbt, Dushan, dafür aber ihre Beharrlichkeit und Unabhängigkeit. Sie hat wie eine Löwin gekämpft, um ihren Doughnut-Laden zu behalten. Ich werde Cartdale genauso bekämpfen. Nein, Dushan, ich verkaufe meine Bäckerei nicht.«

»Was du vielleicht nicht weißt, ist, dass der Gastronomie-Reporter – Donald J. Smith – auf Cartdales Seite ist. Man hat Donald eine leitende Position bei Northwest Bread, der hiesigen Firma, der Cakes Plus zum Teil gehört, angeboten, wenn er sich zur Ruhe setzt. Donald wird in seiner Kolumne kein schlechtes Wort über Cakes Plus verlieren. Wie du siehst, hat Cartdale alles bedacht.«

Meine Finger sind eiskalt. Als stünde ich in einem unheimlichen Traum mitten in einem verwüsteten Land. »Ich bin verwirrt, Dushan. Warum hast du so großes Interesse an der Sache? Was springt für dich dabei heraus, wenn ich fragen darf?«

»Ich bin nur an deinem Glück interessiert, weil es letztlich Dees Glück bedeutet.«

Dushan sieht mir fest in die Augen. Ihr Hochzeitstermin ist im Juni nächsten Jahres. Ich stelle mir meine Mutter vor. Sie, eine verlegene Braut, hat sich in ein antikes, mit Kristallen und Perlen besetztes weißes Hochzeitskleid gezwängt. Mit einem Diadem auf dem Kopf schreitet sie auf Dushan zu und sucht in meinem Blick die Bestätigung, dass sie ihr neues Glück verdient. Es macht mich traurig, dass Mutter selbst jetzt nicht überzeugt ist, ein Recht auf Glück zu haben, obwohl sie es meiner Meinung nach schon lange verdient. Wenn ich den Riss zwischen mir und Dushan zu einem offenen Konflikt eskalieren lasse, wird dies auch Mutters geringste Chance auf Glück zunichte machen. Eine Wolke aus Niedergeschlagenheit und Frustration senkt sich über mich, während ich über mein Dilemma nachdenke.

Dushan scheint mein Schweigen für Unentschlossenheit zu halten, denn er fährt in väterlichem Ton fort. »Auch wenn du es nicht glaubst, Sunya, ich mag dich wirklich, und ich versuche dir zu helfen. Du gehörst für mich zur Familie.«

Ich lächle verkniffen. »Ich fühle mich geehrt, Dushan, aber ich bin entschlossen, die Stellung zu halten und zu kämpfen.«

Wir starren uns an. Dushans Blick bohrt sich in meinen, als wollte er mich durch Willenskraft zwingen, meine Meinung zu ändern; dann stößt er einen tiefen Seufzer aus. »Hoffentlich bereust du es nicht irgendwann.«

»Das ist *mein* Problem, oder? Wenn du jetzt so freundlich wärst, mich zu entschuldigen, ich habe noch zu arbeiten.«

Schweigend bringe ich Dushan zur Tür. Wir verabschieden uns betreten voneinander. Als er geht, hat sein Gesicht einen schmerzlichen Ausdruck; er hat wieder das Taschentuch gezückt und hustet jetzt schlimmer als bei seiner Ankunft.

Ich schließe hinter ihm die Tür. Erleichtert über die Stille im Haus lege ich Flamenco-Gitarrenmusik auf und rolle mich auf dem Sofa zusammen. Doch es gelingt mir nicht, mich in der Melodie zu verlieren.

Jetzt wird jeden Moment das Telefon klingeln. Mutter wird dran sein und mit so wutentbrannter Stimme wie selten sagen: Was ist los mit dir, Sunya? Dushan wollte sich nur besser mit dir anfreunden, aber du hast ihm jedes Wort im Mund herumgedreht. Und du hast ihm keinen Kuchen angeboten. Keinen Kuchen im Haus einer Bäckerin? Er war krank, und du bist auf ihn losgegangen. Konntest du nicht etwas rücksichtsvoller sein? Ihm Kakao nachschenken? *Ki meye.* Was für eine Tochter habe ich aufgezogen!

Inmitten dieser Überlegungen kommt mir eine Idee; ich greife zum Telefonhörer. Nur schade, dass ich es bin, die diesen Anruf tätigen muss. Es scheint keinen anderen Weg zu geben, einen Geschäftsmann zu stoppen, der erbarmungslos Expansionspläne verfolgt und dabei die öffentliche Gesundheit gefährdet. Während ich die Nummer von Hygieneinspektorin Irene Brown eintippe, stelle ich mir bereits ihre scherzhafte Bemerkung vor: Was ist los, Sunya? Das ist ja mal was ganz Neues.

Irenes Verblüffung wäre durchaus berechtigt. Normalerweise geht die Kontaktaufnahme von den Hygieneinspektoren aus.

Das Telefon klingelt endlos, bis schließlich der Anrufbeantworter anspringt und in mein Ohr plärrt: Ich bin im Urlaub bis zum …

Was für ein unpassender Zeitpunkt für einen Urlaub! Mit eindringlicher Stimme hinterlasse ich ihr die Nachricht, dass sie mich nach ihrer Rückkehr anrufen soll. Dann sinke ich wieder aufs Sofa.

10

Es ist Dienstagmorgen ein paar Tage später. Als ich um kurz nach fünf auf den Bäckerei-Parkplatz fahre, stelle ich fest, dass dort mehrere Autos und LKWs parken. Andrew filmt tatsächlich im Café, genau wie vorgesehen. Nach dem blendenden Licht in den Fenstern zu urteilen, ist da drin ganz schön was los.

Und schon mache ich mir Sorgen. Heute ist sowohl Sunya-Cake-Tag als auch Kirsch-Pflaumen-Torten-Tag; für letzteres ist glücklicherweise Pierre verantwortlich. Werde ich meinen Kuchen wie geplant fertig kriegen? In der letzten Zeit leide ich anscheinend an einer schlimmen Back-Blockade. Ich habe meine traumwandlerische Sicherheit verloren und brauche doppelt so lange für meine Vorbereitungen.

Ich lasse meine Handtasche aufschnappen, nehme den Schlüssel heraus und will ihn gerade ins Schloss stecken, als ich feststelle, dass die Tür bereits einen Spalt offen steht. Dann fällt es mir ein: Andrew und ich hatten uns geeinigt, dass sie aufbleiben sollte. Als ich die hell beleuchtete Küche betrete, atme ich die feuchte Luft ein, die zur Tür strömt. Es riecht nach angebranntem Obst, ein deutliches Zeichen, dass etwas nicht stimmt. Dann sehe ich Pierre. Er steht mit einem Löffel in der kraftlos herunterhängenden Hand vor einem schwelenden Topf und starrt zu Boden. Normalerweise ist er um diese Zeit ein wahres Energiebündel und hoch konzentriert. Die Rezeptkarte, deren Goldränder aufblitzen, klebt wie immer auf Augenhöhe am Holzschränkchen. Ich kämpfe gegen eine Panikattacke an, während ich mich frage, was meinen Meisterbäcker in diesen jämmerlichen Zustand versetzt hat.

»*Bonjour*, Pierre. Was ist passiert?«

Er blickt erschrocken hoch. »Ah, Sunya! Wo warst du? Es ist unmöglich, in diesem Chaos zu arbeiten. Ich kann mich nicht konzentrieren. Eben sind der Kameramann und ein anderes Crewmitglied fast mit den Fäusten aufeinander losgegangen. Was geht hier vor?« Er gestikuliert hektisch und schleudert dabei aus Versehen den Löffel quer durch die Küche.

Ich tätschle seine Schulter. »Es tut mir so Leid. Ich hätte früher kommen sollen.«

»Der Tontechniker hat sich beschwert, dass der Kühlschrank zu viel Lärm macht. Ich habe ihm nicht erlaubt, ihn abzustellen.«

Eilig lege ich meine Handtasche weg, ziehe meine Jacke aus, hänge sie an die Wandgarderobe und gieße Pierre ein Glas Wasser ein; meine Finger sind kalt. Ich weiß aus Erfahrung, dass ihn das normalerweise beruhigt. Er nimmt das Glas entgegen, trinkt daraus und drückt es an seine Brust. »Eigentlich könnte ich jetzt ein Glas Wein gebrauchen.«

»*Désolée*«, tröste ich ihn. »Später.«

Pierre stellt sein Glas in die Spüle, zieht sich schnell einen Stuhl heran und setzt sich.

Nur noch zwanzig Minuten, bis die Bäckerei öffnet.

»Ich spreche sofort mit Andrew.« Ich marschiere ins Café, das kaum wiederzuerkennen ist, so überfüllt ist es mit Kameras, Bildschirmen, Ständern, Mikrofonen, einem Stativ und allem Drum und Dran. Ein bärtiger Mann brüllt jemanden an. Der Rest der Entourage schwatzt und lacht, während sie Tische und Stühle zurück an ihren Platz rücken. Andrew, der gerade Anweisungen schreit, sieht mich sofort. Er hält mitten im Satz inne und tritt näher. Sein Haar ist zerzaust, die Augen sind glasig, die Wangen hohl; er trägt ein gestreiftes Hemd und eine schwarze Hose.

»Ist alles in Ordnung, Sunya?« Er klingt überanstrengt.

»Kann ich Sie kurz unter vier Augen sprechen?«

Ich führe ihn in den ruhigsten Teil der Küche, wo ein Foto mit einem Eichenholz-Rahmen hängt, auf dem Mutter und ich am Eröffnungstag unter dem Pastries-Café-Schild stehen.

»Pierre konnte überhaupt nicht backen. Der Lärm hat ihn gestört.«

Wenn ich mich nicht irre, errötet Andrew ein wenig. »Ich entschuldige mich bei Ihnen, Sunya. Es war nicht einfach heute. Aber wir sind jetzt fertig. Wenn es Ihnen hilft, gehen wir zur Vordertür raus. Glücklicherweise habe ich gleich beim ersten Versuch bekommen, was ich wollte, deshalb werde ich Ihnen keine Unannehmlichkeiten mehr bereiten.«

Als ob eine Entschuldigung genügen würde, um das heutige Fiasko wieder gutzumachen. Ich gehe mit Andrew zur Eingangstür. Bald strömen etwa zehn Leute mit ihrer Ausrüstung hinaus und nehmen den langen Weg zum Parkplatz. Andrew folgt ihnen, dreht sich noch einmal um und sagt entschuldigend: »Wir unterhalten uns später, Sunya.«

Als ich die Tür schließe, höre ich Autotüren knallen und LKWs davonrumpeln. Ich bleibe allein zurück, gehe wieder in die Küche. Eine Teigkugel liegt einsam und verlassen auf der Theke. Pierre, der sich über das Telefon beugt, ist in ein Gespräch vertieft. Die Fruchtsoße, die immer noch auf dem Herd köchelt, ist übergelaufen. Es stinkt furchtbar. Genau darunter ist der Boden mit roten Spritzern übersät. Mit einer schnellen Drehung des Handgelenks stelle ich den Herd ab und sehe mit ungutem Gefühl auf die Uhr. Es ist fünf Uhr achtundvierzig, und wir haben keine einzige fertige Torte für die Vitrine. Glücklicherweise hat Scott gestern Abend Überstunden gemacht und genügend Brötchen, Muffins und Scones gebacken, die wir fürs Erste anbieten können.

Ein lauter Schlag reißt mich aus meinen Gedanken, als Pierre den Hörer auf die Gabel knallt. Mit finster zusammengezogenen Augenbrauen kommt er auf mich zu. »Ich versuche schon die ganze Nacht, Stephan zu erreichen, aber er geht nicht ran.«

Mit einem Blick auf den Herd werfe ich ein: »Vielleicht schläft er. Es ist noch früh.«

»Diese ständigen Auseinandersetzungen! Uns sind die Vitamin-C-Tabletten ausgegangen, und er war mit Einkaufen dran, aber er hat es vergessen. Er sagte, wenn ich so dringend Vitamine bräuchte, könnte ich sie mir selbst besorgen. Wir streiten uns über jede Kleinigkeit. Es wird jeden Tag schlimmer.«

Es ist vollkommen offensichtlich, dass Pierre im Moment keinen Gedanken ans Backen verschwendet. Ich gehe zur Spüle. »Willst du es noch mal mit der Torte versuchen? Ich helfe dir auch beim Saubermachen.«

»Torte? *Mais* es ist dein Rezept, Sunya. Du kannst sie am besten. Ich bin total aus dem Rhythmus. Ich bin nicht mit dem Herzen dabei.«

»Aber Pierre –«

Das Telefon trillert. Pierre springt auf, stürzt hin, reißt den Hörer von der Gabel und spricht leise hinein. Ich lasse die Kirsch-Pflaumen-Soße in die Spüle fallen und schrubbe den Topf. Meine Armmuskeln verkrampfen sich vor Anstrengung – ein Teil der Flüssigkeit klebt hartnäckig am Boden. Das blutrote Abwaschwasser hinterlässt Flecken in der Spüle; der Geruch beißt in meiner Nase.

Ich drehe mich um. Pierre kommt auf mich zu und sieht so traumatisiert aus, dass mein Oberkörper ganz taub wird.

»Stephan ist im Krankenhaus.« Pierres Stimme versagt, und er muss nach Luft schnappen. »Er hat versucht, sich umzubringen.«

Selbstmord? Ich lasse den Topf los; er poltert zu Boden. »O Gott!«

»Schlaftabletten. Glücklicherweise hat ihn ein Freund von uns rechtzeitig gefunden.«

Ich fühle mich völlig kraftlos. »Ist er außer Gefahr?«

»*Oui*, sie haben ihm den Magen ausgepumpt. Aber ich muss sofort ins Krankenhaus.« Pierre, der blass und aufgeregt aussieht, reißt seine Jacke vom Haken. »Ich lasse dich nur ungern in diesem Chaos allein, aber ich werde heute in der Küche sowieso zu nichts zu gebrauchen sein.«

Mir kommt Stephan in den Sinn, lockenköpfig, genauso groß wie Pierre, aber stiller und weniger extravagant. Ich habe ihn schon ein paarmal gesehen, aber ich kenne ihn kaum. Er ist kostbar für Pierre, daher auch kostbar für mich. Als ich ihn mir jetzt in einem Krankenhausbett vorstelle, in weiße Laken gehüllt und an Plastikschläuche angeschlossen, überkommt mich ein Gefühl des Verlusts und der Angst, nirgends wirklich sicher zu sein. »Kann ich irgendwas für dich tun?«

»Nein, Sunya. Du hast hier schon genug am Hals.«

»Ruf mich auf alle Fälle an und informier mich über Stephans Zustand. Nimm dir morgen frei, wenn es sein muss.«

Pierre murmelt ein *merci*, während er den Reißverschluss seiner Jacke zuzieht, und schlüpft dann mit einem kaum hörbaren *au revoir* aus der Tür. Ich höre ihn über den Parkplatz eilen. Ich werde ohne ihn klarkommen müssen.

In den nächsten Minuten schrubbe ich den Topf, bis er blitzblank ist, was mir dabei hilft, wieder etwas gelassener zu werden. Als meine Angestellten nach und nach eintrudeln, erkläre ich ihnen die Situation so ruhig wie möglich und verkünde mit so viel Zuversicht, wie ich aufbringen kann: »Alles ist unter Kontrolle.« Jill ist jünger als die anderen, aber sie arbeitet am längsten hier. Sie kennt die meisten Kunden beim Namen, deshalb betraue ich sie mit der Aufgabe, das Café zu öffnen und die Stammkundschaft hereinzulassen. Ihr leises »Guten Morgen« – ich luge verstohlen hinein, um mitzuhören – ist nicht so einladend wie Pierres überschwängliches »*Bonjour, bonjour*«, aber ich habe keine Alternative. Kurz darauf strömen die treuen Kunden herein; die meisten steuern geradewegs auf ihre Stammplätze zu. Ein paar wirken ein wenig verärgert, weil sie warten mussten.

Ich ziehe mich in die ruhige Küche zurück und versuche, einen Ausweichplan aufzustellen. Aus alter Gewohnheit notiere ich mir die Pflichten des Tages auf einem Notizblock und ordne sie der Priorität nach. Meine Schläfen pochen vom morgendlichen Kaffeeentzug, aber ich will mir nicht die Zeit nehmen, mir eine Tasse einzugießen. Jill informiert mich durch die offene Tür, dass die Filmcrew eine Zuckerdose aus Porzellan zerschlagen hat. Mit zusammengebissenen Zähnen weise ich sie an, in der Vorratskammer nach einem Reserveschälchen zu suchen. Ich frage mich, ob Andrew bewusst ist, wie viel Umstände er mir gemacht hat.

Meine dringendste Sorge sind die Torten. Ich könnte Scott herbeizitieren, beschließe jedoch, selbst zu backen, um diesem Tag noch etwas Positives abzugewinnen. Der Teig für die Kruste steht jetzt schon eine Weile herum und hat einen bräunlichen Schimmer angenommen. Er wandert sofort in den Abfalleimer. Ich fange noch mal ganz von vorne an. Prüfend tauche ich die Hand in die Mischung aus ungebleichtem Mehl, gemahlenen Cashewnüssen und Zucker. Meine steifen Finger haben Schwierigkeiten, die ultrasahnige Butter, die kühl und hart ist, zu zerkrümeln.

Es ist Viertel nach sieben, als Detective Jack Colby in die Küche schlurft. Sein Gesicht ist fahl; er wirkt immer wie fünfundfünfzig und verstimmt, der Typ Mann, den man allein in Fast-Food-Restaurants essen sieht. Trotz seines eigentlich freundlichen Auftretens wäre er in einem überfüllten Raum unsichtbar. Wie immer hat er sich in einen zerknitterten Regenmantel mit hochgeschlagenem Kragen geworfen. Dieser Columbo-Effekt gibt seinem ansonsten verlotterten Aussehen einen komischen Touch.

»Hab Ihre Nachricht bekommen, Sunya. Ein Herumtreiber? Bewahren Sie hier viel Bargeld auf?«

»Nicht über Nacht… Aber ich habe Rezepte.«

Ein Kichern entfährt Colbys nikotinbefleckten Lippen. »Den kannte ich noch nicht! Warum sollte jemand ein Rezept stehlen?«

Sein Spott ist beleidigend. »Weil Sunya Cake so berühmt ist, und bisher habe ich das Rezept geheim gehalten. Jedes Geschäft hat seine Vermögenswerte. Meine Firmenjuwelen sind eben Rezepte.«

»Ich habe mich selbst auch schon oft gefragt, was drin ist. Der Kuchen ist so unglaublich reichhaltig und lecker.« Er fixiert mich und lächelt höflich fragend.

Ich sehe Colby durchdringend an, damit er sich meiner Empörung bewusst wird.

Er hört auf zu grinsen und starrt zu Boden. »Nun, Sunya, Sie müssen den Kerl erst bei irgendwas Strafbarem erwischen…«

Gerade als ich ihm von der japanischen Visitenkarte erzählen will, wird er über Funk zu einem Bankraub gerufen. »Behalten Sie ihn im Auge«, sagt Colby, als er den Ruf entgegengenommen hat.

»Bitte sprechen Sie nicht mit der Presse«, bitte ich ihn, als er hastig aufbrechen will. Sein Bruder ist Buchhalter bei der *News*.

»Seien Sie unbesorgt, von mir erfährt niemand etwas darüber«, erwiderte Colby und geht.

Ich richte meine Aufmerksamkeit auf die nächste Zubereitungsphase der Kirsch-Pflaumen-Torte: die Eier. Ich hole mir eine große Glasschüssel und einen Schneebesen. Obwohl in der Küche ideale 16 Grad herrschen, gelingt es mir in den nächsten paar Minuten nicht, die extragroßen Eier zu einer so schaumig-leichten Masse zu verquirlen wie sonst. Arme und Hände eines Bäckers müssen zuerst dran glauben, sagen Branchenkenner. Diese Vorstellung macht mich ganz krank.

Vier frustrierende Stunden vergehen, bis die Torten endlich fertig sind. Die Cashewkruste, die normalerweise so zart ist wie ein dünnes, knuspriges Plätzchen, wird steif und mürbe. Die Füllung aus Doppelrahmfrischkäse, die »Seele« dieser Leckerei, platzt in der Mitte auf, weil der Ofen zu heiß ist. Die Kirsch-Pflaumen-Soße wird schwarz, weil sie länger als vorgesehen auf kleiner Flamme kocht. Diese Torten reichen nicht einmal ansatzweise an mein übliches Niveau heran, und trotzdem haben sie mich völlig erschöpft.

Als Nächstes ist der Sunya Cake dran. Ich arrangiere Mehl, Eier, Schokolade und die restlichen Zutaten in der Reihenfolge, in der ich sie benutze. Doch als mir klar wird, wie sinnlos in meinem gegenwärtigen Zustand allein der Versuch ist, den Kuchen zu backen, schiebe ich die Lebensmittel beiseite. Ich bin nicht mit dem Herzen dabei. Die Kunden müssen eben ohne Sunya Cake auskommen. Ich bitte Jill, schnell einen Heidelbeer-Krümelkuchen zuzubereiten.

Den Rest des Nachmittags verbringe ich damit, unzählige andere lästige Aufgaben zu verrichten: Ich prüfe noch einmal die fälligen Rechnungen und den Cashflow, kontrolliere die Lebensmittelkosten und aktualisiere meine Website, obwohl ich solche administrativen Dinge nur ungern erledige. Immer wenn mich der Gedanke an den Aufkauf der Bäckerei abzulenken droht, konzentriere ich mich noch mehr auf die Arbeit.

Der Tag wird ein wenig rosiger für mich, als der hiesige Importeur von Delikatessen aus dem Mittleren Osten vorbeikommt, um mir Mangoleder zu liefern. Das faszinierende Aroma zeugt von Früchten, die am Baum gereift sind, und von Frauen, die irgendwo weit weg unter der grellen Sonne auf einem Feld hart arbeiten. Ich lagere meinen Schatz ganz hinten im Kühlschrank. Kaum ist der Händler weg, ruft Pierre an, um mich zu informieren, dass Stephan zu Hause ist und sich erholt, sagt jedoch nicht, wann er wieder zur Arbeit kommt. Da ich mich immer noch um Stephan sorge, bedränge ich ihn nicht weiter.

Es ist fast siebzehn Uhr dreißig, als ich endlich eine Pause einlege. Ein flüchtiger Blick in den Badezimmerspiegel zeigt ein bleiches Gesicht mit ausgetrockneten Lippen. Meine knapp schulterlangen Haare hängen schlaff und glanzlos herunter, und die Spitzen sind brüchig. Ich kriege Kopfschmerzen. Als ich meine Handtasche (aus echtem Leder mit einem vergoldeten Schloss, mein einziger Luxus) nach einem Lippenpflegestift und einem Päckchen Aspirin durchwühle, streifen meine Finger zuerst die Zahnseide und dann die Karte, die der rätselhafte Fremde hinterlassen hat. Wer ist er? Ist das seine Visitenkarte? Die seines Stammlokals? Warum hat er sie vor meine Tür gelegt? Welche Nachricht enthält sie? Diese Fragen packen mich, ringen mit mir, während ich glänzenden Honig-Mandarinen-Pflegestift auf meine Lippen auftrage.

Kampfesmüde, aber inzwischen wieder vorzeigbarer, trete ich aus der Küche ins Café. Ich werfe beiläufig einen Blick durch die Eingangstür und rechne fast damit, den Herumtreiber irgendwo draußen zu entdecken. Aber an der Straßenecke steht niemand. Von weitem hat die Symmetrie der Häuser und Bäume in dieser Gegend etwas von einem Puppenhaus.

Meine Angestellten können nichts Gutes berichten: Der Verkauf lief den ganzen Tag nur schleppend. Ich bekämpfe meine düstere Stimmung und quetsche mich an ein paar im

Aufbruch begriffenen Kunden vorbei, um zum Tisch an der Tür zu gelangen. Meine langjährigen Kunden, Mr. und Mrs. Cohen – Gott sei Dank sind sie zu ihrer nachmittäglichen Stärkung aufgetaucht – begrüßen mich. Das verlockende Aroma extrafeinen Assamtees hängt in der Luft, und Mr. Cohen, ein Rentner mit Stirnglatze, deutet auf die Baustelle gegenüber. Wieder wird ein Einfamilienhaus (in diesem Fall ein Bungalow aus den 1930er Jahren) abgerissen, um Platz für ein Apartmenthaus und einen Einkaufskomplex zu schaffen.

»Das wird keine Leute in diese Gegend bringen, die sich hier niederlassen wollen«, sagt er.

»Stein um Stein verändert sich unser Leben«, wirft Mrs. Cohen ein, einen Brandy-Trüffel in der Hand. Immer noch niedergeschlagen höre ich zu und gebe zustimmende Laute von mir.

Genau in dem Moment – ich blinzle, um sicherzugehen – kommt Andrew in die Bäckerei. Er ist frisch rasiert und trägt ein weißes Hemd. Seine dunklen Augenringe stehen im Kontrast zu seinen eifrigen, sogar federnden Schritten. Als er näher kommt, bin ich vollkommen aufgewühlt, bringe aber nur ein leises Hallo heraus. Als wäre ich an ihn gewöhnt, als sei er nichts Besonderes. Nach allem, was heute passiert ist, bin ich wie betäubt. Ich sehne mich danach, nach Hause zu gehen und mich dort für den Rest des Abends einzuigeln.

Wir stehen in einer Ecke. »Ich würde Sie gern zum Abendessen einladen«, sagt er.

Blitzschnell überlege ich mir eine Entschuldigung nach der anderen und verwerfe sie wieder. Dann fällt mein Blick auf Jill. Die pfirsichwangige Bedienung steht seitlich zu uns, um ihre gut entwickelten Rundungen am besten zur Geltung zu bringen, und starrt Andrew an. Ist *ein* Freund nicht genug für sie?

Aber Andrew wendet den Blick nicht von mir ab. »Ich musste mir eine wirklich gute Ausrede einfallen lassen«, behauptet er, »sonst hätte mein Team mich nicht gehen lassen. Wir sind im Moment sehr beschäftigt. Ich hatte nur gehofft, dass Sie Zeit hätten.«

Mein Herz schlägt heftig. Das Halstuch mit Fransen ist das einzige modische Accessoire, das ich trage. Aber kann ich mir diese Gelegenheit entgehen lassen? Wenn ich der Wahrheit ins Auge sehe, muss ich zugeben, dass ich mehr als nur ein bisschen neugierig auf ihn bin. Und der Hunger meldet sich. »Abendessen klingt wunderbar.«

»Sie suchen das Restaurant aus. Mein Auto steht zwei Blocks von hier entfernt.«

»Lassen Sie uns einfach rüber zur Forty-fifth Street laufen. Dort gibt es jede Menge Restaurants.«

Er nickt begeistert. Meine Stimmung steigt, als ich meine Lederhandtasche und meine Jacke hole. Ich habe seit meiner Trennung von Roger nicht mehr auswärts gegessen. Für mich bedeutet Essen Ordnung, Wohlbefinden und, wie Pierre sagen würde, *intimité*. Nichts ist schöner als die Geselligkeit und Kultiviertheit eines gemeinsamen Mahls, besonders wenn ein anderer am Herd steht. Als professionelle Köchin träume ich von solchen Gelegenheiten: »Zivilistin« zu sein, mich verwöhnen zu lassen. Da ich den ganzen Tag in einer Bäckerei verbringe, weiß ich die Atmosphäre und die Düfte eines Restaurants mit Rundumservice doppelt zu schätzen. Verstohlen einen Blick auf das Essen am Nachbartisch zu werfen. Zu kosten und zu bewerten, was meine Kollegen zubereiten. Mich inspirieren zu lassen und mich einfach zu entspannen.

An der Tür lächle ich und winke Jill zaghaft zu. Sie wendet sich ab, aber nicht schnell genug, um ihre Enttäuschung zu verbergen.

Was interessiert mich das? Schließlich ist es nur ein Geschäftsessen, sage ich mir, aber es klingt nicht überzeugend.

11

Während Andrew und ich an den Restaurants in der Forty-fifth Street entlangschlendern, verlockt uns eine Mischung aus Düften dazu, Speisen aus Kuba, Mexiko, Indien und anderen Ländern zu kosten, die geografisch und mental zu weit von uns entfernt sind. Der Abend wird wärmer. Der Lärm einer Laubblasmaschine auf der anderen Straßenseite erinnert mich daran, dass es eigentlich Herbst ist.

Als wir am Ichiban-Restaurant vorbeikommen, bleibe ich stehen. Roger und ich wollten dieses Lokal einmal ausprobieren, haben es aber nie geschafft. Vielleicht hat mich dieser unerfüllte Wunsch heute Abend hierher getrieben. Außerdem könnte mich die Visitenkarte des Fremden unbewusst an Japan erinnert haben. Ich blicke zu Andrew auf und frage mich: Mag er japanisches Essen?

Er atmet den Duft ein, der aus dem Restaurant auf den Bürgersteig zieht. »Riecht wunderbar. Genau wie in meiner Wohngegend in L.A. Typisch für die Region Osaka, würde ich sagen.«

Eine Vorliebe für Fernöstliches. Der Mann steckt voller Überraschungen.

Wir treten ein, wobei er mit dem Kopf gegen eine Reispapierlaterne stößt, und werden in eine glänzende Holznische gesetzt. Es ist noch früh. Wir sind die ersten Gäste, die Atmosphäre ist entspannt, die gepolsterten Sitze bequem. Der Geschäftsführer ist freundlich, aber förmlich, als er uns die Getränkekarte vorlegt.

Jetzt kommt der unbehagliche Teil. Zwei allein stehende Menschen in einem leeren Raum mit allen gesellschaftlichen Zwängen, die das mit sich bringt. Das Lokal ist so sauber und ordentlich, dass nur das Stimmengewirr mehrerer Gäste es weniger steril machen würde. Es ist eine Sache, sich aus der Ferne von einem Mann angezogen zu fühlen, aber eine ganz andere, auf seine Hautporen zu starren. Er sieht nicht besonders gut aus, was eine Erleichterung ist, aber trotzdem glühen meine Wangen. Ich nehme Zuflucht in dem salzigen Tamari-Duft, der aus der Küche strömt.

Seine Haare stehen ab wie bei einem neuen Strohbesen. Die Männer, die ich mag, haben anscheinend nie auch nur den geringsten Schimmer von Haarpflege. Aber irgendwie macht ihn das nur noch liebenswerter.

»Ich möchte mich noch einmal für den Ärger entschuldigen, den ich Ihnen bereitet habe, Sunya.«

Seine Stimme klingt persönlich, und die weit aufgerissenen dunklen Augen drücken ehrliches Bedauern aus. Mir wird plötzlich bewusst, wie durcheinander ich den ganzen Tag war. Ohne meinen Chefbäcker ist der Laden nicht allzu gut gelaufen. »Solange Pierre morgen zur Arbeit kommt«, lenke ich ein, »ist alles in Ordnung.«

»Ich bin so froh, dass Sie eingewilligt haben, mit mir essen zu gehen. Ich dachte, Sie wären vielleicht noch böse.«

Ich spiele mit der braunen Shoyu-Flasche. »Böse? O nein.«

Ein erleichtertes Lächeln. Dann senkt er den Blick. »Ich wäre enttäuscht, wenn ich Sie nicht wiedersehen würde.«

Wie soll ich ihm beibringen, dass ich mich erst vor kurzem von meinem Freund getrennt habe? Da ist der alte Schmerz, dessen Ursache ich langsam vergesse, der mich jedoch immer noch lähmt. Als wäre das nicht genug, schießt mir ein unangenehmes Bild von Cakes Plus und der neuen Zweigstelle in der Meridian Street durch den Kopf. Dies ist nicht die Zeit, auch nur von einer neuen Romanze zu träumen.

Andererseits hängen Andrew und seine Leute sowieso vor und nach den Dreharbeiten bei Kaffee und Kuchen in meinem Café herum – Tortenschlacht beim Leckerbäcker, wie sie es nennen. Meine Finger liebkosen die Holzstäbchen. »Tja, Sie wissen ja, wo ich tagsüber zu finden bin.«

»Ich freue mich immer, Sie zu sehen.« Andrew erhebt feierlich das Glas. »Auf unsere Freundschaft.«

Ich stoße mit ihm an. Das Klirren hängt noch in der Luft und zieht den Moment in die Länge, als die Kellnerin kommt. In einem blau bedruckten Kimono, die Haare zu einem bagelartigen Knoten aufgetürmt, verbeugt sie sich ruhig vor uns, als wären wir etwas Besonderes. Andrews Gesicht wird so weich, dass die schattenhaften Falten auf seiner Stirn verschwinden. Warum sind erwachsene Männer so angetan von üppigen Haaren, langen Kleidern und winzigen, unterwürfigen Frauen?

Mit einer Hand nehme ich die lange, steife Speisekarte, die mir die Kellnerin reicht, mit der anderen halte ich die Visitenkarte hoch. »Können Sie Japanisch lesen?«

Die Kellnerin verbeugt sich erneut, diesmal mit einem stolzen Lächeln, das ihr rötlich schwarzes Zahnfleisch offenbart.

»Wären Sie so freundlich, das für mich zu übersetzen?«

Sie beugt sich ein wenig vor und nimmt die Karte mit dem üblichen Respekt in beide Hände. Genau in dem Moment bahnt sich eine Gästeschar lautstark den Weg zu einem großen runden Tisch im hinteren Restaurantteil. Als sie an unserer Nische vorbeistürmen, erkundigt sich eine Frau aus der Gruppe scherzhaft bei ihrem Begleiter, was er von rohem Fisch und Algensalat hält. Er bläht die Backen auf, als müsse er sich übergeben, und walzt hinter ihr her.

Die Kellnerin, die diese Faxen anscheinend nicht wahrnimmt oder zu sehr daran gewöhnt ist, überfliegt die Visitenkarte. Ihre Stimme ist wie ein kühles Lüftchen, das man sich mit einem Fächer zufächelt, als sie den Kopf hebt und verkündet: »Sie ist von einer Bäckerei in Kioto, der Apsara-Bäckerei.«

Apsara. Himmlische Mädchen. Ich lasse mir das Wort durch den Kopf gehen. Als ich klein war, brachte Mutter mir den Begriff bei und sagte, dass er vor Jahrhunderten in Indien entstand und von einer alten Sage herrührt. Er kam unverändert durch halb Indien und landete schließlich in Japan. Alte buddhistische Gemälde zeigen oft *apsaras* im Hintergrund. Was für ein faszinierender Name für eine Bäckerei; er impliziert himmlische Freuden in Form gebackener Leckereien. Doch auf der Karte stehen noch mehr Informationen, vor allem die handschriftlichen auf der Rückseite. Ich halte den Atem an. Die Kellnerin jedoch hebt den Blick zu den Neuankömmlingen, und ihr angeborenes Pflichtgefühl meldet sich zurück. Sie legt die Karte mit einer Verbeugung auf den Tisch und schwebt hinüber, um die Gäste zu begrüßen. Ich bin enttäuscht.

Vom anderen Ende des Tisches wirft Andrew einen neugierigen Blick auf die Karte. Dann mustert er mich warmherzig, worauf ich ihm von dem Fremden erzähle.

»Ein blonder Mann mit einer japanischen Visitenkarte?«, fragt er belustigt.

»Wir leben hier schließlich am Pacific Rim. Wir essen täglich Sushi zu Mittag. Wir feiern das Bon-Fest im großen Stil. Sogar blonde Kaukasier studieren die Hiragana-Schrift.«

Andrew macht ein amüsiertes Gesicht.

»Bitte sprechen Sie mit niemandem darüber. Es ist keine gute Publicity für meine Bäckerei, und ich will nicht, dass es sich rumspricht. Cakes Plus könnten die Information zu ihrem Vorteil nutzen. Die sind so gierig, die wollen alles. Aber meine Bäckerei kriegen sie nicht. Sie ist meine Nische, meine Vision, mein Stolz.«

»Das ist eins der vielen Dinge, die ich an Ihnen mag. Sie stehen für das ein, was Sie wollen.«

Roger hätte diesen leidenschaftlichen Beschützerinstinkt meinem Geschäft gegenüber für eine negative Eigenschaft gehalten. Ich koste immer noch Andrews Anerkennung aus, als die Kellnerin zurückkommt. Sie wühlt in ihrer Kimonotasche und kramt einen Bleistift und einen kleinen Notizblock hervor. Es entmutigt mich, dass sie die Visitenkarte vollkommen vergessen hat, jetzt wo sie in Eile ist. Ich muss mir wohl einen anderen Übersetzer suchen.

»Haben Sie schon gewählt?«

»*Hai.*« Ich bejahe wie die Japaner, mit der Betonung auf dem Ende.

Andrew bestellt für uns. Er sieht der Kellnerin nach, die sich hinter die Vogelmotiv-Vorhänge zurückzieht. Dann wendet er sich mir zu. Er sagt, dass er in Los Angeles am Rand von Japantown wohnt, wo er einkauft und isst und in den Veröffentlichungen der *community* schmökert. »Ich liebe japanische Küche. Ein besseres Restaurant hätten Sie gar nicht aussuchen können.«

Ich überdenke meine eigenen Verbindungen zu Japan:

Roger, der unheimliche Fremde und jetzt auch noch Andrew. Was geht hier eigentlich vor?

Die Kellnerin bringt unser Essen: Hijiki-Salat, Kirschblüten in Essigsoße, gegrillte Makrele und glänzenden Reis. Da ich kein großer Esser bin, gefällt mir diese Art zu speisen: kunstvoll zubereitete Gerichte, in kleinen Portionen serviert und mit reichlich guten Gesprächen garniert. »Nur die paar Happen, und ich fühle mich schon satt.«

»In Japan gibt es ein Sprichwort«, sagt Andrew. »›Lass wenig wie viel erscheinen, solange es frisch, natürlich und hübsch anzusehen ist.‹ Wer weiß, wie viele *haikus* und Gemälde von einem Kügelchen Essigreis inspiriert worden sind.«

»Eines Tages möchte ich nach Japan reisen.«

Andrew nimmt sein Dessert, ein mit Sesamkörnern überzogenes Etwas, in die Hand und betrachtet es für den Bruchteil einer Sekunde. »Hier hört meine Vorliebe für Japan auf. Den Desserts kann ich nichts abgewinnen. Kein Nachtisch kann mit Sunya Cake mithalten.«

»Vielen Dank.«

»Was für ein wunderschöner Name, Sunya. Mir gefällt der Klang.«

»Es ist Sanskrit und bedeutet ›leer‹.«

»Aber das ist nicht alles, oder? Buddhisten machen ihren Kopf leer, damit er *sunya* wird, damit sie nicht stecken bleiben. *Sunya* ist eine Leere, die voll ist – die das Potenzial hat, sich dem ganzen Leben zu öffnen. Sie ist der Beginn inneren Friedens.«

Seine Interpretation meines Namens macht mich ein wenig verlegen. Ich senke den Blick auf meine Tasse und starre auf die Sencha-Blätter, die sich in der blassgrünen Flüssigkeit zu ihrer ganzen Fülle ausdehnen. In meinem Kopf ist ein Schleusentor aus Neugier aufgesprungen, was umso ungewöhnlicher ist, da ich überhaupt nicht religiös bin. Nur selten gehe ich zum Gottesdienst im Hindutempel, wo Mutter mit einer Blumengabe vor einer Goldstatue kniet und der Priester von *puja*, *bhakti* und *dana* spricht. Die Kellnerin kommt zurück und stellt ein flackerndes Licht zwischen uns. Die fünfzehn Zentimeter hohe Kerze wirft ein goldenes Netz über Andrews Gesicht.

»Woher wissen Sie das alles?«, frage ich.

»Vor nicht allzu langer Zeit stand in einer japanischen *community*-Zeitung ein Artikel über eine Sunya-Tradition des Buddhismus in Japan.«

»Ist das irgendein Kult?« Als ich die Frage stelle, wird mir klar, wie vorschnell ich diesen bizarren Schluss gezogen habe und mir Nervengas und in der Tokioter U-Bahn gefangene Fahrgäste vorstelle. Ich lache gequält über das absurde Bild, obwohl es mir eiskalt den Rücken herunterläuft. Vielleicht ist es kein Zufall, dass der unheimliche Fremde die Adresse einer Kiotoer Bäckerei hinterlassen hat. Im nächsten Moment jedoch erkläre ich mir das alles mit meinen schwachen Nerven an einem schlechten Backtag.

»Kein Kult, eher eine buddhistische Tradition.« Andrews Stimme klingt jetzt neckend. »Sie müssen entschuldigen, aber ich denke immer über potenzielle Filmstoffe nach. Wenn das ein Film wäre, wären die Anhänger dieses Ordens hinter Ihrem Sunya-Cake-Rezept her, weil es ihren Namen trägt. Eigentlich wären sie hinter Ihnen her.«

Die schwermütige Hintergrundmusik einer *samisen* kommt mir irgendwie vertraut vor und erinnert mich an einen Ort, an dem ich nie gewesen bin. Ich höre auf, mir den Kopf zu zerbrechen, und schlage einen sorgloseren Ton an.

»Wenn wir schon über Filme reden, basiert Ihrer auf einem Roman? Wie lautet der Titel?«

»Ich habe das Drehbuch selbst geschrieben. Vor ein paar Jahren habe ich einen Film gemacht, der auf Neil Duncans Roman *Storm Country* basiert, aber dieser hier ist nur von mir. Ich habe ihn selbst geschrieben, ich produziere ihn und führe Regie. Er ist mein Baby und noch ohne Titel.«

»Halten Sie die Story geheim?«

»Vor der Presse ja. Würden Sie sie gern hören?«

»Normalerweise erfahre ich die Handlung eines Films nicht gern schon vorher, aber da Sie das Drehbuch geschrieben haben, würde ich es gern von Ihnen persönlich hören. Das wäre etwas Besonderes. Ich verspreche Ihnen, es niemandem weiterzuerzählen.«

»Noch Tee?« Die Kellnerin schenkt uns nach. Ich lausche dem vollen Plätschern. Inzwischen sind alle Tische besetzt, und es ist gemütlicher.

Andrew trinkt einen Schluck Tee und heftet den Blick auf mich, was mir das Gefühl gibt, in seinen privilegierten inneren Zirkel aufgenommen worden zu sein. Seine Stimme ist leise, nur für meine Ohren bestimmt, sogar ein wenig verschwörerisch.

»Stellen Sie sich vor, unsere Hauptfigur steigt hier in Seattle am SeaTac-Flughafen aus dem Flieger«, beginnt er. »Werner ist in den Dreißigern, gut aussehend, mittelgroß und trägt eine schwarze Jeans und ein Flanellhemd. Er checkt in einem Motel ein, setzt seine Reisetasche ab und nimmt seine Dienstwaffe aus dem Pistolenhalfter. Er ist ein Polizist aus Atlanta. Aber hier in Seattle ist er Demonstrant.

Sieben Uhr morgens. Werner kommt zu einem Treffen der Citizens Against Global Trade, kurz CAGT, einer Bürgerbewegung, die sich gegen den Welthandel engagiert, und setzt sich in die letzte Reihe. An der Wand sticht ein riesiges grünes Transparent mit strahlend weißer Beschriftung ins Auge. Darauf steht: ›Dauerhafte Lösung durch Frieden, nicht durch Waffen.‹

Es ist offensichtlich, dass diese Versammlung von etwa achtzig Leuten viel von Menschenketten, Schweigemärschen, Singen und Trommeln hält, nicht gerade das, was ein Polizist unter ›Aktionen‹ versteht. Gehört er, ein erfahrener Polizeibeamter, wirklich hierher?

Der Anführer der Gruppe – groß, kahl, mit Brille und guter Haltung – verkündet, dass die Polizei die Gegend um das Konferenz-Zentrum abgesperrt hat, eine Sperrzone errichtet hat, und jeden festnehmen wird, der versucht, dort einzudringen. Er braucht etwa fünfzehn Leute, um die Polizeisperren zu durchbrechen. ›Aber überlegt es euch vorher gut. Die Bullen werden diesmal hart durchgreifen.‹

Ein Mann springt auf und sagt, er kommt im Schildkrötenanzug. Niemand wird ihn anrühren. Sein Wagemut wird mit begeisterten Pfiffen und lautem Applaus aufgenommen.

Werner denkt: weltfremde Idealisten. Er hört zu, wie sich ein Mann über die ›Bonzen‹ der internationalen Firmen auslässt. Als er fertig ist, steht Werner auf. ›Ich will euch erzählen, worum es hier geht – für mich jedenfalls.‹

Er wuchs auf der kleinen Farm seines Dads in Wisconsin auf. Als das Familienunternehmen von großen industriellen Farmen zunehmend unter Druck gesetzt wurde, war sein Dad gezwungen, den Betrieb zu Spottpreisen zu verschleudern. Der alte Mann, dessen Lebenswille gebrochen war, starb innerhalb von fünf Jahren. Seitdem hegt Werner einen Hass gegen große Firmen. ›Wir lieben das Land‹, sagte sein Vater immer. ›Diese Typen sehen es nur als Ressource, die man ausbeutet und dann entsorgt.‹

›Hier sind bestimmt nicht viele Farmer‹, ruft Werner jetzt. ›Es sind nicht mehr viele übrig.‹

Wieder applaudieren alle. Als sich der Lärm legt, läuft ein Schauer über Werners Rücken. Er hat gerade eine unsichtbare Grenze überschritten und ist auf der ›anderen‹ Seite gelandet. Diese friedlichen Bürger ängstigen ihn. Natürlich gibt er seine wahre Identität nicht preis. Er fühlt sich inkognito wohler. Diese Leute würden sowieso nicht glauben, dass ein Bulle das gleiche Bedürfnis haben könnte, sich gegen Unmoral zu widersetzen.

Das Treffen ist zu Ende. Jemand ruft ihm etwas zu. Es ist die stille Asiatin, die in der ersten Reihe saß und das Sitzungsprotokoll führt. Sie ist ungewöhnlich groß und hübsch und hat sich einen hauchdünnen roten Schal um den Hals geschlungen. Das ist typisch Polizist, immer auf Details zu achten, nichts weiter.

›Hallo, ich bin Emily Takahashi. Könnten Sie mir Ihren Nachnamen sagen? Den habe ich nicht mitbekommen.‹

›Noble.‹ Er sieht ihr ins Gesicht, um zu prüfen, ob sie die Lüge bemerkt hat. ›Noble‹, wiederholt er.

Um sie herum hat sich eine Gruppe gebildet. ›Kommst du mit auf einen Kaffee, Emily?‹

Sie nickt, wendet sich an Werner und fragt ihn: ›Möchten Sie mitkommen? Wir gehen ins Pastries-Café.‹

›Hoffen wir, dass sie mehr als ein Stück Schokoladenkuchen übrig haben‹, fügt ein anderer hinzu. ›Sonst müssen wir uns drum prügeln.‹

›Eindeutig der beste westlich des Mississippi‹, schaltet sich ein Dritter ein.

›Tja, ich denke, damit ist alles klar.‹ Werner grinst. ›Ich bin dabei.‹

Sie steigen in einen Honda. Werner ist hin- und hergerissen. Hätte er, ein verheirateter Mann, in achtjähriger Ehe zum ersten Mal von seiner Frau getrennt, diese Einladung annehmen sollen? Dafür ist er eigentlich nicht hergekommen.«

Ein Klirren bringt mich zurück in die Restaurantnische; die Kellnerin ist wieder da und räumt den Tisch ab. Andrew verstummt und sieht sie an, dann nimmt er seine Tasse und blickt hinein.

Ich trinke einen Schluck aus meiner Tasse und wirbele die schmackhafte, duftende Flüssigkeit in meinem Mund herum. Das Problem des internationalen Handels, so wie Andrew, oder vielmehr Werner, es präsentiert hat, ist bei mir angekommen. Ich bin mit Arbeit aufgewachsen, meine Mutter hat ihr Leben lang gearbeitet, und ich identifiziere mich noch immer mit Menschen, die arbeiten. Menschen wie wir schätzen die Demokratie. Sie ist unsere einzige Chance, bei Dingen, die unser Leben beeinflussen, mitzureden.

Seltsamerweise fallen mir jetzt Rogers hitzige Vorträge zu demselben Thema ein, Worte, die nur so aus seinem Mund heraussprudelten. Ich habe kurz ein schlechtes Gewissen, weil ich ihn damals nicht verstand. Ich konnte mit seiner Intensität nicht umgehen – ein Zeichen meiner Unsicherheit, wie mir jetzt klar wird. Ich hielt seine leidenschaftlichen Plädoyers für eine Bedrohung unserer Beziehung, statt für aufrichtige Empörung über habgierige Firmen.

Ich sehe Andrew in die Augen. »Ihr Film hat mir viele Denkanstöße gegeben. Wie sind Sie auf das Thema gekommen?«

»Hauptsächlich durch Gespräche mit Einwanderern und Kleinfarmern. Sie haben mir erzählt, dass die Regierung großen Agrarfirmen Subventionen gibt, die es ihnen ermöglichen, Kleinfarmer, insbesondere in den Entwicklungsländern, preislich zu unterbieten. Das hat die meisten von ihnen in den Ruin getrieben und massive soziale Probleme verursacht.«

»Also drehen Sie den Film aus politischen Gründen?«

»Teilweise. Ich finde, jemand muss die dunkle Seite der Globalisierung zeigen.« Er lächelt. »Das ist sicher besser, als mir bei einer Demonstration den Schädel einschlagen zu lassen.«

Mit anderen Worten, er ist nicht besessen davon. Wenn der Film fertig ist, hat er seinen Beitrag geleistet und kann etwas anderes machen. Ich bin erleichtert – dieser Mann ist kein zweiter Roger.

»Ihre Figuren gehen also ins Pastries.« Meine Stimme ist so neckisch wie das Tuch um meinen Hals. »Kein Tränengaseinsatz auf dem Weg dorthin, hoffe ich.«

»Diesmal nicht.« Er schweigt eine Sekunde, blickt auf den Tisch und dann hoch zu mir. »Ich kann Ihnen heute Abend nicht die ganze Geschichte erzählen …«

»Aber das müssen Sie … Jetzt wo Sie mich neugierig gemacht haben.«

»Das ist nicht so einfach, wissen Sie … Ich habe noch nicht alles bis zu Ende durchdacht.«

»Wollen Sie damit sagen, was Sie mir bisher erzählt haben, ist alles, was Sie haben?«

»Nein, ich habe mir die Gesamtstrategie überlegt und ein ungefähres Drehbuch – aber es fehlen noch Details. Von ein paar Szenen in der Mitte habe ich nur eine vage Vorstellung. Und ich habe immer noch Probleme damit, wie es ausgehen soll.«

»Können Sie mir nicht wenigstens den Rest der Geschichte verraten, so weit wie Sie gekommen sind?«

»Na gut, aber nur, wenn Sie mir versprechen, noch einmal mit mir essen zu gehen.«

Ich sehe den Regisseur in ihm, eine Mischung aus Kontrolle und Manipulation. Obwohl ich lächelnd »Versprochen« sage, kommt mir ein beunruhigender Gedanke. Habe ich mich in seinem Netz verfangen?

»Wo waren wir?«

»Werner geht mit Emily und ihrer Clique ins Pastries-Café.«

»In den nächsten Tagen verbringt er immer mehr Zeit mit Emily, obwohl er ihr nie verrät, wer er wirklich ist. Sie fasziniert ihn, diese allein stehende Frau, die sich derart für die Organisation engagiert und so leidenschaftlich bei der Sache ist. Durch sie begreift er, dass das Ganze viel umfassender ist als seine eigene begrenzte Sorge um das Wohl der Farmer. Er ist inspiriert. Er ist bereit, mehr von sich zu geben. Und er ist dabei, sich in sie zu verlieben. Er war noch nie so glücklich.«

Ah, eine Romanze liegt in der Luft. Ich sinke tiefer in meinen Sitz.

»Jetzt kommt der Eröffnungstag der Handelskonferenz, der Höhepunkt des Films. Beim Aufwachen fällt Werner ein, dass er am Abend den Flieger nach Atlanta nehmen und zu seiner Familie zurückkehren muss. Er ist hin- und hergerissen. Später, als er an der Frontlinie steht, Emily genau neben ihm, betrachtet er die Kette aus Polizisten in Kampfuniform, und ihm wird klar, welch große Herausforderung ihm bevorsteht.«

Andrew verstummt; sein Gesicht ist von dem anstrengenden Tag abgespannt und müde, doch seine Augen leuchten immer noch. Männer machen oft ein nachdenkliches Gesicht, wenn sie nicht wollen, dass man sie zu gut kennt.

»Weiter bin ich noch nicht. Wie ich schon sagte, ich weiß immer noch nicht genau, wie es ausgehen soll... Aber es muss irgendeine Tragödie sein, denke ich. Und mittendrin gibt es ein paar Szenen, die ich bereits erwähnt habe, die noch überarbeitet werden müssen. Wahrscheinlich müssen wir uns öfter treffen. Vielleicht können Sie mir ein paar neue Ideen liefern.«

Ich lächle, während ich kurz in die Zukunft sehe. Ein Glas Wein am Kamin, eine stille, gemütliche Atmosphäre, Andrews charmante Stimme, sein spannendes Drehbuch und vielleicht eine Antwort auf die Frage: Worum geht es in der Geschichte wirklich? Wie viel hat er von sich selbst hineingelegt?

Ich sehe auf meine Uhr und verstelle das Armband. »O Gott! Es ist neun. Ich muss um fünf in der Bäckerei sein.« Ich bücke mich und hebe meine Handtasche vom Boden auf. Der Zauber der Geschichte hat nachgelassen, die Realität hat uns wieder. »Wir können uns noch mal treffen und den Schluss besprechen. Vielleicht nächste Woche? Ich muss jetzt gehen, sonst bin ich morgen um vier todmüde.«

»Sie haben Recht, Sunya. Ich bin völlig erschlagen.«

Wir stehen auf und verlassen die Nische. Er zahlt an der Kasse, während ich etwas abseits stehe und warte. Von Gelächter unterbrochene Gesprächsfetzen dringen an mein Ohr, aber ich höre nicht zu. In diesen paar ungestörten Minuten beobachte ich lieber Andrew: wie er die Geldbörse aus seiner Hosentasche zieht und sie dann wieder hineinquetscht; wie anmutig er der Kassiererin zunickt, wie weich seine Bewegungen sind.

Am Ausgang kritzelt er seine private Telefonnummer auf einen Zettel und sagt, dass ich ihn jederzeit anrufen kann. Nur wenige Leute haben seine Nummer.

Beiläufig nehme ich den Zettel, aber ich gebe ihn nicht mehr her.

12

Ist es zu glauben, dass ich heute Morgen bei Tweedy & Popp's Eisenwaren in der Forty-fifth Street zufällig Roger begegne? In dem Moment, als ich ihn im hinteren Ladenteil entdecke, sieht er in meine Richtung, und unsere Blicke treffen sich kurz. Bevor ich meine Gefühle unterdrücken kann, lodert der alte Schmerz wieder auf; deshalb wende ich mich ab, um die Schraubenzieher zu prüfen, und finde bald einen in der richtigen Größe. Als ich an der Kasse meine Visa-Karte vorlege, schleicht sich Roger mit einem Pinsel in der Hand von hinten an mich heran. Das ist typisch für ihn. Als mir meine Unhöflichkeit bewusst wird, drehe ich mich zu ihm um. Gute Manieren sind lebenswichtig für ihn und rangieren gleich hinter Luft, Wasser, Essen und dem Kaiser. In seinem Blick flackert Bedauern auf, doch er bringt ein schwaches »Hi« zustande, und ich erwidere den Gruß. Minuten später trete ich mit ihm auf den Fersen genau in dem Moment aus dem Geschäft, als die Ampel umschaltet. Ich überquere die Straße und bleibe auf dem Bürgersteig gegenüber stehen. Mit in die Stirn wehenden Haaren holt er mich ein und stammelt leise eine Entschuldigung für unser letztes Treffen. Sein Gesicht ist vor Verlegenheit und Schmerz gerötet, als er verspätet hinzufügt: »Ich wollte dich nicht verletzen, Sunya …«

»Ich denke, ich schulde dir auch eine Entschuldigung …«

»Manchmal wird man von Menschen und Situationen

überwältigt und man sagt und tut die falschen Dinge ...« Er scharrt mit den Füßen, geht jedoch nicht weiter darauf ein und fragt abrupt: »Glaubst du, wir könnten Freunde sein?«

Ehrlich gesagt fühle ich mich, als wäre ich degradiert worden. In dieser Verfassung fällt es mir nicht leicht, heiter oder großzügig zu sein. Doch da ich im Moment nicht willens bin, die zahllosen Schattierungen und Nuancen des Wortes »Freund« zu analysieren, wähle ich den einfachen Weg. »Klar«, antworte ich, worauf er gesteht, wie sehr er mein Café vermisst hat – seine tägliche Ration an Kuchen, Törtchen, Muffins und Crumbles sowie die erbauliche Atmosphäre. Er beichtet, dass er sogar vergeblich versucht hat, in Cakes Plus einen Ersatz zu finden. »Ihre Scones sind hart wie Schrotkugeln, Sunya.«

Ich gebe nach. »Komm ruhig wieder zu uns.«

»Ich komme am Freitag, sobald ihr aufmacht.«

Meint er damit ...? »Wir haben viele neue Angebote. Diese Woche biete ich zum Beispiel einen Cream Scone an. Er ist köstlich.«

»Wenn ich nur davon höre, läuft mir schon das Wasser im Mund zusammen ...«

Ich will mich abwenden. Das Gespräch ist den Umständen entsprechend gut verlaufen. Dann fällt es mir ein ... »Übrigens, kannst du mir einen Gefallen tun?«, frage ich ein wenig zögerlich. »Könntest du mir etwas in japanischer Schrift übersetzen?«

»Hoffentlich keine alte Literatur. Damit hatte ich in der Schule Probleme.«

Ich schüttle lachend den Kopf.

»Ich komme morgen Abend bei dir zu Hause vorbei, sagen wir, gegen acht?«

Ich nicke, und er macht sich davon.

Roger hat sich bereits eine halbe Stunde verspätet, was nichts Ungewöhnliches ist. Er hat eine Art, so selbstsicher und gelassen hereinzuschneien, dass Zuspätkommen sogar vornehm wirkt. Mit flauem Gefühl im Magen frage ich mich, ob es wirklich eine gute Idee war, ihn hierher zu bitten. Ich kann eigentlich nicht mit ihm befreundet sein – es schmerzt noch zu sehr. Unvermittelt sehe ich Andrew vor mir. Dem sollte ich besser nicht nachgeben.

Zum dritten Mal schaue ich auf die Uhr an der Wohnzimmerwand und luge dann durch einen Spalt in den gerafften Fenstervorhängen, ob ich seinen grauen Nissan kommen sehe. Da die Straße im Dunkeln liegt, erkenne ich nur mein verschwommenes Spiegelbild in der Scheibe: Mittelscheitel, gerade Nase, golden funkelnde Ohrstecker und erwartungsvoll gerötete Wangen.

Ich lasse mich in einen Sessel fallen. Es gab eine Zeit, da durfte Roger mich nie in denselben Kleidern sehen, in denen ich den ganzen Tag herumgelaufen war (wie heute in dieser alten Kattunbluse mit Wendekrawatte und dem eierschalenfarbenen Strickrock). Es gab eine Zeit, da brachte ich, kurz bevor er nach Hause kam, noch schnell das Wohnzimmer auf Vordermann, indem ich herumliegende Zeitschriften unter einem Sofakissen versteckte (einmal fielen sie beim Liebesspiel herunter, was ausgelassenes Gelächter zur Folge hatte) und die Nähmaschine in einen Aktenschrank schob.

Kurz nachdem wir uns zum Zusammenziehen entschlossen hatten, kaufte ich diesen Bungalow, die größte Investition, die ich je getätigt hatte. Dann ging es an die Inneneinrichtung. In der Möbelabteilung von Bon's erlebte ich zum ersten Mal Roger, den Star-Couturier, in Aktion. Er strich über jeden Stoff, um ihn zu fühlen. »Ein Sessel ist kein lebloses Objekt«, betonte er. Er achtete auf Farbe, Linie und Form, stellte ihn an eine Wand, überprüfte, wie er sich gegen einen massiven Hintergrund abhob, und bat mich, mich hineinzusetzen. »Ein Sessel kann eine ganz bestimmte Atmosphäre kreieren.« Zuerst amüsierte es mich, dass es einen vollen Tag dauerte, sich drei Sessel zu beschaffen; dann musste ich jedoch feststellen, dass er sich die endgültige Kaufentscheidung anmaßte.

»Hättest du dich nicht mit mir absprechen können?«, erkundigte ich mich später.

»Hab ich glatt vergessen.«

»War das bei euch zu Hause auch so? Dass deine Mutter sich den Wünschen deines Vaters beugte?«

Er wich meinem Blick aus. »Ich dachte, dir gefielen die Sessel.«

»Darum geht es gar nicht. Du bist so weit gereist, hast in Frankreich studiert, und trotzdem ...«

»Junge Amerikanerinnen sind so schwer zufrieden zu stellen ...«

»Ist es das, oder denkst du, dass junge Frauen im Allgemeinen nur dazu da sind, um die Männer zufrieden zu stellen?«

Er sah verstimmt aus. Dieses Muster setzte sich fort und weitete sich in jeden Aspekt unseres gemeinsamen Lebens aus. Egal wie weltmännisch er in der Öffentlichkeit wirkte – er konnte im selben Atemzug über Baseball, die brasilianische Filmindustrie und Skiwandern in den Alpen sprechen –, zu Hause wollte der »neue moderne Mann« das Sagen haben. Er strich die Wände dieses Raumes muschelfarben, um mehr Licht und Lebendigkeit hereinzubringen, erneut ohne Rücksprache mit mir. Er verrückte die üblicherweise im Quadrat stehenden Möbel zu einer Diagonalen, um eine »unerwartete Note« zu kreieren, und ersetzte mein Couchtischchen mit der Steinplatte, an dem ich sehr hing, durch ein größeres Modell mit Glasscheibe. Seine Aufmerksamkeit erstreckte sich sogar auf die Art, wie eine Zeitschrift aus einem Korb ragte. Für mich war das alles zu formell, aber ich ließ ihn gewähren und sagte mir, wenn die Küche mein Reich war, wäre es nur gerecht, wenn er im Wohnzimmer bestimmte.

Dieser Pedant sortierte sogar seine Bleistifte der Feinheit nach in verschiedenen Haltern. Einmal versuchte ich, den Unterschied zwischen Nummer 2 und Nummer 2B herauszubekommen, gab das hoffnungslose Unterfangen jedoch bald wieder auf.

Gott sei Dank muss ich es ihm nicht mehr recht machen. Ein erleichterter Seufzer entfährt mir, als ich auf den losen Zeitschriftenstapel blicke: *Pastry Art and Design, Shape, The Sun*. Manchmal kann Verlust auch eine Erleichterung sein. Und ein Wiedererlangen des eigenen Selbst. Dann klingelt es an der Tür, wie gewöhnlich zweimal kurz hintereinander, und sofort ist die Ruhe dahin.

Roger steht auf der Veranda. In einem weichen Schafwoll-Pullover in verblichenem Zinnblau (die typische Farbe des Seattler Himmels) und mit einer gebügelten Baumwollfaltenhose kommt er mir irgendwie anders vor, eher sportlich als elegant. Lebendige Bilder aus glücklicheren Zeiten schießen mir durch den Kopf: Roger, wie er zur Tür hereinkommt; eine leidenschaftliche Umarmung und lange Küsse, die von zärtlichem Knabbern und Liebkosungen unterbrochen werden; wie wir versuchen, die Distanz, die während der Arbeitszeit zwischen uns gewachsen ist, auszulöschen. Schon bald wies uns eine Spur aus abgeworfenen Kleidern zum Ort einer freudigen Wiedervereinigung:

Bett, Couch, der Kaminvorleger; völlig egal. Nichts war wichtig außer unserem Verlangen nacheinander.

Mit eiserner Entschlossenheit unterdrücke ich die Erinnerungen. Ich kann es mir jetzt nicht leisten, über diese Zeiten nachzugrübeln.

»Tut mir Leid, das Treffen hat länger gedauert, Sunya. Hoffentlich halte ich dich nicht von irgendwas ab.«

»Nein, nein. Komm rein. Setz dich. Es ging um die Handelskonferenz, nehme ich an?«

Roger nickt, setzt sich aufs Sofa und stellt die Füße ordentlich unter den Couchtisch; vielleicht hat er schon vergessen, dass er hier einmal zu Hause war. Seine Stiefel kommen mir neu und bedrohlich schwer vor. Ein Blick auf den überbordenden Zeitschriftenkorb; dann mustert er blitzschnell die Schüssel mit Bananen, die ebenfalls überquillt. »Es ist eine verrückte und aufregende Zeit, um in Seattle zu leben«, sagt er, und sein kritisches Gesicht zeigt jetzt Leidenschaft und Begeisterung.

Ich kann die Erfüllung, die er aus seiner ehrenamtlichen Tätigkeit zieht, fast am eigenen Leib spüren; eine Erfüllung, die ihm sein Beruf nicht geben konnte. Er scheint entspannt genug, um Schweigen zuzulassen. Seltsamerweise kann ich jetzt, wo eine gewisse emotionale Distanz zwischen uns herrscht, seine Bedürfnisse viel besser verstehen.

»Übrigens«, fügt er hinzu, »falls du es nicht wusstest: Diese Bananen werden von einem Unternehmen verkauft, das zentralamerikanische Bauern Dorf für Dorf von ihrem Grund und Boden vertreibt.«

»Möchtest du eine Tasse Tee? Oder schadet auch Tee der einheimischen Bevölkerung?«

»Hast du dir schon mal überlegt, etwas Zeit für ein Ehrenamt zu opfern, Sunya?«

»Ich habe keine Zeit zu erübrigen. Ich verbringe jede freie Sekunde damit, mir zu überlegen, wie ich mein Geschäft retten kann …«

»Tut mir Leid, Sunya … Ist es immer noch …?«

»Es ist hart genug.« Ich lege eine angemessene Pause ein und reiche ihm die Visitenkarte des Fremden. »Was kannst du mir über die Apsara-Bäckerei in Kioto sagen? Ich bezweifle, dass sie einer multinationalen Institution gehört.« Ich kann mir die Bemerkung nicht verkneifen.

Er wirft einen Blick auf die Karte, als hätte er mich nicht gehört, und ich rüge mich selbst für meine Spitzfindigkeit. »Es ist sowohl eine Bäckerei als auch eine Schule«, sagt er. »Mit dem Motto ›Durch Backen heil werden‹. Absoluter Nonsens, wenn du mich fragst.«

Backen war für mich Leidenschaft, Herausforderung, Lebensunterhalt und in letzter Zeit auch eine Qual, aber ich habe nie, jedenfalls nicht bewusst, an sein Heilpotenzial gedacht. Ich weigere mich, diese Idee so leicht abzutun wie Roger. »Was steht hinten drauf?«

»Die Handschrift ist jämmerlich. Der Schreiber muss entweder noch ein Kind sein oder blutiger Anfänger. Es ist die Wegbeschreibung zur Bäckerei.« Er liest sie laut vor, während ich mir schnell einen Notizblock schnappe und sie mir mit einem stummeligen Bleistift notiere.

»Wer hat dir die Karte gegeben?«

»Ein Herumtreiber.«

»Ein Herumtreiber mit einer Visitenkarte?« Er legt die Karte auf den Couchtisch. »Was gibt es sonst Neues?«

Ich erzähle ihm eine verkürzte Version der Dreharbeiten im Café und spiele Andrews Rolle dabei herunter.

»Wie geht's dem alten Pie-erre?«, fragt Roger.

Ich ignoriere die Spöttelei. »Pierre ruht sich ein paar Tage zu Hause aus. Er hatte in der letzten Zeit persönliche Probleme.«

»Das arme Schätzchen. Ich wette, der Filmdreh und das ganze Chaos drum herum haben ihn wirklich ausflippen lassen. Noch so ein Zwischenfall und er rennt zurück zu seiner *maman.*«

»Sag das nicht! Ihn zu verlieren kann ich mir nicht leisten.«

»Tja, Sunya, wenn dieser Rumtreiber sich wieder blicken lässt und dir Probleme macht, sag mir Bescheid. Hier hast du meine neue Adresse und Telefonnummer.«

Ich weiß, dass er es ernst meint. Er ist von Natur aus hilfsbereit. Einen Augenblick lang halte ich die Karte, Symbol seines neuen Lebens, in der Hand; dann lege ich sie auf den Couchtisch. »Hast du schon mal was von der Sunya-Tradition des Buddhismus gehört?«

»Sunya-Tradition? Nein. Aber vielleicht Kimiko.« Sein Gesicht wird auf eine Art lebhaft, die mir nicht behagt. »Sie würde dir bestimmt gern helfen. Sie hält immer noch Kontakt zu ihren Kollegen bei der *Japan Times.*«

»Danke, Roger, aber ich habe genug Hilfe.«

Er steht auf. »Du schneidest dir ins eigene Fleisch ... Wenn dir jemand helfen kann, dann Kimiko.«

Ich bringe ihn zur Tür. Mit der Hand auf dem Türknauf frage ich ihn beiläufig: »Weißt du, was *sunya* bedeutet?«

Er denkt kurz nach. »Es bedeutet ›Leere‹.«

»Das ist nur die wörtliche Bedeutung, nicht?«

»Was ist in dich gefahren, Sunya? Du stellst heute Abend die seltsamsten Fragen. Okay, da gibt es noch eine zweite Bedeutung hinter der offensichtlichen ... ›Fruchtbare Leere‹, ›Fülle‹.«

»Warum hast du mir das nicht schon früher gesagt?«

»Du warst noch nicht bereit für die Wahrheit.«

Er wirbelt herum und springt die Treppe hinab; er nimmt immer zwei Stufen auf einmal, und seine Stiefel quietschen wie aus Protest gegen diese ungewohnte Übung. Verwirrt und verärgert schließe ich die Tür hinter ihm.

Zurück in der Küche hocke ich mich mit einer Tasse Wu-Wei-Tee, der mich mit seinem süßen Kräutergeschmack beruhigt, an den Tisch. Was bildet sich Roger bloß ein, darüber zu befinden, ob ich bereit für die Wahrheit bin?

Es sieht mir gar nicht ähnlich, in den Abendstunden müßig herumzusitzen und zu grübeln, obwohl sich in der Spüle das Geschirr stapelt und die Hibiskuspflanze wie jeden Abend besprüht werden will; doch genau das tue ich.

13

Vor fünf Jahren flog ich im Herbst allein nach Paris, um an der Bon Ton, einer Schule für Backkunst, an einem kurzen Kochkurs über klassische französische Backtechniken teilzunehmen. Nur einen Monat zuvor hatte ich mich von Jeff getrennt, meinem ersten festen Freund nach dem College. Als ich am Charles-de-Gaulle-Flughafen von Bord ging, empfingen mich schmollende, niedrig hängende Wolken und schneidend kalte Luft und erinnerten mich an meinen jüngsten Verlust. In den nächsten Tagen, als ich durch die Parks, Museen und über Boulevards zog, stellte ich fest, dass der Pariser Himmel genauso oft bedeckt war und ebenso zu plötzlichem Nieselregen neigte wie der in Seattle. Egal. Hier küssten sich Pärchen überall, bei jedem Wetter. Eine feuchte Brücke, eine dunkle Straßenecke, sogar eine überfüllte Metro wurde für geeignet befunden. Allein und heimwehkrank kehrte ich in mein Zimmer in dem Familienhotel Port Royal zurück und war noch unglücklicher. Ich vermisste Jeff, den Sanitäter, auch wenn mich sein sirenenhaftes Schnarchen die halbe Nacht wach gehalten hatte.

Zwischen den Lektionen, in denen ich die Grundlagen des Backens (Unterheben, Mit-Zuckerguss-Überziehen, Cremigrühren und Teigausrollen) erlernte, suchte ich Trost in den *pâtisseries* der Stadt (meine »Feldforschung«), die eine Art zweite Heimat für mich wurden. An fast jeder Straßenecke fanden sich kleine Cafés, in deren Vitrinen reihenweise edelsteinfarbiges Gebäck glitzerte. Ein Teil meiner Faszination bestand darin, sie alle zu erforschen: *madelaine, tuile, palmier, savarin.* »Sie sind eine Kunstform für das einfache Volk«, vertraute mir ein Pariser Taxifahrer an. Oft stellte ein Konditormeister, der ein solches Café führte, sein Namenskärtchen neben seine Spezialität, ganz wie ein darstellender Künstler. Trotzdem herrschte in diesen Patisserien eine Art ungezwungene Gemütlichkeit, die ich schätzen lernte. Ein Besuch dort war weniger aufreibend als in irgendeinem überteuerten 2-Sterne-Restaurant, wo man sich den Magen mit einer schweren Mahlzeit voll schlug. Ich begann zu erahnen, warum die Pariser den Tag mit Croissants begannen und den Abend mit Birnentörtchen beschlossen und warum zwischendrin ein hübscher kleiner *gâteau* ihre Beziehungen versüßte.

Eines Nachmittags, als ich durch einen recht durchschnittlichen Block im vierzehnten Arrondissement streifte, stieß ich zufällig auf eine vornehme Patisserie mit einer alten Eichenfassade, eine ziemliche Absonderlichkeit in diesem Teil der Stadt. Im Schaufenster ruhte zwischen den üblichen Gebäckstückchen ein normannisches Apfeltörtchen, das aus glänzenden Schichten hauchdünner Apfelscheiben bestand, die in einem gebräunten Rechteck aus Blätterteig vergraben waren. Zu Hause hatte ich mir mit meinem prall gefüllten, üppigen Pie mit Granny-Smith-Äpfeln einen Namen gemacht. Doch dieses dünne, unscheinbare Apfeltörtchen fesselte mich. Ich musste einfach hineingehen.

Eine Kellnerin mit einem schwarzen Kleid und einer weißen, gekräuselten Schürze wies mir einen Platz zu. Während ich auf meinen Kaffee wartete, nahm ich das Deckengemälde, auf dem Mädchen in einem üppigen Garten tanzten, und dann den Rest des Raums in mich auf: Mosaikboden, polierte Messingakzente, schwarzer Marmortisch, cremefarbenes Leinen. Wie in vielen Pariser Lokalen war Platz in diesem Café Mangelware, deshalb achtete ich nicht weiter auf den Asiaten am Nachbartisch, obwohl er so nahe bei mir saß (wenigstens für mein amerikanisches Platzempfinden), dass sein Hemdsärmel meine Schulter streifte. Ein verlockender, buttriger Duft veranlasste mich, diskret auf seinen Teller zu sehen, auf dem genau so ein Apfeltörtchen lag, wie ich es gerade bestellt hatte.

Bald sah ich mich nach einem Löffel um, um meinen Kaffee umzurühren, doch die Kellnerin war nirgends zu sehen. Der Mann drehte sich um und reichte mir seinen Löffel. Er hatte ein volles, sommersprossiges Gesicht (für Asiaten ungewöhnlich, aber nicht unbekannt) mit einem apfelartigen Glanz und die Ungezwungenheit eines Menschen, der von Familie und Freunden vergöttert wird. Seine Haare waren nicht glatt wie bei Asiaten üblich; sie waren eher wuschelig. Er war in teure Wollgabardine gehüllt (italienisches Garn, handgenähte Knopflöcher).

»*Merci, monsieur*«, sagte ich.

Er musste meinen anerkennenden Blick auf ihn und seinen Teller aufgefangen haben, denn er begann auf Englisch mit Akzent die Vorzüge des Kuchens und der Bäckerei zu preisen. Das wurmte mich. Offensichtlich hatte mein Französisch weder charmant noch überzeugend geklungen. Sein Englisch hatte einen angenehm singenden Tonfall; er betonte die Wortendungen, und sein Akzent verstärkte seine augenscheinliche weltmännische Kultiviertheit nur noch. Nachdem ich den ganzen Tag meist vergeblich versucht hatte, das Pariser Schnellfeuer-*Français* zu verstehen, klang das seltsam beruhigend.

Mein flaches, aber frivoles Törtchen wurde serviert. Ich atmete sein köstliches Aroma ein und ließ es mir schmecken. Drei großzügige Bissen später war das Törtchen verschwunden. Nur der milde, fruchtige Nachgeschmack blieb. Ich musste plötzlich an meinen kuppelförmigen, üppigen Apfelkuchen denken. Ein Stück davon würde nie im Leben in drei Bissen verschwinden.

»Wie war es?«, fragte der Mann.

»Eigentlich wenig substanziell, aber es schmeckt interessant und ist hübsch anzusehen. Ich wüsste gern die Geheimnisse des Bäckers.«

»Ich bin zwar kein Koch, aber ich kann sie Ihnen verraten.«

Ich zog skeptisch eine Augenbraue hoch. Das war ja mal ein ganz neuer Spruch.

»Ich habe einen Monat in der Normandie gelebt. Diese Region ist bekannt für ihre Äpfel und Birnen, und sie machen dort die besten Obstkuchen, die ich je gegessen habe. Ich habe dort als Pensionsgast bei einer französischen Familie gelebt, um meine Sprachkenntnisse zu verbessern. Meine Gastgeberin fragte mich immer Vokabeln ab, während sie das Abendessen zubereitete. Apfelkuchen waren ihre Spezialität, und deshalb hatte ich jede Menge Gelegenheit, bei ihrer Herstellung zuzusehen.«

Ich wartete geduldig, während er mit der Gabel ein kleines Stück von seinem Törtchen abbrach, und versuchte ihn durch Willenskraft dazu zu bringen, mir die Methode zu verraten. Genau in dem Moment eilte die Kellnerin vorbei, und er bestellte in perfektem Französisch mehr Kaffee für uns. Es war, als hätten unsere Geschmacksknospen uns in einer Art Kameradschaft verbunden. Doch da ich nur für kurze Zeit in Paris war, fragte ich mich, ob ich es riskieren sollte, allzu vertraulich zu werden.

»Ich habe in Japan zum ersten Mal Obsttörtchen gegessen.« Er erzählte, dass europäisches Gebäck damals der letzte Schrei war. Ich war immer an Informationen über Gebäck interessiert, egal aus welcher Ecke der Welt es kam. Da mir seine letzten Worte entgangen waren, beugte ich mich zu ihm vor, um ihn besser zu verstehen.

»Entschuldigen Sie meinen grauenhaften Akzent. Meine Englischlehrer waren alle Japaner, und keiner von ihnen sprach es besonders gut. Ich habe ein paar schlechte Sprachgewohnheiten von ihnen übernommen. Ich frage mich, ob ich auch mit Akzent denke.«

Ich lachte und sah mir diesen Bonvivant genauer an. Mehrsprachig und mit seiner ungezwungenen, offenen Art repräsentierte er die neue Generation der »Weltbürger«, die in jeder Gesellschaft leben konnten. Vielleicht sollte ich doch noch ein paar Minuten länger bleiben.

»Woher kommen Sie, *mademoiselle*, wenn ich fragen darf?«

»Seattle. Ich bin dort geboren und aufgewachsen.«

»Ah, das Kronjuwel des Pacific Rim, berühmt für Kaffee, Äpfel, Flanell, Software und Nieselwetter. Haben Sie wirklich so viel Regen?« Er warf mir einen verstohlenen Blick zu. »Ich hätte gedacht, Sie kommen aus Südasien. Sie haben eine Aura, die eindeutig asiatisch ist.«

»Ich bin Amerikanerin.« Ich versuchte, meinen Ärger darüber zu verbergen, dass er mich über meine Abstammung ausfragte. »Meine Eltern sind in Indien geboren, aber ich war nie dort. Ich weiß eigentlich nicht viel über Asien. Ich habe keine asiatische Identität, religiöse Zugehörigkeit oder Aura, was das auch sein mag.«

Er lächelte leicht und nahm den Verweis gelassen hin. »Asien ist ein riesiger Kontinent. Wer kann schon wirklich präzise einen Asiaten definieren? Was Ihre Aura betrifft, das ist Ihr Schicksal – würde jedenfalls mein ältester Onkel sagen.«

Ich fand seine Art gönnerhaft und wollte mich schon entschuldigen, als er von sich zu erzählen begann. Roger Yahura wuchs in Tokio und Kobe auf. Die Mutter war Christin, daher sein englischer Vorname. (Sein traditioneller Vorname lautete Ishiko.) Am College aß er am liebsten Tacos zum Lunch. Tagsüber hielt er sich oft in seinem Lieblings-*kissatten* auf und trank dort dunkel gerösteten, rauchigen Kaffee; nur abends trank er den zarten grünen Tee, den die Japaner lieben. Seine Familie ging zu einem Shinto-Schrein, um Geburten zu feiern, beging Familienhochzeiten im westlichen Stil und Beerdigungen nach buddhistischer Tradition. »Deshalb ist es nicht allzu überraschend, dass ich mich für keine bestimmte Religion entschieden habe.« Da er von Onkeln und Tanten umgeben war, die Shinto und Buddhismus praktizierten und sogar einige Hindu-Rituale adaptiert hatten, hatte er trotzdem ein paar Begriffe wie »Aura« und »Schicksal« aufgeschnappt oder, wie er sich ausdrückte, »abgeschöpft«.

Als ich aus dem Fenster auf die dunkel werdende Straße spähte, blinkten ein paar Lichter auf. Ich hörte ihn sagen: »Aber Sie sind in Amerika aufgewachsen… Ich mag alles Amerikanische. Es ist der Ort, wo man große Träume haben darf.«

Ich wandte mich um, um ihn wieder anzusehen, den Mann, der losgelöst von nationalen und religiösen Grenzen lebte, und bemerkte, dass ich ihn etwas klischeehaft sah. Gute Umgangsformen würden es verlangen, dass ich jetzt eine positive Bemerkung über sein Land machte. Doch was wusste ich schon über dieses Inselvolk? Die Namen von vier Städten kamen mir in den Sinn: Tokio, Kioto, Kobe und Osaka, von denen eine mit Seattle verschwistert war. Aber welche?

Stattdessen fragte ich: »Was führt Sie nach Paris?«

»Ich bin hier, um Mode-Design zu studieren.« Es stellte sich heraus, dass er in Japan die Kunstakademie abgeschlossen hatte. Seine Spezialität, wie er klarstellte, war Damenbekleidung, »*la mode japonaise*«. Er bevorzugte respektlose Schnitte und monochrome Farben, meist Schwarz- und Weißtöne. Inspiration fand er überall, zum Beispiel in der zarten Wölbung des Stuhls, auf dem er saß, den handgemalten Rosen auf dem Regenschirmständer drüben bei der Tür, und indem er Menschen beobachtete. Er musste noch ein Jahr studieren und war sich nicht sicher, ob er danach nach Tokio zurückgehen würde. »Wie Sie wahrscheinlich bemerkt haben«, fügte er hinzu, »ist in Paris im Moment der ethnische Look angesagt… Könnten Sie mir bitte die Seattler Modeszene beschreiben?«

Ich rutschte unbehaglich auf meinem Stuhl herum und fragte mich, ob er sich über mich lustig machte. Mit meinem Jeans-Hemdblusenkleid, dem klobigen Silberarmband und den Birkenstock-Schuhen kam ich mir trotz meiner 1,62 und 50 Kilo plattfüßig und unbeholfen vor. Leider war meine gesamte Garderobe hier in Paris vollkommen veraltet, und mein knauseriges Budget erlaubte mir nichts Frivoleres als einen Lippenstift aus dem Nobelkaufhaus Printemps. Meine Haare hingen mir alles andere als raffiniert über den Rücken. Ich war eindeutig nicht *au courant*. Und trotzdem wurde ich gebeten, über Mode zu sprechen.

»Unser Stil ist sportliche, strapazierfähige Outdoor-Kleidung.« Ich improvisierte weiter und erwähnte REI, Nordstrom und eine piekfeine neue Boutique in der Innenstadt namens Giselle's, Of Course, die ich nur durch ein Tafelglasfenster gesehen hatte. Ich verschwieg, dass die Schaufensterpuppen entweder unmöglich lange und aufwändige Kleider oder knappe, schulterfreie Schläuche in grauenhaften Farben trugen, von denen ich fast blind wurde. Ich hätte diese Kleider niemals tragen können.

Er hatte aufgehört, mir zuzuhören. Stattdessen kämpfte er gegen das Bedürfnis an, zum Tisch rechts von ihm zu blicken, an dem jetzt ein sehr gepflegtes Model saß. Sie trug ein elfenbeinfarbenes Spitzentuch um ihren Alabasterhals und knabberte geziert an einem *baba au rhum*-Kuchen. Mir drängte sich die Frage auf, ob er vielleicht eine heimliche französische Freundin hatte.

Unter dem Vorwand, bereits anderweitig verabredet zu sein, schob ich meinen Stuhl zurück und stand auf. Erst jetzt fiel mir ein, dass Kobe die Partnerstadt von Seattle war. Er sprang auf und brachte mich zur Tür. Das Model war vorerst vergessen. »Ich habe das Gespräch mit Ihnen genossen. Vielleicht sehen wir uns mal wieder?«

Ich scharrte unbehaglich auf der Fußmatte. Wie konnte ich dieses Angebot annehmen? Nach meinen langen Unterrichtsstunden war ich abends erschöpft. Andererseits … das Backgeheimnis … Es war offensichtlich, dass er es nicht zu leicht preisgeben würde. Außerdem fand ich langsam großen Gefallen an unserem Spielchen und gestand mir ein, dass ich ihn irgendwie mochte.

»Würden Sie mal mit mir essen gehen? Ich kenne viele hübsche Restaurants.« Als ich die Einladung mit geheucheltem Widerwillen annahm, sagte er: »Dann nächsten Dienstag?«

In den folgenden Wochen, als wir zum Vergleich an drei Abenden Bouillabaisse in drei verschiedenen Bistros aßen, lernte ich Roger als sehr warmherzigen Menschen kennen. Er nahm mich in sein Leben auf wie ein Baum Regentropfen. Wir besichtigten Versailles (sein fünftes, mein erstes Mal), lasen gemeinsam *manga,* das sind kunstvolle japanische Comic-Bücher (er übersetzte, ich lachte), und dehnten unsere Aktivitäten auf Prêt-à-porter-Modenschauen aus, zu denen nur geladene Gäste Zutritt hatten. Die Namen von Pariser Designerhäusern – Dior, Givenchy, Yves Saint Laurent – gingen mir bald mühelos über die Lippen. Einmal sprachen wir über meinen Namen, der, wie Roger, der sich der buddhistischen Einflüsse in seinem Leben sicher fühlte, betonte, »Leere« bedeutete. Als ob ich das ein zweites Mal hätte hören müssen. In dem Moment hasste ich ihn, aber meist genoss ich seine Gesellschaft. Er erwies sich als weit gereister und viel bewanderter als ich, was Essen, Popkultur und Politik betraf, und trotzdem verbrachte er seine ganze Freizeit mit mir. Wenn er wirklich eine französische Freundin hatte, musste er sie verlassen haben. Wenn wir uns liebten, berührte Roger mich (anders als mein muskulöser Exfreund Jeff) zärtlich und bereitete mich emotional und körperlich vor. An feuchten Tagen schlenderte ich nach einem Schäferstündchen mit ihm eine Straße mit Kopfsteinpflaster hinab, und allein der Anblick, wie auf dem Bürgersteig *Paris Match* verkauft wurde, gab mir neue Energie. Ich gewöhnte mich an sein »iest« für »ist«, seine unsicheren *l*s, seine weichen *t*s. Er beherrschte die englische Sprache durchaus, doch es fehlte ihm an Sprachpraxis. Einmal, als er ein bestimmtes Wort nicht aussprechen konnte, hielt er einfach nur meine Hand, und ich wusste genau, was er meinte. Süß wie er war, übersetzte er immer für mich, wenn es nötig war. Als ich ihm erzählte, dass mein größter Wunsch eine eigene Bäckerei sei, antwortete er: »Eines Tages wirst du eine bekannte Bäckerin sein. Das weiß ich.«

Aber das Geheimrezept für das Apfeltörtchen hatte er mir immer noch nicht verraten.

Meine Kurse waren nach wenigen Monaten vorbei. Ich bekam mein Diplom, und kurz darauf ging mir das Geld aus. Deshalb hatte ich keine andere Wahl, als einen Rückflug nach Seattle zu buchen. An meinem letzten Tag in Paris gingen wir noch einmal in jenes Café und bestellten zwei normannische Apfeltörtchen.

In dem Moment, als meine Gabel über den Äpfeln schwebte, wandte er sich dem Thema zu, auf das ich gewartet hatte. Er malte mir ein Bild: die Backstunde bei seiner französischen Gastfamilie. Madame Cardin, eine Frau mittleren Alters, stand in ihrer engen Küche an der Arbeitsfläche. Ein knarrender alter Ofen und eine schwarz gewordene Kuchenform waren ihre Helfer. Das vergilbte Buch auf dem Bord, eine Sammlung aus tausend Rezepten mit dem Titel *Tante Marie*, lag nur pro forma da. Auch nach einem anstrengenden Tag, wenn sie ihren Pensionsgästen französische Konversation beigebracht hatte, fand Madame Cardin es äußerst beruhigend, Obst klein zu schneiden, Mehl zu sieben, die restlichen Zutaten einzurühren und den Kuchen schließlich aus dem Ofen zu holen. Den fertigen Kuchen glasierte sie mit einer Mischung aus Aprikosenmarmelade, geschmacksneutraler Gelatine und Kirschwasser und steckte ihn, die Hände in Topfhandschuhen, unter den Grill. Wenn der Zucker zur richtigen Bräune karamellisiert war und die Luft süß wie Wein duftete, zog sie die Kuchenform wieder heraus, hielt sie strahlend hoch und rief: »*Voilà!*«

Als ich auf den Tisch blickte, waren unsere Teller leer.

Überglücklich erläuterte ich Roger, wie ich mit diesen neuen Tipps mein Rezept für den zweikrustigen Apple Pie, das ich bisher für perfekt gehalten hatte, verändern würde. Von jetzt an würden meine Apfelkuchen nach oben offen und glasiert sein, ein Trick, den ich in der Backschule nicht gelernt hatte.

Als ich Rogers verdutztes Gesicht bemerkte, fragte ich: »Hast du je amerikanischen Apple Pie gegessen?«

Er schüttelte den Kopf. Jetzt war ich an der Reihe, ihm den üppigen Pie zu schildern, der zwei Pfund Äpfel enthielt, den Raum mit einem tortensüßen Flimmern erfüllte und einen nostalgischen Nachgeschmack hinterließ. Die Worte und Bilder sprudelten begeisterter aus mir heraus als sonst, und als ich fertig war, kam ich mir ziemlich dämlich vor.

Sein Lächeln zerstreute meine Verlegenheit. »*Chérie*, du hast mich überzeugt, dass es neben den Variationen, die ich bisher gekostet habe, noch ein ganzes Universum aus Apfeldesserts gibt. Ich würde sehr gern einmal amerikanischen Apple Pie auf Sunya-Art probieren.«

»Dann komm mich in Amerika besuchen.«

Wie absurd dieser Satz in meinen Ohren klang! Wir verstummten, weil wir wussten, dass es für Roger, der sein Studium durch ein Stipendium finanzierte, schwierig werden würde, eine so kostspielige Reise anzutreten. In dem durchdringenden Schweigen wurden meine Gefühle für ihn stärker. Mir wurde schlagartig klar, dass mir Paris viel mehr gegeben hatte als nur einen Backkurs.

Am nächsten Tag kam er zum Flughafen, um mich zu verabschieden, und brachte mir ein elfenbeinfarbenes Spitzenhalstuch mit. Wieder ein bewölkter Tag. Wieder Nieselregen. »Ich werde dich nie vergessen, Sunya. Ich besuche dich, ich verspreche es. Und … träum weiter deinen großen Traum.«

Zurück in Seattle vermisste ich Roger. Meine Welt war reicher geworden, nur um mit neuer Leere überhäuft zu werden.

Rogers Briefe landeten regelmäßig in meinem Briefkasten.

> *Ich bin allein zu Fauchon gegangen, und obwohl ich mehrmals angerempelt wurde, kam es mir ohne dich verlassen vor. Ich ging wieder, ohne zu bestellen.*

Ein anderes Mal:

> *Das Kosmee-Beet, das dir im Jardin du Luxembourg so gut gefallen hat, ist dieses Jahr sogar noch üppiger. Ist nur niemand hier, um es zu bewundern.*

Und ein anderes Mal:

> *Der Mann, der an der Metrostation George V* galette de rois *verkauft, hat jetzt einen Assistenten. Man muss nicht mehr so lange warten. Ich weiß noch, dass du nicht gern gewartet hast.*

Kein neuer Mann trat in mein Leben. Der schönen Stadt Seattle war es ebenso gleichgültig, ob es mir gut ging, wie den zerklüfteten Cascade Mountains im Osten – besonders während der trüben Wintermonate, wenn die Menschen den Kopf gesenkt hielten, um sich vor dem peitschenden Regen zu schützen. Ich machte lange Spaziergänge durch das Arboretum, wo mir Bäume, Vögel und Eichhörnchen Gesellschaft leisteten.

Frühling und Sommer vergingen, dann kam der Herbst. Meine liebste Jahreszeit wurde noch schöner, als Roger aus Paris anrief und mir begeistert mitteilte: »Ich habe gerade mein Studium abgeschlossen und ein Job-Angebot bekommen.« Ich hatte ihm kaum gratuliert, als er mich unterbrach: »Von Giselle's, Of Course in Seattle. Es ist eine Stelle als Verkäufer, nicht als Designer, aber ich will es versuchen.«

Ich war so glücklich, dass ich als Antwort nur ein Quieken herausbrachte. Als ich mich wieder gefangen hatte, konnte ich ihm gar nicht genug gratulieren. Diese Edelboutique mit ihrem Hochglanzkatalog – für mich der einzig erschwingliche Artikel – erregte inzwischen im ganzen Land Aufmerksamkeit. Gleichzeitig überkam mich erneut die schmerzliche Erkenntnis, dass ich in einem Bürojob ohne Aufstiegsmöglichkeiten in einer Leichenhalle festsaß. Die Bezahlung war gut (viel besser als in der Bäckereibranche), aber das war auch schon alles. Ich hatte verzweifelt versucht, genug Geld zu sparen, um meine eigene Bäckerei aufzumachen, doch mir war klar, dass es dazu noch mehr brauchte. In der letzten Zeit hatte ich Ausschau nach privaten Investoren gehalten. Bisher schien keine Menschenseele daran interessiert, mich bei einem so risikoreichen Geschäft zu unterstützen.

Würde Roger mich für eine Versagerin halten?

Andererseits … Ich hatte einen Apple Pie kreiert, der auf dem Kuchen basierte, den er mir an jenem unvergesslichen Abend liebevoll beschrieben hatte. Ich hatte mir große Mühe mit dem Rezept gegeben – bis es perfekt war.

»Ich kann vorübergehend bei einer japanischen Familie in Bellevue unterkommen«, sagte Roger, bevor er auflegte, und nahm mir damit alle eventuellen Befürchtungen. In meiner schachtelartigen Studiowohnung wäre kein Platz für ihn gewesen.

Er rief sofort nach seiner Ankunft am Flughafen an. »Ich bin hier, Sunya. Ich bin hier. Ich besuche dich gleich morgen.«

Am nächsten Morgen ging ich auf dem Pike Place Market einkaufen und erstand bei einem Obstgärtner, dessen Motto »Alles nur vom Feinsten« lautete, feste, leicht säuerliche Granny-Smith-Äpfel. Gerade als ich meinen kilometerhohen Pie mit den geriffelten Rändern aus dem Ofen nahm, kam Roger hereingestürmt. Süß duftende Dunstkringel stiegen vom Kuchen empor und umgaben uns. Er legte mir die Hände auf die Schultern und zog mich so nah an sich heran, wie es der Pie in meinen Händen erlaubte. Diese vertraute Geste versetzte mich in die Zeit zurück, als wir uns zum ersten Mal getroffen und gemeinsam das magische Törtchen verzehrt hatten. Als ich wieder in die Gegenwart zurückkam, verstand ich, dass Glück bedeutet, wenn Vergangenheit und Zukunft in der Gegenwart zusammenfließen.

Nach dem ersten Bissen bemerkte Roger: »Nicht so subtil wie ein französisches Törtchen, aber es hat den Pep der Neuen Welt.« (Das Wort Pep hatte er von einem amerikanischen Kriegshelden aufgeschnappt, der in Frankreich lebte, erklärte er.) Den Blick auf seinen Teller gesenkt, fügte er hinzu: »Aber ich kann nicht sagen, was alles drin ist.«

Ich lächelte geheimnisvoll.

Wir aßen und unterhielten uns weiter. Irgendwann vertraute er mir an, dass man ihm in Paris einen Assistenten-Job bei einem Designer angeboten hatte, den er jedoch abgelehnt hatte, um in meiner Nähe zu sein; das trug noch zu meiner Euphorie bei.

In den kommenden Monaten entwickelte sich Roger zum Kenner amerikanischer Desserts, von *pear crisp* über *blueberry cobbler* zu *plum upside-down cake*. Wir führten viele Gespräche darüber, wie Desserts – süß, sinnlich und verlockend – die Glut des Verlangens in ein prasselndes Feuer verwandeln. Und wir teilten unsere Vorliebe für Washington Apple Pies und die intimen Intermezzi, die folgten.

Meine Backfertigkeiten machten rasch Fortschritte, bis ich mir an einem Nachmittag voller Inspiration in den Kopf setzte, einen neuen, wirklich innovativen Schokoladenkuchen zu kreieren.

»Ist das nicht schon längst zu Tode geritten worden?«, fragte Roger.

Ich ignorierte seine Skepsis, denn ich war überzeugt, dass ich die besten Schokoladenkreationen in der Stadt übertreffen konnte, wenn ich nur meiner Fantasie freien Lauf ließ. Ich kombinierte die herkömmlichen Zutaten mit ein paar unerwarteten und steigerte mich in einen kreativen Rausch. So entstand, was bald meine Spezialität werden sollte: zart, mehrstöckig, eine subtile Verschmelzung aus sich ergänzenden Geschmacksrichtungen und scharfem Chili, verziert mit einem bittersüßen, seidigen Schokoladenüberzug; zarter als ein normaler Schokoladenkuchen, aber höher. Roger, berauscht von Schokolade und allem

Drum und Dran, erklärte ihn zu einer transzendentalen Erfahrung.

»Ich nenne ihn Sunya Cake«, fügte er hinzu.

Nachdem mehrere interessierte Investoren den Kuchen probiert und sein Loblied gesungen hatten, wurde es endlich möglich, für meine lang geplante Bäckerei mit angeschlossenem Café die nötigen Geldmittel zu erhalten. Der Zufall wollte es, dass damals in Seattle auch die Zeit reif war, in Restaurants zu investieren, die für Künstler, Zen-Suchende, Freiluftsport-Begeisterte und Software-Unternehmer zum gemeinsamen Nenner geworden waren. Essen war die Lingua franca dieser bunt zusammengewürfelten Bevölkerung.

Endlich waren die Bedingungen günstig, um mir meinen Traum zu erfüllen.

In den frühen Tagen meiner Selbständigkeit saßen Roger und ich in meiner Bäckerei am Tisch und ergingen uns bei Cappuccino und Kuchen in Erinnerungen an unsere gemeinsame Zeit in Paris, obwohl wir seltsamerweise nicht ein einziges Mal über meine vermeintliche asiatische Identität sprachen. Damals war ich eher mit so irdischen Dingen beschäftigt wie Registrierkassen, französischen Öfen und begehbaren Kühlschränken. Trotzdem blieb in mir eine latente Neugier über meine asiatische Aura, warum ich sie ausstrahlte und weshalb ich erst den weiten Weg nach Paris zurücklegen musste, um davon zu erfahren.

14

Ein dumpfer Schlag an der Haustür sagt mir, dass die Morgenzeitung geliefert wurde. Er holt mich aus meinen Grübeleien über die japanische Visitenkarte, die mir im Kopf herumspukt, seit Roger sie mir gestern Abend übersetzt hat. Was soll ich damit anfangen?, frage ich mich, während ich im Gepardenmuster-Pyjama im Bett liege und an Zahnschmerzen herumlaboriere, die mich gezwungen haben, mir den Vormittag freizunehmen.

Der dumpfe Schlag und das Aufheulen eines LKW-Motors schmerzen in meinen Ohren. Ich schlüpfe in meine Hausschuhe und schlurfe zur Tür. Ich hole die Zeitung herein und gehe wieder ins Bett, wo ich die wöchentliche Kolumne von Gastronomiekritiker Donald J. Smith aufschlage.

Die obere Hälfte der heutigen Kolumne besteht wieder einmal aus einem begeisterten Bericht über die Steakhouse-Szene in der Innenstadt; darauf folgt ein geschwätziger kleiner Exkurs über die Fallstricke verheirateter Paare, die gemeinsam ein Restaurant leiten. Donald führt das Beispiel von Joseph und Shirley Smith an: Vor nicht einmal einem Monat verkündeten sie ihre Scheidung und teilten wenig später mit, dass sie die Tore ihres vornehmen Lakeside Grill schließen. Es kursieren Gerüchte, dass Shirley und der Sommelier … Ich spare mir die Details.

Donald scheint entgangen zu sein, dass sich in Seattle, wo es eine Fülle kreativer neuer Chefköche und erstklassiger regionaler Zutaten gibt, in den letzten Jahren eine niveauvolle, lebendige Gastronomieszene entwickelt hat, die den Vergleich mit New York und San Francisco nicht zu scheuen braucht. Mit seiner nostalgischen Vorliebe für altehrwürdige, traditionelle Seattler Institutionen (wie das Gasworks Steakhouse), die meist einem seiner Kumpels gehören und die er stets als typische Vertreter der hiesigen Gastronomie preist, ist er nicht mehr auf der Höhe der Zeit. Nur gelegentlich baut er in einem lahmen Versuch, seine Kolumne etwas aufzupeppen, ein wenig Klatsch über innovative neue Köche ein, wie in dem armseligen Artikel heute. Es ist allgemein bekannt, dass die neuen kulinarischen Kenner der Stadt ihn für überholt halten; doch der arme Donald scheint ihr höhnisches Gelächter nicht zu hören.

Als ich zum letzten Absatz vorspringe, bleibt mir das Herz stehen:

EINE LEERE KUCHENVITRINE?

Vom Pastries-Café gibt es diese Woche auch nichts Gutes zu berichten. Pierre Talon, der Chefbäcker, glänzt in letzter Zeit auffallend oft durch Abwesenheit. Der Kuchenexperte erholt sich angeblich von einer mysteriösen »Krankheit«. Doch was auch der Grund sein mag, sein Fehlen bedeutet eine kürzere Schlange an Sunya Malhotras Kasse. Seine Apple Pies und Cherry-Plum Tarts sind inzwischen so beliebt, dass sie im Voraus bestellt werden müssen. Im letzten Jahr wurde in der Feriensaison sogar ein Lotteriesystem eingeführt, um die glücklichen Käufer zu ermitteln. Neuerdings ist Malhotras Kuchenvitrine jedoch ärgerlich leer.

Vielleicht ist es kein Zufall, dass in letzter Zeit eine zwielichtige Gestalt gesehen wurde, die um ihr Café herumlungerte. Es gab einige Spekulationen darüber, ob das im Zusammenhang mit Monsieur Talons »Krankheit« steht. Anscheinend war Ms. Malhotra beunruhigt genug, um einen Privatdetektiv anzuheuern.

Zwielichtige Gestalt? Pierre? Das ist lächerlich. Donald hat diese Lüge ausgeheckt, damit sein Text reißerischer wird. Was will er damit sagen? In einer so kritischen Phase kann ich mir versteckte Andeutungen dieser Art nicht leisten. Ich frage mich, wer diesen Narren über den Herumtreiber informiert hat. Es könnte jeder sein, dem er aufgefallen ist, und die Liste ist lang.

Ich werfe die Zeitung auf den Boden. Dann stehe ich auf, gehe zum Telefon, greife nach dem Hörer und zögere. Was wird ein Anruf bringen? Donald hört sowieso nicht auf mich. Vielleicht liefere ich ihm sogar noch zusätzliche Munition für die nächste geistlose Kolumne. Und außerdem, was kann ich schon beweisen?

Stattdessen rufe ich Detective Colby an, hinterlasse ihm eine Nachricht und bitte ihn, mich zurückzurufen. Ich möchte, dass Colbys Bruder diese Falschinformation seinem obersten Boss bei der *News* meldet. Sie entbehrt jeder Grundlage, geht unter die Gürtellinie und ist ein Paradebeispiel für unprofessionellen Journalismus.

Dann schlage ich den Terminkalender auf, der auf dem Telefontischchen liegt, und vergewissere mich noch einmal, wann mein Zahnarzttermin ist. Er ist um neun. Wäre es nur schon so weit! Ich neige zu Karies, was bei meinem Beruf kein Wunder ist. Schmerzen erinnern uns daran, dass unser Geist in einem Körper wohnt, sagt meine weise Mutter häufig.

Die Zahnarztpraxis auf dem Ravenna Boulevard liegt nur sieben Minuten Autofahrt von meinem Haus entfernt. Unterwegs komme ich an der Ladenfront in der Meridian Avenue und Fifty-sixth vorbei, die Cartdale für seine Cakes-Plus-Zweigstelle gepachtet hat und die gerade umgestaltet wird. Ein Handwerker streicht die Außenwände in einem bleichsüchtigen Lattichgrün. Mich trifft fast der Schlag, als ich auf einem großen Schild den Namen des Grundstücksmaklers lese: Paradise Properties. Ich kenne Jim Paradise sehr gut – ich pachte meine Bäckereiräume durch ihn und habe bisher liebend gern mit ihm Geschäfte gemacht. Er vermietet also auch an Cakes Plus? Das macht die Sache noch schlimmer für mich.

Bald bin ich am Ziel und parke meinen Wagen einen Block von der Zahnarztpraxis entfernt. Als ich an »George's Green Lake Fahrrad-Shop« vorbeigehe, lenkt mich die Schaufensterauslage ab, die für diese Stadt so bezeichnend ist: ein Pappkamerad auf einem echten Fahrrad, darunter der Text: »Ich teile mir die Straße mit den Autos.« Unsere fahrradfreundliche Stadt rühmt sich eines gut ausgebauten Straßennetzes. In dem Moment rauscht ein sportlicher Mann in dreifarbigen Lycra-Shorts, der aus dem Fahrradladen kommt, an mir vorbei. Ich drehe mich um, unsere Blicke treffen sich kurz, und er eilt im Laufschritt die Straße hinab. Das ungekämmte blonde Haar kommt mir irgendwie bekannt vor.

Als der grüngelbe 16er Bus Richtung Innenstadt vorbeidonnert, fällt bei mir der Groschen, dass dies der Mann war, der mein Haus und meine Bäckerei observiert hat. Ich fahre herum und renne hinterher, wobei ich die rote Ampel und die quietschenden Bremsen ignoriere. Ich muss einem blauen Geländewagen ausweichen und provoziere den Fahrer, der ausschwenkt, um mich nicht zu überfahren, zu einem Schwall von Gotteslästerungen. Bevor ich den Rumtreiber einholen kann, ist er schon einen halben Block weiter. Er steigt in einen silbernen Honda und braust davon. Ich versuche, sein Nummernschild zu erkennen, kann aber nur die ersten drei Zahlen, 108, entziffern, bevor er in die Sixty-fifth Street abbiegt und verschwindet.

Nicht gerade großartig, aber ein Anfang. Trotz des Schocks fällt mir ein, dass George, Fahrrad-Guru und Geschäftsführer, sich jeden Monat einmal zum Frühstück mit seinen Angestellten in meinem Café trifft. Einer von ihnen kann mir vielleicht etwas über den blonden Mann sagen. Ich gehe hinein.

Annie, die Kassiererin mit den feuerroten Haaren, schätzungsweise Anfang zwanzig, steht hinter dem Ladentisch. Ihre zierliche Gestalt und die weiße, konservative Chiffonbluse scheinen in diesem Lagerhaus, das mit strapazierfähiger Fahrradkleidung, Skateboards und Rucksäcken voll gestopft ist, fehl am Platz. Sie begrüßt mich lebhaft wie immer. »Heute stand was über Sie in der Zeitung.«

»Glauben Sie nicht alles, was Sie lesen, Annie. Übrigens, wer war der tolle Typ, der gerade rausging, als ich hereinkam?«

»Jordan Jorgen. Er ist Ihnen aufgefallen, hm?«

»Na klar. Wie kann ich Verbindung mit ihm aufnehmen? Er hat seinen Regenschirm bei mir in der Bäckerei vergessen.« Zu spät fällt mir ein, dass es seit einer Woche nicht geregnet hat.

Sie lächelt süßlich. »Oh, ich gebe ihm den Schirm gern zurück.«

»Oh, nein, das macht viel zu viele Umstände. Ich kann ihn ihm zu Hause vorbeibringen. Ich habe ihn oft genug auf der Straße gesehen – er muss hier irgendwo wohnen.«

»Eigentlich nicht.«

»Nein? Wo wohnt er denn?«

»Er lebt in Kioto. Er besucht nur seine Eltern in Kirkland.«

»Habe ich ihn nicht auch bei der Kung-Fu-Schule am Ende des Blocks gesehen? Lernt er Kung Fu?«

»Glaub ich nicht. Er ist Buddhist. Die fahren eigentlich nicht auf so was ab. Aber er macht Aikido.«

»Er kommt mir nicht vor wie der buddhistische Typ.«

»Doch, er steht da richtig drauf. Er versucht sogar, mich dafür zu begeistern. Aber es ist kein konventioneller Buddhismus – irgendein Ableger.«

»Wie oft kommt er hierher?«

»Nicht oft genug.« Annie lächelt vielsagend und wendet sich einem ungeduldigen Kunden zu; sie versichert ihm, dass sie keine Aero-Helme mehr haben, aber bald mit einer neuen Lieferung rechnen.

Während ich warte, bis Anne wieder Zeit für mich hat, gehe ich die Möglichkeiten durch: Jordan Jorgen, einstiger Herumtreiber, kann in irgendeiner Verbindung zur Apsara-Bäckerei in Kioto stehen (wenn man nach seiner Visitenkarte geht) und eventuell auch zur Sunya-Tradition (Andrews Vermutung). Aber hinter wem oder was ist Jordan wirklich her? Und hat irgendetwas davon mit meiner asiatischen »Aura« zu tun, die Roger vor Jahren erwähnte? Ich habe ein paar Nachforschungen angestellt. Bisher habe ich Folgendes zusammengetragen: Auren haben etwa sieben Energiefelder, die den menschlichen Körper umgeben, den Geist eines Menschen reflektieren und sein wahres Ich zum Vorschein bringen; ich kann das alles nur nicht richtig zueinander in Verbindung bringen.

George, ein kräftiger Mann mit Locken und Baritonstimme, erscheint auf der Bildfläche. Er begrüßt mich mit einem »Hi, Sunya«, das von seinem breiten Lächeln verstärkt wird. Sportliche Menschen tun immer so gut gelaunt, als würde für sie ununterbrochen die Sonne scheinen. »Gibst du heute Autogramme?«

»Tut mir Leid, George, das muss warten.« Erst jetzt fällt mir ein, dass ich in fünf Minuten beim Zahnarzt sein muss. »Ich komme zu spät zu einem Termin.«

»Na, dann komm bald wieder.«

Ich winke zum Abschied und begebe mich zur Zahnarztpraxis.

Als ich nach Hause komme, bin ich trotz des dumpfen Schmerzes, der von zwei neuen Füllungen herrührt, voller Erwartung. Annie hat sich unabsichtlich als tolle Quelle erwiesen, als direkte Verbindung zum Rumtreiber. Und dann fällt mir Rogers Hilfsangebot wieder ein. Was wäre, wenn ich mich mit Kimiko in Verbindung setzen würde, wie er vorgeschlagen hat? Als ehemalige *Japan Times*-Reporterin kann sie vielleicht Informationen über die Sunya-Tradition ausgraben. Ich habe zwar im Netz gesurft, aber viele der relevanten Seiten sind auf Japanisch. Dann denke ich wieder an unser letztes Treffen. Voller Bitterkeit überlege ich: Welche Alternativen habe ich denn? Schließlich ist meine Bäckerei in Gefahr.

Ich trete ans Telefon. Waren Kimiko und ich nicht mal Freundinnen?, versuche ich mich zu beruhigen.

»Kimiko, hier ist Sunya.«

Sie begrüßt mich mit ihren typischen Fragen nach meinem Befinden, nach dem meiner Mutter und nach meiner Bäckerei. Ich frage sie, wie es ihr geht, und sie berichtet, dass sie und Roger gerade ihr neues Apartment streichen, »damit es nach uns aussieht«.

Ich ertrage die Worte schweigend. Als wäre das nicht genug, legt sie eine Pause ein; dann höre ich sie nach ihrer Katze rufen: »Komm her, Gulzar. Komm her, Schätzchen.«

»Ich habe ein Problem, Kimiko. Roger meint, du könntest mir vielleicht helfen.«

»O nein«, schreit sie. »Gulzar... Gulzar ist gerade in den Farbeimer gefallen. Tut mir sehr Leid, ich kann jetzt nicht reden. Ich muss sie da rausholen. Kannst du später noch mal anrufen?«

»Natürlich. Tut mir Leid, wenn ich einen ungünstigen Zeitpunkt erwischt habe.« Ich lege auf und lehne mich gleichermaßen amüsiert und gedemütigt an das Telefontischchen.

Es dauert ein paar Minuten, bis ich meine Fassung wiederfinde, aber ich tröste mich, indem ich mir sage, dass ich es wenigstens versucht habe. Wenn Kimiko weiterhin nicht zu sprechen ist, werde ich eben ohne ihre Hilfe herausfinden, wie ich an Informationen über die Sunya-Tradition komme.

15

Es ist Morgen, und Detective Colby ruft mich in der Bäckerei an. Er hat meine Informationen anhand der Datenbank seiner Abteilung und anderer geheim gehaltener Quellen überprüft und Folgendes herausgefunden: Jordans Vater, Clyde Jorgen, war früher Anwalt in Seattle und seine Mutter, Moira Jorgen, Lehrerin. Die beiden haben sich inzwischen zur Ruhe gesetzt und leben in Kirkland. Jordan besuchte die Roosevelt Highschool und ging dann auf die

Washington State University. Nach dem Uni-Abschluss setzte er sich nach Japan ab. Anscheinend gefällt es ihm dort. Er ist ein stinknormaler Durchschnittsbürger ohne Vorstrafen. Vielleicht hat er sich nur einen Spaß erlaubt. Das alles trägt Colby mit monotoner Stimme vor.

Einen Spaß?

Ich hasse es, wenn Donald J. Smith Recht behält. Als ich durch mein Café schlendere, fällt mir auf, dass der Laden nicht brummt. Die Kasse hat wirklich seltener geklingelt, seit Pierre nicht mehr da ist. Meine Kunden fangen schon an, sich zu beschweren.

»Ich vermisse Pierres knusprige Streusel und sein buttriges Karamell.« Janet Porter hat neulich nur eine Tasse Kaffee bestellt.

»Ich vermisse Pierre.« Keith Mueller, ein sympathischer Klavierlehrer.

»Wo ist Ihr reizender Franzose?« Chris Hussey, gerade zurück von einer Westeuropa-Reise.

Die Sache mit den Dreharbeiten ist jetzt zwei Wochen her, und Pierre ist seitdem nicht ein einziges Mal zur Arbeit gekommen, an den Ort, den er früher sein *maison* nannte.

Habe ich ihn zu sehr zu Überstunden gedrängt? Als ich die Küche betrete, scheint mich sein mit bourbonischen Lilien verzierter Topf auf dem Bord anklagend anzustarren. Gestern ist mir sein Lieblingslöffel aus der Hand gerutscht, als ich damit rührte.

Ich gehe zum Telefon und gebe seine Nummer ein; derweil ordne ich mit der freien Hand die übergroßen Töpfe auf dem unteren Bord. Pierre scheint sich sehr zu freuen, meine Stimme zu hören. Nachdem wir unser »*Bonjour*« und »*Comment ça va*« hinter uns gebracht haben, sagt er:

»Du bist in der Küche. Ich kann die Töpfe und Pfannen hören. Ich kann die gebräunte Butter fast riechen.«

»Wie geht's Stephan?«

»Ich verbringe so viel Zeit mit ihm, wie ich nur kann, während er sich erholt«, vertraut Pierre mir an. »*Quinze jours.*«

Himmel! Noch zwei Wochen? Gleichzeitig spüre ich die Schuldgefühle, die Pierre quälen – er hat schon einmal mit dem Gedanken gespielt, Stephan zu verlassen. Bin ich nicht gleichermaßen schuldig?, frage ich mich. Habe ich die Bäckerei nicht über Roger gestellt, wenigstens ab und zu?

»Es schadet dem Geschäft ein wenig, Pierre, aber ich unterstütze dich darin. Ich werde warten. Komm bitte zurück. Hier ist dein Zuhause.«

Er braucht eine Weile, um zu antworten. »Ich kann dir nicht sagen, wie sehr ich es schätze, dass du dich nach mir erkundigst, Sunya. *Oui*, ich vermisse die Bäckerei sehr. Seit ich aus Frankreich weg bin, habe ich mich eigentlich nirgendwo richtig heimisch gefühlt. Als Erwachsener hat man sein Zuhause dort, wo man tagsüber die meiste Zeit verbringt, *n'est-ce pas*? In meinem Leben als Erwachsener war das Pastries noch am ehesten mein Zuhause.«

Später am Tag betrete ich die Küche. Sofort stößt mich der Gestank angekokelter Kuchen ab, der aus dem Ofen strömt. Jill knallt mit der Ofentür, als sie ein Blech mit größtenteils verunglückten Bourbon Cakes herausholt. Sie macht Überstunden, um Pierre zu vertreten, und klagt in letzter Zeit über Erschöpfung. »Ich kriege noch Plattfüße vom vielen Stehen«, sagt sie mit vor Müdigkeit angeschwollenen Augenlidern.

Hätte Pierre diese Kuchen gebacken, hätte er sie mit einer

Haselnuss-Schokoladen-Glasur vollendet. Jill macht nur schnell sauber, lässt die beiden unbeschadeten Cakes kurzerhand auf ein Drahtgestell fallen und huscht damit ins Café. Ich sollte sie zur Ordnung rufen, aber ich weiß, dass sie überlastet ist, und fürchte, sie könnte kündigen. Im Moment kann ich es mir nicht leisten, noch mehr Personal zu verlieren. Ich beiße mir auf die Zunge.

Unverzüglich kommt Jill zurück; ihre indigofarbene Schürze weist braune Flecken auf. »Immer noch keinen Ersatz für Pierre gefunden?«, fragt sie gereizt.

»Pierre hat gesagt, er kommt wieder.«

»Glauben Sie das etwa, Sunya?« Jill lässt ein paar Sekunden verstreichen. »Ich brauche auf alle Fälle eine Woche Urlaub von diesen verdammten Kuchen. Mit Mehl zu arbeiten macht mich fertig. Ich würde gern wieder *flan* machen.«

»Tut mir Leid, Jill. *Flan* ist neu in dieser Gegend. Die Kunden bestellen nicht so viel davon.«

»Wie kann man auch erwarten, dass Kunden, die mit Doughnuts aufgewachsen sind, so was Elegantes wie spanische Karamellcreme zu schätzen wissen?«

In meiner gegenwärtigen Verfassung bin ich nicht in der Stimmung für Tiefschläge. »Hören Sie, meine Mutter hat sich mit Doughnuts ehrlich ihren Lebensunterhalt verdient. In ihnen steckt mehr Arbeit, als Sie denken. Und auch wenn wir sie hier nicht anbieten, habe ich großen Respekt vor jedem, der gute Doughnuts herstellt.«

Jill zieht ihre Schürze ab und wirft sie in den Wäschekorb. »*Sie* sind die Expertin für Kuchen und Torten.«

»Heißt das, warum übernehme ich sie dann nicht? Glauben Sie mir, ich würde nichts lieber tun, als wieder den ganzen Tag zu backen, aber der Tag hat nicht genug Stunden.«

Jill durchstöbert die Schublade und findet eine saubere Schürze; sie bindet sie sich um die Taille und stolziert aus dem Zimmer. Ich lasse den Blick über die ordentlichen Regale, die großen, hell erleuchteten Fenster und die schlichte Werkbank schweifen. Dies ist ein Raum, in dem jedes Ding seinen Platz hat und der mich zum kreativen Schaffen einlädt; ich habe auch den Wunsch dazu, doch die Wahrheit ist, dass ich mein Talent, meinen Fokus, verlegt habe. Ich vergesse, die abgekochte Milch abzugießen. Ich kann nicht warten, bis der Kuchen abkühlt. Ich finde, dass Mehlsieben eine staubige Angelegenheit ist. Früher hat diese Küche meine Sinne angeregt, jetzt regt sie mich nur auf. Gestern habe ich vor Frustration sogar gegen den Kühlschrank getreten, was höchst untypisch für mich ist. Glücklicherweise waren meine Angestellten nicht dabei.

Was ist mit meinen Fähigkeiten passiert, meiner *tour de main*, wie Pierre es nennen würde? Habe ich mich zu hart geschunden? Mir zu viel den Kopf über Geschäftliches zerbrochen? Liegt es an der Entfremdung von Roger? Oder könnte es sein, dass mich der Krieg mit Cakes Plus fertig macht?

Was tut ein Mensch, wenn ihn sein bis dahin zuverlässiges Talent im Stich lässt?

Ich glaube, wir alle werden bei der Geburt mit etwas gesegnet. Meine Gabe war das Talent, mir Konditorwaren auszudenken. Der Geruch von Gebäck im Ofen machte mich hellwach. Die Küche war der Ort, an dem ich in einem Zustand erhöhten Bewusstseins arbeitete, alle Sinne auf die subtilen Veränderungen von Farbe, Aroma, Geschmack oder Konsistenz eingestellt. Der Akt des Backens definierte mich; die Bezeichnung »Konditorin« wurde zu meiner Identität. Jetzt, dieses Selbstbildes beraubt, stehe ich hilflos und frustriert da, eine spirituell Amputierte, eine Hand voll formloser Sand.

Ein leises Geräusch lässt mich aus dem Fenster blicken. Der Walnussbaum bewegt sich im Wind und deutet darauf hin, dass uns stürmisches Wetter bevorsteht. Nur noch vier Wochen, bis Cakes Plus in dieser Gegend eröffnet, und ich bin in schlechterer Form als je zuvor. Wenn das so weitergeht, ist der Bäckereien-Krieg vorbei, bevor er überhaupt beginnt.

16

Im gemütlichen Hinterzimmer von Tully's Coffee Shop an der Kreuzung Forty-fifth Street und Meridian Avenue warte ich auf mein Tête-à-tête mit Hygieneinspektorin Irene Brown. Sie weiß noch nicht, dass ich sie auf zahlreiche Verstöße gegen die Hygienevorschriften bei Cakes Plus hinweisen werde. Ich habe einen Treffpunkt gewählt, der etwas abseits von meiner Bäckerei liegt, wo uns niemand kennt und wir uns in Ruhe unterhalten können.

Zu dieser späten Morgenstunde ist die fensterlose Internet-Kammer, komplett ausgestattet mit elektrischen Anschlüssen, gasbefeuertem Kamin, Sesseln und Tischen, leer. Nur ein bekannter hiesiger Dichter hat sich in einem gemütlichen Sessel an der gegenüberliegenden Wand häuslich niedergelassen. Er hackt auf seine Tastatur ein und hebt gelegentlich den Blick, um in die Luft zu starren, als wäre sie mit unsichtbaren Worten gesprenkelt. Ich stelle mir vor, dass er seine Worte mit der gleichen Sorgfalt wählt und mischt wie ich einst meine Zutaten.

Beim Blick auf meine Armbanduhr stelle ich mit Schrecken fest, dass es schon fast zehn ist. Zeit, mit der Grübelei aufzuhören. Ich habe Irene bereits dreimal getroffen, anlässlich der alljährlichen Überraschungsinspektionen in meiner Bäckerei. Beim ersten Mal beanstandete sie einen kleineren Verstoß, genannt Anfassen mit der bloßen Hand, als sie Jill, damals neu bei uns, dabei ertappte, wie sie ein *tuile cone* hochhob, ohne durchsichtiges Backpapier zu benutzen. Später nahm ich Jill beiseite und sprach ein ernstes Wort mit ihr, und meines Wissens hat sie diese Sünde nie wieder begangen. In den letzten zwei Jahren hat Irene mir stets einwandfreie hygienische Bedingungen bescheinigt. Nach ihren Inspektionen setzen wir uns gern zusammen und fachsimpeln bei Kaffee und Keksen. Irene, die sehr kontaktfreudig ist, hat Spaß an unserem kleinen Netzwerk. Und ich fühle mich in ihrer Gegenwart wohl genug, um mich ein wenig zu exponieren.

Trotz ihrer fröhlichen Art ist Irene Brown die unerbittlichste Hygieneinspektorin, die je bei der Stadt gearbeitet hat. Es kursieren jede Menge Gerüchte darüber, »wofür sie einen drankriegt«. Ihre Besuche sind bei Restaurantbesitzern gefürchtet. In einer der letzten Ausgaben des *Restaurant Trade*-Magazins bezeichnete sie ein anonymer Briefeschreiber als »kleinliche und neurotische Hygienefanatikerin, für die Händewaschen vergleichbar mit einem religiösen Sakrament ist.«

Aber sorgfältige Handhygiene ist nicht alles. Irenes zweite Hauptsorge gilt der Lebensmittelsicherheit. Auf ihre Frage, ob ich bunte Schneidebretter verwendete – eine Farbe für Fleisch, eine andere für Gemüse –, antwortete ich: »Bei uns gibt's kein Fleisch.«

»Dann gibt's auch kein Problem.« Sie strahlte.

Neulich hat sie in einem Zeitungsinterview betont, dass sie die Vorbeugung von Krankheiten durch verdorbene Lebensmittel für ihre Mission hält. »Ich sehe überall Bakterien«, sagte sie halb scherzhaft. Wo sie geht und steht, führt sie ein exakt geeichtes Untersuchungsthermometer (ihren »kleinen Helfer«, wie sie es nannte) mit sich, das sie in alle möglichen Nahrungsmittel steckt. »Ich schwöre, sie bringt die Rote Bete in meiner Salatbar zum Bluten«, beschwerte sich ein Restaurantbesitzer, der für denselben Artikel interviewt wurde.

Jetzt sehe ich, wie Irene Tully's betritt. Sie ist groß und hat eine avocadoförmige Figur. Mit ihrer riesigen Handtasche, der überdimensionalen Aktenmappe und dem schweren Laptop kommt sie mir vor wie ein wandelndes Büro. Sie sinkt in einen Sessel mir gegenüber, lässt den ganzen Kram auf den Boden fallen und stößt einen erleichterten Seufzer aus. Der rote Lippenstift, der ihr Lächeln betont, fällt in ihrem dezent geschminkten Gesicht besonders auf.

»Ihr Anruf hat mich angenehm überrascht, Sunya.« Sie mustert meine Hände – eine Angewohnheit, die ich auf ihren Beruf zurückführe. Glücklicherweise sind meine halbmondförmigen Fingernägel kurz geschnitten und haben einen natürlichen Glanz. Ich mache mir die Nägel selbst.

»Es ist lange her, Irene. Es war mal wieder Zeit für ein Treffen.«

»Was für eine Woche!« Sie verkündet, dass sie gerade in eine Aufsichtsposition mit Verantwortung für vierzig Angestellte befördert worden ist. Ich lächle und halte anerkennend den Daumen hoch. Sie hat sich das hart erarbeitet. Als sie sieht, wie mein Blick über ihre silbergoldene Halskette gleitet, erzählt sie mir von ihrem neuen Lebensgefährten, einem Immobilienhändler, der sie ihr geschenkt hat.

Strahlend sagt sie: »Es ist so schön, dass Marvin in mein Leben getreten ist.« Ich habe ihr kaum zum zweiten Mal gratuliert, da schwindet ihr Lächeln und wird von einem besorgten Stirnrunzeln abgelöst. »Aber Sunya, Sie sehen völlig erschöpft aus. Und ich habe gehört, Sie backen keinen Sunya Cake mehr. Das ist ein großer Verlust.«

»Mir geht's gut. Ich brauchte nur mal eine Pause. Außerdem gibt es in meiner Vitrine so viele leckere Sachen –«

»Aber nicht Pierres Apple Pie. Macht er etwa auch eine Pause? Kein sehr gutes Timing, würde ich sagen.«

»Er hat Urlaub.« Ich versuche, ihrem Blick standzuhalten, um meine Lüge nicht zu verraten. »Möchten Sie einen Kaffee?«

»Wie wär's mit einem Muffin?«

»Die sind so spät am Morgen nicht mehr frisch.«

Das ist die perfekte Überleitung für mich. Zufrieden hole ich ein Tablett mit zwei vollen Bechern an den Tisch und setze mich. Ich rühre ein paar Sekunden in meinem Kaffee und ordne meine Gedanken; dann sehe ich zu Irene auf, die mich neugierig beobachtet.

»Ich weiß das aus einer sehr zuverlässigen Quelle, Irene ... Ich war mir nicht sicher, ob ich es Ihnen sagen sollte, doch dann wurde mir klar, dass die Sache ein potenzielles Gesundheitsproblem darstellt und es Pflichtvergessenheit wäre, es nicht zu melden.«

»Wirklich? Was denn?«

»Es sind die *pork humbows* bei Cakes Plus.«

»Was meinen Sie damit?«

Ich informiere sie über die unhygienischen Zustände bei Cakes Plus. Als ich berichte, dass dort Fleischreste lange Zeit auf der Küchentheke herumliegen, dann zurück in den Kühlschrank gestellt und Tage später wieder verwendet werden, beugt sie sich in ihrem Korbsessel so weit zurück, dass ich Angst habe, er könnte umkippen.

»Das klingt vielleicht komisch, weil es von einer Konkurrentin kommt, aber darum geht es mir nicht. Wie Sie sehen, könnte jemand nach dem Verzehr dieser *humbows* krank werden.«

Sie bringt ihren Sessel wieder in eine neutrale Position und schmatzt mit den Lippen. »*Humbows* von Cakes Plus, ja? Die esse ich zufällig am liebsten.«

Zu spät bemerke ich, dass ich ein heikles Thema angeschnitten habe. Die Vorlieben eines Menschen sind heilig, da gibt es keine Diskussion. Womit ich nicht gerechnet hatte, ist, dass sogar eine Hygieneinspektorin Vorlieben hat. Ich nehme mir vor, auszukundschaften, wo es die besten *humbows* der Stadt gibt. Beim nächsten Treffen will ich Irene alternative Quellen nennen können. Ihr Tonfall hat den Dichter beunruhigt, der unzufrieden grunzt. Vielleicht isst er auch gern *humbows*?

»Sie haben nichts davon mit eigenen Augen gesehen«, kontert Irene. »Sie wissen es nur aus zweiter Hand. Und wie Sie selbst sagten, sind Sie eine Konkurrentin.«

Wenn sie jetzt meine Temperatur messen würde, läge sie sicher weit über 37 Grad. Trotzdem lasse ich mich nicht beirren. »Wann haben Sie Cakes Plus zum letzten Mal inspiziert?«

Irene fixiert einen Punkt über meinem Kopf und durchsucht eine mentale Datenbank. »Ach, etwa vor einem Jahr. Ich nehme an, es wäre langsam Zeit für eine neue Überprüfung, aber ich habe nicht genügend Personal. Mehrere Mitarbeiter sind im Urlaub.«

»Was ist, wenn sich in der Zwischenzeit ein Kunde nach einem Besuch dort mit Kolibakterien infiziert?«

Der Dichter, der jetzt gar nicht mehr zu verbergen versucht, dass er lauscht, zuckt bei dem unschönen Wort Kolibakterien zusammen.

»Ich habe diese Woche weit größere Probleme, zum Beispiel Mäuse in der Speisekammer eines beliebten Restaurants in The Ave.« Sie hält sich demonstrativ die Nase zu und spricht mit eindringlicher Stimme über angenagte Kartons und Mauseкötel, als hätte sie gerade ein Mordkomplott aufgedeckt. »Dahin gehe ich als Nächstes. Mit meiner Taschenlampe.«

»Warum schauen Sie auf dem Rückweg nicht bei Cakes Plus vorbei und probieren ein *pork humbow*?«

Sie denkt einen Augenblick nach und nickt; dann warnt sie mich: »Vielleicht tue ich das sogar, aber es wäre besser, wenn Sie Recht hätten, meine Liebe.«

Sonst passiert was? Sie geht nicht näher darauf ein.

Sinnlos, das weiter auszuführen. Ich erkundige mich nach ihrem Peru-Urlaub, und sie wird wieder fröhlich. Sie schwatzt darüber, wie viel Sonnencreme sie verwendet hat (drei Tuben), wie viele Filme sie verknipst hat (zwanzig) und welche Souvenirs sie mitgebracht hat (Wollsachen für Marvin, die ihm nicht passten, dafür glücklicherweise ihr). Nach weiteren zehn Minuten erheben wir uns aus unseren Sesseln. Sie dankt mir für den netten Plausch.

Ich trete in das blendende, blau silberne Mittagslicht. Menschen, die wie ich in Seattle geboren und aufgewachsen sind, trifft intensives helles Licht wie ein Schlag. Reflexartig setze ich meine Sonnenbrille auf.

17

Nach einem mittäglichen Schauer hängt das Herbstlicht zart und neblig blau über meiner Bäckerei. Wolken, die sich am südwestlichen Horizont wellen, künden von weiterem Regen. Ich komme gerade von einem Treffen mit einem Händler für kandierte Früchte an der East Side und habe den Wagen abgestellt. Eine feuchte, kalte Windböe peitscht über den Parkplatz und durchdringt mein Kostüm aus einer Baumwoll-Wollmischung, als ich zur Hintertür eile. Gerade als ich in die mollig warme Küche schlüpfen will, sehe ich, wie ein schwarzer Toyota-Geländewagen auf dem Parkplatz hält.

Ich runzle ungläubig die Stirn, als ich erkenne, wer aus dem Wagen klettert. Dushan kommt mit großen Schritten auf mich zu und passiert die regenglatte Fläche mit einem gleitenden Gang, den ich seiner jahrelangen Übung im Querfeldein-Langlauf zuschreibe.

Er hat wirklich Nerven, hier aufzukreuzen, selbst wenn er der Verlobte meiner Mutter ist. Seit dem Tag, an dem er mir nahe legte, an Cartdale zu verkaufen, haben wir nicht mehr miteinander gesprochen. Der Streit quält mich noch immer. Ich postiere mich an der Hintertür, wende mich ab und überlege mir eine kühle Begrüßung, die ihn davon abbringen soll, hereinzukommen. Zu meiner Bestürzung spuken mir stattdessen Bilder von blinkenden Krankenwagenlichtern und von Mutter, die auf einer Tragbahre festgeschnallt ist, im Kopf herum.

Als Dushan näher kommt, bemerke ich, dass er nicht so finster dreinschaut wie sonst. Sein weicher Mohairpullover, ein Geschenk von Mutter, steht im Kontrast zu seinem zerklüfteten Gesicht. Er sieht mich und ruft: »Sunya!« Sein Blick ist nicht unfreundlich. »Ich muss Dee in fünfzehn Minuten beim Augenarzt abholen. Sie findet im Universitätsdistrikt nie einen Parkplatz, deshalb hab ich sie hingefahren. Ich dachte, ich schau mal kurz vorbei.«

Gott sei Dank, das wird ein kurzer Besuch. Es freut mich, dass er gut auf Mutter aufpasst. Ich winke Dushan in die Küche.

In der Luft hängt der schwere Duft von *citrus bread pudding*, den Scott vor einer Weile zubereitet hat. Kokosflöckchen liegen konfettiartig auf der Theke verstreut. Dushan, der diese behagliche Atmosphäre gar nicht wahrnimmt, lässt sich auf einen Stuhl fallen. Ich rutsche auf einen Hocker. Wie immer spricht er von seiner Arbeit, von der verbesserten Website der Bank und wie sie das öffentliche Image der Organisation aufpoliert hat. Vielleicht fürchtet er sich vor dem Thema, das er eigentlich ansprechen will. Ich warte den rechten Augenblick ab und gehe im Kopf die heutige Einkaufsliste und die Telefonanrufe durch, die ich noch zu erledigen habe. Als ich es nicht mehr aushalte, helfe ich ihm auf die Sprünge. »Also, Dushan, was verschafft mir die Ehre?«

»Ah.« Er zögert und tätschelt unbewusst seine Brusttasche, weil er Lust auf eine Zigarette hat. Er raucht, aber nie vor Mutter oder mir. Ich stelle mir vor, wie zwei Rauchkringel aus seinen Nasenlöchern dringen, während er mich mit schwerlidrigen Augen betrachtet.

»Mein Cousin Paul ist vor kurzem aus New York hierher gezogen. Er ist ein netter Kerl; er lebt in Bothell. Es wäre vielleicht schön für dich, ihn kennen zu lernen. Er ist Lastwagenfahrer, aber sehr sensibel. Er liest sogar Bücher.«

Ich lache beinahe los, beherrsche mich aber im letzten

Moment. Eine Zeit lang bin ich von den vertrauten Geräuschen meiner Umgebung abgelenkt: An der Café-Theke gibt jemand eine Bestellung auf (*Ein Stück von diesem* pear cobbler *und einen* cardamom-pecan star, *bitte*), und ich hoffe, dass meine Angestellten dieses Gespräch nicht mitbekommen (*Das macht dann drei fünfundneunzig*).

Ich kann den knusprigen *cardamom-pecan star* fast schmecken. »Ich treffe mich mit jemandem, Dushan.« Andererseits ... Ich habe Andrew seit Tagen nicht gesehen. Das letzte Mal, als er ein paar Minuten in die Bäckerei kam, sah er mich sehnsüchtig an und sagte, dass er mit den Dreharbeiten einen halben Tag im Verzug wäre.

»Wie wär's, wenn mein Cousin mal vorbeikommt und ihr zusammen angeln geht?«, fährt Dushan unbeirrt fort. »Er hat dienstags frei. Er findet angeln entspannend. Du könntest auch ein bisschen Entspannung vertragen.«

»Danke, aber ich glaube, ich passe. Ein Mann reicht mir völlig.«

»Aber ich habe ihm schon gesagt –«

»Nein.«

»Junge Lady, wie lange willst du noch ledig bleiben?«

Ich stehe auf und schiebe ein Kuchenblech aus seiner wackligen Position am Regalrand nach hinten. Damit will er mir wohl sagen, dass meine Mutter eine feste Beziehung hat und sich bald häuslich niederlässt, während ich immer noch niemanden gefunden habe, mit dem ich mein Leben verbringen kann. Dass es stimmt, vergrößert den Schmerz nur noch.

»Und noch etwas. Hast du den Pachtvertrag für die Bäckerei schon erneuert?«

Amüsiert und erleichtert über den Themenwechsel lasse ich mich wieder auf dem Hocker nieder. »Warum sorgst du dich um meinen Pachtvertrag? Ich erneuere ihn im Dezember; das sollte reine Routine sein.«

Dushan schüttelt den Kopf. Ich versuche an seinem Gesicht zu erkennen, ob er Witze macht; doch er verzieht keine Miene. Mein Kreuz verspannt sich, und das nicht nur vom Sitzen auf dem harten Hocker. Ich habe Jim Paradise, dem Besitzer und Geschäftsführer von Paradise Properties, immer vertraut, doch jetzt beunruhigt mich Dushans Andeutung, dass er mir einen neuen Pachtvertrag verweigern wird. Ich weiß noch, wie ich nach meinem Einzug achtzigtausend Dollar für Reparaturen und Nachbesserungen in diesen Laden gesteckt habe und wie beeindruckt Jim damals war. Seitdem habe ich meine Pacht immer regelmäßig bezahlt. Nun ja, letzten Monat vielleicht etwas verspätet, aber die Buchhalterin bei Paradise Properties hat es nicht einmal bemerkt. Die Überweisung kam noch innerhalb der Zahlungsfrist. Das ist jedenfalls kein Grund, meinen Pachtvertrag zu kündigen.

»Und woher weißt du so viel über Paradise Properties, Dushan?«

Er verschränkt die Arme und presst die Lippen zusammen. »Ich bin Banker. Es liegt in meiner Natur, über die Finanzen der Leute Bescheid zu wissen.«

»Sprichst du von Cartdale?« Ein kurzer Blick durchs Fenster zeigt einen heftigen Wolkenbruch, der gegen die Bäckerei peitscht. »Du solltest ein wenig besorgter um deinen Ruf sein, Dushan. Aber ich nehme an, Geschäft ist Geschäft.«

»Ich versuche wirklich, dir zu helfen, Sunya. Nicht dir an sich, denn du misstraust mir, streitest mit mir und erweist mir keinen Respekt. Nein, ich bin Dee zuliebe hier.«

Die Situation ist komplizierter, als ich dachte. Jim Paradise gehört das Gebäude, in dem Cakes Plus eine Zweigstelle aufmacht. Paradise gehört praktisch die Hälfte der Geschäftsgebäude im Wallingford District. Cartdale muss Paradise überzeugt haben, dass ich ein finanzielles Risiko darstelle. Deshalb hat Paradise beschlossen, meinen Vertrag nicht zu erneuern.

Dushan sieht mich direkt an. »Cartdale gibt dir noch eine Chance, über sein Angebot nachzudenken. Er würde dich immer noch gern aufkaufen. An deiner Stelle würde ich mir das ernsthaft überlegen.«

»Wie wär's mit heißem Kakao, Dushan? Es dauert nur eine Minute.« In Wahrheit könnte ich selbst eine Tasse vertragen.

»Du verblüffst mich, Sunya. Du ignorierst meinen guten Rat völlig. Ist dir überhaupt klar, in welcher Situation du dich befindest?«

»Ich weiß, dass du nur an meinem Wohl interessiert bist, und ich werde deinen Rat im Hinterkopf behalten.«

Dushan betrachtet mich mit einer Mischung aus Empörung und Mitleid, während er sich mit einem Seufzer von seinem Stuhl hochhievt. An der Tür fingert er an dem Messingknauf herum, der in seiner riesigen Pranke verschwindet.

»Ich bin froh, dass ich keine eigenen Kinder habe«, grummelt er, als er die Tür endlich aufbekommt.

»Wir machen nichts als Ärger, stimmt's?«

Dushan eilt die Stufen hinunter. Er springt schräg durch den Regen, um ihn nicht voll abzubekommen. Als er seine massige Gestalt endlich auf den Autositz zwängt, ist er patschnass. Mit durchdrehenden Rädern fährt er rückwärts vom Parkplatz. Als ich die kühle Luft einatme, werden mir die Konsequenzen dessen, was Dushan mir gesagt hat, erst richtig bewusst. Ich sehe, wie ein triefnasser, streunender Hund stehen bleibt, um sich zu schütteln, bevor er weiter durch den Wolkenbruch tapst. Ein durchnässter Hund ist ein trauriger Anblick.

Ein Windstoß jagt ein paar welke Blätter über den Parkplatz. Während ich über das Gespräch mit Dushan nachdenke, werden meine Augen feucht. Auch Eltern können Leid verursachen, die einen durch ihre Gegenwart, die anderen durch ihre Abwesenheit. Wäre mein Vater nicht verschwunden, wäre das Leben meiner Mutter weniger beschwerlich gewesen. Sie hätte in jüngeren Jahren Muße gehabt, im Gras zu liegen und in einem Roman zu blättern. Und meine Kindheit wäre bunter gewesen. Ich würde nicht heute noch von den schattenhaften Bildern eines verschwundenen Vaters verhöhnt.

Was für ein Mann war er? Angenommen, er war liebenswürdig und herzlich, nicht streitsüchtig wie Dushan, und hätte mich in meiner Unabhängigkeit unterstützt. Angenommen, er hatte ein liebevolles Herz, das sich mir geöffnet hätte, wenn ich Zärtlichkeit brauchte. Das hätte mir wirklich gefallen.

18

Während ich den Arbeitsplan für die nächste Woche aufstelle, fällt mein Blick auf den Kalender an der Wand. Heute ist der achtzehnte Oktober, der Hochzeitstag meiner Eltern, ein wichtiges Datum für mich. Mit den Jahren scheint Mutter das Datum vergessen zu haben, jedenfalls tut sie so; aber ich kann es nicht. Ich denke, für mich ist dieser Tag die letzte, schwache Verbindung zu dem Vater, den ich nie kennen gelernt habe. Heute ist Samstag, und Mutter ist vermutlich mit Dushan irgendwo hingefahren, um sich ein Bootsrennen oder eine Gewerbeausstellung anzusehen oder durch Antiquitätenläden zu bummeln. Die Entscheidung, wo sie anhalten und einen Happen essen, trifft grundsätzlich er, obwohl er unfähig ist, zwischen guter und mittelmäßiger Küche zu unterscheiden. Aber er bietet ihr ein abwechslungsreiches Freizeitprogramm, und dafür bin ich ihm dankbar. Später wird sie mich anrufen und mir in einem Ton, der so fröhlich ist wie der geblümte Pyjama, den sie tragen wird, von ihrem Ausflug erzählen. In gewisser Weise freue ich mich, dass sie die Sache mit meinem Vater überwunden hat, wenigstens nach außen hin.

Jetzt schaue ich aus dem Fenster und sehe einen blauen Hyundai vorbeifahren. Ich habe den berühmten Prabhu Malhotra nie kennen gelernt. Der Name geht mir nicht leicht über die Lippen. Wenn wir auf die Welt kommen, sollten wir von unseren Vätern geliebt, umsorgt und beschützt werden, doch in meinem Fall sollte es nicht so sein. Ich habe mich oft gefragt, was einen Mann dazu bringt, sein Neugeborenes zu verlassen. Wünschte er sich ein anderes Leben? Vielleicht werde ich die Antwort nie erfahren, doch das hält mich nicht davon ab, mich zu fragen, wo er jetzt lebt und warum er nie zurückgekommen ist oder sich gemeldet hat. Hätte er nicht wenigstens ab und zu Kontakt zu uns aufnehmen können? Diese bedrückenden Fragen, auf die es keine Antwort gibt, quälen mich schon seit Kindertagen. Sie machen mich heute noch genauso ratlos und beschämt wie damals.

Jetzt, wo ich alle Punkte abgehakt habe, die heute zu erledigen waren, setze ich mich an den Küchentisch, um unser neuestes Angebot zu probieren: Mango-Kulfi. Ich habe Scott beigebracht, wie man diese indische Eiscreme zubereitet, die nach Rosen- und Mangoessenz duftet. Wir servieren sie mit einfachen *madelaines*. Kuchenfreaks bestellen dieses Ensemble sogar bei kühlem, feuchtem Herbstwetter, wie es hier im Pazifischen Nordwesten typisch ist. Jetzt steht das *kulfi* in einem Lotusschüsselchen mit zarten, gewellten Porzellanrändern vor mir. Seine Oberfläche, die mit Pistazien besprenkelt ist, glänzt im Licht. Da die Arbeit in der Bäckereibranche sowieso schon schlecht für die schlanke Linie ist, gönne ich mir solche Genüsse nur selten. Ich kann es kaum erwarten, die kühle, harte Creme und die intensive, fruchtige Süße zu schmecken und zu spüren, wie die samtige Substanz auf der Zunge zergeht. Im nächsten Augenblick verliere ich jedes Verlangen, den Löffel in die Hand zu nehmen, als mir Mutters Geschichte über ihr erstes Treffen mit meinem Vater wieder einfällt.

Es war vor dreißig Jahren in dem wenig glamourösen *para* namens Behala in Kalkutta. Erst vor ein paar Wochen hatte ein Ehevermittler für Dee, von ihren Eltern damals Deepika genannt, ein Heiratsangebot überbracht. Der Vermittler, der im Auftrag von Dees Vater agierte, hatte damit geprahlt, dass es sich um eine »gute« Familie handelte. Er hatte nachgeforscht und in den letzten Generationen keine Wahnsinnigen, Drogenabhängigen oder Sexskandale ausfindig machen können. Außerdem war der junge Mann hochbegabt und hatte in seinem Jahrgang stets als Bester abgeschnitten.

Dee hatte auch erfahren, dass Prabhu sechsundzwanzig war, zwei Jahre älter als sie, und dass dies nur ein erstes »arrangiertes Treffen« sein sollte, bei dem die Eltern als Aufsichtspersonen dabei wären. Deshalb warteten Dee und ihre Eltern nun an diesem Sonntagnachmittag im Wohnzimmer ihrer Wohnung auf Prabhu und seine Familie. Ein lauter *adhunik*-Bangla-Song schallte aus dem Musikgeschäft unter ihnen, als Prabhu, seine Eltern und sein jüngerer Bruder hereinkamen. In dem ziemlich dunklen Raum, auf den der Schatten des benachbarten Apartmentkomplexes fiel, stach Prabhu mit seinem weißen Hemd und der naturfarbenen Hose gleich hervor.

Dee senkte den Blick, damit niemand ihre panische Angst bemerkte. Sie hatte schon zwei solcher »arrangierter Treffen« mit anderen interessierten Bewerbern hinter sich, doch die waren im Sande verlaufen. Beim letzten Mal hatte sie die Ablehnung der Familienmitglieder schon gespürt, als sie Platz nahmen und sie mit zusammengekniffenen Augen musterten. Sie blieben der Form halber eine halbe Stunde, entschuldigten sich unter dem Vorwand, dass sie in einer knappen Stunde eine Verwandte am Toofan Express abholen müssten, und brachen auf. Dee wusste genau, dass der Zug um diese Tageszeit nicht fuhr. Besonders erschüttert war sie, als sie gingen, ohne ihre Spezialität, die zart-süßen weißen Scheiben namens *kachagollas*, auch nur anzurühren, die auch jetzt in einer flachen Silberschüssel lagen, die auf dem wackeligen Couchtisch mitten im Raum stand.

Heute hatte sie wieder den ganzen Morgen in der Küche geschuftet, um ihre geliebten *kachagollas* zuzubereiten, für die sie nur selbst gemachten Käse und rohen Rohrzucker verwendete und die sie mit einer großzügigen Menge Fingerfertigkeit würzte. Diesmal jedoch hatte sie aus Angst vor einer erneuten Ablehnung nur die halbe Menge vorbereitet, insgesamt dreizehn Stück: zwei pro Person, und eins extra, um die Göttin Durga zu besänftigen.

Dee hob den Blick und sah zu Prabhu hinüber. Was ihr als Erstes an ihm auffiel, war sein quadratisches Gesicht, das sie an die Form des Spielplatzes erinnerte, auf dem sie als Kind viel Zeit verbracht hatte. Der Finger, mit dem er auf eine Schriftrolle an der Wand zeigte, war stummelig und verwachsen wie ein knorriger Ast des verwilderten Baumes auf jenem Spielplatz. Selbst wenn sie mit Ma Saradas Güte gesegnet gewesen wäre, hätte sie ihn nicht als gut aussehend bezeichnet. Auch er schien sich unbehaglich zu fühlen.

Das elektrische Licht an der Decke, das durch eine verstaubte Glühbirne schimmerte, flackerte aufgrund einer Stromschwankung. Das scheuchte eine Taube auf, die auf dem Mauervorsprung vor dem Fenster saß und jetzt heftig mit den Flügeln schlug. Dee vergegenwärtigte sich die bescheidenen Verhältnisse, aus denen sie stammte, und überdachte ihr Urteil über Prabhu noch einmal. Auf den zweiten Blick bemerkte sie seine kräftige Figur, den Schalk in seinen Augen, seine gesunde Gesichtsfarbe und die Liebenswürdigkeit, mit der er seiner Mutter einen Stuhl zurechtrückte.

Dee setzte sich und stellte fest, dass sie vor Nervosität vergessen hatte, ihre alten Sandalen, die sie im Haus trug, auszuziehen. Sie versteckte ihre Füße unter dem Stuhl. Aber es fiel sowieso keinem auf, weil die anfängliche steife Förmlichkeit jetzt einem zwanglosen Gespräch zwischen den Eltern gewichen war. Sie sprachen Bengali. Malhotra senior verkündete, dass sein ältester Sohn Prabhu, das hellste Licht der Familie und in der Forschung bereits ein hoch angesehener Chemiker, von der University of Washington in Seattle ein Doktoranden-Stipendium für Chemie bekommen hatte. Die Eltern wollten ihn unbedingt verheiraten, bevor er in ein paar Monaten die lange Reise in die Vereinigten Staaten antrat. »Er darf nicht alleine dorthin«, betonte Malhotra senior. »Wir wären krank vor Sorge.«

Kam sie dafür in Frage? Dee hielt sich weder für eine brillante Studentin noch für eine strahlende Schönheit; sie war in jeder Beziehung bestenfalls Mittelmaß. Sie war mittelgroß, hatte einen durchschnittlichen Teint (weder dunkel- noch hellhäutig) und war die mittlere Tochter einer Familie, die nur aus Töchtern bestand. Natürlich hatte sie auch gute Seiten; man musste nur genauer hinsehen. Sie unterrichtete Geografie an der Beltala Girls' School, einer angesehenen Mädchenschule. Sie kochte alle Mahlzeiten für sieben pingelige Esser und berücksichtigte dabei sämtliche individuellen Vorlieben und Abneigungen. Sie machte *barley water*, eine Art Gerstenextrakt, für ihre Schwestern, wenn sie nicht ganz auf der Höhe waren. In den Augen ihrer Mutter war sie eine mustergültige Tochter, gehorsam, respektvoll und gewillt, es allen recht zu machen. Doch gestern erst hatte sie zufällig mit angehört, wie ihr Vater sich bei einem Verwandten beklagte: »Es ist meine Pflicht, den guten Ruf unserer Familie aufrechtzuerhalten. Aber wir befinden uns in einer äußerst schwierigen Lage. Das Mädchen ist im Grunde nicht unter die Haube zu bringen …«

Jetzt schenkte Dee auf ein Zeichen ihres Vaters hin allen Tee ein; ihr Handgelenk schmerzte von der schweren Teekanne. Für sie selbst blieb nur noch eine halbe Tasse übrig, doch das fiel niemandem auf. So war es schon immer gewesen. Als Kind hatte Dee zusehen müssen, wie ihre beiden älteren Schwestern öfter neue Kleider und Puppen bekamen als sie, weil sie »älter waren und es deshalb eher verdienten«. Die beiden, die schon lange in angesehene Familien eingeheiratet hatten, bekamen alle paar Jahre ein Kind und hatten so in den Augen der Eltern noch an Wertschätzung dazugewonnen. Ähnlich ihre beiden jüngeren Schwestern, die mit den reifsten gelben Mangos gefüttert wurden, weil sie »so klein und zart« waren. Dee dagegen bekam stets die grünlichen oder die überreifen Früchte oder nur eine halbe Tasse Tee und hatte demzufolge ein geringes Selbstwertgefühl entwickelt. Ihr ganzes Leben lang hatte sie sich mit abgelegten Kleidern und Resten begnügen müssen, als wäre sie das hauseigene Aschenputtel. Schon früh hatte sie die Bedeutung des Wortes »Entbehrung« auf ganz persönliche Weise kennen gelernt, weil sie täglich damit konfrontiert war; sie hatte sich sowohl mit seinen unangenehmen praktischen Auswirkungen arrangiert (zum Beispiel zwischen Busfahrkarte und Lunch wählen zu müssen) als auch mit seinen subtileren Formen, die ihr Selbstwertgefühl untergruben. Trotz dieser schlechten Voraussetzungen hatte sie beschlossen, das Beste aus ihrer Situation zu machen. Jetzt, mit vierundzwanzig, träumte sie davon, verheiratet zu sein und an einem anderen Ort zu leben, irgendwo auf der Welt, mit demjenigen, der ihr Ehemann werden würde. Sie war es schon lange leid, ihren Eltern zur Last zu fallen.

Deshalb spürte Dee jetzt, als sie sah, dass Prabhu sich entspannter zurücklehnte und sie verstohlen anlächelte, Hoffnung in sich aufsteigen. Es war ein ähnliches Gefühl wie das, das sie überkam, wenn sie sich beim jährlichen Durga-Puja-Fest genau in dem Moment der Festbühne näherte, wenn die Musiker begannen, auf ihre *dholoks* zu schlagen.

Dee sah, wie bestürzt ihre Mutter das schnelle Verschwinden der *kachagollas* beobachtete, als mehrere Hände gleichzeitig nach der Schüssel griffen; es waren die Lieblingssüßigkeiten ihrer Mutter, erst recht, wenn Dee sie gemacht hatte. Dee wusste, dass nur die tief verwurzelte Selbstverleugnung, die indischen Frauen von Kindheit an eingebläut wird, ihre Mutter davon abhielt, sich einen der Leckerbissen aus der Schüssel zu schnappen, solange noch Zeit dazu war.

Eine Taube gurrte. Prabhu unterhielt sich jetzt mit Dees Vater und erzählte, dass er gerade an diesem Morgen seinen widerwilligen halbwüchsigen Bruder dazu überredet hatte, mit ihm in einen buddhistischen Tempel zu gehen. »Es reicht nicht, Differenzialrechnung zu begreifen oder sich die Daten berühmter Herrscher der Maurya-Dynastie im alten Indien einzuprägen«, sagte Prabhu. Sein Bengali war vornehm und elegant; seine Sprechweise ließ ungewöhnliche sprachliche Fähigkeiten erkennen, die in jahrelangen Studien den letzten Schliff bekommen hatten. »Kinder sollten auch Kenntnisse über unsere tiefen spirituellen Wurzeln haben. Nur dann werden sie zu anständigen Menschen. Glauben Sie nicht?«

»Äußerst ungewöhnlich«, erwiderte Dees Vater, »einen Wissenschaftler so reden zu hören.«

»Bei meinen Experimenten gibt es Momente, in denen ich an die Grenzen meines Verständnisses stoße, und dann macht sich in mir ein großes Staunen breit. An dem Punkt weiß ich, dass es eine höhere Intelligenz gibt.«

»Gut gesagt.«

Der Name Prabhu, erinnerte sich Dee nun, bedeutete passenderweise »Herr«. Sie schwor sich, dass sie, sollte diese Heirat stattfinden, einen buddhistischen Tempel besuchen würde, auch wenn das nicht ihr Glaube war, und ein Bündel Rupienscheine auf den Spendenteller legen würde.

Zur Erheiterung aller stellte Prabhu jetzt eine Gleichung auf: Meditation plus Tempelbesuche gleich Teenagerdisziplin. Die beiden Familien fanden zweifellos zusammen, alles durch Prabhus Humor und seine zugängliche Art.

An diesem Punkt konnte der verlegene Teenager, der bisher stumm vor sich hingeschmollt hatte, sich nicht mehr zurückhalten. Er sah Prabhu herausfordernd an und unterbrach ihn: »Hört nur, wie Prabhu-babu *ong, bong, chong* Sanskritworte spricht. Man könnte meinen, er sei nicht weniger als der Familien*sadhu.*« Dee war entsetzt, dass der Junge sich über seinen älteren Bruder lustig machte und den Begriff »sadhu«, heiliger Mann, so abschätzig verwendete. »Ich selbst spiele gern mit Computern«, fügte der Junge hinzu. »Ich spreche Fortran.« Er schloss mit einer eigenen Formel: »Meditation plus Tempelbesuche gleich Computer-Analphabetentum.«

Von der Bemerkung getroffen, saß Prabhu schweigend da. Seine Mutter, die bisher nur leise, zurückhaltende Bemerkungen gemacht hatte, wurde plötzlich hellwach. Mit Nasenlöchern, die sich blähten wie bei einem feuerspeienden Drachen, wandte sie sich an den Jungen. »Vergiss nicht, dass dein Bruder nach Amerika geht. In deinem Alter war er Klassenbester. Deine Noten dagegen sind nicht weiter erwähnenswert. Und in Geografie bist du sogar durchgefallen. Ich wäre überrascht, wenn du überhaupt weißt, wo Seattle liegt.«

Der Junge sah weg und schlang das *kachagolla* in seiner Hand auf einmal herunter. Der süße zarte Geschmack musste ihn fasziniert haben, denn er griff gleich nach dem nächsten. Seine Mutter langte hinüber und riss ihrem Sohn das *kachagolla* aus der Hand. Der Junge zog eine Grimasse und rutschte auf seinem Stuhl hin und her. Sein Vater fixierte ihn mit einem wütenden Blick, der bei weiteren Fehltritten verheerende Konsequenzen versprach. Dee fand das amüsant, verkniff sich aber ein Lachen.

»Es ist so erfrischend, wie begeistert unsere jungen Leute

von Computern sind«, warf Dees Mutter, stets diplomatisch, ein. Dee wusste, dass ihre Mutter ausnahmsweise beide Augen zudrückte, denn der Junge war übellaunig und undiszipliniert. Ihre eigenen Schwestern benahmen sich zu Hause nie so schlecht, schon gar nicht vor Gästen. Doch Dees Mutter schien jede Unstimmigkeit vermeiden zu wollen, egal, ob es nun zu einer Heirat kam oder nicht.

»Sie haben Glück, dass Sie keinen Sohn im Teenageralter haben«, sagte Prabhus Mutter. Die anfängliche Eleganz ihrer Sprache verlor sich langsam. Sie aß die halb gegessene Süßigkeit ihres sündigen Sohnes auf und streckte ihren zur Hälfte mit goldenen Armreifen behangenen Arm aus, um sich die *kachagollas* zu sichern, die ihr zustanden und die sie mit einem glückseligen Gesichtsausdruck verschlang. Wenigstens ihre Kochkunst hatte die Anerkennung der Frau gewonnen, dachte Dee hoffnungsvoll.

Prabhus Vater warf seiner Angetrauten einen wütenden Blick zu und lächelte Dees Eltern an. »Als ich klein war, gab es so was wie die Teenagerzeit nicht. Wir waren Kinder, bis wir vierzehn oder fünfzehn waren, und dann waren wir von heute auf morgen erwachsen. Das Teenageralter kommt mir vor wie eine Auszeit, in der man eine Menge Spaß haben kann. Man übernimmt grundsätzlich keine Verantwortung, nimmt kein Blatt vor den Mund und muss auf niemanden hören, wenn man nicht will. Wenn ich könnte, würde ich meine Jugend gern noch einmal erleben.«

»Ich würde als Teenager durchfallen«, erwiderte Prabhu, was mit willkommenem Gelächter quittiert wurde. Er führte seine Teetasse zum Mund, kippte sie so weit, dass er auch den letzten Tropfen erhaschte, und fügte hinzu: »Und als Teenager hätte ich auch diese ausgezeichnete Tasse Tee nicht zu schätzen gewusst.« Die erhobene Tasse noch in der

Hand, die sein Gesicht teilweise verdeckte, sah er Dee an, die seinen flüchtigen Blick erwiderte.

Als Prabhus Eltern aufbrechen wollten – sie hatten sich von ihren Stühlen erhoben und gaben ein paar Nettigkeiten von sich –, hatten die Väter einen Zeitpunkt vereinbart, an dem sie sich telefonisch in Verbindung setzen wollten. Als Prabhu aufstand, um sich zu verabschieden, wechselte er noch einen Blick mit Dee, und in diesem wichtigen Moment begriff sie, dass es eine Zukunft geben würde.

Aufgeregt sammelte sie ein paar Tassen ein und ging. Während ihre Eltern die Wohnzimmertür schlossen, um sich zu beraten, versteckte sie sich unter dem Vorwand, eine Bluse zu bügeln, im Nachbarzimmer. Ihre Eltern ahnten nicht, dass sie ihr Gespräch mithören konnte, obwohl alle wussten, wie dünn die Wände dieses billig erbauten Gebäudes waren.

»Prabhu ist offensichtlich ein guter Junge«, begann Dees Vater. Er hatte die Angewohnheit, jeden Mann unter vierzig als Jungen zu bezeichnen. »Er ist so sanft und bescheiden. Und er tritt in den Vereinigten Staaten ein Forschungsstipendium an. Ich muss sagen, ein solcher Heiratskandidat für Dee übersteigt meine Erwartungen. Der Junge hat eindeutig eine Zukunft.«

»Das ist alles gut und schön«, erwiderte Dees Mutter, nun gar nicht mehr diplomatisch, mit besorgter Stimme. »Aber was ist mit dem Hier und Jetzt? Wie will er meine Tochter ernähren? Er wird Jahre brauchen, bis er seine Forschungen beendet hat und einen guten Job bekommt. Bis dahin wird er nicht genug verdienen, um seinen Lebensunterhalt zu bestreiten. Dee wird sich in einem fremden Land sofort eine Arbeit suchen müssen. Man hört so einiges darüber, wie sie Immigranten dort als billige Hilfskräfte ausnutzen, besonders Frauen.«

»Du bist doch diejenige, die immer betont, dass deine mittlere Tochter eine *kajer meye* ist.« Der bengalische Begriff bezeichnete »eine Frau, die sich unablässig plagt«.

Im Nebenraum schüttelte Dee zornig den Kopf. Erst gestern Abend hatte sie ihrem Vater ein fünfgängiges Abendessen serviert, seine Lieblingsspeise *muger dahl* inklusive, pünktlich um acht Uhr, wie er es wünschte. Er aß schweigend, ohne sie auch nur einmal anzusehen. Seine Gleichgültigkeit schmerzte sie.

»Sie hat genug gearbeitet. Es wird Zeit, dass sie Kinder bekommt und ein eigenes Zuhause hat.« Dees Mutter brachte noch mehr Einwände gegen die beabsichtigte Heirat vor, so zum Beispiel das schlechte Englisch ihrer Tochter und die Schwierigkeiten, die ein Mädchen mit durchschnittlicher Intelligenz haben würde, mit einem hochintellektuellen Mann mitzuhalten.

Dee knirschte frustriert mit den Zähnen. Ihre Eltern unterschätzten sie wie immer. Sie hatte ein gewisses stilles Selbstvertrauen. Da sie aus einer Familie der *lower-middle-class* stammte, hatte sie gelernt, von jedem *paise* und jedem Gegenstand aus zweiter Hand Gebrauch zu machen, der ihres Weges kam. Wie konnte Sprache ein Hindernis sein, wenn sie so viele Gefühle, so viel Eifer in sich trug? Sie würde Unterricht in Chemie, Teilchenphysik und Botanik nehmen – alles, was nötig war, um sich Prabhus Interesse zu sichern.

»Er ist gläubig – eigentlich Buddhist«, sagte Dees Mutter. »Wir sind Hindus.«

»Alle Religionen haben das gleiche Ziel«, entgegnete Dees Vater. »Sie gehen nur unterschiedliche Wege. Hast du vergessen, dass der Buddhismus seine Wurzeln im Hinduismus hat? Die beiden Glaubensrichtungen bilden in so vieler Hinsicht eine Linie.« Er belehrte seine Frau, dass Buddha ein

Hindu-Prinz war, der sein luxuriöses Palastleben aufgab, um die Wahrheit zu finden, und fügte hinzu: »Schau, das ist eine wunderbare Gelegenheit. Sie wollen ihren Jungen unbedingt verheiraten.«

»Dem Jungen ist egal, wen er heiratet«, sagte Dees Mutter. »Er lässt die Prozedur über sich ergehen, um seinen Eltern einen Gefallen zu tun. Das ist kein gutes Zeichen. Lass uns noch ein bisschen weitersuchen.«

»Wie viel Zeit bleibt mir denn noch?«, drängte Dees Vater, und Dee wusste, dass er seine Frau subtil daran erinnerte, dass es mit seiner Gesundheit nicht zum Besten stand. Er hatte einen ganzen Schrank voller Medizinfläschchen. Was, wenn sein Herz plötzlich nicht mehr mitmachte? Wie sollte die Familie ohne ihn zurechtkommen?

Dees Mutter verstummte; möglicherweise kam ihr in den Sinn, dass sie noch zwei weitere Töchter verheiraten musste, bevor sie den Zustand erreichte, den ein gebräuchlicher bengalischer Ausdruck als »*jhara haat paa*«, Hände und Füße ohne Fesseln, beschrieb. Erst dann wäre sie frei von elterlichen und finanziellen Sorgen. Um dieses Ziel zu erreichen, war sie bereit, ihre arbeitsame Tochter, die so sagenhaft kochte, gehen zu lassen. Vermutlich hatte sie zu ihrem Mann aufgeblickt und eingewilligt.

Euphorisch tänzelte Dee von der Wand weg. Sie würde heiraten und in die Staaten umsiedeln! Ihre hochnäsigen Freundinnen und Nachbarinnen würden vor Neid erblassen. »Das Mädchen, das nicht mal weiß, wie man anständig einen Sari wickelt, heiratet?«, würden sie flüstern. »Und zieht mit ihrem Mann in die Staaten? *Bhaba jai na.*« Schwer zu glauben.

In diesem Moment zerbrechlicher Freude, wie bisher alle ihre Freuden, tanzte Dee mit einer gewissen Genugtuung durch den Raum. Dabei schleuderte sie die Bluse, die sie gebügelt hatte, in die Luft. Als sie sich streckte und das Kleidungsstück mit einer Hand wieder auffing, verhedderte sie sich mit den Füßen in ihrer Sarischleppe und stolperte beinahe. Sie lächelte in sich hinein. Abwarten. Sie würde ein schönes Leben haben mit diesem religiösen Intellektuellen, der den Schalk in seinen Augen nicht ganz verbergen konnte.

Wie lange habe ich so in der Küche gesessen? Die Geräusche quietschender Stühle, klirrender Kaffeebecher, gemurmelter Abschiedsgrüße und scharrender Füße, die von vorn zu mir dringen, deuten darauf hin, dass Scott den Verkaufsbereich schließt.

Mein Mango-Kulfi ist zu einer kremigen orangefarbenen Pfütze geschmolzen. Die feste Substanz, die ich so sehr mag, ist verschwunden.

Gedankenverloren lasse ich das ungeleerte Schüsselchen ins Spülbecken gleiten.

19

Am Mittwoch komme ich von der Arbeit nach Hause, betrete mein Wohnzimmer und finde die Zeitungen einer ganzen Woche gestapelt auf dem Boden vor. Da ich zu müde bin, meine Strickjacke aufzuhängen, will ich sie in einen Ruhesessel werfen, verfehle ihn aber. Die Jacke landet auf dem Zeitungsstapel und bringt ihn zum Umkippen. Ich räume das Durcheinander nicht auf. Stattdessen lasse ich mich in einen Sessel fallen und lege die Füße auf den Couchtisch, ohne mir die Mühe zu machen, meine Halbschuhe auszuziehen. In der Vase aus geschliffenem Glas neben meinen Füßen stehen immer noch die langstieligen Orchideen mit dem würzigen Duft, die Andrew mir vor kurzem geschickt hat. Sie haben noch immer ihre violette Farbe, auch wenn ein paar Blütenblätter über den Couchtisch verstreut liegen und an ein japanisches Gemälde erinnern. Die Blumen waren eine Überraschung. Auf der Karte stand nur: »Ich denke an dich.«

Ich überfliege die Kleinanzeigen der heutigen Ausgabe der *News*, die mir mein Assistent Scott gegeben hat, als ich heute Schluss machte. Und da ist es … umkringelt …

> Zu verkaufen. Bungalow mit zwei Schlafzimmern. Ausgezeichnete Lage. Minuten vom Green Lake entfernt. Nur ein Block vom beliebten Pastries-Café.

Scott ist ein Schatz. Noch ist nicht alles verloren. Meine Bäckerei ist den Leuten noch ein Begriff.

Green Lake. Ich stelle mir vor, um den See zu spazieren, unter riesigen Kiefern, über grasgrüne Wiesen, in der Gesellschaft von Enten, Kanadagänsen, Eichhörnchen und Silberforellen.

Soll ich Andrew anrufen? Nachdem ich ihm eine Karte geschickt und mich für die Orchideen bedankt habe, hat er hier angerufen und eine Nachricht hinterlassen. Scott hat erwähnt, dass Andrew auch kurz in der Bäckerei vorbeigeschaut hat, als ich beim Zahnarzt war. »Immer noch kein Sunya Cake?« Er bestellte eisgekühlten *chai*, nahm Platz und wartete auf mich. Schließlich tauchten seine Mitarbeiter auf, um ihre Bestellungen abzuholen, und er verschwand wie immer mit ihnen.

Ich habe den Anruf aufgeschoben, weil ich es langsam angehen lassen will. Trotzdem mustere ich jeden Kunden, der in die Bäckerei schlendert, und suche nach der vertrauten bebrillten Gestalt mit den intelligenten Augen und dem forschen effizienten Auftreten.

Und ich sehne mir die Fortsetzung unseres Gesprächs über seine Filmstory herbei, auch weil sie mit der Handelskonferenz zu tun hat. Wenn ich in letzter Zeit die Zeitung durchsehe, suche ich nach jedem Artikel darüber. Das Großkapital könnte mich vernichten, genau wie meine Mutter damals. Der gleiche Prozess scheint auf der ganzen Welt im Gange zu sein. Ich verstehe langsam, warum Roger immer behauptete, dass die Taktiken großer Firmen die Arbeiter täuschen und eine Bedrohung für die Demokratie darstellen.

Doch Andrew hat mich auch in anderer Hinsicht in das Leben von Werner und Emily hineingezogen. Fiktive Charaktere? Vielleicht. Sicherlich hat er beide aus seinen Wünschen, Vorstellungen und Träumen kreiert, doch seine Gedankengänge interessieren mich trotzdem. Es ist nicht nur eine simple Liebesgeschichte, so viel habe ich verstanden, und ich bin neugierig, wie sich der Film tagtäglich weiterentwickelt.

Mit diesen Entschuldigungen gewappnet gehe ich zum Telefon. Andrew antwortet so fröhlich, dass ich argwöhne, dass er auf einen anderen Anruf gewartet hat. Jazz pulsiert im Hintergrund. Genau meine Stimmung.

»Ich habe gerade rausgeguckt – so spät im Jahr haben wir selten so viel Sonne. Ich habe Lust, um den Green Lake zu spazieren. Willst du …«

»Liebend gern. Ich möchte dich sehen. Ich bin ganz benebelt vom heutigen Dreh.«

Ich sehe es als gutes Zeichen, als ich den letzten Parkplatz hinter dem Aqua Theater ergattere. Als ich aus dem Wagen springe, sagt mir die kalte Brise, dass die Nacht frisch wird. Glücklicherweise hat meine mit Schaffell gefütterte Jacke Handwarmer-Pockets. Ein flinker Fußballspieler läuft, den Ball vor sich her kickend, über das gesamte Spielfeld an der Straße, die sich an der Südseite des Green Lake entlangwindet. Als ich ein kurzes Stück gegangen bin, sehe ich Andrew in Jeans und einem aschgrauen Parka nur ein paar Meter entfernt an einer Telefonzelle stehen. Schüchternheit steigt in mir auf; ich gehe langsamer. Er kommt auf mich zugeschlendert. Das Sonnenlicht funkelt auf seiner Brille; ein Lächeln überflutet sein Gesicht. Wir schütteln uns die Hände, und ein Kribbeln wandert meinen Arm hinauf.

»Wollen wir auf dem Weg bleiben?«, frage ich, und er nickt.

Wir gehen am östlichen Seeufer entlang nach Norden. Mir ist bewusst, dass wir uns erst zum zweiten Mal außerhalb der Bäckerei treffen. Um meine Befangenheit zu verbergen, mache ich ihn auf vertraute Dinge aufmerksam: einen weißen Birkenhain, einen importierten Eukalyptus, einen Katsura-Baum mit Blättern, die aussehen wie Messingmünzen. Als ich übers Wasser blicke, entdecke ich Enten, die aus ihren versteckten Winkeln am Ufer hervorkommen. Andrew muss sie ebenfalls gesehen haben, denn wir bleiben gleichzeitig stehen und drehen uns um. Gefolgt von einer Herde aus flaumweichen Jungen watschelt die Entenmama an Land. Ein Entenküken knabbert an meinen Füßen und quakt leise, um auf sich aufmerksam zu machen. Ich sehe einen zärtlichen, fast glückseligen Ausdruck auf Andrews Gesicht. Er würde das Küken gern in die Hand nehmen und streicheln, aber das würde er sich nie erlauben.

Ich folge seinem Blick zum rot-, gold- und orangegestreiften Himmel, der hinter dem Gitter aus Weinahorn-Zweigen wie geschmolzenes Metall glüht.

»Wie die Gemälde der holländischen Meister«, sagt er. »Ist dieser See natürlich oder von Menschen angelegt?«

»Willst du mal raten?« Ich bin gespannt, was er sagt.

Eine leichte Brise fährt in die Ärmel seines Parkas. Ich frage mich, wie seine Muskeln darunter aussehen. Er fragt: »Wie weit ist es, einmal um ihn rumzugehen?«

»Vier Komma fünf sechs Kilometer.«

»Wenn es so genau ist, dann ist er wahrscheinlich künstlich angelegt. Vergessen wir, dass du das gesagt hast. Ich stelle mir lieber vor, er wäre natürlich.«

Ah, er ist ein Romantiker. Ich sehe ihn von der Seite an. »Tja, Tatsache ist, dass er ursprünglich von einem Gletscher gebildet und dann in den frühen zwanziger Jahren von einem Landschaftsarchitekten umgestaltet wurde, der glaubte, er könnte die Natur übertreffen.«

Das entlockt ihm ein Lächeln. »Und wann können wir wieder mit Sunya Cake rechnen?«, fragt er.

Sein abrupter Wechsel zu einem heiklen Thema bringt mich aus dem Gleichgewicht, doch dann wird mir klar, dass er das Recht hat, danach zu fragen, weil wir uns praktisch durch diesen Kuchen kennen gelernt haben. »Gute Frage ... Ich habe in der letzten Zeit Probleme mit dem Backen.«

»Du hast wahrscheinlich nur eine Durststrecke. Ich habe so was auch schon mehrmals durchgemacht. Ich hoffe im Interesse aller, dass du das bald überwindest.«

Nur wie? Ich höre ein Geräusch und konzentriere mich auf den Inline-Skater, der uns überholt und dabei auf einer Harmonika spielt, während er lässig rückwärts fährt und so tut, als wäre das nichts Besonderes. Meine Backtechniken waren einmal genauso ausgereift. Mit Zuckerguss überziehen, Zutaten verrühren und Teigkneten beherrschte ich mit verbundenen Augen. Auch heute fehlt es mir nicht an Techniken. Was mir fehlt, ist ein innerer Fokus, der Techniken, Verfahren und Materialien miteinander in Einklang bringt, um zu einem perfekten Ergebnis zu kommen. Wie finde ich das wieder?

Direkt vor uns sausen ein junger Mann und eine junge Frau auf Fahrrädern aufeinander zu und prallen fast zusammen, bevor sie scharf bremsen und rutschend zum Stehen kommen. Die Füße auf dem Boden und sich auf die Lenkstange stützend, sehen sie sich verliebt an und küssen sich; dann rücken sie ihre Helme zurecht und strampeln wieder in entgegengesetzte Richtungen. Genau wie im Kino. Ich nutze die Gelegenheit, um Andrew nach seinem Film zu fragen.

Er blickt auf die Baumreihe am Westufer des Sees und dann zu mir. »Heute war nicht mein bester Tag. Ich habe etwa die Hälfte von dem geschafft, was ich mir vorgenommen hatte. Ich habe eine Szene gedreht, in der sich Werner erinnert, wie er als Zwölfjähriger auf dem Dachboden seiner Großmutter herumstöbert. Das meiste davon ist Trödel – kaputte Untersetzer, eine ausgefranste Tischdecke, ein Strauß Plastiknelken und Ähnliches –, doch schließlich findet er zwei echte, in Seidenpapier gewickelte Champagnergläser aus dem frühen zwanzigsten Jahrhundert. Er drückt die Gläser an sich und wird von Nostalgie überwältigt. Im Film kann man ihm das Gefühl von den Augen ablesen. Die Szene bedeutete mir viel, und ich wollte, dass die Gläser echt sind, aber mein Requisiteur schleppte Plastik-Champagnergläser von Costco an. Sie waren so schäbig. Kannst du dir das vorstellen?«

Trotz seiner Enttäuschung merke ich, wie lebendig er wird, wenn er über seinen Beruf spricht. Sein Gesicht wird heiter, seine Stimme sprüht vor Eifer, sein Gang ist energiegeladener. Seine Arbeit ist der Bereich, in den er sich voll und ganz einbringt.

»Wo wir schon beim Thema sind, ich wüsste gern, wie die Story vorankommt.«

Er antwortet nicht. Der dumpfe, hohle Verkehrslärm stört, als wir uns dem Seeufer nähern, das an die Aurora Avenue grenzt. »Da wohne ich.« Er geht langsamer und deutet auf das obere Fenster eines dreistöckigen, vornehmen Eigentumsblocks auf der anderen Straßenseite. »Möchtest du mit reinkommen und etwas trinken? Vom Wohnzimmer aus kann man sehr schön den Sonnenuntergang sehen. Und ich kann dich über die Szenen ins Bild setzen, an denen ich gearbeitet habe, seit wir zusammen essen waren.«

Wir kommen an einem Hobby-Vogelkundler mit Fernglas und an einem Angler vorbei, der gerade seinen Haken beködert. Als allein stehende Frau habe ich wohl begründete Bedenken, mit einem Mann, den ich gerade erst kennen gelernt habe, in seine Wohnung zu gehen. Vielleicht spürt er mein Zögern, denn Andrew wechselt das Thema und fragt mich nach den Fischarten im See. Ich erzähle ihm von Forellen, Karpfen und Barschen, von den Insekten und vom Laichen.

»Es ist das Apartment meines Bruders, falls du dir nicht sicher bist... Ich wohne in seinem Gästezimmer. Du wirst ihn wahrscheinlich heute Abend irgendwann kennen lernen.«

Ich überlege kurz. »Nun ja, ich würde gern den Ausblick genießen und mehr von Werner und Emily hören. Das meinst du doch, oder?«

In der reizenden Eigentumswohnung fällt das Licht des Sonnenuntergangs warm auf die Wand vor dem Fenster. Ich bin angenehm überrascht, denn der Verkehrslärm von der Aurora Avenue ist kaum zu hören. Im Eckkamin gegenüber dem Heimkinosystem knistert ein Feuer; ein ingwerartiger Duft, der von einem Topf auf dem Herd ausgeht, erfrischt die Luft. Mit einem Glas Sherry setze ich mich auf einen Stuhl im Wohnzimmer, in dem ein Aubusson-Teppich liegt, und blättere in einer Ausgabe des *Filmmaker*-Magazins; in Wahrheit sehe ich jedoch zu, wie Andrew in der offenen Küche herumläuft, mit festen und entschlossenen Schritten, die von seiner schicken Jeans betont werden. Ich wünschte nur, er wäre gesprächiger. Unsere gemeinsame Zeit ist wertvoll, doch er scheint mit den Gedanken woanders zu sein.

Sein Bruder ist nicht da. Er existiert aber: Ich habe die Zahnbürsten im Bad überprüft. Eigentlich bin ich froh über seine Abwesenheit. Unsere Vertrautheit ist noch zu zerbrechlich, um in Gegenwart anderer zu gedeihen.

Er legt eine CD auf: ein Brahms-Konzert. Mein Blick fällt auf den Beistelltisch, auf das Schwarzweißfoto eines Paares in einem Zinnrahmen. Der Mann, der sowohl vom Gesicht als auch von der Statur her eine unverkennbare Ähnlichkeit mit Andrew aufweist, lächelt ein großspuriges, TV-Anchorman-Lächeln. Die Frau, etwa vierzig und unattraktiv, wirkt in einem unruhigen Tupfenkleid, das sie übergewichtig aussehen lässt, ziemlich gehemmt. Ihr Lächeln scheint steif und gezwungen. Im Hintergrund ist eine Baumreihe zu sehen.

»Meine Eltern.« Er macht ein paar Schritte auf das Foto zu, nimmt es aber nicht in die Hand. »Das ist im Central Park.«

»Du hast also in New York gelebt?«

»Ich bin in Manhattan geboren und dort sogar zur Schule gegangen.« Er lässt sich in einen Sessel fallen, streicht sich das Haar zurück und ergeht sich in Erinnerungen an den Wohnblock in der Park Avenue, wo er aufgewachsen ist, in dem es einen dösigen Portier und uniformierte Hausangestellte gab. Seine Eltern wurden zu Partys eingeladen, deren Gästelisten streng gehütete Geheimnisse waren. Sein Vater war abends meist weg, und seine Mutter passte nicht in seine gesellschaftlichen Kreise, doch sie ermöglichten Andrew und seinem Bruder die beste Ausbildung, die man sich mit einem ansehnlichen Bankkonto leisten kann. Schließlich verließ seine Mutter ihren Mann und die zwei Kinder.

Jetzt, wo er mir seine autorisierte Biografie geschildert hat, weicht er meinem Blick gute fünf Sekunden aus. Ich werde ein bisschen bohren müssen, damit er sich genug öffnet, um mir zu zeigen, wer er wirklich ist. »Fliegst du je zurück nach Manhattan?«, frage ich.

»Ich besuche ab und zu meinen Vater, aber meine Mutter nicht.« Seine Stimme ist jetzt ernster. »Als sie sich von meinem Vater scheiden ließ, hat sie sich auch von Evan und mir scheiden lassen. Ich war damals vierzehn, und ich fürchte, ich konnte nicht sehr gut damit umgehen. Ich habe ein paar Dinge getan, auf die ich nicht stolz bin.« Er steht auf und schaltet eine schmiedeeiserne Wandlampe mit einem Pergament-Schirm ein, die ein zitronengelbes Licht auf ihn wirft. »Und deine Eltern?«

»Nun, Mutter gibt mir immer gute Ratschläge, egal um welches Thema es sich handelt, aber mein Vater ...« Meine Stimme stockt, und ich kann den Satz nicht beenden, obwohl ich Andrew anscheinend mehr vertraue als den meisten Menschen, weil ich vor ihm so viel Gefühl zeige.

Er legt zur Abwechslung einen Walzer auf. »Darf ich bitten?« Seine Verbeugung ist so korrekt wie der britische Akzent, den er vortäuscht; er lächelt. Trotzdem spüre ich, dass ihn etwas beschäftigt. Ich reagiere empfindsam auf die Ängste und Sorgen anderer, zum Teil weil ich selbst so viele habe. In den Ängsten eines Menschen liegt der Schlüssel zu seiner Persönlichkeit, jedenfalls glaube ich das. Mitten in einem gut ausgeführten Tanzschritt hebe ich den Kopf von seiner Schulter, bemerke den Abdruck, den ich auf seinem Hemd hinterlassen habe, und frage: »Gibt es irgendetwas im Leben, das dir Unbehagen bereitet, dich ängstigt, dich lähmt?«

»Ein enger Drehplan, Atomkrieg, ein verspäteter Flug... verlassen zu werden.«

Und dann wirbelt er mich plötzlich herum. Wir rumpeln gegen ein Gestell mit Porzellan, das zwar klirrt, aber glücklicherweise nicht zerbricht. Wir stoßen einen Korb mit Gala-Äpfeln um. Inzwischen lachen wir hemmungslos; unsere Schritte gleiten verträumt über den Boden. Der Zauber ist so stark, dass ich endlich die tausend belastenden Details des Bäckereialltags hinter mir lassen und auf ein vollkommen neues Gefühl reagieren kann, das durch meine Adern strömt.

Ärgerlicherweise bimmelt das Telefon in einem der Schlafzimmer. »Entschuldige«, sagt Andrew mit distanzierter Stimme und lässt mich los, was mich kurz schwindlig macht. In diesem unvollendeten Augenblick sehe ich, wie er durch den Flur läuft und in seinem Schlafzimmer verschwindet, obwohl das Küchentelefon in unmittelbarer Nähe ist. Ich setze mich wieder ans Fenster und sehe hinaus. In der grimmigen Dunkelheit funkeln die Großstadtlichter wie gefallene Sterne. Inzwischen hat die Musik aufgehört, und der misstönende Verkehrslärm auf der Aurora Avenue ist wieder deutlicher zu hören, was mich unruhig macht.

Andrew kommt nach ein paar Minuten zurück – seine Miene besorgt, unser Tanz vergessen – und lässt sich neben mir in einen Sessel fallen.

»Stimmt was nicht?«

»Nur etwas…«

Ein verlorener Moment, ein Moment, der uns einander hätte näher bringen können. Ich frage mich gerade, wie ich mich am würdevollsten verabschieden kann, als ich ihn sagen höre: »Ein schönes Gefühl, zur Abwechslung mal zu sitzen. Ich muss den ganzen Tag stehen.«

»Und trotzdem wolltest du spazieren gehen?«

»Ja, ich gehe gern auf Entdeckungsreise. Diese Stadt ist malerisch, und mir gefällt es hier sehr, obwohl ich zugeben muss, dass ich die *Los Angeles Times* vermisse. Ich lasse sie mir ab nächster Woche schicken.«

»Die *News* ist nicht besonders zu empfehlen, was?«

»Außer Donalds Gastronomie-Kolumne. Er ist ein Freund meines Vaters. Ich war neulich bei ihm zum Abendessen. Kontakte pflegen. Gehört zum Leben eines Regisseurs dazu.«

»Hast du gesehen, was er über meine Bäckerei geschrieben hat?« Ich spreche zu Andrews Rücken, da er gerade aufgestanden ist, um in die Küche zu gehen. »Ich weiß immer noch nicht, woher er die Informationen hatte.«

Mir kommt ein verrückter Verdacht, den ich genauso schnell wieder verwerfe. Er hätte kein Motiv. Er kehrt an seinen Platz zurück, greift nach der Weinflasche und füllt mein Glas nach, ohne mich zu fragen. Die Finger unserer freien Hände schlingen sich langsam ineinander.

»Warst du ein fantasievolles Kind?«, frage ich. »Hast du damals schon gern Geschichten erzählt?«

»Ja, meinem Bruder und den Babysittern. Geschichtenerzählen war meine Methode, aus dem schlau zu werden, was um mich herum vorging. Es klingt vielleicht komisch, aber Geschichten zu erfinden gab mir ein sicheres Gefühl. Die Welt ist überschaubarer, wenn man sie sich so dreht, wie man will.«

Märchenstunde, vermute ich.

Er nimmt sich einen Augenblick Zeit und betrachtet sein Weinglas. Dann blickt er auf, sein Gesicht gleichzeitig offen, großzügig, tief versunken und aufmerksam. »Also, die Szene, die ich gerade abgedreht habe. Du erinnerst dich, dass Werner, Emily und ihre Freunde ins Pastries-Café wollten? Als sie dort ankommen, schließen sie gerade, deshalb lädt Emily alle zu sich nach Hause ein. Sie gehen los. Werner zögert; er weiß nicht genau, worauf er sich da einlässt.«

Ich stelle mir die Szene vor, als würde sie für mich nachgespielt: Emilys Zweizimmerwohnung in einem kastenförmigen neuen Gebäude. Die einzigen Einrichtungsgegenstände sind eine uralte Couch, mehrere zusammengewürfelte Sessel, ein mitgenommener Dhurrie-Teppich und ein Couchtisch aus Acryl, den sie aus einem Nachlassverkauf hat. Nur die hauchdünnen, strahlend weißen Gardinen sind neu. Sie sieht oft aus dem Fenster. Beim Kaffee diskutieren sie über die Handelskonferenz. Emily nickt meist, sorgt für Kaffeenachschub und sieht von einem zum anderen, um dem Gespräch zu folgen. Schließlich verabschieden sich alle nach und nach … Alle, außer Werner, der mit einem leeren Becher in seinem Schoß herumspielt.

»Was arbeitest du eigentlich?«, fragt er.

»Um davon zu leben?« Sie lacht leise und zeigt dabei ihre gleichmäßigen weißen Zähne. »Ich unterrichte. Du weißt sicher, wie es den Lehrern in Washington State ergeht. Stundenlanges Pendeln, wenig Gehalt und noch weniger Ansehen.«

»Und was ist deine Motivation, morgens aufzustehen?«

»Meine Arbeit als Aktivistin. Bevor ich mich bei CAGT engagierte, wachte ich morgens schon deprimiert auf. Beim Zähneputzen schmeckte das Wasser irgendwie komisch. Ich fragte mich, wie ich einen weiteren Schultag überstehen, wie ich noch einen Abend allein in dieser Wohnung ertragen sollte. Um die Wahrheit zu sagen, ich war beinahe selbstmordgefährdet. Doch dann begann ich, mich ehrenamtlich zu engagieren. Das hat mich ins Leben zurückgebracht.«

»Dann ist es für dich kein beliebiges Engagement?«

»Nein. Ich sehe, wie wir unsere Freiheit nach und nach an die Regierung und an die großen Firmen abtreten. Sie geben uns Zucker – Gehälter, materielle Güter, körperliche Unversehrtheit –, um uns ruhig zu stellen. Unsere Nation ist so vergnügungssüchtig geworden, dass uns gar nicht auffällt, wenn uns jemand den Dhurrie unter den Füßen wegzieht.«

Sie hat ihn so gefesselt, dass er auf den Boden sieht, um sicherzugehen, dass der Teppich noch da ist.

»Und was machst du?«, fragt sie.

Er blinzelt. »Ich leite eine gemeinnützige Organisation.« Das ist eine Lüge, und er hasst sich dafür. Er erinnert sich an ein Gespräch, das er neulich mit seiner Frau geführt hat, in dem es um seinen Wunsch ging, einen anderen Beruf zu ergreifen. Mit einem scharfen, kalten Blick hatte sie ihn daran erinnert, dass Gehalt und soziale Absicherung eines Polizisten hervorragend waren.

Werner fühlt sich plötzlich ausgelaugt. Er entschuldigt sich, wirft Emily einen langen Blick zu und macht sich auf den Weg in sein Motel.

Andrew ist still. Ich blicke in sein nachdenkliches Gesicht und denke: Werner sucht nach Feuer, einem Feuer, das wärmt, statt zu verbrennen.

»Hat Werner sich in einer Beziehung die Finger verbrannt?«, frage ich.

»Vielleicht.«

Er schiebt sein leeres Glas über den Beistelltisch; dabei stößt er aus Versehen klirrend an die Flasche. Dann nimmt er meine Hand und hält sie fest. »Mir ist gerade ein Satz eingefallen, ein Gefühl, das Werner überkommt, als er mit Emily Kaffee trinkt. ›Wenn ich bei ihr bin, vergesse ich das Chaos dieser Welt.‹«

»Guter Satz. Du solltest ihn dir aufschreiben.«

»Du hast Recht«, sagt er, und unsere Hände lösen sich voneinander. Er holt Papier und Stift aus der Küche, setzt sich und beugt sich mit dem hingebungsvollen Gesichtsausdruck, den ich schon früher beobachtet habe, über den linierten gelben Block. Sein Stift fliegt über das Papier; er scheint seine Umgebung und mich überhaupt nicht mehr wahrzunehmen.

Ich lasse meine Augen durchs Zimmer wandern – Ruhesessel, Gamsleder-Ottomane, PC-Desk, ein gewaltiger Fernseher mit einem leeren dunklen Bildschirm – und frage mich, ob imaginäre Charaktere und Situationen seine inneren Bedürfnisse besser befriedigen als die Vieldeutigkeiten des unsicheren, unberechenbaren wahren Lebens. Der Ruhesessel ist mit einer Patina aus Staub überzogen. Er hört auf zu schreiben und legt den Notizblock auf den Beistelltisch.

»Wie lange bist du noch in Seattle?«, frage ich.

»Bis Mitte Dezember. Bis zum sechzehnten haben wir hoffentlich alles unter Dach und Fach.«

Keine Panik, sage ich mir. Nach diesen zwei Monaten ist es vorbei mit den Geschichten, und er ist weg. Aber was, wenn es mir ernst wird? Was soll das leichte Ziehen in meiner Brust? Warum kann ich den Blick nicht von ihm wenden?

»Ich habe Hunger. Was meinst du?« Er steht auf und winkt mich in die Küche.

Ich sitze an der Küchentheke und beobachte ihn. Er steht auf der anderen Seite und schneidet ein Baguette in Scheiben, arrangiert sie auf einer Platte um einen Becher mit gekauftem Red Bell Pepper Dip und stellt sie zwischen uns. Als ich es mir schmecken lasse, fragt er: »Wie ist das Brot? Ich habe es selbst gebacken.«

»Es ist toll. Du kochst also?«

»Ja, aber vor allem backe ich gern. Ich bin froh, dass mein Bruder diese Küche komplett eingerichtet hat.«

Was für eine Überraschung! Vorhin war ich ein wenig eingeschüchtert, weil er Autor und Filmemacher ist. Jetzt fühle ich mich mit ihm verbunden. Backen ist sowohl aktiv und am Menschen orientiert als auch peinlich genau und anspruchsvoll. Bäcker wissen, wie andere Bäcker ticken. Durch diese Gemeinsamkeit werde ich leichter eine Beziehung zu ihm finden.

»Was backst du sonst noch so?«, frage ich.

»Letzten Samstag habe ich meinem Bruder zum Geburtstag einen Schokoladenkuchen gezaubert. Er fand ihn lecker. Den Rest habe ich am nächsten Tag mit an den Set genommen. Es war ein echter Knüller. Ich fand ihn ganz okay, auch wenn er ganz sicher nicht mit deinem Sunya Cake mithalten kann. Aber was kann das schon?«

Ich untersuche das Stück Brot in meiner Hand, eine harte Kruste mit einem weichen porösen Inneren. Er hat meinen wunden Punkt getroffen. Ich murmle meine Anerkennung für das Brot, sonst nichts.

»Ich liebe deinen Sunya Cake«, fährt er fort. »Erst vor ein paar Wochen, als ich den Kuchen zum ersten Mal probierte... und ich kann es selbst immer noch nicht glauben... kam mir eine sagenhafte Idee für das Drehbuch. Plato hat sinngemäß gesagt: ›Streb nicht nach Vergnügen, sondern nach Wissen.‹ Da muss ich ihm widersprechen. Inspiration kann aus Vergnügen entstehen, aus Muße, aus dem grandiosen Anblick eines Berges oder aus einem guten Stück Kuchen.«

»Ich stimme Plato insoweit zu, als Wissen – für einen Bäcker – kostbar ist«, erwidere ich. »Ohne Wissen kommt man nicht weiter. Aber ist das allein ausreichend? Das ist die Frage, die mich in letzter Zeit nicht loslässt.«

Er führt ein Glas Wasser an seine dünnen Lippen, trinkt daraus und sieht mich an. Sofort kehre ich aus der Welt Platos in die Realität zurück. Könnte er hinter dem Rezept her sein? Sunya Cake, für mich das Allerheiligste?

Ich sehe auf meine Armbanduhr. Zwanzig Uhr dreißig. So sehr mir die schlanken, eleganten Finger auch gefallen, die jetzt meine streicheln, ich muss mich nun verabschieden. Ich stehe auf, gehe hinüber zum Sofa, bücke mich nach meiner Jacke und sage: »Das war genau das Richtige nach einem harten Tag.«

Wenn er enttäuscht ist, lässt er es sich nicht anmerken. An der Tür verweilen wir noch ein paar Minuten. Als er mich fragt, wo ich wohne, antworte ich, dass mein Haus genau auf der anderen Seite des Sees liegt.

»Dann bräuchte ich ein Boot, Segelstunden und Augen, die im Dunkeln sehen können...«

Jetzt, wo wir uns besser kennen – und das Drehbuch hilft

uns dabei –, dauert unser Abschied länger. Als er sich zu mir beugt, hebe ich das Gesicht, und er küsst mich. Der Kuss, schüchtern und schmerzbesetzt, ist ein verlockender Kuss, ein geübter Kuss, ein Versuch, uns zu vereinen, eine Ouvertüre eigentlich, und ich fühle, wie ich schwach werde. Seine magere Brust ist härter, fester, als ich dachte. Schließlich sagt mir ein innerer Sensor, dass ich von hier verschwinden soll. Ich schaffe es, mich von ihm zu lösen.

»So gern ich mit dir zusammen bin«, flüstere ich sanft, »dafür bin ich noch nicht bereit.« Ich erahne einen zweiten Kuss und spüre, dass ihn meine Zurückhaltung verletzt. Er hat offensichtlich wieder einmal nicht auf Plato gehört. Unsere Lippen verschmelzen noch einmal kurz, fieberhaft, und trennen sich dann.

Als ich gehe, kommt mir eine Gedichtzeile in den Sinn: *Come dusk they danced their dream.* In der Dämmerung tanzten sie ihren Traum.

Ich wünschte nur, ich könnte mich an den Rest erinnern.

20

Heute Morgen, ich bin zu Hause und denke noch immer über mein gestriges Rendezvous mit Andrew nach, öffne ich den Briefkasten noch erwartungvoller als sonst. Ich freue mich immer über die Überraschungen, die er für mich bereithält: Nachrichten, Briefe, knallbunte Reklame, das alles finde ich hochspannend. Doch als ich den Stapel jetzt durchsehe und einen aprikosenfarbenen Umschlag mit Kimikos Absender in der Ecke oben links entdecke, werde ich erst recht neugierig. Neulich wollte Kimiko nicht einmal am Telefon mit mir sprechen; warum hat sie sich also die Mühe gemacht, mir auf so erlesenem Briefpapier zu schreiben? Ich reiße den Umschlag auf und lese die Mitteilung in ihrer engen, eleganten Handschrift, während ich zurück ins Haus gehe.

Liebe Sunya-san,
ich muss mich bei dir entschuldigen, weil ich neulich einfach aufgelegt habe. Das war unhöflich von mir. Ich konnte dich nicht sofort zurückrufen, weil Gulzar, unsere Katze, von Kopf bis Fuß voll Farbe war. Sie war nass und wütend und raste wie wild durch die Wohnung, bis ich sie endlich erwischte. Dann stritten Roger und ich darüber, wer sie baden sollte. Rate mal, wer es gemacht hat!
Roger hat mir erzählt, dass du Probleme mit irgendeiner religiösen Gruppe in Japan hast und meine Hilfe brauchen könntest. Hast du nächsten Freitagvormittag Zeit? Wenn ja, komme ich in deiner Bäckerei vorbei. Ich würde dir gern helfen, so gut ich kann.
Dank dir hat Bob Nomura, Rogers Cousin, übrigens angefangen, zwei Tage in der Woche im Sorrento Hotel zu arbeiten. Er wünschte nur, seine Arbeitszeiten wären günstiger.
Ich muss mich noch einmal bei dir entschuldigen.
Deine Kimiko

Ich stecke den Brief in meine unordentliche Ablage für Unerledigtes. Rogers Familie hätte mir die gleiche förmliche Höflichkeit erwiesen. Ein beiläufiges mündliches »Tut mir

Leid« hätte ihnen nicht gereicht, genauso wenig wie Kimiko. Nach alter japanischer Tradition nutzt sie das dauerhaftere Medium Papier und Tinte, um ihrer Entschuldigung Nachdruck zu verleihen.

Wirklich clever. Sie bietet mir Hilfe an und lässt mich bei der Gelegenheit gleich wissen, dass Rogers Cousin immer noch Arbeit sucht. Ich muss zugeben, dass ich jede Hilfe gebrauchen kann. Ehrlich gesagt bin ich verzweifelt. Ich habe schon mehrere Anzeigen in die *Weekly* gesetzt, aber nur wenige Antworten bekommen. Mir scheint, die meisten Arbeitssuchenden drängen scharenweise in die zahllosen hiesigen Software-Firmen, die sowohl deutlich bessere Gehälter als auch Aktienoptionen bieten. Doch auch wenn ich nicht mehr viel länger warten kann, lässt mich allein der Gedanke daran, Rogers Cousin einzustellen, verzweifeln. Aber welche Alternative habe ich denn? Außerdem wollte Roger doch unbedingt mit mir befreundet sein.

Ein weiteres potenzielles Dilemma: Wie würde Pierre diesen Schritt aufnehmen? Das Letzte, was ich von ihm hörte, war, dass es Stephan gut geht; dafür hat Pierre jetzt eine Kehlkopfentzündung. Mit anderen Worten, er braucht noch mehr Urlaub. Er könnte den Neuen als Bedrohung empfinden. Aber vielleicht würde das seine Genesung auch beschleunigen und ihn veranlassen, früher zurückzukommen.

Ich stelle mir Bob Nomura klein und zart vor, mit hochgezogenen Schultern und einem schüchternen, förmlichen Auftreten, das nicht zu seinem westlichen Vornamen passt. Kann ein Mann aus Japan, wo Kochen auf der Herdplatte die Norm ist, wirklich eine Leidenschaft fürs Backen im westlichen Stil haben? Passt seine Backphilosophie zu meiner? Kann er sich der ungezwungenen Atmosphäre hier anpassen? Ist er dem Druck gewachsen?

Vielleicht kann er einen Tag bei uns zur Probe arbeiten – eine übliche Verfahrensweise in der Bäckereibranche –, damit ich sehe, wie er sich macht.

Am Abend, als ich gerade mein einsames Essen (frisch angemachter Salat und Soba-Nudeln) beendet und mir das Dessert auf den Teller getan habe, klopft es an der Tür. Ich runzle die Stirn, weil ich niemanden erwarte, eile zur Tür und öffne sie. Zu meiner großen Überraschung steht dort Andrew, ruhig und solide in einem eng gestrickten, portweinfarbenen Pullover.

»Andrew!«

Er scharrt zögernd mit den Füßen (er trägt heute Mokassins), aber seine Augen funkeln, als er mich ansieht. »Ich bin auf dem Weg zu einer Besprechung und wollte nur schnell Hallo sagen. Ich hab dich so lang nicht gesehen. Ich habe an dich gedacht. Störe ich dich?«

»Nein, überhaupt nicht, komm rein.« Ich führe ihn in die Küche, wo wir uns an den Tisch mit dem Blick auf den Feigenbaum setzen. Wir sind so glücklich, uns zu sehen, dass die Worte nur so aus uns heraussprudeln. »Wir liegen wieder im Zeitplan«, sagt er über seine Dreharbeiten. »Die Aufnahmen von heute sehen gut aus.«

Als mir auffällt, dass er sehnsüchtig nach dem Käsekuchen auf der Theke schielt, eine Leckerei, die ich vor ein paar Stunden aus dem Sorrento Hotel mitgebracht habe, frage ich ihn: »Möchtest du einen Happen probieren?«

»Zu Köstlichkeiten aus Sunyas Küche sage ich niemals nein.«

Mit Freude schneide ich das Kuchenstück in zwei Teile und gebe ihm die größere Portion. Er fällt mit Begeisterung darüber her und hält nur inne, um zu murmeln: »Lust auf den ersten Bissen.« Im Nu kratzt er auch die letzten Krümel mit der Gabel zusammen. »Da hast du dir etwas ausgedacht, das fast so lecker ist wie Sunya Cake.«

Mit seiner festen, dichten Textur ist der Kuchen auch vom Geschmack her köstlicher, als ich dachte; er ist offensichtlich das Werk eines Genies. Mit dem Aroma einer feinen, fließenden Nuance Vanille auf der Zunge gestehe ich leise: »Das ist nicht mein Rezept.«

Er ignoriert meine Antwort und ruft aus: »Es ist unglaublich!« Er plaudert noch ein paar Minuten freundlich, wirft dann einen Blick auf seine Uhr und sagt, dass er sich auf den Weg machen muss, wenn er pünktlich zu seiner Besprechung kommen will. So bald schon? Als ich ihn gehen sehe, mein einziger Lichtblick in diesen schwierigen Zeiten, versuche ich die Enttäuschung herunterzuschlucken.

Allein in der Küche, spüle ich das Geschirr. Andrew hat meinem Abend das gewisse Etwas gegeben, mich aber auch an meine jüngste Serie an Backkatastrophen erinnert: zähe Teigdecken, verbrannte Schokolade und geschlagenes Eiweiß, das nicht richtig steif wird. Beim Gedanken daran lasse ich die Schultern hängen.

Am nächsten Morgen bekomme ich in der Bäckerei einen Anruf vom Partyplaner im Büro des Bürgermeisters. »Sie machen nicht zufällig Käsekuchen, oder?«, fragt der Mann.

»Doch, allerdings.«

»Dann möchte ich gern drei bestellen.«

Als ich wieder auflege, frage ich mich, wer die verflixten Kuchen backen soll. In meiner momentanen Zwangslage kann ich diese Bestellung nicht in den Sand setzen. Weder Scott noch Jill haben Käsekuchen in ihrem Repertoire, und ich habe schon jahrelang keinen mehr gebacken.

Einen Tag später, genau um elf Uhr fünfundvierzig, steht ein sportlich aussehender Japaner Anfang zwanzig vor der Küchentür und begrüßt mich mit einem leisen, höflichen Lächeln. Er ist etwa einsachtzig groß, hat kein Gramm Fett zu viel und den federnden Schritt eines College-Basketballspielers. Sein Haar ist zu einer Pompadour-Frisur hochgekämmt und an einer Stelle über der Stirn violett gefärbt. Ein Husky-Sweatshirt mit dem Logo des Fachbereichs Sport der University of Washington schlabbert an seinem muskulösen Körper.

Das ist also Bob Nomura. Ich gebe ihm die Hand und führe ihn in die leere Küche; Jill macht gerade Pause. Ich beobachte den Bewerber genau, während ich ihn über Werkzeuge, Materialien und Arbeitszeiten informiere. Die Art, wie er zuhört und sich umsieht, ist mir sehr angenehm.

Schließlich setzen wir uns, um das eigentliche Interview zu führen. Der Mann kann zwar Käsekuchen produzieren – dafür kann ich mich verbürgen –, aber wie gut beherrscht er die Grundlagen des Backens? Er scheint zu ahnen, was in mir vorgeht. Ich komme mir ein bisschen albern vor, als ich den Käsekuchen-Meister frage: »Wie genau wiegen Sie Ihre Zutaten, Bob?«

»Aufs Gramm genau.«

»Wie lange verrühren Sie Doppelrahmfrischkäse und Schokolade?«

»Nur bis sie eine Verbindung eingehen.«

»Wie lange rühren Sie Butter und Zucker kremig?«

»Bis die Mischung wie Seide ist. Die Butter darf nicht zu kalt sein.«

»Was für Butter?«

»Grundsätzlich ungesalzene.«

Prompte, korrekte Antworten, aber ich muss noch mehr

wissen; deshalb beginne ich, zwanglos übers Backen zu plaudern. Er verrät, dass er so oft wie möglich frisches Obst an seine Kuchen und Torten tut, weil frischer Geschmack bei feinem Gebäck das Entscheidende ist. Diese Antwort gefällt mir.

»Gestern habe ich eine Brombeer-Coulis perfektioniert«, vertraut er mir an. »Sie schmeckte exquisit auf Krümelkuchen.«

Beeren-Coulis ist zufällig meine Lieblings-Fruchtsoße, und die Brombeer-Version klingt wie ein echter Renner, doch in der gegenwärtigen Situation kann ich mir nicht zu viele neue Zutaten leisten. Bob erzählt weiter, dass er lieber minimalistische, abwechslungsreiche Glasuren verwendet, als stundenlang an neckischen Dekorationen herumzubasteln, die der natürlichen Eleganz eines Kuchens nicht gut tun. Perfekt. Ich kann keinen Bäcker gebrauchen, der sein Leben extravaganten mundgeblasenen Zuckerskulpturen widmet. *Décoratifs* wie Gold- und Silberstaub, Schokoladenblätter und spitzenartige Zitronenscheiben sind in Ordnung.

»Ich habe übrigens Ihren Käsekuchen probiert.«

»Wirklich? Tja, viele Leute können kaum glauben, dass ich Käsekuchen backen kann – weil ich Japaner bin und so weiter.« Bevor mir eine diplomatische Antwort einfällt, fügt er hinzu: »Mein Lehrer an der Kochschule in Kalifornien schrie immer quer durch die Küche: ›Tu nicht zu viel Wasabi an deinen Kuchenteig, Bob!‹ Aus irgendeinem Grund fanden das alle irrsinnig komisch.«

»Haben Sie denn je Wasabi in Ihren Kuchen getan?«

»Ja, nur einmal, in die Glasur, als niemand hinsah«, antwortet er unschuldig. »Ich habe mir ein Glas Wasabi-Pulver gekauft und ein bisschen davon in eine Kombination aus Schlagsahne und Crème fraîche gemischt. Die Masse bekam dadurch hübsche grüne Sprenkel, und die Schärfe des Meerrettichs bildete einen schönen Kontrast zur samtigen Textur der Sahne. Der Kuchen war innerhalb von Minuten weg. Danach machte sich keiner mehr über mich lustig.«

Ich schweige einen Moment. »Wie sind Sie zum Backen gekommen?«

»Die Standardantwort eines Kochschülers lautet Geld, Frauen und Macht. Aber in Wirklichkeit führte meine Familie ein Noodle-House in Kioto. Wir wohnten über dem Laden. Als Baby lag ich immer im Kinderbettchen in der Küche, während meine Mutter kochte. Nach einer Weile konnte ich ohne Küchengeräusche und Soba-Geruch nicht schlafen. Deshalb könnte man wohl sagen, Kochen liegt mir im Blut. Trotzdem dachte ich nie, dass ich Koch werden würde oder gar Bäcker. Ich bin erst durch außergewöhnliche Umstände Bäcker geworden.« Seine Wangenknochen glänzen. »Backen macht mich high.«

Der junge Bewerber lässt eine positive Arbeitseinstellung erkennen, zeigt großen Lerneifer und beherrscht die Grundlagen. Er wuchs in einem ähnlichen Umfeld auf wie ich. Aber er ist Rogers Cousin. Damit habe ich immer noch Probleme. Wie selbstgefällig Roger es aufnehmen würde, wenn ich einen Verwandten von ihm einstellte! Er würde davon ausgehen, dass zwischen uns alles in Butter ist, und vergessen, dass er mich betrogen und verlassen hat.

»Roger …« Ich achte auf Bobs Reaktion, und er wird unruhig. »Standen Sie sich als Kinder nahe?«, frage ich.

»Wir sind in verschiedenen Städten aufgewachsen, und er ist ein paar Jahre älter …«

Bob lehnt sich zurück. Selbst nach diesem Kreuzverhör scheint er nicht wirklich nervös zu sein. Am besten lasse ich die Sache mit Roger außer Acht. Bob erfüllt meine Kriterien. Eine Probezeit ist nicht notwendig. Ich verspüre das Hochgefühl, das einen Arbeitgeber zu den seltenen Gelegenheiten überkommt, wenn er auf ein außergewöhnliches Talent trifft.

»Ich bin bereit, Ihnen eine Teilzeitstelle anzubieten, Bob.« Sein Blick drückt Dankbarkeit aus. Wir besprechen Arbeitszeiten, Gehalt und Sozialversicherung und füllen ein paar Formulare aus. »Ich will, dass Sie über den Rumtreiber Bescheid wissen«, bemerke ich irgendwann. »Sie müssen schließlich in den frühen Morgenstunden allein hier arbeiten.«

»Ich weiß bereits von ihm – Roger hat es mir erzählt. Ich passe schon auf mich auf. Ich trainiere viermal wöchentlich Kampfsport, eine Disziplin, mit der ich noch in Kioto angefangen habe.«

»Welche denn?«

»Aikido. Es macht großen Spaß und passt gut zum Backen – man bewegt sein *ki* oder seine Energiequelle durch den ganzen Körper, damit man besser funktioniert.«

Ich könnte noch ein paar Fakten über diese alte japanische Kriegskunst beisteuern. Sie basiert auf geistiger Konzentration; man benutzt die Energie des Angreifers, um ihn außer Gefecht zu setzen, ohne ihm bleibenden Schaden zuzufügen. Ich wünschte nur, ich könnte diese Technik auch auf Roger anwenden.

»Sagen Sie mir nur, wie viele Käsekuchen Sie brauchen«, erklärt Bob, »dann sind sie bis um sechs fertig.«

Wir tauschen Gedanken über Größe, Menge und Arten von Käsekuchen aus, die wir anbieten sollten. Es wird ein ganz schönes Stück Arbeit, aber er nimmt die endgültige Entscheidung sehr gelassen auf. »Heute Abend gehört die

Küche Ihnen«, schließe ich. »Sie finden alle Zutaten in den Regalen. Aber bis zu meiner nächsten Einkaufstour müssen Sie ohne Wasabi auskommen.«

Er grinst. Man kann jetzt seine Grübchen sehen, und das Lächeln verwandelt ihn von einem weltmännischen, selbstsicheren Erwachsenen in einen schlaksigen, gehemmten Jugendlichen.

Ihn einzustellen war einfach. Meine nächste Aufgabe ist, ihn in mein Team zu integrieren – was wahrscheinlich nicht so leicht wird – und zu sehen, ob er dem Druck standhält.

21

Hektik liegt in der Luft, die süßsauer nach einem Ofen voller *lemon bars* duftet. Doch der Geruch im Hintergrund, der mich an Kino-Popcorn erinnert, wirft die Frage auf, ob Jill die Butter korrekt abgewogen hat. Nun ja, hoffen wir das Beste. Meine Assistenten und ich drängen uns um die Werkbank in der Küche, wo ich gerade meine Mitarbeiterbesprechung abhalte, die zweimal im Monat stattfindet. Da Pierre nicht da ist, gibt es niemanden, der Witze reißt, uns Streuselstückchen serviert und »*D'accord, d'accord*« murmelt. Die Besprechung war ziemlich langweilig, was man an den glasigen Blicken sieht. Die Zeit ist reif für meine Ankündigung.

»Ach, übrigens, ihr seid sicher alle froh über die Nachricht, dass Hilfe im Anmarsch ist... Ich habe einen Teilzeitbäcker eingestellt, Bob Nomura. Er ist ein aufstrebender Konditor. Er sollte euch die Arbeit ein wenig erleichtern.«

Köpfe fahren hoch und Blicke werden wieder klar, als der Groschen fällt.

»Nomura? Ist das nicht ein japanischer Name? Ich nehme an, dann müssen wir jetzt Japanisch lernen.«

»Nein, bloß den Akzent«, antwortet jemand.

»Was sagten Sie, macht der Typ? Sushi mit Schokoladenüberzug? Tofu-Vanillepudding? Ich dachte, die einzigen Desserts, die die Japaner hinkriegen, wären diese ekligklebrigen Mochi-Kugeln, die einem den Mund zupappen.«

»Ach, kommt schon, Leute. Seid ihr nicht froh über die Verstärkung?«, frage ich, erstaunt über die negative Reaktion.

Das Gemurmel um den Tisch deutet darauf hin, dass ich die Vorbehalte gegen meinen neuen Angestellten noch nicht ausgeräumt habe. »Kann er wirklich backen?«, fragt jemand.

»Hört zu, jeder, der gut genug ist, im Georgian und im Sorrento Hotel zu arbeiten, kann backen«, lautet meine Antwort. »Aber verlasst euch nicht allein auf mein Urteil. Wartet, bis ihr seinen Schokoladen-Käsekuchen probiert habt. Ich habe im Sorrento ein Stück gekauft und es mir mit einem Freund geteilt. Er war beeindruckt …«

Dem kollektiven Gemurmel nach zu urteilen, ist Käsekuchen auch unter meinen Mitarbeitern ein Favorit. »Käsekuchen, ja?«, sagt Scott. »Tja, wenn er Käsekuchen backen kann, geht das mit ihm wahrscheinlich klar.« Dann fügt er, immer noch leicht sarkastisch, hinzu: »Also, wann lernen wir diesen Maestro-san denn nun kennen?«

»Morgen früh, wenn ihr zur Arbeit kommt. Er arbeitet von Mitternacht bis um sechs.«

»Sie geben ihm Pierres Schicht?« Alle schnappen entsetzt nach Luft.

»Nur eine Nacht pro Woche. Pierre kann trotzdem noch seine drei Nachtschichten arbeiten.«

Damit ist die Besprechung zu Ende. Jill springt auf und hastet zum Ofen, um ein Blech mit schlaffen *lemon bars* herauszuholen. Geknickt gibt sie zu, dass sie versehentlich die doppelte Menge Butter genommen hat, und verspricht, nächstes Mal besser aufzupassen. Auch wenn ich Lebensmittelverschwendung hasse, weise ich sie an, die ganze Ladung wegzuwerfen und von vorn anzufangen; es ist ja noch früh am Tag.

Bob Nomuras Käsekuchen ist ein Knüller. Normalerweise ist er bis um elf ausverkauft, obwohl er doppelt so teuer ist wie die anderen Kuchen – außer Sunya Cake, den ich in letzter Zeit nicht mehr backe. Ich backe überhaupt nicht. Mir fehlt die Konzentration. Bobs Käsekuchen treibt meinen mickrigen Saldo endlich wieder ein wenig in die Höhe, auch wenn Bob einige kostspielige Materialien verwendet. Er bestellt belgische Schokolade bei einem Lebensmittelhändler im Osten der USA. Er sammelt Beeren; er geht auf den Pike Place Market, um sich die frischesten Oregon-Haselnüsse auszusuchen, und in beiden Fällen komme ich für seine Fahrzeit auf. Doch abgesehen davon sind die Kuchen reinster Bob Nomura: sein langsames Backen im heißen Wasserbad, ein Schuss starker Kaffee, eine Garnierung aus gedünsteten Aprikosen, eine Kruste aus Nüssen und Mandelwaffeln. Die Lobeshymnen meiner Kunden bestätigen, dass ich die richtige Entscheidung getroffen habe, als ich ihn einstellte.

»Dafür nimmt man gern ein paar Überstunden in Kauf.«

»Besser als Sex. Nun, vielleicht nicht besser, aber …«

»Der reinste Orgasmus.«

Alle sind begeistert von dieser neuen Kreation; alle außer

Donald J. Smith. Als ich mich heute Morgen in der Bäckerei an den Tisch setze und schwaches Sonnenlicht das Fenster trübt, wappne ich mich und schlage seine Kolumne in der *News* auf. Er schreibt Folgendes:

VORSICHT, KÄSEKUCHEN!

Der Bäckereien-Krieg wird unangenehmer, da Sunya Malhotra versucht, Käsekuchen neu zu erfinden. Ihr Neuzugang, Bob Nomura, tut sein Bestes, um dem langweiligen alten Dessert neues Leben einzuhauchen, indem er Karamellsoße darüber träufelt oder übermäßig süßes Mango-Püree hineinspritzt. Die Veteranen unter uns erinnern sich vielleicht, dass Käsekuchen in den siebziger Jahren wahnsinnig populär war, dann jedoch aus guten Gründen von der Bildfläche verschwand. Ein Stück davon mag Nichteingeweihten leicht und locker vorkommen, ist jedoch in Wahrheit massiv wie ein Ziegelstein, klebt am Gaumen fest, bleibt im Hals stecken und überzieht die Geschmacksknospen stundenlang mit einer Schicht aus hoch cholesterinhaltigem Fett.

Werden sich also in dieser letzten Schlacht des Bäckereien-Krieges die leicht gewürzten Hot Cross Buns von Cakes Plus mit dem weißen Zuckergusskreuz gegen diese überteuerte Kalorienbombe aus den Siebzigern behaupten können? Ich vermute ja, weil die Menschen sich letzten Endes immer für das Einfache und Bewährte entscheiden. Wir werden warten müssen, bis Cakes Plus seine Zweigstelle in Wallingford eröffnet, und das wird, wie man mir versprochen hat, noch vor Weihnachten sein.

Ich knalle die Zeitung zu und pfeffere sie in den Abfalleimer. Ist das Donalds Rache, weil er das Sunya-Cake-Rezept nicht bekommen hat? Oder kriecht er Cartdale schon jetzt in den Hintern?

Gestern war der Käsekuchen praktisch in dem Moment ausverkauft, als er in der Kuchenvitrine landete. Er hat sich zur Geschenk-Alternative für ein Dutzend Rosen, eine Flasche Chardonnay oder eine handgefertigte Grußkarte entwickelt. Wir nehmen mehr Vorbestellungen entgegen, als wir bewältigen können. Da Bob nur einen Tag oder manchmal zwei Tage pro Woche backt, produziert er nicht genug davon, um den Verlust der Sunya-Cake-Verkäufe vollkommen auszugleichen. Folglich komme ich gerade so mit den Rechnungen hinterher. Es gibt da noch ein anderes Problem. Während Jill sich stets ein Stück reserviert, rührt Scott den Kuchen wie befürchtet nicht an. Für ihn ist er immer »zu« irgendwas: zu schwer, zu klitschig, zu japanisch, zu angeberisch. Gestern hat er Bob sogar angeschnauzt, weil er den Kühlschrank voll gestellt hat. Glücklicherweise arbeiten Bob und Scott in verschiedenen Schichten.

Heute Morgen treffe ich Bob an, als er gerade die Küchentheke abwischt, seine letzte Handlung des Tages. Leger gekleidet in einem Fleece-Cotton-Strickpulli mit V-Ausschnitt und Utility Pants, um den Kopf ein Stirnband, hat er den Schwamm gezückt wie ein Maler seinen Pinsel und schrubbt an einem Fleck herum, wobei sich seine cremefarbenen Fingernägel gegen das Orange des Schwamms abheben. Der nachhaltig süße Anisduft verrät mir, dass Bob wieder ein neues Aroma ausprobiert hat. Das Experiment scheint geglückt zu sein. Seine vom Schlafmangel geröteten Augen funkeln noch immer – Stress kann ihm nie etwas anhaben –, und das macht mich ein wenig neidisch.

»Was für ein wunderbarer Duft«, sage ich beiläufig. »Ich würde gern die ganze Woche über solche Düfte riechen. Was haben Sie denn heute noch vor?«

»Ich lerne Skilaufen. Montags und donnerstags fahre ich hoch auf den Crystal Mountain.«

Ich unterdrücke die Besorgnis in meiner Stimme und frage: »Und an den Tagen, an denen Sie nicht Ski fahren?«

»Da spiele ich Gitarre. Manchmal nehme ich auch Wasserfarben, Pinsel und Block mit ins Arboretum und male Blumen.«

Optimismus steigt in mir auf. Zum Skifahren braucht man Geld. Am besten versuche ich eine andere Taktik. »Roger hat ganz am Anfang sechzig Stunden pro Woche in der Boutique gearbeitet.«

»Da es bis zur Handelskonferenz nur noch zwei Wochen sind«, sagt Bob, »arbeitet Roger diesen Monat nur dreiviertel seiner normalen Arbeitszeit. Das letzte Wochenende hat er sich sogar für Kimiko freigenommen.«

Mir ist, als würde ich keine Luft mehr bekommen. Noch eine Entwicklung, von der ich lieber nichts wüsste.

Jetzt sagt Bob: »Ich dagegen will das Leben genießen. Der Mensch lebt nicht vom Käsekuchen allein.«

Ich richte mich zu voller Größe auf und schlucke meinen Stolz herunter. »Könnten Sie mehr Stunden für mich arbeiten, Bob? In letzter Zeit sieht es nicht gerade rosig aus. Ich könnte Ihre Hilfe wirklich gebrauchen.«

»Ich kann nicht noch mehr Stunden arbeiten. Das würde meine Freizeit …«

»Ich wünschte bloß, ich wüsste, wie ich den Cashflow verbessern kann …«

Bob zuckt zusammen. In seinem Blick liegen Schrecken und Sorge, und er sieht mich direkt an. »Das ist mir nicht gleichgültig, Sunya … Sie kümmern sich um Ihre Angestellten. Sie bevormunden mich nicht wie mein letzter Chef. Er hat mich ständig genervt; er hat mir sogar vorgeschrieben, wie viele Walnüsse ich in die Muffins tun soll.«

»Dann helfen Sie mir. Ich brauche mehr Käsekuchen. Er ist das begehrteste Produkt auf unserer Karte, mal ganz abgesehen von dem Unterschied, den er zwischen Profit und Verlust macht.«

Bob sagt eine lange Sekunde gar nichts. Dann fischt er eine weiße Karteikarte aus seiner Hosentasche und überreicht sie mir. »Hier ist das Originalrezept. Behalten Sie es für sich, ja?«

Ich stehe sprachlos da und halte das wertvolle Rezept in beiden Händen, während er pfeifend zur Tür hinausgeht.

Sofort werde ich zuversichtlicher, als mir klar wird, dass Bob mir genug vertraut, um sein Spezialrezept mit mir zu teilen. Obwohl er erst kurze Zeit hier ist, haben wir es geschafft, zwischen uns ein Band aus gegenseitigem Vertrauen und Respekt zu knüpfen, und das bedeutet mir viel.

Aber was nützt dieses Rezept einer Frau, die ihr Backtalent verloren hat?

22

Ein paar Tage später stehe ich gerade an der Café-Theke, als Eric Lawson, Marineoffizier a.D., etwa Anfang achtzig, vorbeikommt. Ich begrüße diesen langjährigen, freundlichen Kunden und frage ihn, wie es ihm geht.

»Alt werden ist schrecklich, Sunya … Diese Woche habe ich schon zweimal meine Autoschlüssel vergessen.« Er sieht wehmütig auf die Kuchenvitrine. »Aber den Geschmack von Pierres Apple Pie vergesse ich nie.«

Als ich Lawson ein *oatmeal bar* und ein Glas heißen Apfelwein serviere, wird mir bewusst, wie sehr ich Pierre in der Küche vermisse: sein leises französisches Gemurmel, seine Flüche, die Vertraulichkeiten, die wir austauschten. Lawson geht zurück an seinen Tisch. Als ich die Servietten am anderen Ende der Theke neu auffülle, überdenke ich die Situation. Pierre ist jetzt schon mehrere Wochen weg und hatte Zeit genug, seine »Kehlkopfentzündung« auszukurieren.

In der Gastronomie ist die Personalfluktuation außergewöhnlich hoch; folglich wird auch der Verlust eines Angestellten als nichts Außergewöhnliches empfunden. Kommerzielles Backen ist Knochenarbeit, wie jeder Insider bestätigen wird. Burnout ist weit verbreitet. Die Mehrheit steigt unter 35 in die Branche ein und lässt sich später irgendwann umschulen. Aber bei Pierre, einer seltenen Kombination aus Talent und Persönlichkeit, ist das etwas anderes.

Da Cakes Plus in etwa drei Wochen (wenn das offizielle Datum noch gilt) seine feierliche Eröffnung hat, klammere ich mich an die Hoffnung, dass er zurückkommt und mir hilft, mein Geschäft zu retten. Außerdem kann sich ein Plastiktablett mit langweiligen Hot Cross Buns und halb verdorbenen Humbows meiner Meinung nach nicht mit Pierres Apple Pie und Bobs Käsekuchen messen.

Einen Tag später warte ich darauf, dass die Ampel an der belebten Kreuzung Fiftieth Street und Sunnyside auf Grün schaltet. Ich habe beschlossen, nach Feierabend auf dem Heimweg bei Pierre vorbeizuschauen, um persönlich mit ihm zu sprechen und herauszufinden, was ihn wirklich zurückhält. Die Ampel leuchtet grün. Minuten später komme ich am südlichen Rand des Wallingford District an, dem Teil, der an den Lake Union grenzt und der von seinen Bewohnern scherzhaft »Baja Wallingford« genannt wird. Ich parke den Wagen vor Pierres Haus im Dutch-Colonial-Stil aus der Zeit um die Jahrhundertwende und steige aus; dabei kämpfe ich mit einer festlich weißen Kuchenschachtel, die in Pistaziengrün verziert und mit ausgesuchten Produkten aus der Kuchenvitrine gefüllt ist. Mein Team hat mir dabei geholfen, den Deckel mit persönlichen Nachrichten zu beschriften.

Da ich Pierres nachmittägliche Gewohnheiten kenne, öffne ich ein kleines Seitentor und spähe hinters Haus. Ein Dschungel aus schnell wuchernden wilden Brombeeren, die an der Westseite seines Grundstücks einen natürlichen Zaun schaffen sollen, erstickt seinen normalerweise sehr gepflegten Garten. Irgendwie hat Pierre die einnehmenden Dornenzweige die Oberhand gewinnen lassen. Der anmutige japanische Pflaumenbaum, Pierres ganzer Stolz, ist überzogen mit unansehnlichen Wassertrieben. Er ist lange nicht gestutzt worden.

Ich lasse den Blick durch den Garten schweifen. Ah! Da ist er, auf der Terrasse: bekleidet mit einem weiten Sweatshirt sitzt er gemütlich in einem Gartenstuhl, ein Glas Wein in der Hand, eine Zeitschrift im Schoß. Selbst an einem geruhsamen Herbstnachmittag wirkt er verdrießlich. Mit raschen Schritten gehe ich zu ihm.

»Sunya?« Pierre steht auf, aber er umarmt mich nicht. »Was für eine Überraschung! Du duftest wie immer nach Schokolade und Honig.«

»Und du duftest nach Cabernet Sauvignon.«

Er zuckt mit den Schultern und lächelt andeutungsweise. Mit scherzhaft elegantem Schwung halte ich ihm die Schachtel hin. »Hier ist etwas, um dir den Nachmittag zu versüßen.«

Er stellt die Schachtel auf dem Beistelltisch ab. Es ist offensichtlich, dass er noch nicht ganz bereit ist, sich emotional wieder auf meine Bäckerei einzulassen. Als ich mich auf dem zweiten Gartenstuhl niederlasse, nimmt er wieder Platz, seufzt tief und blickt zum Himmel. Ein aufblitzender Sonnenstrahl streift seine Stirn.

»Ich fühle mich jetzt viel besser.« Er weicht meinem Blick aus. »Ich bin die Kehlkopfentzündung endlich los.«

»Pierre, du bist jetzt schon fast einen Monat weg. Wir vermissen dich. Wir brauchen dich wirklich in der Bäckerei.«

»Kreuzt Lawson noch auf?«

»Ja. Er hat nach dir gefragt.«

»Und dieser Regisseur, mit dem du befreundet bist?«

»O ja, er kommt oft mit seiner Crew vorbei.« Ich grinse und versuche, meine Ungeduld zu verbergen. »Wenn wir beide freihaben, treffen wir uns.«

»Ich mochte ihn von Anfang an nicht, wenn ich das so sagen darf. Du bist zu vertrauensselig, weißt du das?«

Pierres ernster Ton ist mir nicht entgangen. Ich stoße ein Lachen aus, um die Situation aufzulockern, aber es klingt ein wenig gezwungen. »Du hörst dich an wie meine Mutter.«

»Wo wir schon davon reden, meine *maman* will, dass ich sie in Frankreich besuche.«

O nein, nicht in dieser kritischen Zeit! »Und was hält Stephan davon?«

Pierre schlägt die Augen nieder und verstummt. Er und

Stephan haben also immer noch Probleme. Mir wird klar, in welch trostloser Situation Pierre sich befindet. Ich weiß, wie der Verlust des Partners einem die Lebensfreude nimmt und dem Körper alle Energie raubt. Und im Moment macht das wechselhafte Herbstwetter in Seattle es sicher auch nicht besser. In letzter Zeit, wenn die niedrig stehende Sonne über den südlichen Horizont schleicht, bekommen wir jeden Tag nur etwa acht Stunden schwaches blasses Licht. »Lass dir das Herz nie im Herbst brechen«, sagt man hier in der Gegend. »Sonst hast du den ewigen, feuchtkalten, dunklen Nordwest-Winter vor dir.« Ich habe Mitgefühl mit Pierre, auch wenn dadurch meine eigene Wunde wieder aufbricht, gerade als ich dachte, sie wäre verheilt.

»Da ist noch was, Sunya … Du hast meine Schicht einem anderen gegeben.«

Ein Jet donnert über uns hinweg. Alle vier Minuten braust ein Flugzeug über diesen Stadtteil, heißt es. Als sich der Lärm legt, sage ich zu Pierre: »Ich hatte keine andere Wahl.«

Seine Aufmerksamkeit richtet sich jetzt auf die Kuchenschachtel auf dem Beistelltisch. Auch ich mustere den Deckel noch einmal; er sieht gar nicht so schlecht aus.

Jill hat ein cartoonartiges weinendes Kind gemalt und (mit Hilfe eines zerfledderten Bandes von *Französisch für Dummies)* in kleinen, ordentlichen Buchstaben darunter gekritzelt: »*Tu nous manques*«. Bob hat ein paar Minuten erübrigt und ist auf dem Heimweg vom Aikido-Training kurz mit seinem Spezial-Füller vorbeigekommen. Er hat in eleganter japanischer Kalligrafie etwas darauf geschrieben, was übersetzt vermutlich »Wir vermissen dich, komm bald wieder« heißt. Scott hat es geschafft, seine Feindseligkeit gegen Bob lange genug zu unterdrücken, um einen Gruß hinzukrakeln und zu unterschreiben. Ich selbst habe – im Hinblick auf die Apfelsaison, die so schnell vergeht – einen Apfelbaum mit fast nackten Zweigen gezeichnet und einen Vogel, der nach der einzigen saftigen Frucht pickt.

Pierres Gesicht wird weich, als er diesen *salut* von seinen Kollegen sieht. Mit einer leichten Drehung des Handgelenks hebt er den Deckel, um zu sehen, was in der Schachtel ist. Ich rechne jeden Moment damit, dass seine Augenbrauen vor Freude über die unerwarteten Köstlichkeiten nach oben schießen. Stattdessen starrt er sie fassungslos an. Ich kann nicht genau erkennen, worauf er sich konzentriert.

Ich verrücke meinen Stuhl, um besser sehen zu können. Die Leckereien schauen heraus: ein Apfelstrudel und eine Haselnuss-Schnitte, beides Pierres Lieblingsgebäck, und, ich traue meinen Augen nicht, ein Stück Schokoladen-Käsekuchen, die wellige Oberfläche mit gerösteten *piñons* gekrönt. Ein Schauer durchfährt mich. Wie ist er da hineingekommen? Pierre ist sprachlos. Über uns kreist eine Krähe, zweifellos angelockt vom Schokoladen- und Pinienkernduft.

»Käsekuchen, Käsekuchen, Käsekuchen, das ist alles, was ich in letzter Zeit höre.« Er beugt sich vor und knallt die Schachtel zu. Dabei gibt der Deckel nach, und seine Hand ist mit Schokolade verschmiert. Er scheint es nicht zu bemerken.

Ich rutsche unbehaglich auf meinem Stuhl herum. Warum habe ich den Inhalt der Schachtel nicht überprüft, bevor ich mich auf den Weg gemacht habe?

»Und zu allem Übel verleumdet mich dieser elende Donald J. Smith auch noch in seiner Kolumne. Was sollen die Leute denken? Ich, Pierre Talon, soll in Verbindung mit einem ›zwielichtigen‹ Typen stehen? Einem Drogendealer vielleicht? Oder einem Ex-Knacki?«

»Ist dir in letzter Zeit aufgefallen, dass –«

»Dass Donald Käsekuchen auf dem Kieker hat? Ja. Er scheint mich vergessen zu haben. Hast du deine Nummer eins ebenfalls vergessen?«

Ich schnappe nach Luft. »Du bist immer noch meine Nummer eins. Bob arbeitet nur einen Tag pro Woche. Außerdem kann man Apple Pie nicht mit Käsekuchen vergleichen.«

»In einer Küche kann es nur eine Nummer eins geben, Sunya.«

Ich freue mich über einen aufblitzenden Sonnenstrahl, der durch eine Wolkenlücke lugt, während meine Blicke über die dornigen Brombeeren und die ungepflegten Rhododendren wandern. Da Käsekuchen seinen Apple Pie in den Schatten stellt, ist Pierres Stolz, sein Selbstvertrauen angeknackst. Er hatte immer ein angeborenes Talent, wenn es ums Backen ging, einen Instinkt, der ihm sagte, wann er weniger Zucker nehmen und die Fruchtmasse länger auf kleiner Flamme kochen musste, weil die Äpfel saftiger waren als sonst, wann genau er das Blech im Ofen umdrehen musste, damit der Kuchen gleichmäßig backte, und wie viel Glasur er brauchte. Vielleicht fürchtet er, diese wertvolle Gabe zu verlieren, genau wie ich.

»Du wirst an anderen Tagen arbeiten, Pierre.«

»Schmeiß ihn raus.«

»Das kann ich nicht. Der Bürgermeister und die First Lady mögen Bobs Käsekuchen.«

»Dann muss ich kündigen, Sunya.«

Ich springe auf und werde laut. »Nein, ich weigere mich, deine Kündigung anzunehmen.«

Pierre springt ebenfalls auf. Ich mustere sein trotziges Gesicht, als er sagt: »Trotzdem, Mademoiselle Malhotra, ich kündige. Vielleicht gibt es andere, die meine Talente mehr zu schätzen wissen.«

Dass meine größte Angst Wirklichkeit geworden ist, löscht alles andere in meinem Gehirn aus, hält allen Stadtlärm von mir fern und blockt die wärmende Sonne ab. Ich höre mich wie von weitem sagen: »Du gehst zu Cakes Plus, stimmt's?«

Pierre presst die Lippen zusammen. »Du lässt mir keine Wahl.«

»Mein Apple-Pie-Rezept nimmst du *nicht* mit!«

Hört er mich nicht? Er schließt kurz die Augen, schnappt sich die Kuchenschachtel und steuert damit auf den riesigen Gartenabfalleimer zu. Ich sehe mit Entsetzen, wie er die Schachtel hineinfeuert, was eine Kaskade aus Klirrgeräuschen auslöst. Ich würde am liebsten in Tränen ausbrechen, als ich mir vorstelle, wie dieses wunderbare Werk essbarer Kunst, das Ergebnis stundenlanger Mühen, jetzt übel zugerichtet den Insekten zum Fraß vorgeworfen wird.

»Vielen Dank, dass du vorbeigekommen bist, Sunya.« Pierre wendet sich zum Haus. »Wenn du mich jetzt entschuldigen willst, ich würde gern wieder ins Bett gehen. *Fatigué*.«

»Wenn du glaubst, du hättest in meiner Bäckerei ein hartes Leben gehabt«, rufe ich ihm nach, »dann warte nur, bis du für einen Schleimscheißer wie Cartdale arbeitest. Dort wirst du dich mit Apfelfüllungen aus der Dose und Margarine begnügen müssen. Du wirst an der Straßenecke stehen und Coupons austeilen. Ist es das, was du willst?«

Er reißt ruckartig die Tür auf. Ich sehe, wie er erschaudert, als er ohne einen Blick zurück nach drinnen flüchtet, und höre das scharfe Klicken des zuschnappenden Riegels. Bestürzt stehe ich da und schüttle ungläubig den Kopf. Dann stapfe ich zurück zu meinem Wagen.

23

Heute Morgen, immer noch betäubt von dem Zwischenfall mit Pierre, versuche ich bei mir zu Hause eine *carrot torte* zu backen. Als ich nach den Eiern greife, sind sie nicht da. Ich habe sie nicht aus dem Kühlschrank geholt, was bedeutet, dass sie länger geschlagen werden müssen. Ich hacke die Walnüsse, die irgendwie grob aussehen, und gieße den zu lange gerührten Teig in eine Springform, nur um festzustellen, dass der Zitronensaft noch auf der Theke steht.

Die *torte* wandert in den Ofen, und schon bald weht ein süßer Duft heraus. Kein Totalausfall, versichere ich mir selbst. Dann schlage ich Donald J. Smiths wöchentliche Kolumne in der *News* auf. Man könnte es masochistisch nennen.

APPLE PIE GEGEN KÄSEKUCHEN?

Die letzte Meldung von der Front im Bäckereien-Krieg besagt, dass Cakes Plus einen bedeutenden Coup gelandet hat, indem sie den ehemaligen Pastries-Café-Star Pierre Talon angeheuert haben. Seine fantastischen, oben offenen Apfelkuchen, eine französische Interpretation des traditionellen amerikanischen Apple Pie, wird es in naher Zukunft in jeder Cakes-Plus-Filiale geben.

Ich höre auf zu lesen und starre auf das Foto von Seattles Skyline an der Wand. Die zackige Seitenansicht, von einem günstigen Aussichtspunkt auf dem Queen Anne Hill aufgenommen, könnte ohne weiteres ein Computerausdruck meiner Stimmungsschwankungen in den vergangenen Wochen sein.

Donald schließt:

> Hat irgendwer da draußen noch Lust auf Käsekuchen? Holt ihn euch, solange ihr noch könnt, denn die allgemeine Meinung lautet, dass es ihn nicht mehr lange geben wird.

Mit hämmerndem Kopf lasse ich die Zeitung in den Schoß sinken. Der ungeheure Verrat meines ehemaligen Bäckers und persönlichen Vertrauten erschüttert mich zutiefst.

Schritte auf der vorderen Veranda reißen mich aus meinen trostlosen Gedanken. Das ist wahrscheinlich Mutter. Sie wollte auf dem Heimweg von einem Einkaufstrip bei mir vorbeischauen. Ich springe auf, falte die Zeitung ordentlich zusammen, öffne die Tür und setze ein neutrales Gesicht auf. Und wirklich, da steht Mutter mit einer Einkaufstüte in der Hand. Ihre zierliche Gestalt will so gar nicht zu dem entschlossenen Funkeln in ihren Augen passen. Ich bin zwar größer als sie, aber wir haben den gleichen Körperbau. Ihr liebevoller Blick wischt meinen Schmerz weg, und ich muss einfach lächeln. Im Haus windet sie sich aus ihren roten, mit einer Schnalle versehenen Lackpumps und schiebt sie mit dem Fuß zur Tür. Das ist ein indischer Brauch, den sie auch nach all den Jahren in diesem Land nicht abgelegt hat.

»Oh, du musst unbedingt sehen, was ich mir gekauft habe!« Sie drückt mir eine zerknitterte Tüte mit dem Wallingford-Center-Logo in die Hand. »Es hat mich an dich erinnert.«

Zwei Sofakissen aus burgunderfarbenem Taft mit Perlenfransen (besser bekannt unter dem Begriff »gemäßigter Hippie-Stil«) liegen darin. »Die würden sich gut in deinem Wohnzimmer machen, Mutter.«

Sie zerrt an ihrer Jacke, als würde sie irgendetwas einengen, und verzieht das Gesicht; ihre Muschelknöpfe glitzern. Das kastenförmige, zweiteilige Ensemble passt überhaupt nicht zu ihr; es lässt sie stämmig wirken. Und der moosgrüne Stoff verleiht ihrer olivenbraunen Haut einen gräulichen Schimmer. Trotzdem kommt sie mir so mütterlich vor, so umgänglich, und ihre Gegenwart erhellt mein Wohnzimmer derart, dass ich ihren modischen Fauxpas bereitwillig übersehe.

»Das ist übrigens das erste Mal, dass ich dich im Kostüm sehe ...«

Sie kichert. »Ich weiß, Liebes, ich trage nie ein Kostüm, aber Dushan hat mich zum Lunch eingeladen. Da dachte ich, ich versuche mal, mich zu kleiden wie eine Geschäftsfrau.«

Der Name schmerzt in meinen Ohren.

Mit raschen, präzisen Schritten, die vom jahrzehntelangen Tragen eines engen Sari kommen, durchquert Mutter den Raum. An der Tür wirft sie einen Blick in die Küche. Ich winke sie zum Tisch. Da sie nur gelegentlich in die Stadt kommt, habe ich zur Feier des Tages eine Decke mit Spitzenborte aufgelegt und den Tisch zusätzlich mit Bambus-Sets und einem Strauß cremefarbener Rosen geschmückt. Ich habe auch darauf geachtet, dass Milchkrug und Zuckerdose zusammenpassen.

Mutter nimmt ihren Stammplatz an der Wand ein und überlässt mir den Fensterplatz mit dem Blick nach draußen. Sie hält mich immer noch für ihr kleines Mädchen, für das nur das Beste gut genug ist. Mein halblauter Protest stößt wie immer auf taube Ohren.

Wir machen es uns mit unserem Spätvormittagstee und noch ofenwarmen Riesenstücken der *carrot torte* gemütlich. Donald J. Smiths Kolumne hat mich so aus dem Gleichgewicht gebracht, dass ich die normalerweise vorzügliche *torte* fünf Minuten zu lange im Ofen gelassen habe. Folglich ist das satte Karotten-Orange zu einem verbrannten Braun geworden, das nicht einmal durch hastiges Auftragen einer orangefarbenen Glasur zu kaschieren war. Mein Ärger darüber wird noch von dem Bewusstsein verstärkt, dass ich meinen Assistenten immer wieder vorgebetet habe, dass zu langes Backen die größte Sünde eines Bäckers ist.

Mutter gibt ein nachdenkliches »Mmmm« von sich, während sie krachend auf einem Walnuss-Splitter kaut. Sie riecht nach der Clearasil-Seife, die sie schon seit fünfundzwanzig Jahren benutzt. Mit einem Blick ins Wohnzimmer sagt sie: »Diese violetten Orchideen gefallen mir sehr. *Sundar.*« Wunderschön. »Sind es noch dieselben wie bei meinem letzten Besuch?«

»Nein, Mutter, das ist ein frischer Strauß.« Mutter hat Andrew bisher noch nicht kennen gelernt. Merkwürdigerweise hat sie auch kein Interesse daran gezeigt. Deshalb füge ich jetzt vorsichtig hinzu: »Andrew hat sie mir geschickt.«

»Ohne deinen Ahorn-Doppelrahmfrischkäse-Zuckerguss ist diese *torte* nicht dieselbe.«

Keine Reaktion auf Andrews Namen. Was noch schlimmer ist, an ihrem missbilligenden Ton erkenne ich, dass sie etwas loswerden muss. Wir befinden uns auf schwierigem Terrain. Aufgrund ihrer eigenen traurigen Erfahrungen ist Mutter meinen Freunden gegenüber sehr kritisch. Roger hat sie eingewickelt, indem er sie zum Kirschblütenfest begleitet, ihr zum Geburtstag Ikebana-Stunden geschenkt und ihr bei Uwajimaya süßen Reis in Tüten gekauft hat. Am besten spreche ich das Thema gar nicht an. »Ich wollte nur für dich die Kalorien reduzieren.«

»Dushan findet nicht, dass ich abnehmen muss. Er nennt mich Spätzchen. Ist das nicht süß?«

Sie strahlt vor sich hin, wischt sich die Lippen mit der Serviette ab, faltet sie zu einem ordentlichen Quadrat und lehnt sich zurück. Gerade als ich denke, dass sie ihr Anliegen, was es auch gewesen sein mag, vergessen hat, sagt sie: »Dieser Andrew klingt ein bisschen mysteriös.«

Normalerweise vertritt Mutter so radikale Ansichten, dass ich schon froh bin, dass sie sich ausnahmsweise einmal nicht ganz so sicher zu sein scheint. Außerdem durchfährt es mich wie ein Blitz, als sie Andrews Namen erwähnt. Ich lasse den Kopf sinken. Andrew schätzt mich; er hat mich in seinen exklusiven Club aufgenommen: Essen, Wein, Plato und sein Film. Ich, die sich selten irgendwo anschließt, genieße die Mitgliedschaft. Aber ich bin mir überhaupt nicht sicher, ob ich ihn verstehe.

»Nach dem, was du mir erzählt hast«, sagt Mutter, »kann ich mir einfach kein Bild von ihm machen... Als fehlten ein paar Puzzleteile... Als könnte man diesen Mann nie ganz durchschauen... Wie versteht er sich mit seiner Mutter?«

Ich streiche eine Falte im Tischtuch glatt. Eine Frage, die ich lieber nicht beantworten würde.

»Bleibt er noch eine Weile hier?«

»Mindestens noch einen Monat. Er überlegt, ob er hierher zieht.«

»Woher weißt du, dass er in L. A. keine Ehefrau hat?«

Das Stück *carrot torte*, an dem ich lustlos knabbere, schmeckt trocken wie Sand. Schon so oft hat Mutter in der

Vergangenheit etwas »gerochen«, etwas »kommen sehen« oder »ein komisches Gefühl gehabt« und damit häufig Recht behalten. Ich antworte ihr: »Woher ich das weiß? Tja, er trägt keinen –«

»Viele verheiratete Männer tragen keinen.« Mutter schaut auf ihren Schoß, klaubt einen Krümel von ihrem Rock und deponiert ihn auf dem Set. »Ich mag keine geheimnisvollen Männer. Eine Frau kann ihr Geheimnis wie einen schicken Schal um den Hals tragen, und es steht ihr. Bei einem Mann ist Geheimniskrämerei ein Warnzeichen, dass er etwas Gravierendes zu verbergen hat.«

»Ich bin gern mit ihm zusammen. Reicht das nicht?« Trotzdem wissen wir beide, dass sie den Samen des Zweifels in mir gesät hat.

»Ich bezweifle nicht, dass er auch gern mit dir zusammen ist. Viele Männer schmücken sich heutzutage gern mit einer Asiatin, weil sie auf exotische Erfahrungen aus sind –«

»Du hast ihn noch nicht mal kennen gelernt. Wie kannst du da so ein Urteil fällen?«

»Über unzuverlässige Filmtypen weiß ich Bescheid. Er ist hier, um seine Szenen in den Kasten zu kriegen, und ob es ein Klischee ist oder nicht, meine Liebe, du bist vielleicht nur ein Teil davon.«

»Er ist anders, Mutter. Er ist gebildet, hat einen guten Geschmack und eine differenzierte Weltsicht –«

»Hast du schon mal was von langen, glücklichen Hollywood-Ehen gehört? *Bolte parbee*?« Kannst du mir das sagen?

Das muss ich Mutter lassen: Ich kann nicht ein einziges glücklich verheiratetes Paar aus dem Showgeschäft nennen. »Trotzdem, er war gut für mich. Durch ihn habe ich meine Trennung von Roger verwunden, findest du nicht? Ich genieße es einfach, Andrew kennen zu lernen. Das ist alles, worauf ich mich im Moment einlassen kann.«

»Du bist ein ernsthafter Typ.«

»Ich bin nicht auf eine Romanze oder eine Heirat aus.«

»Du bist meine Tochter. Und du bist wie ich. Du lässt dich nicht nur zum Spaß mit jemandem ein, triffst dich ein paarmal mit ihm, vergisst ihn und flirtest mit dem Nächsten. Du nimmst es ernst, *amar priya meye.*« Geliebte Tochter.

»Meine Generation betrachtet die Ehe nicht als den einzigen Ausgang einer Beziehung.«

»Hör auf, an deinen Haaren zu zwirbeln.«

Ich drösle die Haarsträhne von meinem Zeigefinger und rühre in meinem Tee.

»Er ist zu gut, um wahr zu sein, stimmt's?« Mutter stützt einen Ellbogen auf den Tisch und massiert ihre Schläfe, als wollte sie imaginäre Kopfschmerzen verschwinden lassen. »Genau wie mein Mann damals.«

»Andrew ist *nicht* wie mein Vater. Er würde nie von mir erwarten, dass ich ihm mein Leben opfere ...«

Mutter runzelt die Stirn, was die angenehme Ausgewogenheit ihres Gesichts zunichte macht. Im ersten Jahr ihrer Ehe stürzte sich Mutter mit Leib und Seele ins Eheleben. Sie kochte, bohnerte die Böden, kaufte ein und hatte einen Teilzeitjob; sie fand sogar Zeit, die *News* zu studieren, damit sie sich mit ihrem Mann unterhalten konnte. Er stahl ihr dieses erste Jahr.

Ich greife nach der Kuchenplatte und schneide mir eine zweite Portion von der *torte* ab. An der Art, wie Mutter sich erwartungsvoll nach vorn beugt, erkenne ich, dass sie bereit für einen Themenwechsel ist. Sie kann mit Konflikten nicht gut umgehen. Ihr wird davon schwindlig. Sie ist wirklich wie ein Spätzchen, wie Dushan sie nennt.

Den Blick auf das bräunlich orange Kuchenstück auf ihrem Teller gerichtet, fragt Mutter: »Karotten aus biologisch kontrolliertem Anbau, stimmt's?« Eigentlich ist es keine Frage. »Sogar im Winter suchst du alle Läden danach ab.«

Und ich bin erleichtert, dass wir wenigstens vorerst wieder bei unserem traditionellen Smalltalk angelangt sind, bei unseren kleinen Freuden, und die Harmonie zwischen uns wiederhergestellt ist.

24

Ich stehe an der Schwelle zu Andrews Wohnzimmer, zwei Schachteln Schokoladen-Käsekuchen in der Hand, und suche die Menschenmenge bis in die hinterste Ecke ab. Er hat mir neulich abends eine Nachricht hinterlassen und mich an die Party erinnert: »Ein Treffen für mein Team und ein paar Freunde«, sagte er. »Hoffentlich kannst du kommen.«

Ich habe mich in Pumps mit spitzen Absätzen und eine kurzärmelige schwarze Chemise geworfen. Um meinem Outfit den letzten Kick zu geben, habe ich mir einen Hauch Red-Door-Parfüm auf die Handgelenke und hinter die Ohrläppchen gesprüht und mir halbmondförmige Silberohrringe angeklemmt, die mir praktisch den Unterkiefer aufritzen. Ich wünschte nur, ich könnte besser atmen. Partys sind mir ein Gräuel, das war schon so, als ich noch ein Kind war, immer die Außenseiterin, die Letzte, die eingeladen wurde, die Erste, die wieder ging.

Diese Party hier – pulsierende Musik mit kompliziertem Beat, bodenlange Satinkleider, edle Jeansmarken und Caterer in marineblauen Uniformen – ist größer, als ich erwartet hatte. Der exaltierte Gastronomie-Schreiberling Donald J. Smith steht in seinem typischen karierten Sportjackett mit passendem Halstuch ganz hinten in der Ecke und gibt vor einer kleinen Runde hingerissener Nymphchen den flotten Anekdotenerzähler. Er hält sein Weinglas zwischen Daumen und Zeigefingern wie eine Trophäe, die er gleich triumphierend hochreißen wird. Sogar von weitem sehe ich eine dünne Schweißschicht auf seinen Pausbacken glänzen – er muss in letzter Zeit ein paar Pfund zugelegt haben. Er sieht mich und grinst.

Andrew schlängelt sich durch die Menge zu mir. Aufregung durchfährt mich, als wir uns ansehen. Er gibt mir ein Küsschen auf die Wange und nimmt mir die Kuchenschachteln ab. »Ich freue mich, dass du gekommen bist«, flüstert er. Diese vertrauliche Begrüßung gefällt mir ungemein. Er trägt ein Jacquard-Hemd mit Blau- und Gelbtönen, eins von denen, die Verkäufer in Edelboutiquen sorgfältig zusammenlegen und in Seidenpapier betten. So schick habe ich ihn noch nie gesehen. Er schiebt mich behutsam in eine Gruppe von Leuten und stellt mir seinen Bruder Evan (sein Doppelgänger, nur etwas kleiner und stämmiger) und Wayne, Mac und Peter vor. »Freunde aus L. A.« Andrew nickt jedem Einzelnen zu. »Wir arbeiten zusammen.«

»Sunya Cake?«, fragt Wayne, das bärtige Engelchen. »Lecker.«

»Ihr Käsekuchen ist nationales Erbgut«, fügt Peter mit den smaragdgrünen Ohrsteckern hinzu.

»Die Kleine an der Theke – Jill – ist die reinste Augenweide«, schaltet sich Mac, gut und gerne zwei Meter groß, ein.

Während des freundlichen Geplänkels fällt mir auf, dass sich eine weitere Person mit kämpferischem Blick zu uns gesellt hat. Sie ist etwa in meinem Alter, eine große, gertenschlanke Asiatin mit einer Jungenfrisur und bedrohlich violettem Lippenstift, der mich an die übertriebenen Vampirfilme erinnert, die ich mir als Teenager reingezogen habe. Sie ist in ein knöchellanges Kleid in gebieterischem Violett gehüllt und wirkt auf mich, als würde sie täglich mit einer Banane auskommen. Sie mustert mich kühl, verächtlich, und bevor ich's mich versehe, hat sie Andrew in eine Ecke gezerrt. Bald unterhalten sie sich angeregt, lachen, gestikulieren und lächeln wissend. Ich versuche, das Gefühl des Ungeliebtseins abzuschütteln, und will mich gerade abwenden, als sich ein bärtiger Mann mit einem offenen, freundlichen Gesicht vor mir postiert.

»Hi, ich bin Chuck. Ich liebe Ihre Bäckerei. Ich bin der DP, der Director of Photography«, erklärt er.

»Ich habe Sie bei den Dreharbeiten im Café gesehen. Waren Sie nicht derjenige, der die Schauspieler angeschrien hat?«

»Oh, ja, ich gestehe, dass ich das gelegentlich tue.« Chuck gibt mir spontan eine Zusammenfassung seiner Arbeit. Begriffe wie »Schnitt«, »Zoom«, »Komposition«, »Frontbeleuchtung« und »fließend ineinander überblenden« spicken seinen Bericht. Ich muss immer wieder zu Andrew hinübersehen, aber ich bin dankbar für die Tarnung, die mir Chucks Unterhaltung bietet. »Am Set kriechen mir alle Schauspieler in den Hintern«, schließt er. »Jedenfalls wenn sie im Film gut aussehen wollen. Bis ich am Set auftauche, schlagen sie alle nur die Zeit tot. Nicht schlecht für einen Jungen aus Moline, Illinois, was?«

Er lacht herzlich, es klingt angenehm, und ich lächle, weil ich noch nicht will, dass er geht. Ein Caterer kommt mit winzigen *lavosh*-Dreiecken vorbei, die irgendein fehlgeleiteter

Koch mit mindestens fünf undefinierbaren Glasuren voll gekleistert hat. Ich nehme mir eins und knabbere zögernd daran, als handele es sich um eine geheimnisvolle Delikatesse, die man in kleinen Bissen genießen muss. Leider ist das Ding so salzig, dass man es kaum essen kann. Chuck nimmt sich gleich zwei davon, klappt sie zu einem Sandwich zusammen und schluckt das Ganze auf einmal herunter. Unbändiges Gelächter und lebhafte Wortwechsel erfüllen den Raum mit Leben, der so voll ist, dass ich Platzangst bekomme wie in einer Höhle. Als wir uns mit Weingläsern in der Hand durch die Menschenmenge schlängeln und Leute begrüßen, kommen wir an einem heftig gestikulierenden jungen Mann vorbei. »Belichtungszeit gleich Dichte mal Zeit.«

»Studenten von der Filmakademie.« Chuck grinst. Dann stehen wir plötzlich Donald J. Smith gegenüber.

»Tja, wir laufen uns ständig über den Weg, was, Donald? Das ist Chuck, einer meiner ›zwielichtigen Typen‹.«

Chuck lacht laut – der Beweis, dass er mit der richtigen Einstellung an Donalds Kolumnen herangeht – und fragt mich, ob wir noch mehr Wein wollen, was eindeutig ein Vorwand ist, um sich noch einmal am Büfett gütlich zu tun.

Jetzt sind wir allein. Donalds Gesicht hat die Farbe von Yam-Wurzel-Püree angenommen. Ich wusste gar nicht, dass er zu so viel Verlegenheit fähig ist.

»Nun ja ...« Er ringt nach Worten, während er betreten zu Boden starrt.

»Tja, Donald, ich glaube nicht, dass ich Sie je so sprachlos erlebt habe. Übrigens wollte ich Sie fragen, wer Ihnen den Tipp mit dem Rumtreiber gegeben hat.«

»Sie wissen sehr gut, dass ich meine Quellen nicht nennen kann.«

»Wie kamen Sie darauf, dass der Mann etwas im Schilde

führte? Haben Sie eine Ahnung, wie Ihre Andeutungen sich auf mein Geschäft ausgewirkt haben, das sowieso schon schwer zu kämpfen hat? Ich glaube, dafür gibt es einen juristischen Begriff – Verleumdung.«

»Es ist gut möglich, dass nicht alle Fakten überprüft worden sind. Es könnten Schlussfolgerungen gezogen worden sein, die sich später eventuell als unbegründet erwiesen haben.«

Chuck kommt mit einem Teller zurück und sieht uns erwartungsvoll an. Wir wenden uns ihm zu und betrachten das Stück Schokoladen-Käsekuchen mit einem Überzug aus saurer Sahne und Mandarinorangen-Scheiben.

»Da Sie in letzter Zeit nicht bei mir in der Bäckerei waren«, ich halte Donald den Teller hin, »hatten Sie wahrscheinlich noch keine Gelegenheit, unsere neue Schokoladen-Orangen-Variation zu probieren.«

Donald dreht den Teller, prüft den Kuchen von allen Seiten und schnuppert daran, was für ihn offensichtlich ein Ritual ist. Dann steckt er sich eine Gabel voll in den Mund und schließt genießerisch die Augen. »Mmm, vielleicht gewöhne ich mich doch noch an Käsekuchen.«

»Den hat kein zwielichtiger Typ gebacken, Donald.«

Donald wendet den Blick nicht vom Teller. »Es wäre schön, wenn ich einen kurzen Blick auf das Rezept werfen könnte …«

Ich schweige ganz bewusst. Mit etwa sechs weiteren Bissen verschlingt Donald den Kuchen und stellt den Teller auf einen Beistelltisch. »Ich muss jetzt wirklich gehen«, sagt er. »Meine Kolumne ist morgen fällig, und dann mache ich Urlaub in Neuseeland.« Er schickt sich an zu gehen.

Ich halte ihn praktisch am Jackettzipfel fest. »Was ist mit einem Widerruf, Donald?«

»Ich ziehe es in Erwägung.« Donald atmet ein wenig schwer, und das kommt nicht nur vom zu schnellen Essen.

»Wie dringend wollen Sie das Rezept, Donald? Auch das wird in Erwägung gezogen.«

Kaum habe ich mich abgewandt, da durchquert die Frau im violetten Kleid den Raum und wirft mit Kusshänden um sich. Der Trubel legt sich ein wenig, und jemand ruft: »Guten Flug!«

Endlich kann ich wieder frei atmen. Den Kopf gesenkt, gesellt sich Andrew zu Chuck und mir, weicht meinem Blick jedoch aus. Er fängt sich schnell wieder und lächelt mich zurückhaltend an. Als sich um uns eine Gruppe bildet und das Gespräch aufs Filmemachen kommt, bezieht er mich ein, indem er mir Begriffe erklärt und mich stolz allen vorstellt, die zu uns stoßen. Irgendwann greift seine Hand nach meiner, und unsere Finger verschlingen sich ineinander. Sein feuchter Händedruck sagt mir, dass er zu mir zurückgekommen ist, dass er mir gehört, trotz des violetten Kleids, trotz Mutters Warnungen. Ganz entspannt schlendere ich mit Andrew durch die Gästeschar. Meine funkelnden Silberohrringe und mein schwarzes Kleid verleihen mir Glanz, und es macht mir nichts aus, dass ich schlicht und direkt bin, dass ich nicht den Reiz einer Schauspielerin habe. Ab und zu wendet sich Andrew mir zu und sieht mich warmherzig an. Ich drücke seine Hand und finde Freude und Kraft darin. Wenn ich es mir recht überlege, hasse ich Partys doch nicht.

Inzwischen ist es schon nach elf. Es herrscht angenehme Stille, es ist kühler geworden, und Andrew und ich sind allein mit schmutzigem Geschirr, verschütteten Getränken, zerknüllten Servietten und Zigarettenstummeln. Durch die dünnen Wände kann ich seinen Bruder Evan schnarchen hören. Ich räume das Essen weg und frage Andrew: »Wohin kommt der Zucker?« und »Soll ich das Brot aufheben?« Während er mir antwortet, sammelt er leere Flaschen und Bierdosen zusammen und wirft sie in den Mülleimer. Ein einzelnes Scheibchen Schokoladen-Käsekuchen, das noch recht frisch aussieht, lockt vom Couchtisch.

»Wollen wir uns das teilen?«, rufe ich Andrew zu.

Er wirbelt herum, entdeckt den Kuchen und hastet theatralisch zum Tisch. »So viel Käsekuchen, und ich dachte schon, ich kriege keinen ab. Es gibt doch noch Gerechtigkeit auf der Welt!«

Wir haben kein sauberes Besteck mehr, deshalb waschen wir uns in der Küche die Hände, gehen zurück ins Wohnzimmer, sinken aufs Sofa und bohren unsere Finger in die mousseartige Oberfläche. Andrew scheint in einen wahren Schokoladentaumel zu verfallen. »Die Saure-Sahne-Schicht mit dem Schuss Amaretto ist eigentlich nicht notwendig«, sagt er nach einiger Zeit, »aber sie stimmt die Geschmacksknospen ein. Eine kleine Freude, die einer großen vorangeht.«

Jeder köstliche Bissen ruft nach mehr, und bald ist von der Leckerei nichts mehr übrig. Während ich mich im Zimmer umsehe, frage ich mich wieder: Wer war diese Frau? Es schmerzt mich, an sie erinnert zu werden. Und dieses Zimmer, diese Ecke, in der sie zusammen standen, erinnert mich an sie. Als ich mich wieder umdrehe, sieht Andrew mich liebevoll an.

»Willst du hören, was wir diese Woche gedreht haben?«

»Ja, sehr gern.«

Er dämpft das Licht. Es dauert nicht lange, und die spitzen Ecken des Zimmers und der Möbel verschwinden im Dunkel, was mir ein Gefühl warmer, undefinierbarer Vertrautheit gibt. Wenn man weniger sieht, empfindet man mehr, und im Moment bin ich weicher, empfänglicher und weniger kritisch.

Mit einer Stimme, die scheinbar irgendwo aus der Dunkelheit kommt, sagt er: »Das haben wir bisher im Kasten ... Werner hat sich eine Woche lang jeden Tag mit Emily getroffen. An diesem Abend kommen sie wieder einmal von einem CAGT-Treffen und gehen zu ihr. Emily fragt ihn, ob er ihr bei ein paar Flugblättern helfen kann. Werner sagt ja. Sie stecken die Köpfe über der Computer-Tastatur zusammen. Werner, der in Computer-Grafik ein ziemliches Genie ist, malt eine riesige Faust. Der kühne Slogan in Grün darunter lautet: ›Zerschlagt den globalen Handel!‹ Die gedruckte Seite in der Hand, tanzt sie durch den Raum und mimt abwechselnd eine Freiwillige, die Flugblätter verteilt, und eine Demonstrantin, die die Faust gen Himmel reckt. ›Diesen fettgefressenen Bonzen steht morgen eine Überraschung bevor‹, gluckst sie. ›Wir sind ihnen einen Schritt voraus. Wir haben Insider-Information darüber bekommen, wie viele Bullen angefordert werden.‹

Die Verachtung, mit der sie das Wort ›Bulle‹ ausspricht, lässt ihn zusammenzucken. Trotzdem kann er nicht aufstehen und gehen. Schließlich hat ihre persönliche Hingabe an die Sache sie zusammengebracht. Er zieht sie an sich und küsst sie. Zuerst sind es vorsichtige und sanfte Küsse, die dann tief und leidenschaftlich werden. Sie schiebt ihn weg und sagt: ›Ich habe ein Keuschheitsgelübde abgelegt.‹

Er kann es kaum glauben: ein Keuschheitsgelübde. Seine Uhr erinnert ihn daran, dass es langsam spät wird. Doch dann wirft er einen Blick in dieses wunderschöne Gesicht. Er zieht ihren Kopf zu sich, und ein längerer Kuss besiegelt ihre Kapitulation.

Am Morgen wacht Werner in einem fremden Schlafzimmer auf. Er liegt nackt neben Emily im Bett. Er reibt sich die Augen, gähnt und fragt sich, wie es so weit kommen konnte. Er sieht seine Frau Alexandra vor sich. Werner streckt die Beine aus, als wollte er Alexandras anklagendes Gesicht wegschieben. Emily ist nicht seine erste Tändelei ... Aber darüber möchte er jetzt lieber nicht nachdenken.

Sie verbringen den Tag zusammen und tun Dinge, die Paare so tun. Am Abend sitzt er Hand in Hand mit ihr im Wohnzimmer und verfällt in Depressionen. ›Morgen ist es so weit‹, sagt er.

›Du willst dich doch nicht etwa richtig ins Zeug legen?‹

›Ich fürchte doch. Das ist nun mal meine Art. Du hast vorhin irgendwelche Insider-Informationen erwähnt. Vielleicht könntest du sie mir verraten? Das würde die Sache viel leichter machen.‹

Sie zögert einen Moment, steht auf und holt einen großen Grundriss des Konferenz-Zentrums mit Umgebung. ›Die Bullen werden hier, hier und hier stehen.‹ Sie deutet mit einem Bleistift auf verschiedene Stellen.

Er studiert das Schaubild genau. Sie lächelt verstohlen. Sie hat ihn bewusst in die Irre geführt, um ihn von den Gefahrenzonen fern zu halten. Sie versteht diesen mysteriösen Mann und sein Vorhaben nicht. Sie erinnert sich an letzte Nacht: der versteckte Revolver zwischen seiner Kleidung; wie er im Schlaf mit seinen Kindern gesprochen hat.

Sie überdenkt ihren Plan noch einmal. Sie wird sich vor dem Konferenz-Zentrum im Hintergrund halten und ein Auge auf Werner haben. Wenn er zu nahe an die Polizeibarrikaden gerät, wird sie eingreifen und ihn weglotsen. Sie wird ihn mit einem leidenschaftlichen Kuss ablenken, bevor er seine Pistole ziehen kann.

Sie betrachtet sein finsteres Gesicht und bietet ihm etwas Süßes an, Schokoladenkuchen aus dem Pastries-Café. Er sagt, dass es Zeit für ihn ist, zurück in sein Motel zu gehen und zu schlafen. Er verspricht, sich am nächsten Tag mit ihr zu treffen, wenn die Demonstrationen vorbei sind.

Eine Lüge. Er denkt an das Flugticket nach Atlanta in seiner Brieftasche. Der Flieger geht gleich nach der Demonstration. Er nimmt ihr Gesicht in die Hände, schmeckt ihre Lippen ein letztes Mal und verschwindet durch die Tür.«

Ich bin so sehr in die Geschichte versunken, dass ich fast glauben kann, dass diese Figuren existieren, vielleicht sogar irgendwo hier in der Nähe ihr Leben weiterleben: Werner, der spricht, lacht, verführt und seine Schuld verbirgt. Emily, die arbeitet, Einkäufe erledigt, Auto fährt, Geld in Parkuhren steckt und träumt; sie kann nicht auf dauerhaftes Glück hoffen. Sie kann sich nur hier und da ein paar Momente davon schnappen.

Andrew sitzt dicht neben mir. Während er sich sammelt, wird meine Fantasie wieder aktiv. Wie viel von sich hat Andrew in Werner gelegt? Sicher, Werner ist weniger vergeistigt als sein Schöpfer. Aber haben sie ähnliche Ängste, Sehnsüchte und eine ähnliche Verletzlichkeit? Um es freiheraus zu sagen: Wie gut kenne ich diesen Mann wirklich, der mich in den vergangenen Stunden so restlos fasziniert hat?

Ich denke nicht länger darüber nach, oder besser, Andrew lässt mich nicht. Er zieht mich an sich, wobei mein nackter Arm den feinen Stoff seines Hemdes streift, und seine Finger fahren an meiner Wirbelsäule entlang. Er lässt süße Küsse auf meine Lippen regnen. Sofort bin ich hellwach und fühle mich wie eine Knospe, die nachts ihre Blütenblätter öffnen soll; ich spüre, wie anstrengend das ist. Weitere Küsse spülen meinen letzten Widerstand hinweg und schalten mein Gehirn aus. Dann höre ich Geräusche im Nebenraum. Wir lösen uns voneinander; unser gemeinsamer Traum ist unterbrochen. Die Nachgiebigkeit meines Körpers, das Hinschmelzen, das ich gespürt habe, schwindet, aber ich bin froh, dass wir uns noch an den Händen festhalten.

Evan streckt den Kopf aus seiner Schlafzimmertür in den dunklen Flur. »Seid ihr noch auf?«, murmelt er. Im Bademantel steuert er auf die Spüle in der Küche zu. »Wie spät ist es eigentlich?«

Wir atmen schwer. Andrew würgt ein paar undeutliche Worte hervor, während Evan den Wasserhahn aufdreht und ein Glas mit Wasser füllt. Das plötzliche Geräusch dröhnt in meinen Ohren.

»Du meine Güte.« Ich klaube meine Handtasche aus einer Ecke und krame nach den Autoschlüsseln. »Mir war nicht klar, dass es so spät ist.«

Andrew bringt mich zur Tür und hilft mir in den Mantel.

»Ruf mich bald an«, flüstert er und öffnet die Tür. Dunkelheit umfängt uns, doch das hält uns nicht davon ab, uns tief in die Augen zu sehen.

Ich lächle zur Antwort, küsse ihn zart auf die Lippen und eile die Treppe hinab in die frische Novembernacht.

25

So spät am Morgen herrscht eine Flaute, bevor der Mittagsansturm losgeht. Das Café ist fast leer; leer, aber nicht hoffnungslos, denke ich, als ich aus der Küche komme. Dann fällt mein Blick auf zwei Männer, beide Anfang vierzig, die sich über die Kuchenvitrine beugen. Sie inspizieren das Gebäck und tauschen in gedämpftem Flüsterton Bemerkungen aus. Ihr detektivisches Auftreten erregt meine Aufmerksamkeit. Kommentare und Vorschläge meiner Kunden sind immer willkommen, deshalb schleiche ich mich so unauffällig wie möglich von hinten an und höre mit. Jill steht am anderen Thekenende und packt ein paar Sachen für sie in eine Schachtel.

»Dieses gigantische *daisy bun* sieht gut aus«, flüstert der eine seinem Begleiter zu, »aber ich bezweifle, dass es nur halb so gut schmeckt wie meine Hot Cross Buns.«

»Nach all der negativen Publicity in der *News*«, sagt sein Begleiter, »wollte ich ein Stück Käsekuchen probieren, aber es sieht so aus, als hätten sie keinen mehr.«

»Anscheinend kann sie sich nicht allzu viel Käsekuchen leisten.« Der erste Mann kichert. Nach jedem Satz legt er eine Kunstpause ein, um zu sehen, ob sein Publikum auch gehörig beeindruckt ist, bevor er fortfährt. »Ich weiß aus einer zuverlässigen Quelle, dass sie finanziell ganz schön in der Klemme steckt.«

Um ein Haar schnappe ich laut nach Luft, als mir schlagartig klar wird, dass das Willy Cartdale ist!

Dies ist der Moment, den ich gleichzeitig herbeigesehnt und gefürchtet habe: ihm von Angesicht zu Angesicht gegenüberzustehen.

Wie kann er es wagen, sich außerhalb der Stoßzeiten in mein Geschäft zu schleichen, um es auszuspionieren? Ich trete einen Schritt zurück und versuche den Mann einzuschätzen: berechnender Blick, aalglatte Gesten, Lippen, die gleichzeitig Gift und Honig speien. Alles in allem ein Achtung gebietender Feind, aber ich muss mich der Herausforderung stellen.

Ich atme tief durch, setze ein Lächeln auf und spreche ihn an. »Guten Morgen, Mr. Cartdale. Sie sind doch Mr. Cartdale, nicht? Ich bin Sunya Malhotra.«

Er nickt, lächelt gezwungen und betrachtet mich mit einem seltsamen Blick.

»Ich habe übrigens gleich nach Eröffnung dieser Bäckerei Hot Cross Buns angeboten. Die Kunden sagten, sie seien einfach nicht mit den Daisy Buns zu vergleichen, deshalb habe ich die Produktion eingestellt.«

Sein Blick wandert zu den größtenteils unbesetzten Plätzen; dann wendet er sich mit einem spöttischen Lächeln in den Augen an mich. »Kunden?«

»Oh, Sie haben Glück. Sie sind nach dem großen Ansturm gekommen. Sie hätten sonst gar nicht mehr reingepasst.«

»So, ich habe ihn also verpasst? Wollen wir uns kurz zusammensetzen?«, fragt er.

»Gern.«

»Ich komme gleich«, ruft sein Begleiter, der jetzt mit Jill plaudert.

Cartdale folgt mir an einen Fenstertisch; ein bisschen zu nah auf den Fersen, was vermutlich eine Taktik ist, damit ich mich unwohl fühle. Ich rümpfe die Nase, als ich den muffigen Zigarrenqualm in seinem Atem rieche. Er setzt sich, faltet die Hände zusammen und wieder auseinander.

»Und was führt Sie in meinen Laden?«

»Sehen Sie es als Kompliment. Dushan und ich sind Kumpel. Wir gehen zusammen zum Fliegenfischen. Ich habe es ihm beigebracht, und ich muss sagen, er wird ziemlich gut darin.« Eine gereizte Pause. »Natürlich kommen wir von Zeit zu Zeit auch auf die Bäckereibranche zu sprechen. Sie ist eine sehr wettbewerbsorientierte Industrie, wie Sie sicher auch langsam merken.«

»Ach, Mr. Cartdale, ich bin keine Industrie. Ich leite einen kleinen Betrieb, der eine begrenzte Klientel aus der Gegend mit Speisen und Getränken versorgt. Ich bin keine Bedrohung für Sie. Sie sind es, der sich Sorgen macht. Sie sind doch derjenige, der keine ›Backen und backen lassen‹-Philosophie vertritt.«

»Angst vor Ihnen? Wohl kaum. So funktioniert Cakes Plus nicht. Wir sind wachstumsorientiert. Unsere Aktionäre wollen, dass wir so viel Profit machen wie möglich und den Saldo ständig vor Augen haben. Unsere Erträge waren ausgezeichnet, seit ich den Laden übernommen habe, aber ich bin noch nicht fertig. Ich kann mir für Sunya Cake einen Ehrenplatz in meiner Kuchenvitrine vorstellen. Sunya Cake, das Kronjuwel der Kuchen. Das ist mein Traum. Übrigens habe ich heute keinen in Ihrer Vitrine gesehen.«

»Sie können hier jederzeit auf Einzelhandelsbasis einkaufen, genau wie meine anderen Kunden. Aber –«

»Ich möchte Sunya Cake ganz nach oben bringen, ihn noch berühmter machen –«

»Ich möchte aber meine eigene kleine Identität bewahren.«

»Ihre Verschuldung ist so hoch, Ms. Malhotra, und Ihr Eigenkapital so gering. Denken Sie ernsthaft darüber nach! In etwa einem Monat ist Cakes Plus vielleicht der einzige

Laden, in dem man noch Sunya Cake bekommen kann. Ihr reizendes Café wird wie leer gefegt sein, noch leerer als jetzt, aber bei uns wird geschäftiges Treiben herrschen.« Er lehnt sich zurück, plustert sich selbstgefällig auf und beglückt mich mit einem Lächeln, das ich lieber nicht gesehen hätte.

»Sehr freundlich, Mr. Cartdale. Ich kann Ihnen gar nicht sagen, wie sehr ich das zu schätzen weiß, aber –«

»Sie werden von Cakes Plus kein Angebot mehr kriegen, nachdem Sie –«

Er verstummt, aber seine Augen bringen klar zum Ausdruck, dass er kein Nein akzeptiert und dass es besser wäre, sein Angebot anzunehmen, solange er es mir noch auf dem silbernen Tablett serviert. Doch ich sitze unbeirrt und aufrecht vor ihm, und mein Blick lässt keinen Zweifel an meiner Entscheidung. Sein Begleiter kommt mit vier Schachteln beladen an den Tisch und sieht uns ratlos an; vielleicht fragt er sich, was passiert sein kann, dass zwischen zwei Menschen, die sich gerade erst kennen gelernt haben, ein derart gespanntes Schweigen herrscht.

Cartdale steht auf und macht beim Zurückschieben des Stuhls ein lautes Kratzgeräusch. »Nun, es war interessant, Ihre Bekanntschaft zu machen, Ms. Malhotra. Sie sind genau so, wie Dushan gesagt hat.«

»Sie machen mir heute nur Komplimente, Mr. Cartdale.«

Am liebsten hätte ich hinzugefügt, dass er genauso ist wie das Gebäck, das er verkauft; aber er hätte es sowieso nicht gehört, beschäftigt wie er ist, als er zur Tür stolziert. Ich bin zwar sehr aufgebracht, aber ich habe mich in diesem Machtkampf behauptet, und beim Gedanken daran lächle ich.

Andererseits bin ich den Kerl noch lange nicht los.

26

Mutter hat mich zum Abendessen in ihr Haus in Mount Vernon eingeladen, um mit mir meinen neunundzwanzigsten Geburtstag zu feiern. Neunundzwanzig Jahre kommen mir schon viel vor, aber mir wird klar, dass ich bald dreißig werde, ein wirklich einschneidendes Datum. Wir sitzen am Esstisch, den Mutter wunderbar mit einem Tischtuch, Silberbesteck und den rotbeerigen Zweigen einer Bergesche dekoriert hat, die einen fröhlichen Kontrast zu den gräulich grünen Wänden bilden. Obwohl mich mein Geburtstag wie immer beunruhigt, habe ich gerade den Erdnussreis und die würzig gebratenen Auberginen, zwei meiner Leibgerichte, bis auf den letzten Krümel verputzt.

Während Mutter mit Tischabräumen beschäftigt ist, nehme ich mir die Zeit, den burmesischen Jadering an meinem Finger zu bewundern, den sie mir zum Geburtstag geschenkt hat. Er ist in Gold gefasst, und die lavendelfarbene Jade verleiht meinem Finger einen leuchtenden Glanz. »O Mutter, er ist einfach wunderschön!«

»Vor einer Weile hast du mir den Ring einer Kundin beschrieben«, gesteht Mutter, »und mir gesagt, wie sehr er dir gefallen hat. Also bin ich in den International District gefahren und habe alle Schmuckläden abgeklappert, bis ich den hier gefunden habe.«

Sie geht hinüber zum Sideboard, holt ein Buch und gibt es mir. Es ist *In a Baking Mood* von Elizabeth Dorchester, ein abgegriffenes Taschenbuch mit Rezepten aus einer längst vergangenen Epoche. Vielleicht soll mich dieses Geschenk an die Zeit erinnern, als ich auf der Suche nach Inspiration uralte Kochbücher durchforstete. Da ich mir immer noch den Kopf über den Zusammenstoß mit Cartdale zerbreche, habe ich im Moment keine große Lust, mich mit Backen zu beschäftigen, doch Mutter zuliebe heuchle ich beim Durchblättern Interesse.

»Das habe ich auf einem Flohmarkt in Bellingham gefunden«, verkündet sie über das Geschirrklappern hinweg.

Ich sehe ihr zu, wie sie durchs Wohnzimmer tänzelt und über dies und jenes plaudert, während sie wartet, dass der Tee zieht. Als er fertig ist, serviert sie ihn in Porzellan, das mit fliegenden Vögeln verziert ist. Ich führe die Tasse zum Mund, atme das durchdringende Aroma ein und trinke in kleinen Schlückchen. Sie hat den Tee ganz nach meinem Geschmack zubereitet: extrastark, mit Milch und einem zweieinhalb Zentimeter langen Stiel Zitronengras (ihr großes Geheimnis). Trotzdem frage ich mich, ob sie nicht trotz all der Mühe, die sie sich an diesem besonderen Tag für mich gemacht hat, einen heimlichen Groll über das schwere Schicksal hegt, das ihr gleich nach meiner Geburt widerfuhr. Erinnert sie dieser Tag an die Treulosigkeit ihres Ehemanns?

Vielleicht spürt sie mein Unbehagen, denn sie geht zum Sekretär, holt ein Familienalbum aus Vinyl heraus und setzt sich neben mich. Stolz blättert sie die Seiten um und deutet auf Bilder aus meiner Kindheit. Sie versucht mich abzulenken, um mir zu zeigen, wie viel ich ihr bedeute. Und es funktioniert. Ich beuge mich über das Fotoalbum und bin sofort fasziniert. Eine Aufnahme geht in die Zeit zurück, als ich sechs Jahre alt war und ein handbesticktes Kleid trug; meine Schneidezähne fehlten. Auf einer anderen laufe ich, kamerascheuer Racker, der ich damals war (eine Eigenschaft, die ich niemals überwunden habe), mit beiden Händen vorm Gesicht davon. »Ich musste dich mit englischen Toffees bestechen, damit du für Fotos stillgehalten hast.« Als sie mein Gesicht sieht, lacht Mutter vergnügt. Dann schlägt sie eine Seite mit dem 20 x 30 Zentimeter großen Schwarzweißporträt meiner Großmutter väterlicherseits auf. Die Frau sitzt auf einem Stuhl und blickt von der Kamera weg. Die Aufnahme zeigt sie im frühen Erwachsenenalter, möglicherweise direkt nach ihrer Hochzeit, als sie noch Träume in Hülle und Fülle hatte. Ihre Augen strahlen erwartungsvoll hinter einem durchsichtigen Schleier.

Ich sehe weg, doch Mutter ist etwas aufgefallen. »Als du gerade ihr Foto betrachtet hast«, sagt sie nachdenklich, »war es, als würdest du in den Spiegel schauen. Sie war eine anmutige Frau, weißt du.«

»Nein, weiß ich nicht.« Es ist mein wunder Punkt, dass Vaters Familie Mutter und mich ignoriert hat. »Ich habe sie schließlich nie kennen gelernt.«

Es herrscht betretenes Schweigen, als wäre gerade ein Blinder hereingekommen. Vielleicht liegt es an dem Foto oder an dessen indirekter Verbindung zu Vater, aber die Atmosphäre hat sich verändert, und Mutters Miene ist düster geworden. Ich trinke meine Tasse aus und spreche noch ein paar Minuten mit ihr über Belangloses; dann entschuldige ich mich unter dem Vorwand, dass ich noch die lange Autofahrt nach Seattle vor mir habe und morgen im Geschäft viel los sein wird. Der Schmerz in Mutters Augen ist nicht zu übersehen, als wir uns an der Tür umarmen und ich mit dem schuldbewussten Gefühl, nicht genug Zeit mit ihr verbracht zu haben, die Treppe hinuntergehe.

Auf dem Heimweg schweifen meine Gedanken zu den Umständen meiner Geburt, wie ich sie den Episoden entnommen habe, die Dee, meine Mutter, über die Jahre hinweg erzählt hat.

Mit ihrer zwei Tage alten, in eine purpurrot-weiße Decke gewickelten Tochter auf dem Arm schlüpfte Dee in ihre Wohnung im Seattler Ravenna District. Sie dankte der freundlichen Nachbarin, die sie vom Virgina Mason Hospital abgeholt hatte, und lehnte unbekümmert jede weitere Hilfe ab. »Ich komme schon zurecht«, log sie. »Prabhu ist bald wieder da.«

Nachdem sie die Tür hinter sich geschlossen hatte, rief sie sich Prabhus Tagesablauf ins Gedächtnis. Jeden Morgen pünktlich um acht brach er mit einer prall gefüllten Aktentasche in der Hand auf, überquerte die Straße, um sich in der Nebengasse ein paar Doughnuts und Kaffee zu holen, und fuhr zum Campus der University of Washington, wo er als wissenschaftlicher Assistent im Fach Chemie forschte und lehrte. Er kam spät zurück, nie bevor die Uhr auf dem Bücherbord zwanzig Uhr anzeigte. Selbstlos und engagiert wie er war, erledigte er in seinem Fachbereich mehr als das normale Arbeitspensum.

Wenn sie ihn tagsüber anrief, legte er seine distanzierte Art am Arbeitsplatz ab. »Wie geht es dir, Dee? Was hast du heute gemacht? Soll ich auf dem Heimweg noch irgendetwas besorgen?«

»Nein, nein, ich wollte nur mal Hallo sagen.«

»*Accha, accha.*« Sehr schön, sehr schön. »Ich komme zur selben Zeit wie immer.«

»Ich warte auf dich.«

Selbst dieser kurze Kontakt schien ihn zu beruhigen, und er bedankte sich stets für ihren Anruf, bevor er auflegte.

Abends hatte sie es oft satt, allein im Wohnzimmer zu sitzen, an einer Tasse Fencheltee zu nippen (eine natürliche Methode, den Körper zu reinigen, wie sie glaubte) und Babykleidung zu nähen. Dann kam er mit derselben prallen

Aktentasche herein; aus seinem Gesicht war die tiefbraune Farbe gewichen. Sie konnte ihm von den Augen ablesen, wie Leid ihm die Verspätung tat. Es dauerte ein paar Minuten, bis er sein Bedauern in Worte fasste. »Es tut mir so Leid, dass du schon wieder hier sitzt und auf mich wartest. Und gegessen hast du auch noch nicht.« Beim Abendessen, das aus indischem Fladenbrot, Mango-Pickles und einem Gemüse-*ghonto* bestand (seine Essgewohnheiten waren bemerkenswert einfach), erzählte er ihr von seinem Tag. Er verheimlichte ihr nichts, auch nicht die kompliziertesten Forschungsprobleme, auf die er gestoßen war, und präsentierte ihr seine Ergebnisse. Dabei sprach er ohne jeden herablassenden Unterton mit ihr, als sei sie eine Kollegin oder eine alte Klassenkameradin. Sie liebte ihn, weil er trotz seines überragenden akademischen Erfolges ein anständiger Mann mit ganz normalen Sehnsüchten war. Doch manchmal war sein Blick leer, als wäre das, wonach er suchte, nicht da. Sie bohrte nicht nach. Sie verstand, dass sich ihm als Neueinwanderer beruflich nicht viele Alternativen boten. Er plagte sich doppelt schwer, um für sie zu sorgen, und dafür war sie ihm mehr als dankbar.

Trotzdem hoffte sie, dass es Sunya zuliebe heute anders wäre.

Dee betrachtete liebevoll ihr Erstgeborenes, das sich so unschuldig in ihre Arme schmiegte, und roch seinen milchigen Duft. Gestern im Krankenhaus hatte Sunya im Babykorb geschrien und sich gewunden, während Prabhu sie verzückt ansah. Dee hatte beobachtet, wie die Schwester sich auf das zarte Baby gestürzt, es an sich gerafft und Prabhu in die Arme gelegt hatte. Er hatte es an sich gedrückt, es gewiegt und ein paar sanfte Worte gegurrt. Sunya war eine Knospe, die die Liebe ihrer Ehe symbolisierte, das Vertrauen, das sie in ihre Wahlheimat und in ihre Zukunft setzten, doch Prabhus Gesicht verriet leichtes Unbehagen. Brauchte er Zeit, um sich an die neue Situation zu gewöhnen? Für einen kurzen Augenblick zog Dee die Möglichkeit in Betracht, dass er enttäuscht darüber war, dass sie ihm keinen Sohn geboren hatte.

Nein, daran konnte es nicht liegen. Schließlich hatte er den Namen Sunya selbst ausgesucht. Obwohl Dee sich den Kopf zerbrochen und eine Liste mit modischen indischen Mädchennamen wie Anupama, Urmila und Mallika erstellt hatte, Namen mit dem Klang einer meisterhaft gegossenen Glocke, und Verwandte aus Indien sich mit zusätzlichen Vorschlägen eingeschaltet hatten, hatte Prabhu darauf bestanden: »Wir nennen sie Sunya.«

»Das hab ich ja noch nie gehört«, erwiderte Dee.

Er sah müde aus; sicher die zusätzliche Belastung, dass er bald Vater werden würde. »Sie wird Sunya heißen«, wiederholte er.

Dee hatte mit ihm gestritten und sich schließlich widerwillig geschlagen gegeben. Sie hoffte, dass Sunya ihm mit ihren lieben Blicken und hilflosen Gesten in den kommenden Wochen dabei helfen würde, in die Vaterrolle hineinzuwachsen.

Im Schlafzimmer legte Dee Sunya in ihr Kinderbettchen und roch an dem Arrangement aus getrockneter Schafgarbe und zusammengerollten Blättern der Paradiesvogelblume, das auf dem Nachttisch stand. Zum zweiten Mal in ihrem Leben stieg ein Triumphgefühl in ihr hoch. (Das erste Mal war vor über einem Jahr bei ihrer Trauung gewesen.) Wer außer ihr hätte dieses winzige Bündel aus Glück hervorbringen können? Sunyas Geburt hatte Dee verwandelt. Das Kind war in ihr gewachsen und krempelte ihr Leben völlig um.

Die meisten Neugeborenen, runzlig-rötlich und mit spärlichem Haar, das an ihren Köpfchen klebte, kamen einem nicht ganz menschlich vor, aber Sunya war da anders. Als Dee auf die großen dunklen Augen herabsah, die vom Tageslicht geblendet blinzelten, auf die hohen Wangenknochen, die im Licht glänzten, das durchs Fenster fiel, und auf das winzige Kinn, das bereits eigenwillig vorsprang, war sie von tiefem Stolz erfüllt.

Zeit, ein paar liegen gebliebene Hausarbeiten zu erledigen. Dee stand auf und nahm sich vor, rote Linsen einzuweichen, bevor sie mit der Wäsche anfing. Später würde sie die weich gewordenen Kerne kochen und würzen und daraus eine körnige gelbe Suppe zubereiten, die Prabhu genüsslich schlürfen würde, die einzige Gelegenheit, bei der er sich zu jungenhafter Freude hinreißen ließ. In diesen Momenten liebte sie ihn noch mehr.

Sie hatte sich gerade zur Tür gewandt, als ihr Blick auf einen zusammengefalteten Zettel fiel, der an den Frisiertisch aus Eichenholz gelehnt war, in dem sich auch ihre Haarbürste, ein Handspiegel und ein Teelicht befanden. Ein Glückwunsch? Von wem konnte der sein?

Als sie den Zettel in die Hand nahm, schimmerte ein abstraktes Muster schwach durch das schlichte weiße Papier. Schwarze Tinte, die vertraute enge Handschrift an manchen Stellen dunkler als an anderen. Dee sah auf die Unterschrift, und ihre Finger wurden taub, ihr Rückgrat steif. Warum sollte Prabhu ihr jetzt schreiben, wo er doch vor kurzem erst ihren Geburtstag vergessen hatte? Vielleicht war er mit seinen Forschungsarbeiten im Verzug und kam später als sonst nach Hause. Schnell überflog sie die kurze Nachricht.

> Ich kann *samsara* nicht mehr ertragen. Das ist nichts für mich. Ich muss nach einer tieferen Wahrheit suchen und werde nicht ruhen, bis ich sie finde. Das hat nichts mit dir zu tun. Bitte hab Verständnis. Und bitte verzeih mir.

Es passte einfach nicht zusammen. Sie fühlte sich, als wäre sie vor einen LKW gerannt und würde jetzt mühsam versuchen, sich wieder aufzurappeln. Sie las langsamer und studierte den Zettel zwei-, drei-, viermal, sprach die Sätze sogar laut, konnte aber immer noch nicht glauben, was sie da las. Der Mann, dem sie ihre Liebe geschenkt hatte; der Mann, den sie nie ganz hatte verstehen können; jetzt ein Mann, der beschlossen hatte, dass er nicht länger mit seinen Verpflichtungen als Familienoberhaupt umgehen konnte. Warum tat er das? Wie sollte sie zurechtkommen? Er hatte ihr nur einen mickrigen zweistelligen Betrag auf einem Sparkonto und eine Kreditkarte hinterlassen. Wie sollte sie für ihr Baby sorgen? Ihr Magen war übersäuert; ihr Körper schmerzte noch von der Entbindung. Sie ließ den Zettel fallen.

Er war wirklich und wahrhaftig weg.

Als würde es den Ernst der Lage erfassen, fing das Baby an zu brüllen. Dee nahm es hoch und stillte es, wenn auch nicht mit der gleichen Sorgfalt wie sonst, und hörte damit auf, als ihr die Tränen übers Gesicht liefen und auf die schmalen Wangen des Kindes tropften. Sie war kurz davor, einen qualvollen Schrei auszustoßen. So musste es sich anfühlen, schiffbrüchig zu sein, oder der letzte Mensch auf Erden, oder plötzlich Seh- und Hörvermögen zu verlieren.

Er liebte sie nicht. Sein liebevoller Blick am Morgen und seine feste, leidenschaftliche Umarmung in der Nacht waren unaufrichtige Gesten gewesen, um sie zu manipulieren.

Schließlich wischte sich Dee die feuchten Augen. Die Sonne hatte sich jetzt hinter den Horizont verkrochen, als wäre sie ein unbarmherziges Postskriptum zu Prabhus Brief, und eine unangenehm feuchte Frische hatte sich durchs Fenster geschlichen. Ihre Beine trugen sie kaum zum Telefon, und sie wählte die Nummer des Fachbereichs Chemie. Sie brauchte zwei Anläufe. Beim ersten Versuch hatte sie die Zahlen verdreht.

»Kann ich mit Prabhu Malhotra sprechen?«

Sie stellte sich auf die übliche Prozedur ein. Die Empfangssekretärin mit der hohen Stimme, eine studentische Teilzeitkraft, würde ihren Anruf ins Chemielabor oder zu Prabhus Schreibtisch durchstellen.

»Mr. Malhotra arbeitet nicht mehr hier«, informierte die Studentin sie. »Er hat gestern gekündigt.«

»Gekündigt?«

»Es kam alles ziemlich plötzlich.«

»Wissen Sie, wohin er gegangen ist?«

»Er sagte irgendwas, dass er ins Ausland wollte. Sind Sie eine Studentin? Wir bekommen so viele Anrufe. Ich kann Sie zur Fachbereichsleiterin durchstellen. Sie kann Ihnen mehr Informationen geben. Wir werden ihn alle vermissen.«

Dee konnte die Demütigung nicht ertragen, dass irgendjemand im Fachbereich erfuhr, dass sie es war, die angerufen hatte. Welche Spekulationen es hervorrufen würde, wenn sie ihre Identität herausbekämen! Der freundliche, viel publizierte Chemiker und engagierte Wissenschaftler, der oft nachts auf der Couch im Labor schlief, hatte Frau und Kind verlassen. »Die Arme«, würden sie beim Kaffeeklatsch im Gemeinschaftsraum der Fakultät herablassend sagen. »Wie sie wohl war?«

»Danke, das ist nicht nötig.« Dee ließ den Hörer fallen und gab ihre letzte Hoffnung auf.

Sie stolperte in die Küche, machte sich aus Gewohnheit einen Fencheltee und schüttete ihn in den Ausguss, wo er mit einem klagenden Gurgeln verschwand. Sie hatte keinen Durst, keinen Appetit und keinen Geschmack mehr. Sie hörte auch den Verkehrslärm von draußen nicht.

Im Schlafzimmer nahm sie das Baby hoch. Während der letzten Monate ihrer Schwangerschaft hatte sie ihren Teilzeitjob aufgegeben; sie hatte an der modernen Schule für Blumentherapie, die in der wohlhabenden Laurelhurst-Gegend lag, Floristik unterrichtet und dort einen Kurs namens »Flowers for Fun« gegeben. In Kalkutta, woher sie kam, gab es überall in den Straßen Blumenläden, aber sie hatte sich solchen Luxus nie leisten können. Stattdessen hatte sie sich über das Anfertigen von Blumenarrangements informiert und die wesentlichen Techniken gemeistert; sie hatte gelernt, wie man die Elemente Farbe, Duft, Tiefe, Struktur, Form und Raum berücksichtigte. Als sie dann in die Staaten kam, war sie bewandert darin, wie man Blumenstiele richtig anschnitt und Blätter, Beeren und Blumenblüten mischte, um einen jahreszeitlichen Effekt zu erzielen, wie man ein passendes Gefäß fand und ein Seidenblumenbouquet so anfertigte, dass es ganz natürlich aussah. Von dem geringen Lohn, den sie für diesen Job bekam, konnte sie sich nur ein paar nette Kleinigkeiten leisten, wie zum Beispiel die vier Bilderrahmen aus Holz, die jetzt mit Familienfotos an der Wand hingen. Aber die Leute, die sie in ihrer Klasse kennen lernte – reiche, modische Frauen, die stets »up to date« waren –, amüsierten sie. Sie hatten immer lackierte Fingernägel, waren stets perfekt frisiert und trugen betont auffällige lange Halstücher und Einkaufstüten, die mit Anschaffungen von Nordstrom voll gestopft waren. (Dinge, die sie kauften, um ihre Eitelkeit zu befriedigen, nicht weil sie sie brauchten.) Ihre Gespräche drehten sich um Grillfleisch, das Programm am Intiman Theater, Skiwochenenden in Whistler und gelegentlich auch um die Kinder, die ihnen eher eine Last als eine Freude waren. Für diese Frauen war das Leben gähnende Langeweile oder eine einzige große Party. Sie betrachtete sie wehmütig; sie kamen von einem anderen Planeten.

Sie hatte gehofft, gar nicht mehr arbeiten zu müssen und bei ihrem Baby zu Hause bleiben zu können. Sunya sollte eine behütete Kindheit mit Puppen, Freundinnen, Geburtstagspartys, einem eigenen Zimmer (gestrichen in leuchtendem Orange, Dees Lieblingsfarbe) und die ungeteilte Aufmerksamkeit ihrer Mutter haben, die ohne jeden Luxus aufgewachsen war. Sunya sollte sich nie die Finger schmutzig machen müssen, indem sie Böden wischte oder nach der Schule in einem Kino Popcorn verkaufte, niemals. Dee sehnte sich auch nach ein bisschen Freizeit – hier und da eine Stunde in einem Sessel auf dem Dach würde genügen –, um sich in einen Roman zu vertiefen, sich in Querflötenmusik zu verlieren oder einfach nur das Leben als großes Ganzes zu betrachten und nicht nur als eine endlose Reihe von täglichen Pflichten.

Dee ging zum Kleiderschrank. Die meisten von Prabhus Hosen und Hemden in Terrakotta- und Sandtönen (der Mann hatte keinerlei Farbsinn) hingen noch da. Sein kleiner Koffer fehlte. Wohin war er gegangen?

Bestimmt nicht zurück nach Indien. Er war froh gewesen, dem Stress und dem Gedränge in Kalkutta zu entkommen, dem misstönenden Trubel aus Autos, Lastwagen, Rikschas, Büffeln und Menschen, den allgegenwärtigen Menschenmassen.

Sie erinnerte sich an einen Morgen kurz vor Sunyas Geburt. Auf dem Weg zur Tür hatte er ihr Kinn in die Hand genommen (er war immer verrückt nach ihrem Kinn gewesen) und hatte in vertraulichem Ton gemurmelt: »Du siehst heute besonders hübsch aus.« Sie hatte zu ihm hochgeblickt, auf ihr Leben. Er war ein angenehmer Partner. Mit ihm zusammenzuleben erfüllte sie. Obwohl er jeden Morgen nach dem Aufstehen eine Stunde lang meditierte – in der Lotusposition auf dem Teppich –, drängte er ihr seinen Glauben oder seine religiösen Spitzfindigkeiten nicht auf. Später an jenem Tag, als sie beim Aufwischen des gefliesten Küchenbodens noch einmal über den Zwischenfall nachgedacht hatte, war ihr sein Lob aus dem Zusammenhang gerissen vorgekommen. Nach Zusammenhängen suchte er wahrscheinlich auch jetzt. Die harte Realität des Ehelebens hatte ihn nur wenig interessiert. Er wurde unruhig, wenn sie sich beklagte, wie wenig Geld sie noch auf dem Konto hatte, wie weit sie fahren musste, um das beste *arhar dahl* zu besorgen, und sie sich fragte, ob sie den Mietvertrag um ein Jahr verlängern oder anderswo eine angemessenere Wohnung suchen sollte. Es war, als würden sie auf entgegengesetzten Seiten eines teilweise geöffneten Fensters leben. Sie konnte ihn durch den Spalt zwar sehen und hören, aber nicht berühren.

Jetzt gurrte Dee »Sunya, Sunya« in die Ohren des Babys. Sunya würde größer werden, hübscher, lebendiger als ihre Mutter, hoffte Dee, und mit der Intelligenz ihres Vaters gesegnet sein. Sie würde sich einmal auf eine Art behaupten, wie Dee es nie konnte. (Waren sie nicht in Amerika?)

An wen sollte sie sich wenden, um Rat oder Trost zu finden? Dee dachte angestrengt nach, doch ihr fiel niemand ein. Ihre wenigen indischen Bekannten, die allesamt eine

Schwäche für Akademiker hatten, waren von Prabhus Leistungen geblendet: Abschlüsse als »Bachelor of Science« und »Master of Science« an der Universität von Kalkutta, in beiden Fällen als Jahrgangsbester. Mitglied der »Internationalen Vereinigung der reinen und angewandten Chemie«, Doktorand an der University of Washington, Autor wissenschaftlicher Abhandlungen, die in Chemie-Fachzeitschriften publiziert wurden. »Er ist ein guter Mann«, schlossen sie daraus. Sie würden die Nachricht im günstigsten Fall mit Skepsis aufnehmen. Die herrische Nestorin der indischen *community*, Mrs. Tewari, die jeden Monat einmal zum Curryessen einlud, würde sie fragen: »Haben Sie etwa an ihm herumgenörgelt, meine Liebe? Ein Mann von diesem Kaliber steht doch nicht so einfach auf und geht.« Wie konnte Dee ihr sagen, dass sie sich nie gezankt hatten? Sie wünschte, sie hätten es getan. Ein Streit ab und zu wäre ihr lieber gewesen als dieses totenstille, unerklärliche Verlassenwerden.

Nein, sie konnte nicht nach Indien zurückkehren und ihren alternden Eltern, die sowieso schon schwer an der seelischen Last zu tragen hätten, auch noch Schande bringen. Irgendwie, dachte sie schaudernd, musste sie all ihre Kräfte mobilisieren und es in dieser fremden Umgebung zum Erfolg bringen.

In den nächsten Tagen hing Dee planlos in der Wohnung herum, kümmerte sich um das Baby und machte sich Sorgen, wie sie das Geld für die Miete auftreiben sollte. Als eine Nachbarin an ihre Tür klopfte und sich nach ihrem Befinden erkundigte, verbarg sie ihr seelisches Chaos und antwortete panisch-süß: »Die Kleine hält mich ganz schön auf Trab, aber sie ist bezaubernd. Mir geht's gut.« In Wahrheit war sie erschöpft und geschwächt, weil sie sich vierundzwanzig Stunden am Tag allein um das Baby kümmern musste.

Eines Morgens trat Dee ausgehungert nach Kontakt zur Außenwelt und einem Doughnut (sie hatte eine große Schwäche für Doughnuts) ans Fenster. Das Lädchen in der Gasse gegenüber musste jede Minute aufmachen. Der Besitzer, ein müder, weißhaariger Mann Anfang siebzig, stellte recht anständige Puderzucker-Doughnuts her, nach Dees Geschmack zwar ein bisschen zu süß und mit zu wenig Zimt, aber trotzdem genießbar. Jeden Morgen, wenn er die Türen öffnete, trat der Mann nach draußen und stellte eine kleine Schiefertafel auf den Bürgersteig. Darauf war das grob gezeichnete Bild eines Doughnut zu sehen, das ebenso gut ein Bagel, ein Pfannkuchen oder ein indisches *roti* hätte sein können. Die schnörkelige, von Hand geschriebene Einladung lautete:

DOUGHNUTS! DOUGHNUTS! DOUGHNUTS!
WARM UND FRISCH!
HOLT SIE EUCH!

Ein Pfeil deutete auf die Gasse. Binnen einer Stunde kamen Dutzende von Anwohnern in den Laden. Gegen sieben Uhr morgens stand die Schlange bis auf den Bürgersteig. Das war auch der Grund, weshalb Dee sich in den letzten Tagen nicht auf die Straße getraut hatte. Doch jetzt stellte sie sich vor, wie sie einen frisch glasierten Doughnut probierte, der noch warm vom Backen war, so verlockend rund und zart. Sie durchbiss die knusprige Außenschicht, und das zuckertriefende weiche Innere regte ihren Speichelfluss an. Dank dieses freundlichen Lädchens in ihrer unmittelbaren Nachbarschaft waren die Beignets für sie zu einer lieben Gewohnheit geworden, obwohl sie für einen lange an indisches Essen gewöhnten Gaumen neu und fremdartig waren. Irgendwann hatte sie sie jedoch ebenso gern gemocht wie *sohan papri*, ein ausgefalleneres, raffinierteres Blätterteigstück aus Indien, das im wahrsten Sinne des Wortes ein königliches Mahl war. Es freute sie, dass Doughnuts im Gegensatz zu *sohan papri* etwas fürs einfache Volk waren. Ihr Genuss erforderte keine besondere Haltung und keinen speziellen Rahmen; man musste keine Dankbarkeit bezeugen, wenn man sie aufgegessen hatte; und sie waren für jeden Geldbeutel erschwinglich. Sie fühlte sich rundum wohl, wenn sie sich mehrere solcher Ringe zu Gemüte führte, und wenn sie danach wieder hinaus auf die Straße trat, war sie mit sich und der Welt zufrieden.

In ihrem gegenwärtigen Schockzustand jedoch rieb sie sich die trauernden Augen an den Ärmeln ihres Flanellnachthemds. Heute Morgen wurde keine Schiefertafel auf den Bürgersteig gestellt, der Laden blieb dunkel, und ein »Zu verpachten«-Schild war ans Fenster geklebt. Offensichtlich war das Unternehmen Bankrott gegangen. Vor kaum zwei Wochen hatte sie im Geschäft den Besitzer noch prahlen hören, dass er sich in Florida zur Ruhe setzen wollte, um die Zeit, die ihm noch blieb, an einem Ort zu verbringen, wo »die Sonne immer schien«. Er musste es wahr gemacht haben. In diesem dynamischen Land war Veränderung die einzige Konstante, hatte Prabhu immer wieder gesagt. Für Menschen wie Dee, die in einer Kultur aufgewachsen war, wo sich Veränderungen in viel gemächlicherem Tempo vollzogen, war die Vorstellung von ständiger

Veränderung beunruhigend. Sie kam sich immer so vor, als säße sie in einem Zug, würde aus dem Fenster schauen und sich danach sehnen, noch einen Blick auf die Landschaft zu werfen, die gerade vorbeigeflogen war.

Regungslos betrachtete sie das Schild zum zweiten Mal. Schwarze Striche auf weißem Hintergrund.

ZU VERPACHTEN
MATTHEW MCMAHON IMMOBILIEN
206-549-9067

Die Telefonnummer lockte sie. Plötzlich tanzte aus der Regenwolke aus Verwirrung, die in ihrem Kopf herumwirbelte, eine kühne Idee.

Das Baby schrie. Dee entfernte sich langsam vom Fenster und blieb mehrmals stehen, um bezaubert zurückzusehen.

Das war der Beginn von »Dee's Doughnuts Now«. In nur wenigen Wochen hatte der frühere Besitzer, der die Stadt glücklicherweise noch nicht verlassen hatte, Dee eine kurze Einführung in die Doughnut-Produktion gegeben. Als erfahrene Köchin lernte sie schnell und öffnete den Laden bald wieder wie gewohnt. Die Stammkunden registrierten ein neues Gesicht – nicht mehr das alte, weiße, selbstzufriedene, sondern ein junges, dunkles, zuvorkommendes mit wehmütigen Augen – und freuten sich über die positiven Veränderungen. Die neue Besitzerin nahm täglich frisches Öl und knauserte nicht mit der Glasur. Die Kunden ahnten nicht, dass Dee ihren gesamten Schmuck und ihre edlen Saris hatte versetzen müssen, um die Pacht bezahlen zu können. (Ihre Schülerinnen aus der Schule für Blumentherapie hatten bei einer Auktion, die sie extra für sie organisiert hatten, jeden einzelnen Gegenstand aufgekauft. Eine Nachbarin hatte ihr beim Aushandeln des Pachtvertrags geholfen.) Sie hatte so aufregende Variationen im Angebot wie Limone-Ingwer, Doppel-Zimt und Cashewnuss-Kreuzkümmel-Kardamom, um die Geschmacksknospen ihrer Kunden anzuregen, konnte sich selbst aber nur ein kärgliches Mahl aus Reis und Linsen leisten. Als sich die Qualität ihrer Ware herumsprach, verirrten sich jeden Morgen mehr Kunden zu ihr: Kindermädchen, Professoren, Studenten, Künstler und stets hungrige Laufburschen. Sie bissen in die dicken, glasierten Ringe, kauten freudestrahlend, achteten nicht auf die unebenen Ränder und verlangten Nachschub. Einige kauften ganze Schachteln voll fürs Büro, und das brachte sie zum Lächeln, auch wenn ihre Augen dabei stets wehmütig blieben. Sie hatte ein neues Schild anfertigen lassen. Darauf stand in karamellfarbenen Buchstaben auf strahlend beigem Untergrund (sonnenbeschienen nannte sie es):

DEE'S DOUGHNUTS NOW
EINER IST NIE GENUG

Jahre später erzählte sie mir, dass ich immer an ihrer Seite war. Schon als Kleinkind steckte ich gern meine winzigen Fingerchen ins Mehl. Für mich war das Brutzeln beim Frittieren ein beruhigendes Schlaflied.

Wir blieben in der alten Wohnung im Ravenna District,

»einen Doughnut-Wurf« vom Laden entfernt, wie sie scherzte, bis ich die Highschool abschloss. Das Geld war so knapp, dass wir jedes Fünfcentstück zweimal umdrehen mussten. Wenn die Auswahl nicht groß ist, kann man sich an den einfachsten Dingen erfreuen. Wir spazierten durch unsere Wohngegend mit dem hügeligen Netz aus Straßen, die von Eichen, Ahorn- und Kastanienbäumen gesäumt waren. Mutter zeigte mir die gewaltigen Sonnenblumen, die Lobelien mit den bronzefarbenen und grünen Blättern, den majestätischen Rittersporn und für Bienen attraktive Eisenkrautgewächse, die die Vorgärten der gepflegten Eigenheime zierten. Ich fragte mich damals: Setzte sie sich zum Ziel, eines Tages ein ähnliches Haus zu besitzen? Zum Schluss fanden wir uns oft am Green Lake wieder, wo wir einen Distelfink dabei beobachteten, wie er sich einen Schluck Wasser stibitzte, oder einen Habicht, der auf der Suche nach einem vorwitzigen Entenküken über uns kreiste. Diese Sehenswürdigkeiten waren unser Unterhaltungsprogramm. »Gott sei Dank«, bemerkte Mutter oft, »ist die Luft gratis, und die Augen aufzuhalten kostet auch nichts.« Während meiner College-Zeit zogen wir in eine größere Wohnung in derselben Gegend. Als ich dann mit einundzwanzig mein Studium abschloss, mietete ich mir eine eigene Wohnung in Wallingford, nicht allzu weit entfernt. Mir wird noch immer ganz warm ums Herz, wenn ich die Gelegenheit habe, durch die gewundenen Straßen im Ravenna District zu fahren, wo mich jede Ecke an unsere Geschichte erinnert.

Mutters Laden warf einen ordentlichen Profit ab, bis Doughnuts aus der Mode kamen und professionelle Bagel-Geschäfte die Gegend heimsuchten. Diese glänzenden neuen Paläste boten Gratis-Tageszeitungen und gemütliche Sessel, in denen man faulenzen konnte, zahllose Kaffeevariationen und schicke Saftkreationen, deren Zutaten in den Urwäldern des Amazonas gepflückt wurden. Irgendwann war Mutter einfach nicht mehr konkurrenzfähig und musste ihr Geschäft verkaufen. Ich sehe heute noch ihr verzweifeltes Gesicht vor mir, als sie die Ladentür zum letzten Mal abschloss. Ich fragte mich, ob es der gleiche Ausdruck war wie an dem Tag, als Vater sie verließ.

27

Auf der Heimfahrt Richtung Süden, als ich die Außenbezirke von Seattle erreiche, gerät der Verkehr auf dem Freeway ins Stocken, und meine Gedanken schweifen zu den Auswirkungen, die das spurlose Verschwinden meines Vaters auf mich hatte. Es hat mir nicht nur großen Schmerz zugefügt, sondern mich auch emotional gehemmt. Zum ersten Mal überhaupt erkenne ich, dass die Leere in mir meine Fähigkeit untergraben hat, Bindungen einzugehen. Wie ein Einsiedlerkrebs, der nie aus seinem Schneckenhaus hervorkommt, habe ich Teile von mir versteckt, um sie vor emotionalen Risiken zu schützen. Es ist mir nie gelungen, mich Roger voll und ganz hinzugeben. Ich habe ihm nie erzählt, wie ungeliebt ich mich fühlte, weil ich ohne Vater aufwuchs; wie ich Klassenkameraden beneidete, deren Väter sie mit auf den Fußballplatz nahmen, auch wenn ich Fußball hasste und nie hingegangen wäre, selbst wenn ich die Gelegenheit gehabt hätte.

Jetzt geht mir auf, dass solche Hemmungen vielleicht bei meiner Trennung von Roger eine Rolle gespielt haben. Es könnte durchaus möglich sein.

Als ich wieder zu Hause bin, rufe ich Mutter kurz an und bedanke mich bei ihr. Dann blättere ich den Rest der *News* durch und überfliege den Leitartikel, der davon handelt, dass unser Gesundheitssystem nicht funktioniert und sich nur sehr wenig Leute dessen bewusst sind. Gerade als ich die Zeitung wieder zusammenfalten und in den Papierkorb werfen will, erregt ein »Brief an den Herausgeber« auf der Meinungsseite meine Aufmerksamkeit. In dieser Rubrik geht es nur selten ums Essen. Ich fange mit großer Neugier an zu lesen.

FRUSTRATIONEN EINES FEINSCHMECKERS

Als erst vor kurzem nach Seattle Zugezogener schätze ich mich glücklich, in einem wahren Gourmetparadies zu leben. Das Gebiet am Puget-Sund bietet frische Produkte und Meeresfrüchte von einer Qualität, von der Leute aus San Francisco nur träumen und New Yorker nur lesen können. In letzter Zeit ist die Gastronomieszene durch den Zustrom von Menschen aus allen Landesteilen noch reicher geworden. Deshalb verblüfft es mich, dass Sie immer noch Donald J. Smith als Gastronomie-Kolumnisten beschäftigen.

In welchem Jahrhundert lebt dieser Ignorant eigentlich, wenn ich fragen darf? Für ihn ist halb gares Rindfleisch »grandioses Drama« und fertiger Kartoffelbrei »die Freude eines jeden Kartoffelstampfers«. Er interessiert sich viel zu sehr dafür, welcher Küchenchef mit wem schläft. Was spielt das für eine Rolle, wenn man auf der Speisekarte sein Hauptgericht auswählt? Und warum wird so viel Aufhebens davon gemacht, dass er Käsekuchen hasst? Er verdirbt ihm den Appetit? Man muss nicht einen ganzen Käsekuchen essen, um etwas davon zu haben. Versuchen Sie ein Stückchen im Pastries Café oder im Georgian. Aber vielleicht ist Käsekuchen einfach zu exquisit für Donald J. Smith. Als ehemaliger Einwohner von San Francisco kann ich außerdem berichten, dass Käsekuchen brûlée das eleganteste Dessert ist, das man dort in Schickeria-Kreisen servieren konnte. Anscheinend kann Donald J. Smith sich nur über Dinge lustig machen, die er nicht kennt.

Seattle genießt zu Recht den Ruf, höflich und tolerant zu sein. Vielleicht muss erst einer wie ich kommen, der noch nicht ganz integriert ist, um auf diese unerträgliche journalistische Posse hinzuweisen. Es ist höchste Zeit, dass Sie diesen tratschenden, Hot-Cross-Bun-essenden, wichtigtuerischen Gastronomiekritiker aus dem achtzehnten Jahrhundert vor die Tür setzen. Das neue Seattle verdient etwas Besseres.

Hochachtungsvoll,
N.S. McEwan

Ich lache aus vollem Hals, das herzhafteste Lachen seit einem Monat. Noch ein Geburtstagsgeschenk für mich, noch ein Triumph für Bob. Ich schneide den Brief aus und beschließe, ihn bei der morgigen Personalbesprechung meiner Bäcker-Armee vorzulesen. Vielleicht ist Donald J. Smith nun doch zu weit gegangen.

28

Donnerstag ist Bobs freier Tag, deshalb bin ich mit Backen dran. Ich übe mich in Verzögerungstaktiken; ich trinke ein Tässchen Kaffee, sehe in den regnerischen Tag hinaus und fühle mich immer schlechter. Als Vorbereitung für das, was wir einen »konfessionslosen« Käsekuchen nennen, stelle ich alle erforderlichen Zutaten auf die Arbeitsfläche: Eier, Nüsse, Zucker, Zitronensaft, Krumen aus Weizenschrot-Kräckern, saure Sahne und Doppelrahmfrischkäse. Jetzt, wo die große Eröffnung von Cakes Plus unmittelbar bevorsteht, habe ich mich noch einmal besonders angestrengt, um meine treue Kundschaft an mich zu binden. Außerdem ist da noch das Problem mit meinem Pachtvertrag. Meine beiden Nachrichten an Irene Brown sind bisher unbeantwortet geblieben. Ich ertappe mich dabei, wie ich aus dem Fenster starre, obwohl ich mich eigentlich auf meine Arbeit konzentrieren sollte.

Der Bürgermeister hat für die Geburtstagsparty seiner Frau vier Käsekuchen bestellt, und es liegt an mir, sie fertig zu stellen. Glücklicherweise ist Bobs Rezept klar und präzise; abgesehen von ein paar japanischen Piktogrammen, die er hier und da eingestreut hat, fällt es mir leicht, den Anweisungen zu folgen. Aber meine Hände wollen nicht so wie ich. Prompt verschütte ich das Eiweiß, das für eine üppige Kruste unerlässlich ist, und beschließe, es ganz wegzulassen. Als ich den Teig probiere, schmeckt er fade: Ich muss den Zucker falsch abgewogen haben.

Kurz darauf kommt Scott, der meine Frustration spürt, zu mir und stellt sich hilfsbereit neben mich, während ich teelöffelweise mehr Zucker einrühre. »Haben Sie saure

Sahne an den Doppelrahmfrischkäse getan?«, fragt er und leckt sich den Finger ab, mit dem er gerade den Holzlöffel abgewischt hat. »Ich schmecke keine.«

Natürlich! Wie konnte ich das bloß vergessen? Verärgert schüttle ich den Kopf und gieße den Teig in die Spüle aus rostfreiem Edelstahl; er fließt wie ein weißer Fluss aus flüssiger Lava über die glatte Metallfläche. Ich beiße die Zähne zusammen. Es ist nie einfach, vor einem Angestellten sein Scheitern einzugestehen. »Ich glaube, ich muss noch mal von vorn anfangen.«

Scott verzieht sich nach vorn ins Café und sagt: »Rufen Sie, wenn Sie etwas brauchen.«

Ich rechne aus, wie viele Stunden mir noch bleiben, bis der Assistent des Bürgermeisters vorbeikommt; dann tigere ich ein paarmal durch die Küche, marschiere zum Wandtelefon und tippe Bobs Nummer ein. Mir schlägt das Herz bis zum Hals. Um einen Gefallen zu bitten fällt einer Frau wie mir, die in einem Haushalt aufgewachsen ist, in dem man sich auf sich selbst verlassen musste, nicht leicht. Vor allem möchte ich nicht, dass Roger erfährt, wie verzweifelt ich bin oder dass ich mein Backtalent verloren habe.

Bob meldet sich mit einem vorsichtigen Hallo. Hat er mit meinem Anruf gerechnet? Trotz der frühen Morgenstunde dröhnt im Hintergrund eine Pearl-Jam-Nummer. Das ist typisch für einen Mann, der Schlafen für Zeitverschwendung hält. Ich entschuldige mich für die Störung und erzähle ihm von den Schwierigkeiten, die ich mit den Käsekuchen habe.

»Ich wünschte, ich könnte kommen und es übernehmen, Sunya, aber ich habe heute Morgen meine Aikido-Stunde. Ich muss vorher noch üben.«

»Dann haben Sie Ihre fantastische Konzentration also durch Aikido?«

»Mein Aikido-Lehrer sagt, wir sollen uns immer nur auf eine Sache konzentrieren. Vielleicht übe ich genau das beim Backen.«

»Wenn Sie gleich herkommen, haben Sie die Käsekuchen – Ihr Alltags-Aikido – fertig, noch bevor Ihr Unterricht beginnt. Die Zutaten stehen schon bereit. Ich hole die Kuchen später aus dem Ofen. Und Sie müssen hinterher nicht aufräumen.«

Er denkt eine halbe Sekunde nach. »Okay.«

»Kommen Sie auf dem schnellsten Wege her, ja?«

»Entspannen Sie sich, Sunya.« Bob lacht. »Es ist doch nur ein Kuchen. Sie klingen, als sei die nationale Sicherheit bedroht.«

»Backen ist mein Land, Bob. Das einzige Territorium, das ich kontrolliere.«

Nach fünfzehn Minuten ist Bob hier. Ich sehe zu, wie er die Zutaten auf der Werkbank der Rezeptreihenfolge nach ordnet und seine Aufstellung ruhig und entschlossen betrachtet. Seine violett gefärbte Haarsträhne tangiert mich jetzt nicht mehr.

Eine Dreiviertelstunde später lockt mich ein nussiger Duft aus dem Café zurück in die Küche. Bob röstet über dem Feuer in einer dunklen Bratpfanne Mandelscheibchen, und die Hitze rötet sein Gesicht. Er deutet auf den Ofen, aus dem ein süßes Aroma strömt. »In vierzig Minuten sind die Käsekuchen fertig.«

»Sie sind mein Held. Ich weiß nicht, was mit mir los ist...«

»Sie schinden sich zu sehr, Sunya. Sie sind urlaubsreif.«

»Wie kann ich jetzt Urlaub machen? Das Geschäft läuft schlecht.«

»Das hat Jill gestern auch zu diesem Regisseur gesagt, als

Sie bei Ihrem Steuerberater waren – das Geschäft könnte besser laufen.«

»Jill?«

»Ja. Sie haben im Steingarten zusammen Kaffee getrunken. Ich kam zufällig vorbei. Sie schienen ziemlich dicke Freunde zu sein. Wussten Sie das nicht? Sie hat ihn mit ihrem *flan* verwöhnt. Er hat ihr eine Geschichte erzählt, glaube ich.«

Ich bin dankbar, dass Bob gerade die Mehl- und Zuckerpackungen ins Regal räumt und nicht zu mir hersieht. Andrew hat Jill eine Geschichte erzählt? Hat er das getan, weil ich nicht da war? Oder erzählt er allen Frauen, die er trifft, Geschichten?

»Haben Sie seinen Debütfilm, *Storm Country*, gesehen?«, fragt Bob.

Verlegen schüttle ich den Kopf.

»Er wurde letztes Jahr in San Francisco auf einem Filmemacher-Festival gezeigt. Er dreht sich um ein kalifornisches Dorf, das nach einem großen Sturm zum größten Teil verlassen wurde, und wie ein Mann, ein ehemaliger Ausgestoßener, zurückkehrt und versucht, die Gemeinde wieder aufzubauen. Es ist ein Kultfilm, etwa zehn Jahre alt. Das war in seiner Drogenphase, hab ich mir sagen lassen.«

»Drogenphase?«

»Ja, die Geschichte hat mehrere Handlungsstränge, die sich überlappen. Die Szenen gehen total durcheinander, es gibt ständig Zeitsprünge, und manches davon macht gar keinen Sinn. Aber ich war neugierig, ob er es schafft, zum Schluss alle Fäden zusammenzuführen, und es ist ihm gelungen. Er hat Talent, das ist sicher. Nach allem, was ich höre, ist er heute clean.«

Ich bin so erschüttert, dass ich die vollkommen saubere

Rührschüssel in die Spüle hieve und heißes Wasser hineinlaufen lasse. Gerade als ich Andrew langsam zu verstehen glaube, kommt das heraus! Er hat mir zwar von seiner Vergangenheit erzählt, aber nie Drogen erwähnt. Was hat er mir sonst noch verschwiegen?

Ich muss ziemlich bestürzt aussehen, denn Bob sagt entschuldigend: »Ich wollte Sie nicht…«

»Das ist halb so wild, ich bin nur ein bisschen überrascht…« Ich drehe den Wasserhahn zu und wische mir die Hände an einem Papierhandtuch trocken.

»Übrigens«, sagt Bob, »gibt es in Kioto, wo ich herkomme, einen Bäcker namens Mori Matsumoto. Er hat eine Schule, die ›Heilen durch Backen‹ heißt…«

»Davon habe ich schon gehört. Wie kommen Sie jetzt darauf?«

»Ich habe den Kurs mitgemacht. Ich würde ihn Ihnen empfehlen, wenn ich nicht wüsste, dass Sie zu wenig Personal haben.«

Ich starre ihn an. Er entzieht sich meinem Blick und fängt an, die Messbecher zu stapeln. »Es fällt mir ein wenig schwer, es Ihnen zu sagen… aber ich muss bald nach Japan zurück.«

Meine Beine haben jedes Gefühl verloren. Ich habe mich darauf verlassen, dass er wenigstens hier bleibt, bis die Cakes-Plus-Krise ausgestanden ist, und natürlich gehofft, dass er noch viel länger bleibt. Er hat eine ruhige Würde in die Bäckerei gebracht, und ich dachte, ich hätte ihm im Gegenzug die Gelegenheit gegeben zu glänzen. Meine starren Lippen formen eine Antwort, obwohl sie lieber ein SOS-Signal senden würden. »Sie müssen zurück?«

Er blickt betreten auf seine Fußspitzen. »Meine Eltern wollen, dass ich ihr Noodle-House übernehme, aber ich würde es lieber in eine Konditorei umwandeln.«

»Eine Konditorei in Japan?«

Seine Augen funkeln. »Ja, Gebäck ist dort der letzte Schrei.«

Ich vergesse meine Probleme und höre zu. Lebhaft beschreibt er, wie er mit *wagashi*, Süßigkeiten im japanischen Stil, aufgewachsen ist; das sind gelierte Riegel aus Bohnenmark, die ursprünglich eingeführt wurden, um den Tee weniger bitter zu machen. In den letzten Jahren jedoch haben *yogashi*, Desserts im europäischen Stil, im Land große Triumphe gefeiert. Wenn Bobs Mutter, die eigentlich viel auf Tradition hält, bei Freunden oder Verwandten eingeladen ist, kauft sie, dem Brauch folgend, dass man als Gast nie mit leeren Händen kommen darf, bei einem Bäcker ganz in der Nähe eine Auswahl an *petits fours, chaussons, génoises* und *tartes tatin*. Diese Bäckereien stellen die traditionellen Süßigkeitenläden, *kashiya*, langsam in den Schatten. Trotzdem werden moderne Gebäckstücke gemäß den alten Idealen der *furyu*, Schönheit und Eleganz, hergestellt.

»Die meisten Leute haben zu Hause keine großen Öfen, die zum Backen geeignet wären«, schließt Bob. »Deshalb sind die Bäckereien immer voll. Und da will ich mitmischen.«

»Warum hat Kimiko mich nicht gewarnt, bevor ich Sie angestellt habe?«

»Kimiko trifft keine Schuld.«

»Ich verstehe.« Ich fühle mich ganz fiebrig von dem heißen Ofen. Mir ist klar, dass ich reingelegt worden bin. »Könnte es ein Familienmitglied von Ihnen sein, das Ihnen befohlen hat, mir das zu verschweigen?«

Bob windet sich. »Das könnte man so sagen, Sunya. Eigentlich war es Roger, der mir den strengen Befehl gegeben hat, den Mund zu halten. Wissen Sie, er ist mein älterer Cousin, deshalb musste ich ihm gehorchen. Und er hat mir sehr geholfen, als ich hierher gezogen bin.«

Ich kann einfach nicht glauben, was ich da höre. Warum sollte Roger mir so etwas antun?

»Er dachte, Ihre Bäckerei wäre inzwischen sowieso schon verkauft.«

Das ist unverzeihlich. Roger bemitleidet mich! Ich werde ihn unter einem Vorwand anrufen, mich mit ihm treffen und ihn zur Rede stellen.

Wir schweigen eine Weile. Bob schnappt sich seinen Lumberjack. Der Stahlkleiderbügel schwingt hin und her und gibt ein singendes, metallisches Geräusch von sich. »Tut mir Leid …« Bobs Stimme ist belegt, als würde er meine Gefühle verstehen. »Ich muss mich sputen. Mein Kurs fängt in fünfzehn Minuten an.«

Er öffnet die Hintertür und lässt den modrigen Geruch des Regens und ein Stück schwarzen, bewölkten Himmel herein. Ich bedanke mich bei ihm für die Rettung der Käsekuchen und gehe nach vorn ins Café, um viele andere Dinge zu erledigen.

Eine Stunde später stehe ich an der Kasse, als ein birnenförmiger Mann im Eingang auftaucht. »Gott sei Dank keine Schlange.« Sein Hängebauch wackelt, als er auf mich zutrabt. Schwer atmend verkündet er, dass er die Bestellung für den Bürgermeister abholen will. Sie schicken immer den Dicksten, um die Sachen abzuholen. Ich lächle ihn an.

»Riesenparty heute Abend«, fügt der Mann hinzu.

»Dann ist das genau das Richtige.« Ich greife nach einer der vier Kuchenschachteln, die auf der Glastheke bereitstehen, und öffne sie, um ihm das Kunstwerk zu zeigen: ein seidig-beiger, runder Kuchen, mit einer schweren Karamellsauce bespritzt und mit einem üppigen Blumenmuster aus Mandeln und Mandarinen besetzt.

Staunend leckt er sich die Lippen, sodass man seine rosafarbene Zungenspitze sehen kann. »Es ist eine Überraschungsparty für die First Lady«, flüstert er. »Wir sind schon seit Tagen mit Dekorieren beschäftigt. Sie ist da sehr eigen.« Er steckt die Kreditkarte zurück in seine Brieftasche. »Der Bürgermeister wird bestimmt zufrieden sein. Ganz sicher.« Mit den Schachteln im Arm watschelt er zur Tür hinaus.

Ich sehe den gemieteten Saal vor mir, unvorstellbar hoch und weiträumig, durch Musik und Blumen wohnlicher gemacht, in dem Caterer in Uniform umhergehen. Die prominenten Gäste versammeln sich. Dann erscheinen der Bürgermeister und seine Frau, beide festlich gekleidet. Sie schreiten durch die Menschenmenge, strahlen über die Glückwünsche und Nettigkeiten und bleiben schließlich vor einem Tisch mit einer weichen weißen Decke stehen. Beim Anblick des kerzenbeschienenen Kuchens nickt die First Lady anerkennend, auch wenn die Anzahl der Kerzen sie zusammenzucken lässt. Der Saal verblasst vor ihren Augen, als der elegante Kuchen ihre volle Aufmerksamkeit in Anspruch nimmt. Schließlich fällt ihr Blick auf ein geschmackvolles weißes Kärtchen, das daneben steht und auf dem in pfauenblauen Buchstaben folgende Worte gedruckt sind:

PASTRIES-CAFÉ

Wir versüßen Ihnen das Leben

Ich schließe die Kasse. Mit einem Geräusch, das mich vorzeitig aus meinen Fantasien reißt, gleitet die Schublade wieder an ihren Platz. Was würde ich ohne Bob, das Genie hinter diesem Ereignis, tun, selbst wenn es mir gelänge, vom Büro des Bürgermeisters Nachfolgeaufträge zu bekommen? Im nächsten Moment stelle ich mir Bob am Flughafen vor, wie er mit zwei prall gefüllten Koffern die langen Korridore entlangeilt, um die Maschine nach Japan zu erwischen. Ich habe den Impuls, hinter ihm herzurennen, ihn am Arm zu packen und ihn zurück ins Café zu zerren. Selbstsüchtige Motive, vielleicht, aber ich muss einen Weg finden, um ihn hier zu behalten, wenigstens noch ein bisschen länger, bis die Krise mit Cakes Plus vorbei ist.

Ich darf meinen besten Bäcker nicht verlieren, nicht zum zweiten Mal.

Dafür habe ich in meinem Leben schon zu viele Schlachten geschlagen.

29

Morgens um kurz vor sechs fahr ich auf den Bäckerei-Parkplatz und höre den Wetterbericht der Radiostation KUOW. Die aktuelle Temperatur beträgt ein Grad Celsius und soll bis zum Nachmittag auf sieben Grad ansteigen. Bewölkung, aber kein Regen. (Das sagen sie immer. Das bedeutet Regen ... und damit auch weniger Kunden und geringere Einnahmen. Dieser Gedankengang wird schnell unerträglich, und ich mache das Radio aus.) Im Moment bin ich froh über meinen Wollmantel und den Schal um meinen Hals. Meine Nasenspitze kribbelt von der Kälte, die meinen Atem in einer feinen weißen Wolke nach oben steigen lässt.

Ich halte neben Bobs grauem Mustang und steige aus. Die Sterne funkeln und lachen über uns Sterbliche, die wir versuchen, unserem Leben zu dieser frühen Stunde einen Sinn zu geben. Aus dem Kofferraum meines Wagens hole ich einen offenen Pappkarton mit tief orangefarbenen, voll ausgereiften Persimonen. Die zarten Früchte, so groß wie Äpfel, schimmern leicht in der samtigen Dunkelheit. Erleichtert stelle ich fest, dass sie unversehrt sind, und ermahne mich noch einmal, vorsichtig mit ihnen umzugehen. Makellose Persimonen sind begehrt, und ich bin überglücklich, sie gefunden zu haben. Wenn die Zeiten anders wären, würde ich eine Kokosnuss-Cremetorte mit einer Überraschungsschicht aus Persimonen-*coulis* unter dem Baiser machen, die bei den Kunden unwahrscheinlich gut ankommen würde. Ich denke, ich werde Scott bitten, das zu übernehmen. Ich könnte ein bisschen mehr Umsatz gebrauchen. Als ich auf den Hintereingang der Küche zugehe, schwirren mir Ideen durch den Kopf, wie ich die übrig gebliebene *coulis* am besten verwenden kann: als Glasur über Kulfi, über *crème brûlée* geträufelt oder in einem Auflaufförmchen mit einem Teller Shortbread serviert. Wird Scott den Kuchen hinbekommen?, frage ich mich.

Ich schließe die Hintertür auf und wage mich in die Küche. Die frische Brise weht mit hinein; die Fliegentür knallt hinter mir zu. Ich nehme den ganzen Raum auf einmal in mich auf: Eine Kupferschüssel, ein Marmor-Schneidebrett und ein Sack Mehl stehen in Reih und Glied auf dem Arbeitstisch. Aus dem CD-Player dudelt eine Swingband, und eine fast durchgelaufene Kanne Kaffee füllt den Raum mit einem erdigen Estate-Java-Aroma, während Bob in Jeans und einem fleischfarbenen, gerippten T-Shirt das Mehl testet, indem er es zwischen Daumen und Zeigefinger reibt. Er blickt nicht auf. Ich glaube, er bemerkt mich nicht einmal. Ich müsste tausend Jahre meditieren, um diese Konzentration aufzubringen.

Mit einem fröhlichen »Guten Morgen« hieve ich den Karton auf die Küchentheke. Bob, der anscheinend mit dem Mehl zufrieden ist, dreht die Musik leiser und antwortet mit einem verträumten »Hi«. Als ich den kostbaren Karton sicher verstauen will, stoßen die Persimonen aneinander und gegen die Kartonwand und bekommen Druckstellen. »O nein«, murmle ich. Wie ungeschickt von mir! Das zeigt wieder einmal, dass ich als Bäckerin versage. Ich kann nicht einmal mehr sorgfältig mit den Zutaten umgehen.

Bob, der jetzt an der Theke lehnt und keine einzige Falte auf der Stirn hat, bringt mich auf den neuesten Stand der Dinge. Er ist bereits bei den letzten beiden Käsekuchen. Wie kann er so viel Stress aushalten und dabei so cool bleiben? Gestern Abend musste er zusätzlich zu seinem normalen Arbeitspensum noch eine kurzfristige Bestellung für eine private Dinnerparty erledigen. Trotz seiner Bemühungen, jedem alles beizubringen, kann keiner meiner fest angestellten Bäcker auch nur annähernd so schnell einen Käsekuchen zaubern, der andeutungsweise so perfekt ist. Jills Kekskrümelkruste schmeckt so fad, als käme der Kuchen geradewegs aus der Schachtel. Scotts Käsekuchen ist klumpig, weil er die Teigmasse nicht gleichmäßig in der Form verteilt.

Ich gieße mir eine Tasse Kaffee ein, obwohl ich keine starke Kaffeetrinkerin bin; ich tue das nur, damit mir der Morgen normal vorkommt, während Bob wieder in seine Routine verfällt und mit einem Stößel in einem Mörser

Walnussstücke zerkleinert. Das rhythmische Mahlgeräusch fasziniert mich; bald kitzelt mich ein herber Zitronenduft in der Nase, während ich mich frage, warum ich nicht so arbeiten kann wie er.

»Das werden Zitronen-Käsekuchen, die man nicht backen muss«, verkündet Bob mit jungenhafter Begeisterung. »Zweischichtig, mit Ahornzucker und Walnüssen. Neue Variation.«

»Klingt irre. Unsere Kunden sind schon so verwöhnt, dass sie jeden Tag eine neue Variation erwarten. Wissen Sie, was Caroline Jones gestern gesagt hat? ›Einen von Bobs neuen Käsekuchen zu probieren ist wie ein nagelneues Outfit zu tragen.‹ Wie können Sie so ruhig bleiben? Sie flippen nie aus, wenn Sie unter Druck stehen.«

Mein Kompliment zeigt die gewünschte Wirkung. Bob grinst zufrieden, während er den Doppelrahmfrischkäse auspackt. »Ich war auch nicht immer so konzentriert. Eigentlich war ich sogar der zerstreuteste Teenager, den man sich vorstellen kann. Ich konnte mich nicht mal eine Minute auf irgendwas konzentrieren.«

»Und wie haben Sie ...?«

»Lassen Sie mich das erst fertig machen. Danach erzähle ich Ihnen alles darüber, wenn es Sie interessiert.«

Etwa vierzig Minuten später sitzen Bob und ich im Steingarten; der Morgen ist frisch und kühl, die Holzbank hart. Bobs Blick ist auf den Formschnitt direkt vor unserer Nase gerichtet, aber ich bin mir sicher, dass er in Gedanken Kontinente entfernt ist.

»Ich verdanke Mori Matsumoto und seiner Apsara-Bäckerei viel«, sagt er.

Sofort blitzt die Visitenkarte des Herumtreibers vor meinen Augen auf. Reiner Zufall? Ich beherrsche meine riesige Neugier, während ich ihm zuhöre. Matsumoto ist in Kioto hoch angesehen. Bobs Eltern haben Bob zu ihm in die Lehre geschickt, als er als Teenager eine schwierige Phase durchmachte. Später empfahl Bob Matsumoto dann seiner Tante, als sie ein schwerer Schicksalsschlag traf.

»Ihr Mann und ihr kleiner Sohn starben bei einem Autounfall. Das war, kurz nachdem ich in die Staaten abgereist war.«

Der traurige Unterton in Bobs Stimme erweckt mein Mitgefühl. Während er sich sammelt, betrachte ich eine prächtige Tabakpflanze, deren späte weiße Blüten in der Brise flattern wie eine Friedensfahne. Durch das offene Fenster weht der Duft der buttrigen Danish Twists, die sich bei den Frühaufstehern ungebrochener Beliebtheit erfreuen. Ich habe schon oft gedacht, dass diese schmackhaften Blätterteigstückchen perfekt dafür geeignet sind, einen hektischen Arbeitstag geruhsam zu beginnen. Ich könnte sogar noch einen Schritt weiter gehen und sagen: Das ist der unschätzbar wertvolle gesellschaftliche Beitrag, den ein ausgezeichneter Konditor leistet. Damit hätte ich wahrscheinlich nicht einmal Unrecht.

»Matsumoto wird sowohl als Bäcker hoch geschätzt«, erklärt Bob, »als auch als spiritueller Lehrer. Er ist ein älterer Mann, aber sein genaues Alter kennt niemand. In Japan respektieren wir die Alten noch und würden nie auf die Idee kommen, nach ihrem Alter zu fragen. Sein Talent und seine Techniken sind äußerst beeindruckend. Er macht *génoises, napoleons, éclairs, petit fours*, alles. Er hat überall studiert: Paris, Wien, London. Er hat sogar ein paar Jahre für ein exklusives Bistro in Manhattan gebacken. Und er ist der erste Bäcker, der europäischen Stil mit unserem japanischen Gespür für Ästhetik kombiniert und eine ganz neue Herangehensweise ans Backen erfunden hat. Wenn Sie jemals zu dieser Jahreszeit in Kioto sein sollten, müssen Sie seine Herbstsymphonie-Torte kosten. Er hat diesen poetischen Namen für sein Meisterstück ausgewählt, damit es uns an die Natur erinnert.« Ein verträumter Blick stiehlt sich in seine Augen.

»Erzählen Sie mir von dieser Torte.«

Bob fährt fort, und die Fröhlichkeit in seiner Stimme spiegelt die Wertschätzung wider, die er ganz offensichtlich für diesen Bäcker aus Kioto empfindet. Anscheinend hat Matsumoto eine neutraditionelle Bewegung erfunden, indem er japanische Zutaten europäischen Backtechniken angepasst hat, was sich vielleicht am besten durch seine Verwendung von Kastanien veranschaulichen lässt. Er trocknet frische Kastanien, die genau im richtigen Reifezustand gepflückt werden, und zermahlt sie zu einem süß schmeckenden Mehl, um damit zu backen. Im späten Oktober stehen die Leute dann in der Apsara-Bäckerei Schlange, um seine mehrschichtige Torte zu erleben, die eine blätterteigartige Basis hat, eine verwunschene Füllung aus pürierten Kastanien und diversen Früchten, einen Creme-Überzug aus gerösteten Haselnüssen und vor allem Matsumotos Spiritualität.

Bob schweigt kurz und schluckt. Ich blicke zu der Wolkenbank, die über dem östlichen Horizont hängt: leuchtende Glut über der aufgehenden Sonne. Aber es sind die Kastanien, die mich nicht loslassen. Ich würde Matsumotos Torte liebend gern probieren. Kastanien waren für mich schon immer mehr als nur ein Nahrungsmittel. Sie haben für mich eine große emotionale Bedeutung, die bis weit zurück in meine Kindheit reicht, als Mutter zum ersten Mal mit mir zum Kastaniensammeln ging.

Jedes Jahr im Herbst begaben wir uns zu einer bestimmten Straße auf dem Queen Anne Hill. Gesegnet seien die großzügigen Anwohner, die die Bäume vor etwa fünfzig Jahren zum Nutzen der Öffentlichkeit gepflanzt haben! An einem kühlen Tag sprangen wir aus dem Auto auf eine breite Allee, die von gewaltigen, säulenartigen Kastanienbäumen gesäumt war. In meiner Ungeduld rannte ich vor Mutter her. Den Blick auf den Boden geheftet, mit den Füßen durchs Laub raschelnd, rannte ich auf der Suche nach prallen reifen Kastanien auf den Parkstreifen auf und ab. Mutter breitete die Arme aus, als wollte sie die ganze Welt umarmen. Befreit von den Anforderungen des Doughnut-Ladens, kam sie mir fast jugendlich vor. Mit glänzenden Augen schwatzte sie fröhlich, während sie sich bückte, um die Kastanien in ihren Korb zu werfen. Die Villen mit den schmiedeeisernen Toren an beiden Seiten der Straße wachten gleichgültig über dieses sorglose Freizeitvergnügen. Niemand sprach uns an. Die Straße gehörte uns. »Ich hab eine, ich hab eine«, jauchzte ich, wenn ich meinen Fund in Mutters Korb warf. Wir brauchten eine Stunde, um ein Dutzend feste, makellose Kastanien zu sammeln. »Das reicht«, rief Mutter dann. »Wir dürfen nicht zu viele nehmen. Komm, wir gehen.« Dann verstaute sie unsere Beute sorgfältig im Auto und scheuchte mich auf den Beifahrersitz. »Warum können wir nicht noch ein bisschen bleiben, Mutter? Außer uns ist doch niemand hier.« Ich war frustriert. Sie verstand nicht, wie viel Spaß ich hatte. Sie verstand mich nicht. Am Abend röstete sie die Kastanien. Nachdem sie jede an der Seite eingeschnitten hatte, steckte sie sie in den Ofen und zündete in unserem Betonblock-Kamin ein Feuer an. Während die Holzscheite knackten, die Flammen hochschlugen und die verrauchte Luft uns in der Nase kitzelte, pulten wir die verkohlte, zurückgerollte Schale ab und knabberten an dem festen, süßen Fruchtfleisch. Wir warfen abwechselnd Holzscheite in den Kamin. Uns gingen die Kastanien grundsätzlich aus, bevor ich satt war, und während Mutter mit dem zufrieden war, was sie hatte, wünschte ich insgeheim, sie hätte mir erlaubt, noch ein paar mehr zu sammeln.

»Wissen Sie, was er noch erfunden hat?«, fährt Bob jetzt fort. Ich erfahre, dass Kastanien nicht Matsumotos einziges Talent waren. Er war auch der erste Konditor, der kleine Blätterteigtaschen mit süßem Bohnenmark füllte, eine Neuerung, die bei den japanischen Kunden ein Riesenerfolg war. (Laut Bob haben die Japaner eine besondere Vorliebe für alles, was gefüllt ist.) Doch was Matsumoto landesweite Aufmerksamkeit eingebracht hat, ist nicht sein Können als Bäcker, sondern seine Fähigkeit, Menschen zu heilen. »Mit sechzehn war ich depressiv.«

Mein gelassener Bäcker? Depressiv? Fragen, die ich mir insgeheim stelle, aber nicht ausspreche.

»Mein Kopf war so voll mit unheimlichen, finsteren Gedanken, dass ich meine Hausaufgaben nie zu Ende bringen konnte. Dann ging ich gar nicht mehr zur Schule und blieb tagelang in meinem Zimmer. Ich schaltete das Licht nicht an und sprach auch mit niemandem. Meine Eltern schickten mich von einem Therapeuten zum nächsten, obwohl sie es sich eigentlich gar nicht leisten konnten. Nichts half. Schließlich hörte ich sogar auf zu essen. An dem Punkt brachten sie mich zu Mori Matsumoto. Das Resultat war ziemlich dramatisch.« Er mustert mein Gesicht. »Vielleicht fällt es Ihnen schwer zu glauben, dass Menschen sich durch Backen selbst heilen können?«

»Ja, ich bin da ein wenig skeptisch... Sie müssen zugeben, dass das nicht gerade die vorherrschende Therapieart ist. Wie funktioniert das denn genau?«

»Er macht sich das Backen zunutze, aber ich darf nicht zu viel verraten. Sie sollten sich überlegen, ob Sie seinen Kurs mitmachen wollen. Er akzeptiert nicht jeden, der sich bewirbt. Matsumoto nimmt immer nur zwei oder drei Schüler gleichzeitig, damit er sich wirklich auf sie konzentrieren kann. Menschen, die um Hilfe rufen, Menschen, die Traumata erlebt haben und sich selbst heilen müssen, werden seine Schützlinge. Alles, was ich Ihnen sagen kann, ist, dass ich lange Spaziergänge gemacht und gebacken, gebacken, gebacken habe. Ich hatte keinen Kontakt zu meinen Eltern. Das hat auch geholfen. Zum Schluss interessierte ich mich fürs Backen um des Backens willen. Und ich konnte mich konzentrieren. Ich habe die Schule abgeschlossen und bin zum Studieren hierher gekommen.«

Ich lasse mir Bobs Informationen durch den Kopf gehen. Kritiker sagen, dass Matsumoto sich auf diese Weise unbezahlte Arbeitskräfte beschafft; dem widersprechen sowohl Bob als auch seine Tante, die den Kurs vor kurzem absolviert hat. Jetzt, wo sie wieder in ihrem normalen Alltag lebt, ist sie mit den Ergebnissen ihrer Lehrzeit bei ihm überglücklich.

»Sie ist so stolz auf das Olivenbrot, das sie neulich für eine Wohltätigkeitsveranstaltung gebacken hat. Die Stunden, die sie damit verbracht hat, haben sie beruhigt und ein Lächeln auf ihre Lippen gezaubert, als sie zu der Feier kam. Sie vermisst ihren Mann und ihren Sohn immer noch schrecklich und kann sich an manchen Tagen kaum aufraffen, morgens aufzustehen, aber meistens kommt sie zurecht. Ist das nicht erstaunlich?«

»Ich denke schon.« Insgeheim frage ich mich jedoch:

Wozu brauche ich diese Schule? Ich bin schon jetzt eine meisterhafte Bäckerin. Ich brauche kein Brot zu backen, um mich wohl zu fühlen. Und ich wehre mich gegen die Vorstellung, keinen Kontakt zur Außenwelt zu haben. Dieser Matsumoto muss ein Quacksalber sein. Ich lege die Hände in den Schoß und stehe auf. »Interessante Idee, aber wahrscheinlich nichts für mich.«

»Warten Sie! Ich will Ihnen sagen, was meine Tante mir in ihrer letzten E-Mail geschrieben hat. Es ist ein japanisches Sprichwort: *atette kudakero*. ›Wenn du dir nicht sicher bist, probier es einfach und warte ab, was passiert.‹«

Das Sprichwort ärgert mich. Aber das ist das längste Gespräch, das Bob und ich je geführt haben, und ich sehe jetzt eine andere Seite seiner Persönlichkeit. Ich danke ihm, dass er sich die Zeit genommen hat.

Er lächelt schüchtern. »Nun, Sunya, soll ich für Sie bei der Schule anrufen?«

»Nicht nötig.«

»Lassen Sie mich doch wenigstens anrufen. Um zu sehen, ob er Sie nehmen würde. Was haben Sie denn zu verlieren? In Ihrer gegenwärtigen Verfassung funktioniert doch nichts so, wie es soll. Zumindest meiner Meinung nach«, fügt er schnell hinzu.

»Das hat keine Eile. Wenn ich Ihnen neugierig vorgekommen bin, lag das nur an einem seltsamen Zufall, der mich jetzt noch verwundert.« Ich springe auf, recke meine Arme und frage mich, welche Rolle der Herumtreiber bei all dem spielt.

Bob steht auf, unterdrückt ein Gähnen (er arbeitet schon seit Mitternacht) und will sich entschuldigen; ich lächle wissend und sage ihm, er soll nach Hause gehen und sich etwas Schlaf gönnen.

»Aber zuerst ein Danish Twist«, sagt er. »Ich rieche sie schon die ganze halbe Stunde, die ich hier sitze, und ich kann es einfach nicht mehr aushalten. Ich muss eins haben. Es kommt nicht von ungefähr, dass sie mein liebstes Frühstück sind.«

Ein paar Tage später, am Ende eines Arbeitstages, schließe ich meine Haustür auf und träume von einem heißen, nach Geißblatt duftenden Bad, in dessen dichtem Schaum ich mit den Zehen wackle. Meine Glieder sind schwer und geschwollen und fühlen sich an wie fremde Gliedmaßen, die wahllos an meinen Körper angehängt wurden. Als ich durch mein Arbeitszimmer ins Bad trotte, sehe ich, dass ich ein Fax bekommen habe. Ich schlurfe hinüber, nehme die Seiten aus dem Gerät, werfe einen Blick auf das Deckblatt und vergesse mein Schaumbad. Überraschung! Das Fax ist von Mori Matsumoto, dem berühmten Bäcker aus Kioto.

Im Stehen gehe ich den gesamten Brief durch.

Liebe Sunya-san,
während ich dies schreibe, duftet nebenan eine Aprikosen-Brioche im Ofen. Sie steht neu auf der Speisekarte der Apsara-Bäckerei. In letzter Zeit erledigen meine Schüler alle Arbeiten für mich – besser für sie, besser für diesen alten Mann. Stellen Sie sich einen Chirurgen vor, der sich mit einem ehemaligen Yakuza zusammentut, um eine triumphale Brioche zu kreieren.
Bob Nomura deutete an, dass Sie private und berufliche Probleme haben. Wenn Sie mir die Bemerkung erlauben: Probleme sind ein Zeichen

dafür, dass wir am Leben sind. In meinem Alter rege ich mich nicht mehr über Schwierigkeiten auf. Aber Sie sind auch noch nicht so alt wie ich.

Ich spüre eine Verbindung zu Ihnen und freue mich sehr, Ihnen die Gelegenheit bieten zu können, bei mir in der Bäckerei in die Lehre zu gehen. Doch Sie müssen akzeptieren, dass Sie, obwohl Sie eine erfahrene Bäckerin sind, so behandelt werden wie jeder andere Novize. Der Geist eines Novizen ist rein. Wir müssen uns manchmal auf diesen Zustand der Unschuld und Neugier zurückbesinnen.

Vielleicht denken Sie, dass es für Sie ein weiter Weg bis hierher ist, aber das erinnert mich an eine Redensart: »I NO NAKE NO KAWA ZU.« Gib dich nicht mit deiner kleinen Welt zufrieden; geh hinaus, forsche, lebe intensiver.

Sollten Sie sich entscheiden, das Angebot anzunehmen, benachrichtigen Sie mich bitte unverzüglich. Wir haben eine ziemlich lange Warteliste, und im nächsten Jahr sind wir komplett ausgebucht. Bedenken Sie bitte auch, dass Sie mindestens fünfzehn Tage hier bleiben müssen. Während dieser Zeit dürfen Sie keinen Kontakt zu Ihrem Geschäft, Ihrer Familie und Ihren Freunden haben. Um den Heilungsprozess effektiv zu gestalten, müssen Sie sich dem Alltag in der Bäckerei vollkommen hingeben. Nichts darf zwischen Ihnen und Ihren Backübungen stehen.

Nach dem, was Bob Nomura sagte, scheinen

Ihre Probleme irgendwie mit Japan zusammenzuhängen. Vielleicht können Sie hier auch die Lösung finden.
Mit freundlichen Grüßen
Mori Matsumoto

Eine weitere Seite liefert Details über die Schule, die Kursgebühren und den Unterricht und enthält eine Liste mit Unterkünften in der Nähe. Beigefügt ist auch ein Anmeldeformular, das ausgefüllt und an ihn zurückgefaxt werden muss.

Die Vorstellung, fünfzehn Tage in Kioto, der malerischen alten Hauptstadt Japans, in der Gesellschaft dieses erfahrenen Bäckers zu verbringen, scheint mir verlockend. Tief in Gedanken verlasse ich mein Arbeitszimmer.

Vergiss es! Meine finanziellen Verhältnisse sind nicht so, dass ich es mir leisten könnte, mir so lange für eine zweifelhafte »Wohlfühl«-Unternehmung in Japan freizunehmen. Wer soll derweil die Bäckerei beaufsichtigen? Cakes Plus wird mich während meiner Abwesenheit platt walzen. Und außerdem habe ich einen kurzen Blick auf die Kursgebühren geworfen.

Ich hefte den Brief ab und lasse Wasser in die Wanne laufen. Dann gönne ich mir als kleine Entschädigung ein Duftbad und dazu eine Tasse kräftigen, groben *hojicha* und eine Ausgabe der *Japan Times*, die Bob mir geliehen hat. Während ich darin blättere, erfahre ich, dass in Japan Englischstunden beliebter sind als Kalligrafieunterricht, dass dort Mieder die neueste Mode für junge Frauen sind und dass der Ausdruck »das Eis brechen« mit »Herzöffner« übersetzt wird.

Nach einer Stunde sind meine Glieder so entspannt, dass

sie mir wieder vorkommen wie meine eigenen. Das Element Wasser war für mich schon immer etwas Nährendes, etwas, das mehr gibt, als es nimmt. Nur für ein paar Stunden lasse ich in dieser 150 Liter fassenden Badewanne Kummer und Sorgen davontreiben.

30

Als ich heute Morgen schon früh aus meiner Ausfahrt fahre und in die wohlwollende Dunkelheit hinein beschleunige, entdecke ich ihn, als ich gerade links abbiegen will. Jordan Jorgen, ganz klar: dasselbe blonde Haar, dieselbe braune Ziegenlederjacke und dieselbe krumme Haltung, doch diesmal keine Sonnenbrille. Er lehnt an einem Laternenpfahl auf der anderen Straßenseite und verfolgt mein Vorwärtskommen wie ein Wächter. Als ich langsamer fahre, um ihn besser sehen zu können, zieht er sich ins Dunkel zurück. Obwohl ich ihn erkenne, bekomme ich es mit der Angst zu tun. Ich trete das Gaspedal durch und erreiche die Bäckerei in Rekordzeit. Erst in der vertrauten Küche schüttle ich meine Angst ab.

Als ich die Fassung wiedererlange, geht mir auf, dass ich den Typ vielleicht missverstehe. Bisher hat er keinen Schaden angerichtet, dabei hätte er bestimmt Gelegenheiten genug gehabt. Vielleicht sollte ich überlegen, was er mir eventuell zu bieten hat, statt mich darauf zu konzentrieren, was er von mir will. Liegt in seinem Verhalten eine geheime Nachricht verborgen? Etwas, das es verdient, näher betrachtet zu werden? Mir fällt nichts Offensichtliches ein. Trotzdem nehme ich mir vor, weiter über diese Möglichkeit nachzudenken.

Ein paar Stunden später spähe ich durch die Küchentür ins Café und entdecke die Belegschaft aus Georges Fahrrad-Shop, alles fitte, durchtrainierte Typen. Da sie gerade ihre morgendliche Besprechung abgeschlossen haben, räumen sie ihre Plätze und steuern auf die Tür zu. Nur Annie, die attraktive, zierliche Kassiererin, sitzt noch immer am Tisch. Ihr weiches Gesicht ist eine traurige Maske. Sie hält den Blick gesenkt und rührt in ihrem Kaffee. Ich warte taktvoll einen Moment und schlendere dann mit einem Stück Zitronen-Käsekuchen zu ihr, um sie in ein Gespräch zu verwickeln. Vielleicht weiß Annie ja, wo Jordan zu finden ist.

»Morgen, Annie.« Ich stelle den Teller vor sie und nehme mir einen Stuhl. »Das geht aufs Haus.«

»Wie nett von Ihnen, Sunya.« Annies Gesicht wirkt bereits weniger niedergeschlagen, als sie das große, elfenbeinfarbene Stück, üppig dekoriert mit Zitronenscheiben, Kokosnuss-Raspeln und Walnussstücken, betrachtet. »Ich habe schon so viel von Ihrem neuen Bäcker gehört, aber der Käsekuchen ist immer ausverkauft. Ich werde ihn mir zum Lunch aufheben. Danke. Sie sehen heute hübsch aus.«

Das erinnert mich daran, dass ich eine orange-gelbe Kaschmir-Strickjacke und einen Glockenrock trage.

Sie blickt auf ihre Armbanduhr. »Ups, ich sollte lieber wieder an die Arbeit gehen.«

»Ich hole Ihnen eine Schachtel.«

»Nein, ich wickle ihn einfach ein.« Sie faltet ihre Serviette auseinander und legt sie lose um den Käsekuchen, wobei sie darauf achtet, dass der Überzug nicht zermatscht wird.

Ich nutze ihre vorübergehende Unaufmerksamkeit aus und lasse meine Falle zuschnappen. »Ich wette, Jordan hätte gern einen Happen davon.«

Sie erschrickt und sieht wieder auf ihre Uhr. »Zu spät. Er ist auf dem Weg zum Flughafen, um nach Kioto zu fliegen.«

Am Tisch links von uns stellt eine Bedienung lautstark schmutzige Tassen und Teller zusammen. »Wann kommt er denn zurück?«, frage ich über das misstönende Klappern hinweg.

Annie sieht mit vor Traurigkeit leeren Augen zu mir auf und senkt den Blick wieder. »Ich weiß nicht. Hat er nicht gesagt.«

Einen Moment lang erwäge ich, Jordans wahre Identität zu enthüllen. Doch dann wird mir klar, dass sie in ihrer Vernarrtheit vielleicht nicht bereit dafür ist. »Sie sind sicher schrecklich einsam, Annie. Er scheint so ein interessanter Mensch zu sein: heute hier, morgen da; kommt und geht, wann er will; ein wahrer Globetrotter.«

Sie rümpft ihr keckes Näschen. »Sie sind an ihm interessiert, nicht? Und Sie glauben, wir haben Probleme, nur weil er ständig die Stadt verlässt, stimmt's?«

»Natürlich nicht, Annie –«

»Dann hören Sie auf, mich über ihn auszufragen. Sie glauben, wenn Sie mich mit diesem Käsekuchen bestechen, kriegen Sie mich dazu, Ihnen zu verraten, wie er wirklich ist, stimmt's?«

»Ich habe einen Grund, Ihnen diese Fragen zu stellen, Annie. Glauben Sie mir, mein Interesse an ihm hat nichts Persönliches – das ist alles rein geschäftlich.« Sie wirft mir einen spöttischen Blick zu. Es ist der perfekte Zeitpunkt für meine Enthüllung. Ich hole tief Luft, bevor ich loslege. »Lassen Sie es mich erklären …«

In dem Moment betritt Kimiko die Bäckerei: ein leicht zerknittertes, blaues Kostüm mit Perlmuttknöpfen, funkelnde Silberohrringe und ein düsteres Gesicht. Mit einem

Schlag fällt mir die Verabredung ein, die wir am Telefon getroffen haben.

»Bist du so weit, Sunya-san?«, fragt Kimiko.

»Ich bin gleich bei dir.«

Ich wende mich an Annie, die inzwischen aufgestanden ist und anscheinend aufbrechen will. »Lassen Sie sich den Käsekuchen schmecken. Übrigens, wenn es Sie interessiert, stelle ich Sie nächstes Mal, wenn Sie hier sind, unserem neuen Bäcker vor. Er ist ein cooler Typ.« Die nächsten Worte flüstere ich: »Genau der Richtige, um Ihnen Gesellschaft zu leisten, während Jordan weg ist.«

Annie sieht mich verblüfft an, aber wenn ich mich nicht irre, sehe ich schwaches Interesse in ihren Augen aufflackern. Daraus ziehe ich ein wenig Befriedigung.

31

Kimiko und ich schlendern einen grünen, befestigten Weg entlang, der sich über den Campus der University of Washington, meiner Alma Mater, schlängelt. Sie hat eingewilligt, eine der Fachbereichsbibliotheken für mich zu durchforsten. Sie hat bereits eine Liste mit publizierten Artikeln über »neue« japanische buddhistische Bewegungen zusammengestellt, indem sie lange Ferngespräche mit ihren Ex-Kollegen in Tokio geführt und im Internet gesurft hat.

Im Moment ist sie ungewöhnlich still, und ich suche angestrengt nach einem Grund. Jugendliche Studenten mit Rucksäcken, die aus allen Nähten platzen, eilen von Vorlesung zu Vorlesung an uns vorbei. Wir weichen einem Jogger aus, der zwischen den Bäumen hervorschießt wie eine flüchtende Bergziege, und stoßen um ein Haar mit einem rasenden Radler zusammen, der uns ohne Vorwarnung den Weg abschneidet.

Als wir an einer Böschung mit Zwergazaleen vorbeikommen, deren winzige Blätter noch von einem Morgenschauer glänzen, informiert mich Kimiko mit ihrer sanften Stimme darüber, dass die Japaner ein spezielles Verb für »gemütlich spazieren« haben: *sanposhimas*. Meine Sorge über ihr untypisches Schweigen löst sich auf, während ich mich auf meine Umgebung konzentriere: ein breiter, sanft abfallender Streifen Land, definiert durch gotische Strukturen: gewölbte Decken, Eingänge mit imposanten Säulen und Haine aus prächtigen Bäumen. Mit neu erwachten Sinnen genieße ich die kühle Brise, den würzigen Geruch nassen Grases und den Rhythmus meiner Füße, die *sanposhimas* gehen. Nur das Rumpeln eines Pendelbusses passt nicht dazu.

In der Ostasiatischen Bücherei besetzen wir eine kleine Arbeitsnische mit einem Tisch, ein paar zweckmäßigen Stühlen und einer Tür, die sich von selbst schließt. Kimiko erzählt mir, dass sie eine befristete Stelle am japanischen Konsulat angenommen hat, wo sie für die Beantwortung von Fragen über Japan verantwortlich ist. Sie kichert, als sie mir ein paar Kostproben gibt: Darf man eine zahme Schlange mit nach Kobe nehmen? Welches sind heutzutage die beliebtesten Jungennamen? Wie oft beschenkt man seine Freunde? Muss man wirklich die Schuhe ausziehen, wenn man in einem Privatwagen mitfährt?

Und jetzt ist sie bereit, ein paar meiner Fragen zu beantworten. In der nächsten halben Stunde sieht Kimiko Zeitungen aus dem Archiv durch, stellt das Microfiche-Gerät ein und murmelt ab und zu etwas, wenn sie auf eine interessante Nachricht stößt. Ich schnappe mir derweil aus einem Regal die heutige Ausgabe der *News*, und mein Blick bleibt an einer Schlagzeile über die Welthandelskonferenz hängen:

SEATTLE HEBT EINE HAND ZUM GRUSS
UND BALLT DIE ANDERE ZUM PROTEST

Der neunundzwanzigste November, der erste Konferenztag, ist schon in ein paar Tagen. Die politischen Spannungen haben die ganze Stadt ergriffen und auch vor meiner Bäckerei nicht Halt gemacht. Neulich habe ich mich mit einem Kunden unterhalten, dessen Firma Stellen abbauen musste, und mit ihm darüber diskutiert, ob diese Handelsgespräche uns dahin bringen werden, wohin wir wollen, was wir beide verneinten.

Der Zeitungsartikel berichtet, dass die »Gegner der menschlichen Kosten der Globalisierung« zu weitreichendem zivilen Ungehorsam am ersten Konferenztag aufrufen. Mehrere Demonstrationsmärsche und eine Massenkundgebung sind geplant. Die Stadtregierung rechnet allein für die Überstunden der Polizei mit Kosten von sechs Millionen Dollar. Viele Seattler beschweren sich schon jetzt über das Chaos, das dieses brisante Ereignis mit sich bringen wird, doch Hoteliers und Einzelhändler im Zentrum schwärmen, dass die Konferenz 15 Millionen Dollar in die Wirtschaft der Stadt pumpen wird. »Das ist unser Super Bowl«, frohlockt ein Ladenbesitzer.

Meine Reaktion ist weniger enthusiastisch. Mir ist sogar unbehaglich zumute. Mein kleines Privatunternehmen, mein Gemeinschaftssinn und mein Wunsch, dass der Einzelne die Kontrolle über sein Schicksal behalten sollte, stimmen nicht mit der wachstumsorientierten ökonomischen Philosophie überein, die gegenwärtig in unserer Gesellschaft vorherrscht. Deshalb stehe ich eher auf Seiten der Demonstranten.

»Schau her, ich hab es gefunden.« Kimikos Gesicht wird lebhaft, als sie auf den Bildschirm des Microfiche-Geräts deutet und mir erklärt, dass es sich um ein Handbuch der neuen buddhistischen Entwicklungen in Kioto handelt, einer Stadt, in die viele auf der Suche nach einem Glauben pilgern. Es gibt dort sechzehnhundert Tempel.

Sechzehnhundert?

»Steht darin irgendwas über die Sunya-Tradition?«

Sie stellt den Bildschirm scharf. »Sie berichten nicht eingehend darüber, aber hier ist ein kurzer Absatz über den religiösen Führer dieser Glaubensrichtung. ›Es ist ihm wichtig, seine Lehre möglichst einfach zu halten. Er gibt die grundlegenden Glaubenssätze des Buddhismus auf moderne Art wieder. Arbeite hart, lebe gut, aber einfach, denke an die Vergänglichkeit des Lebens, an die Leere.‹ Er hat keinen Tempel. Seine Anhänger treffen sich in einem Hinterzimmer der Apsara-Bäckerei.«

»Aha! Genau wie ich die ganze Zeit dachte.«

Kimiko schaltet das Microfiche-Gerät aus. »Warum interessierst du dich so brennend für diese Tradition, Sunya-san? Weil sie deinen Namen trägt?«

»Nein, ganz so narzisstisch bin ich nicht. Ich habe nur das Gefühl, dass der Herumtreiber etwas mit der Apsara-Bäckerei zu tun hat, und ich will unbedingt seine Motive herausfinden. Zufälligerweise hat mir auch Bob von dieser Bäckerei erzählt –«

»Das ist doch ganz einfach: Du musst nach Kioto fliegen.«

»Du hast gut reden.«

»Es ist vielleicht einfacher, als du denkst, Sunya-san. In Japan ist es nicht wie in den Vereinigten Staaten. Wir haben eine sichere Gesellschaft, keine Waffen und ehrliche Menschen, die freundlich zu Fremden sind. Irgendjemand kann bestimmt die nötigen Verbindungen für dich knüpfen. Und die Spaziergänge durch die Zen-Gärten von Kioto werden dir gefallen.«

»Aber ich kann mir nicht so einfach freinehmen, nicht mit der Bäckerei. Vielleicht irgendwann mal.«

»Frühling und Herbst sind die besten Jahreszeiten für einen Besuch in Japan.«

»Ich habe Personalprobleme – Bob geht zurück nach Hause. Wo wir schon darüber sprechen, warum hast du darauf bestanden, dass ich ihn einstelle, Kimiko? Sein Käsekuchen ist wirklich gut angekommen, und es wäre katastrophal, wenn er jetzt geht.«

Ihr gelassenes Gesicht verwandelt sich in eine besorgte Maske, als sie meine Hand berührt. »Sei bitte nicht böse auf mich, Sunya-san. Ich habe auf Rogers Rat hin gehandelt, wie Bob dir inzwischen sicher erzählt hat. Ich habe es schon sehr bereut, weil es dir großen Kummer bereitet hat. Bitte nimm meine Entschuldigung an. Ich wurde dazu erzogen, es anderen recht zu machen, besonders denjenigen, die ich sehr liebe.«

»Ich glaube, ich verstehe dich, Kimiko. Da, wo du aufgewachsen bist, muss eine Frau entgegenkommend sein.«

Kimikos Augen glitzern. Mit zitternder Stimme gesteht sie: »Roger und ich verstehen uns nicht sehr gut.«

Erstaunt falte ich die *News* zusammen, lege sie beiseite und überschlage, wie lange sie schon zusammenleben. Vielleicht ein paar Monate? Ich erinnere mich an das selbstgefällige Verhalten, das Kimiko an den Tag gelegt hat, als sie gerade mit Roger zusammengezogen war, und an meine eigene Selbstgefälligkeit. Wie menschlich wir doch beide unter unseren zerbrechlichen Panzern sind!

»Ich dachte, das Leben mit ihm wäre aufregend«, sagt Kimiko. »Partys, Nachtclubs, Wochenenden auf einer Yacht – ein Leben, wie ich es in Japan nicht hatte. Er schien immer zu wissen, was gerade angesagt war. Stattdessen muss ich zu Hause hocken und das Abendessen für ihn bereithalten, wenn er spät von seinen Versammlungen kommt. Alles, was er sagt, wenn er durch die Tür kommt, ist: ›Es ist so schön, dich zu sehen, Kimiko.‹ Mein Vater hat früher etwas Ähnliches zu meiner Mutter gesagt. Wenn wir ausgehen, will er, dass ich mich aufdonnere, damit er vor seinen Freunden mit mir angeben kann, und das gefällt mir auch nicht.«

»Ich habe nicht jeden Abend für Roger gekocht und mich auch nicht allzu oft aufgedonnert …«

»Du bist ja auch eine westliche Frau. Er hätte es nicht gewagt, dich darum zu bitten …«

»Ich dachte, weil ihr beide aus Japan stammt, einen ähnlichen schulischen und ökonomischen Hintergrund habt und beide im Ausland lebt, würdet ihr im anderen das Vertraute suchen …«

Sie sinkt auf ihrem Stuhl zurück. »Ähnlichkeiten können ganz schön lästig werden, wenn man nicht mehr in seiner vertrauten Umgebung ist. Man sieht im anderen die Gründe, warum man seine Heimat verlassen hat.«

Roger ist in meiner Erinnerung noch nicht ganz verblasst. Ab und zu schweben Ereignisse aus unserem vierjährigen Zusammenleben so selbstverständlich vor meinen Augen wie Dampf, der aus einer Tasse Tee steigt. Ich finde mich in der eigenartigen Lage wieder, Kimiko Ratschläge zu erteilen, wie es eine Schwester tun würde. »Wenn du euch vielleicht noch ein wenig Zeit gibst…«

Die verschränkten Finger und der fleckige Teint deuten auf die widersprüchlichen Gefühle unter ihrem makellosen Äußeren hin, als sie mit fester Stimme antwortet: »Roger ist nur seine politische Arbeit wichtig. Jetzt, wo der große Tag fast da ist, hat er sich in einen Wahnsinnigen verwandelt. Er schläft fast nie, und vor ein paar Wochen hat er sogar seinen Job hingeschmissen. Kannst du das glauben? Seine Ersparnisse werden ihm bald ausgehen. Er gibt mir die Schuld an all unseren Problemen, und es sind so viele… Ich halte es nicht mehr aus.«

Ich starre an die Wand. Bis die Sache mit Roger zwischen uns kam, hielt ich Kimiko für eine Freundin; keine enge Freundin, aber jemand, den ich mochte und respektierte. Sogar jetzt, wo sie Roger hat, hasse ich es, sie leiden zu sehen.

»Es wird nicht funktionieren, Sunya-san. Wenn alles, was ich wollte, ein Mann wie Roger wäre, hätte ich in Japan bleiben können. Dort gibt es viele wie ihn. Nach außen hin sind sie zweisprachig und tragen maßgeschneiderte Anzüge, doch innerlich gehören sie noch zur Taisho-Ära… Aber vielleicht schraube ich meine Erwartungen zu hoch. Vielleicht passiert das in der Neuen Welt mit einem.«

Meine Lippen formen tröstliche Worte, doch nach kurzer Überlegung schweige ich lieber.

»Bitte sag Roger nichts davon, wenn du ihn zufällig triffst.« Kimiko sammelt ihre Sachen zusammen. »Er weiß noch nicht, dass ich ausziehe. Ich habe mir eine eigene Wohnung gesucht.«

Ein angespanntes Schweigen senkt sich über uns und

verdeutlicht, dass es nichts mehr zu bereden gibt. Wir stehen wortlos auf, wie Fremde, gehen schweigend aus dem Gebäude und bleiben schließlich an ihrem Auto stehen. »Ich muss dir für all deine Hilfe danken, Kimiko.«

»Das ist das Mindeste, was ich tun konnte. Wenn du je in Kioto bist, besuch auf alle Fälle den Nanzen-ji-Tempel und mach einen Spaziergang über den Philosophenweg, der sich genau davor befindet. Ich weiß, das wird dir gefallen.«

Sie lächelt, wenn auch nicht so strahlend wie sonst, und winkt mir ein letztes Mal zu. Unsere Blicke drücken unsere Zuneigung füreinander aus, die aus gemeinsamem Schmerz entstanden ist. Dieser Schmerz muss auch der Grund sein, warum sie mir in einer Zeit zu Hilfe gekommen ist, in der sie selbst unter großem Druck stand. Ich beobachte, wie ihre schlanke Gestalt anmutig in einen roten Volvo gleitet, und stelle mir vor, wie sie, jetzt, wo sie allein ist, einen tiefen Seufzer ausstößt.

Mein Honda steht ein paar Stellplätze weiter. Seltsam, als ich Roger vor etwa einer Woche an die Strippe bekam und er einem Treffen mit mir zustimmte, klang er sogar fröhlich. Anscheinend hatte er keine Ahnung, wie schlecht es um seine Beziehung mit Kimiko stand. Wir verabredeten uns für den neunundzwanzigsten November. Er sagte, dass wie erhofft Tausende Demonstranten aus der ganzen Welt in die Stadt geströmt wären, und prahlte damit, dass er und seine Aktivisten-Armee die Konferenz mühelos torpedieren könnten. Sie würden in Seattle Geschichte schreiben. Am Abend, wenn alles vorbei wäre, würde er sich mit mir treffen, um bei einer Tasse Tee den Sieg zu feiern. Und dann, gestand er mir großmütig zu, könnte ich jedes Thema ansprechen, das mir auf der Seele lag.

32

Auf dem Weg zurück in die Bäckerei komme ich an der Cakes-Plus-Baustelle in der Meridian Avenue vorbei und bin erstaunt, dass dort keine Bauarbeiter herumwerkeln. Ich spähe durch die Lücken in den Laken, die vor den Fenstern hängen, und sehe nur einen leeren Raum mit Farbeimern und eine halb fertige Trennwand.

Ich nehme es als gutes Omen. Jede Verzögerung wirkt sich zu meinem Vorteil aus.

Einen Tag später stehe ich gerade in der Bäckerei-Küche, als Bob mich aus seiner Wohnung anruft. Er hat die Recherchen über die Lebensmittelausstellung der Culinary Trade Association abgeschlossen, um die ich ihn gebeten hatte, und alle Details parat. Die Ausstellung findet Anfang nächsten Jahres in San Francisco statt. Ich bringe meine Freude darüber zum Ausdruck, dass er ein paar meiner Aufgaben erledigt und so ein wenig Zeit für mich freigemacht hat.

»Ich wünschte, ich hätte Ihre geschäftliche Erfahrung, Sunya. Wenn ich das Noodle-House meiner Eltern in Kioto übernehme, muss ich genau Bescheid wissen, wie man ein Geschäft führt. Und eines Tages will ich meine eigene Bäckerei eröffnen…«

»Ja, man muss außer Backen noch sehr viel mehr können – lassen Sie uns demnächst mal darüber sprechen.«

Ich nehme mir vor, ihm wenigstens die Grundlagen beizubringen: Kostenkontrolle, Buchhaltung, Personalführung und Kunden-Interaktion; aber da ist noch etwas, ein größerer Plan, der in der letzten Woche in meinem Kopf

Gestalt angenommen hat – wie ein Nimbus, der an Kraft gewinnt.

»Darf ich Ihnen eine persönliche Frage stellen, Bob?«

»Natürlich.«

»Hatten Sie in letzter Zeit eine Verabredung?«

»Schon länger nicht mehr.« Er lacht frustriert auf. »Die letzte war ein Blind Date.«

»Ach ja?«

»Ehrlich gesagt bin ich superschüchtern. Ich habe es keinem erzählt, aber vor einem Monat wurde ich Galina vorgestellt, einer großen, sachlichen, blonden Russin, einer Highschool-Lehrerin, fünf Jahre älter als ich. Ein Freund hat uns zusammengebracht. Er muss mich hassen, denn sie hat mich von Anfang an eingeschüchtert. Ich bin zwar groß und muskulös, aber wenn es um Frauen geht, sind Bizeps überhaupt keine Hilfe. Bei unserer ersten Verabredung redete sie ohne Punkt und Komma über das staatliche Schulsystem, das sich angeblich ständig verschlechtert, und ich kam überhaupt nicht zu Wort. Ich bin in Japan zur Schule gegangen und weiß so gut wie nichts über das hiesige Schulsystem, und ehrlich gesagt ist es mir auch völlig schnuppe. Ich kam mir so idiotisch vor! Irgendwann sah sie mich an und sagte: ›Aber wie könnten Sie das auch verstehen, Sie sind ja selbst noch ein Kind.‹« Wir schweigen kurz. »Ich weiß Ihr Interesse zu schätzen, Sunya, aber ich will nie wieder zu einem Blind Date gehen, wenn Sie darauf hinauswollen.«

»Dann erzähle ich Ihnen wohl lieber nichts von einer zierlichen Rothaarigen mit einer angenehmen Stimme, etwa in Ihrem Alter, die sagt, dass es sie vom Stuhl gehauen hat, als sie zum ersten Mal Ihren Käsekuchen aß.« Ich mache eine wirkungsvolle Pause. »Ich glaube, sie brennt darauf, mit Ihnen einen Kaffee zu trinken.«

»Zierliche Rothaarige?«, wiederholt er. »Ich mag alle Haarfarben außer Schwarz. Ich nehme nicht an, dass Sie mir sagen, wer sie nicht ist?«

»Tja«, erwidere ich schelmisch, »sie arbeitet nicht in Georges Fahrrad-Shop.«

»Doch nicht die Hübsche an der Kasse?«

»Woher wissen Sie das?«

»Ach, ich habe vor einem Monat bei ihr ein Fahrrad ausgeliehen. Sie fragte mich über Japan aus. Wir haben uns nett unterhalten. Tja, wenn es nur um einen Kaffee geht – das ließe sich wohl machen. Aber nur Ihnen zuliebe, Sunya.« Er zögert, aber nicht lange. »Wann hat sie denn Zeit?«

»Ich kümmere mich darum.« Ich kann mir die Bemerkung nicht verkneifen: »Wirklich schade wegen der Kulinarischen Handelsausstellung in San Francisco. Wenn Sie nächstes Jahr noch hier wären, könnten Sie hinfahren. Ich würde dafür aufkommen. Sie haben doch Freunde dort, wenn ich mich recht erinnere.«

Bob murmelt ein paar undeutliche Worte, dann verabschieden wir uns und legen auf. Ich gehe vom Telefon weg und pfeife eine fröhliche kleine Melodie.

33

Die Küche riecht nach Ahornsirup und schaumiger, abgekochter Milch. Gestern habe ich Jill gebeten, aus einem schmackhaften japanischen Kabocha-Winterkürbis *bar cookies* zu backen – Kürbiskuchen ohne Kruste, der dann in rautenförmige Stücke geschnitten wird. Heute Morgen bleibe ich in der Tür stehen und beobachte, wie sie mit

Topflappen ein riesiges Blech aus dem Ofen hievt, was für dieses zierliche Persönchen recht mühsam ist. In der letzten Zeit war sie mir gegenüber ziemlich kühl. Sie weicht meinem Blick aus und antwortet nur einsilbig auf meine Fragen. Wenn wir über ihre Aufgaben sprechen, murrt sie mehr als sonst.

Auch jetzt nimmt sie mich nur mit einem kurzen Blick zur Kenntnis. Ein Blick, der mich eher zurückweichen als nähertreten lässt. Ihr Gesicht ist im silbernen Deckenlicht blass, und ihre Lippen sind zu einem Strich zusammengepresst. Ich betrachte das Blech genauer. Die orangerote Oberfläche der *bar cookies* im Rautenmuster-Design glänzt im Sonnenlicht, das durchs Fenster strömt. Ich zwinge mich, ihre Arbeit zu loben. »Ich wette, für die Kunden ist das eine willkommene Abwechslung von den üblichen Frühstücksbrötchen.«

»Ganz bestimmt«, erwidert sie mit etwas mehr Enthusiasmus.

Ich beschließe, dass ich sie genauso gut jetzt mit der Sache mit Pierres Kuchenschachtel konfrontieren kann. Damit, dass jemand meine Chance zunichte gemacht hat, Pierre zurückzubekommen, und damit, dass ich mich immer noch krank fühle, wenn ich den Zwischenfall noch einmal durchlebe.

»Ach … was ich Sie schon länger fragen wollte, Jill … In der Geschenkschachtel, die wir für Pierre zusammengestellt haben, hat jemand die Mandeltorte durch Käsekuchen ersetzt … Sie haben nicht zufällig gesehen, wer das war …?«

»Ich erinnere mich an nichts dergleichen«, murmelt sie und eilt nach vorne ins Café, wobei ihre Sandalen auf dem Zementboden ein klatschendes Geräusch verursachen.

Unsere nichts sagenden Dialoge und ihr Trotz bedrücken mich. Was steckt dahinter? Ist sie mit Andrew wirklich so vertraut, wie Bob angedeutet hat? Wenn ja, gebe ich diese Schlacht nicht so leicht geschlagen.

Ich sollte den Morgen besser nutzen. Vielleicht sollte ich mich mit wichtigeren Problemen befassen: zum Beispiel damit, wie ich den Kuchenumsatz ankurbeln kann, ob ich wirklich in Andrew verliebt bin oder ob das nur eine vorübergehende Phase ist, welche Richtung der Krieg mit Cakes Plus nimmt und wie die langfristigen Folgen des freien Handels und des bevorstehenden Treffens der Wirtschaftsminister von 134 Nationen in Seattle aussehen.

In dem Moment summt das Telefon. Es ist Irene Brown, die Hygieneinspektorin. In der nächsten halben Stunde besprechen wir ihren Besuch in der Cakes-Plus-Hauptfiliale in Ballard, die Verstöße, die sie aufgedeckt hat, die Drohungen, die Cartdale seitdem gegen sie ausgestoßen hat, und dass er sogar versucht, mich in die Sache hineinzuziehen. Während ich zuhöre, habe ich das Gefühl, als würde mir der Himmel auf den Kopf fallen.

Ich lege auf und beginne, Strategien für die nächste Phase des Krieges zu entwickeln. Es sieht so aus, als hätte ich keine andere Wahl, als zu Jim Paradise zu gehen. Ich überwinde meinen Widerwillen, rufe im Büro der Immobilien-Legende an und vereinbare einen Termin für Freitag.

34

Als ich am Freitagmorgen die Bäckerei betrete, nehme ich den Geruch von etwas Fruchtigem, Delikatem wahr, was ich sehr begrüße. Meine Bäckerei muss konkurrenzfähig und innovativ bleiben. Scott steht an der Küchentheke und schneidet pralle Comice-Birnen in Scheiben; an der Schneide seines scharfen Messers glitzern zarte Safttropfen. In seiner neuen, weiten Konditorhose, die mit Löffeln und Spachteln gemustert ist, sieht er wirklich aus wie ein Konditor, dabei will ich ihn gerade mit einer höchst banalen Aufgabe betrauen: Er soll die Kuchenvitrine sauber machen.

»Ich bereite gerade eine Birnen-Clafoutis zu«, verkündet er. »Sie haben doch nichts dagegen, oder?«

»Natürlich nicht. Sie wissen doch, dass ich Experimentierfreude unterstütze, solange ich nicht zu viele teure Zutaten kaufen muss.«

Während er mit einer geriffelten Springform herumfuhrwerkt, erzählt er mir von seinem Urlaub in Palm Beach vor über einem Jahr, wo er dieses Dessert zum ersten Mal gegessen hat. Er war so begeistert davon, dass er sich schwor, es eines Tages zu kopieren. »Dort habe ich auch meine Frau kennen gelernt. Gestern, als ich am Queen Anne Thriftway zufällig auf diese Gourmetbirnen stieß, fand ich, dass es an der Zeit sei, mich an einer Clafoutis zu versuchen. Ich glaube, ich werde sie mit einer Chantilly-Creme servieren.«

Er hat es weit gebracht: vom sklavischen Befolgen meiner Rezepte bis hin zum Zaubern seiner eigenen Kreationen. Bobs rauschender Erfolg mit Käsekuchen muss ihm noch mehr Druck machen. Er wünscht sich verzweifelt, mit einer überragenden Eigenkreation zu glänzen. Ich bin sehr dafür und mehr als gewillt, derartige Bemühungen zu unterstützen; doch wenn Scott in einen kreativen Rausch verfallen ist, wem soll ich dann die stumpfsinnige, wenn auch notwendige Aufgabe zuweisen, die Kuchenvitrine zu reinigen?

Ich rufe Bob an, entschuldige mich für die Störung und frage ihn, ob er nach seiner Aikido-Stunde zurückkommen kann. Ich rechne mit einer Litanei aus Entschuldigungen.

»Ich komme, so schnell ich kann.« Er klingt eifrig, fast zu eifrig, was für mich die Frage aufwirft, was sich in den letzten Tagen geändert hat.

»Lassen Sie sich Zeit. Scott ist noch in der Küche.«

»Ich brauche die zusätzliche Kohle«, sagt Bob, »um mir neue Klamotten zu kaufen. Und Sie haben Recht. Führungsverantwortung wird mir helfen, mich weiterzuentwickeln. Ich kann nicht für den Rest meines Lebens Käsekuchen backen, auch wenn er mich weit gebracht hat. Im nächsten Jahr will ich was aus mir machen und mehr Verantwortung übernehmen.« Diese unerwartete Wendung verschlägt mir die Sprache, während er unbeirrt fortfährt: »Was backt Scott denn?« Mein Schweigen beeindruckt Bob überhaupt nicht. »Das könnte sich für Sie als eine Win-Win-Situation erweisen. Wenn ich sowieso in der Bäckerei bin, mache ich auch ein oder zwei Käsekuchen mehr. Das würde Ihnen doch zusagen, oder? Übrigens, Annie und ich waren gestern im Nikko. Das Essen war super.«

Jetzt, wo ich weiß, was gespielt wird, danke ich meinem Schöpfer. Mein Gefühl hat mich nicht getrogen. Bob passt zweifellos viel besser zu Annie als dieser Rumtreiber. »Ach, dann werden Sie sie bald wiedersehen?«

»Wir gehen heute Abend tanzen. Sie ist so amüsant! Sie

weiß alles über Fahrräder. Sie ist sogar schon mit dem Mountain-Bike den Tiger Mountain hochgefahren. Dieses Wochenende will sie mir dort einen Radweg zeigen.«

Ich kann das jungenhafte Grinsen auf Bobs Gesicht förmlich sehen. Trotzdem darf ich mein Tagesprogramm nicht vergessen. Ich zähle die Aufgaben auf, die ich für ihn vorgesehen habe: Aufstellen des Arbeitsplans, Kontrolle der Lieferungen, Verpacken einiger Bestellungen. »Ja, und die Kuchenvitrine muss sauber gemacht und der Kühlschrank leer geräumt werden. Ach, und vergessen Sie nicht zu überprüfen, ob genug Eiscreme in der Gefriertruhe ist.«

»Scott vergisst *immer*, die Kuchenvitrine sauber zu machen«, sagt Bob trocken.

Da ist sie wieder, diese kleine Rivalität. Da die Besprechung heute Nachmittag sehr wichtig für mich ist, muss ich mich darauf verlassen können, dass Bob während meiner Abwesenheit gut auf den Laden aufpasst und sich nicht mit Scott streitet.

Kurz darauf angle ich ein *orange curd tartlet* aus dem Kühlschrank und haste zur Tür hinaus. Während ich die Sixty-fifth Street entlangfahre und an einer Reihe symmetrisch angeordneter Geschäftsbüros vorbeikomme, denke ich über den Immobilien-Zar nach, dem ich gleich gegenübertreten werde. Jim Paradise verpachtet nicht nur an Cakes Plus, sondern will mich vielleicht auch zur Räumung zwingen. Als der Verkehr zum typischen Seattler Stop-and-Go verkommt, mache ich die Feinabstimmung meines Plans, Jim dazu zu bewegen, sich meine Seite der Geschichte anzuhören und auf meine Vorschläge einzugehen.

Welche Vorstellung man auch von Immobilienmaklern haben mag, Jim Paradise entspricht keiner davon. Mit den strapazierfähigen Jeans, seiner Sportlichkeit, den schmutzigen Fingernägeln und seiner Ungezwungenheit könnte er als Farmer durchgehen, was er in seiner Freizeit auch ist. Der Mann hat massenhaft Talente, die er fabelhaft zu verbergen weiß. Die wenigen Male, die ich mit ihm zu tun hatte, war ich sehr beeindruckt. Paradise ist nicht sein richtiger Name. Jim stammt aus einer reichen Seattler Familie, die ein Imperium aus Spiele- und Puzzlegeschäften besitzt, die im gesamten pazifischen Nordwesten verstreut liegen, sowie eine millionenschwere Villa in Magnolia, die über einen sensationellen Blick auf die Olympic Mountains verfügt. Nach Abschluss seines Jurastudiums brach er jeden Kontakt zu seiner Familie ab, weil er sie wegen ihrer Geldgier verachtete, und wurde Pflichtverteidiger. Es geht das Gerücht, dass er aufgrund dieser Entfremdung enterbt wurde. Dann wechselte er in die Immobilienbranche und machte innerhalb kürzester Zeit ein Vermögen. Da er immer noch nicht zufrieden war, arbeitete Jim ehrenamtlich für Lettuce Link, eine gemeinnützige Organisation, die Bio-Gemüse für Familien mit niedrigem Einkommen anbaut, und bald lag sein Hauptaugenmerk auf dieser Aufgabe. Er witzelt, dass sein Erfolg im Immobiliengeschäft es ihm ermöglicht habe, wenigstens ein bisschen Romana-Salat »auf die Tische der Hungernden« zu stellen, wenn er ihnen schon kein Dach über dem Kopf bieten kann. Ich brauche einen Moment, um mein Pokerface für geschäftliche Verhandlungen aufzusetzen, als ich seine Agentur an der Roosevelt Plaza erreiche.

Jim, auch als Mittfünfziger noch schlank und drahtig, sitzt vor seinem Computer. Er scrollt gerade einen Text mit der Kopfzeile »Suche: Immobilien« herunter, als ich an seine offene Bürotür klopfe. Er dreht sich in seinem Stuhl um und winkt mich herein. Die goldene Uhr an seinem Handgelenk blitzt, als er auf einen Stuhl deutet. Seine Augen hinter der Brille mit leichten Gläsern sind klein und dunkel und nicht besonders einladend.

»Was für eine Überraschung, Sunya. Heute Morgen nicht am Backen?«

Muss er mich daran erinnern? Ich sinke auf den Stuhl, weil ich plötzlich meinen Beinen nicht mehr traue. Während wir plaudern, fällt mir an ihm ein gewisses Unbehagen auf: Er spricht wenig und weicht meinem Blick oft aus. Jetzt oder nie, sage ich mir und schiebe die Schachtel mit dem Orangencremetörtchen über den Schreibtisch.

»Für mich?«

»Ja, da Sie länger nicht bei mir in der Bäckerei waren …«

»Ich hatte in letzter Zeit kaum eine freie Minute.«

Ich blicke demonstrativ auf die gerahmte Anwaltsurkunde an der Wand, auch wenn ich sie von hier nicht richtig lesen kann. »Sie werden es nicht glauben, aber ich erinnere mich an Sie, als Sie noch Anwalt waren.«

Seine Augen leuchten auf. »Wirklich?«

»Ja, Sie waren ein ausgesprochen guter. Ich weiß noch, wie Sie eine ältere Mieterin in einem Eigentumsblock vertreten haben, die einen unausstehlichen Nachbarn hatte. Ich glaube, sie hatte aus Schlafmangel einen Nervenzusammenbruch. Sie halfen ihr, den Fall zu gewinnen. Es stand auf der ersten Seite des Lokalteils der Zeitung. Sie brachten sogar ein Foto von Ihnen mit der Überschrift: ›Kreuzritter für die einfachen Leute‹.«

»Das war eine aufregende Zeit. Nicht dass mein jetziges Leben schlecht wäre. Aber damals war ich noch jung, und jeder Tag schien mir endlos zu sein; jeder neue Morgen brachte neue Möglichkeiten. Was es für einen Unterschied macht, fünfzig zu sein! Inzwischen kommen und gehen meine Tage wie im Zeitraffer. Aber ob Sie es glauben oder nicht, Sunya, im Grunde bin ich immer noch derselbe wie damals.« Er starrt aus dem Fenster, öffnet die Schachtel und betrachtet das Törtchen. »Haben Sie was dagegen, wenn ich mal probiere? Ich habe gerade meine üblichen zwei Runden um den See gedreht und bin halb verhungert.«

»Überhaupt nicht. Sie joggen schon seit Jahren, nicht?«

»Sehen Sie die Karte an der Wand?« Er deutet auf eine detaillierte Landkarte der Vereinigten Staaten. »Die roten Fahnen sind die Staaten, in denen ich schon an Rennen teilgenommen habe.« Ich zähle die winzigen roten Fähnchen, gebe aber schnell auf. »Das Rennen in Oregon letzte Woche war ein bergiger 20-Kilometer-Lauf. Ich kam als dritter meiner Altersgruppe ins Ziel.«

»Nicht schlecht.«

Lächelnd öffnet er die Schachtel und holt den Teller heraus. »Mmm. Normalerweise besteht mein Mittagessen aus frisch gestochenem Salat aus meinem Hochbeet, aber das hier, muss ich zugeben, ist wirklich was Besonderes. Zitrusfrüchte sind meine große Schwäche. Bei meiner zweiten Heirat ließ ich meine Hochzeitstorte mit Orangenschalen-Kringeln verzieren.« Mit Hilfe der Plastikgabel, die ich eingepackt habe, fällt er über das Törtchen her. »Ich hoffe, Ihre Bäckerei läuft gut.«

»Sie läuft ausgezeichnet. Wie viele Salatsorten haben Sie denn letzten Sommer angebaut?«

»Vier: Cos, Romana, Eichenblatt und Eisbergsalat. Aber ich baue nicht nur Salat an. Ich hatte auch eine Rekord-Kartoffelernte. Mögen Sie diese buttergelben Yellow-Finn-Kartoffeln auch so gern? Meine zweite Frau macht ein hervorragendes Püree mit Parmesankäse, Magermilch und gerösteten Knoblauchzehen.« Jim steckt sich noch ein Stück von dem Törtchen in den Mund und fügt hinzu: »Aber sie backt nicht. Sie sagt immer, wozu der Aufwand? Wo es im Norden der Stadt doch so viele Bäckereien gibt.«

»Und bald kommt noch eine neue dazu.«

Jim nickt und vertilgt den Rest des knusprigen Bodens.

»Ich halte es für keine gute Idee, Ihre Geschäftsräume in der Meridian zu verpachten, Jim…«

Er erstarrt und legt die Gabel weg. »Warum nicht?«

»Wegen der Auswirkungen, die das auf das Viertel hat.«

»Ah, ich verstehe. Es geht um den Bäckereien-Krieg. Vor ein paar Wochen waren Willy Cartdale und ich zusammen ein Bier trinken. Er hat auch von Ihnen gesprochen. Ihnen steht eine harte Schlacht bevor, Sunya. Er ist ein richtiger Straßenkämpfer.«

Ich lächle. »Ich könnte ein paar tüchtige Soldaten gebrauchen, die an meiner Seite kämpfen.«

»Warum sollte ich in einen fremden Krieg eingreifen?«

»Weil es die Allgemeinheit betrifft. Ihre zweite Karriere basiert darauf, sozial benachteiligte Familien mit organisch angebautem Gemüse zu versorgen, deshalb steht außer Frage, dass Sie sich um das Allgemeinwohl sorgen.«

»Ich habe mich Lettuce Link verpflichtet«, sagt er nach einer Weile. »Wir weiten unser Programm aus. Ich erwäge sogar, über Ihrer Bäckerei eine weitere Etage anzubauen und sie in Wohnungen für einkommensschwache Familien umzuwandeln. Natürlich können Sie sofort wieder einziehen, wenn die Bauarbeiten in ein paar Monaten beendet sind.«

»Mit anderen Worten, Sie wollen mich zur Räumung zwingen.«

»Ich lese Donald J. Smiths Kolumne.«

Ich platziere meine Ellbogen energisch auf seinem Schreibtisch. »Haben Sie je über die möglichen Auswirkungen nachgedacht, die die Schließung des Haupttreffpunktes dieses Viertels auf die nachbarschaftliche Atmosphäre haben wird? Der Gemeinderat von Green Lake trifft sich einmal im Monat bei mir. Ein Lesezirkel und eine Literaturkritik-Gruppe halten dort ihre abendlichen Diskussionen ab. Ziemlich viele Studenten von der UW wohnen praktisch da. Wollen Sie diesen Gemeinschaftsgeist wirklich zerstören? Denn genau das wird geschehen, wenn eine seelenlose Industriebäckerei nach Wallingford zieht. Wallingford ist eine der wenigen richtigen Gemeinden, die es in der Stadt noch gibt.«

»Da ist noch etwas anderes, Sunya. Cartdale glaubt anscheinend, dass Sie –«

»Dass ich ein finanzielles Risiko darstelle. Das möchte er Ihnen sicher weismachen! Glauben Sie, dass ich die Bäckerei nur wegen des Geldes betreibe? Würde es Sie überraschen, wenn ich Ihnen sage, dass ich meinen Geldgebern Pacht und Rechnungen um jeden Preis bezahle, auch wenn das bedeutet, mit einer Rate für meine Mutter in Verzug zu kommen?«

»Das ist sehr nobel, Sunya –«

»Deshalb sind wir beide gar nicht so unterschiedlich, oder? Sie mit Lettuce Link und ich mit meinem kleinen Stadtteil-Café, wir haben im Grunde das gleiche Ziel.«

»Sie sind eine große Überredungskünstlerin, Sunya, aber es ist zu spät, meine Entscheidung zu ändern. Cartdale hat seinen Pachtvertrag schon vor einer Weile unterzeichnet. Er wäre schon längst eingezogen, wenn wir nicht Probleme wegen der Bauarbeiten hätten.«

»Was für Probleme?«

Jim wirft die inzwischen leere Schachtel in den Papierkorb. »Das Törtchen war fantastisch, so wie wir es von Sunya Malhotra gewöhnt sind. Ich muss meine Frau beauftragen, bei Ihnen etwas für die Gäste zu bestellen, die wir am Wochenende haben.«

Ich erinnere mich, wie ich an der Baustelle durch die Fenster gelugt und einen großen Raum mit einer Trennwand gesehen habe. Ich schlage alle Vorsicht in den Nordwind und frage: »Nimmt Cartdale an dem Raum Veränderungen vor, die gegen die Vereinbarung im Pachtvertrag verstoßen?«

»Damit könnten Sie Recht haben.« Er durchwühlt ein paar Papiere auf seinem Schreibtisch und wirft einen Blick auf seinen Terminkalender.

Wenn der egozentrische Jim und der sture Cartdale sich im Kampf verbissen haben, könnte ich genauso gut erleichtert zur Seite treten. »Dann haben Sie einen Ausweg aus dem Pachtvertrag! Wenn Sie wirklich aussteigen wollen. Das ist Ihre Chance, etwas für ein wunderbares Viertel zu tun. Und bedenken Sie: Sie haben es mit einem Mann zu tun, der sich nicht zu schade ist, Beamte zu bestechen und die Öffentlichkeit verdorbenen Lebensmitteln auszusetzen.«

Mit zusammengekniffenen Augen sagt Jim: »Bestechung? Verdorbene Lebensmittel? Sie bringen da ein paar ernste Anschuldigungen vor.«

»Ein wenig Erpressung ist auch dabei.« Ich fasse mein Telefongespräch mit Irene Brown zusammen. Jim lehnt sich zurück und denkt eine Weile nach. »Lassen Sie mich ein paar Nachforschungen anstellen«, sagt er schließlich. »Ich kann alles über jeden herausfinden. Sie haben da ein paar interessante Aspekte angesprochen. Aber ich kann Ihnen nichts versprechen.«

»Geben Sie mir Bescheid?«

»Ich verstehe die Dringlichkeit.« Jim sieht auf die Uhr, streckt die Arme und rollt mit den Schultern. »Ich muss jetzt auf der Farm arbeiten. Es ist an der Zeit, ein paar Gemüsebeete mit Kalk zu düngen. Das ist die einzige Arbeit, die mir noch Freude macht.«

»Aber ich bin mir sicher, Sie werden noch Zeit für eine andere Herausforderung im Dienste der Allgemeinheit finden…«

»Sunya, Sie hätten Anwältin oder Privatdetektivin werden sollen, wissen Sie das?« Die Andeutung eines Lächelns.

»Nein.« Ich stehe auf, um zu gehen, und eine triefnasse Decke aus Erschöpfung legt sich über mich. »Ich bin von ganzem Herzen Bäckerin. Aber danke für das Kompliment… Wenn es eins ist.«

Ich gehe hinaus und fühle mich wie eine Betrügerin. Ich will immer noch backen, aber ich bin seit einer Woche nicht in die Nähe eines Ofens gegangen, und meine Finger haben kein Mehl, keinen Zucker und keine Schokolade mehr gestreichelt. Stattdessen stecke ich bis über beide Ohren in dem Sumpf, in dem sich Geschäft und Politik vermengen.

35

Montagmorgen. Ich stehe auf und mache mich für die Arbeit fertig. In einem klaren Moment trotte ich in mein Arbeitszimmer, fülle Matsumotos Formular aus und faxe es an ihn. Es kommt mir so einfach vor, so richtig, als würde sich am Horizont eine neue Zukunft abzeichnen. Dann kommt der

Faxton. Das schrille Geräusch bereitet meinem Glücksmoment ein jähes Ende und bringt die Unsicherheit zurück.

In der Bäckerei finde ich Bob und Jill plaudernd am Ofen vor. Sie sind etwa gleichaltrig, Anfang zwanzig, und gehen ungezwungen-freundschaftlich miteinander um. Bob, mit einem neuen Button-down-Jeanshemd und einer getreidefarbenen Hose, erzählt einen Witz. In letzter Zeit gedeiht sein Sinn für Humor prächtig. Jill, mit einer sexy pinkfarbenen Bluse und einem Polyesterrock, das dichte Haar hoch aufgetürmt, hat sich schicker gemacht als sonst. Hat sie später noch eine Verabredung? Jetzt bricht sie in Gelächter aus und drückt die mascaraschweren Augenlider fest zu, was Bob offensichtlich freut. In ihrem Alter, vor wenigen Jahren, neigte auch ich zu Lachanfällen, die mein Inneres reinigten wie eine schöne heiße Dusche. In letzter Zeit hatte ich leider nicht mehr viel zu lachen. Gehört das zwangsläufig zum Erwachsenwerden?

Bob reißt die Ofentür auf und späht hinein. Als er sich wieder aufrichtet und sich umdreht, bemerkt er mich, genau wie Jill. »Morgen, Sunya«, rufen sie im Chor; dann hastet Jill nach vorn ins Café. Ich habe keine Ahnung, was mit ihr los ist.

Bob nimmt ein großes rechteckiges Blech mit einer golden verzierten weißen Torte heraus und stellt es vorsichtig zum Abkühlen auf ein Gitter. Zufrieden dreht er sich zu mir um. »Ich habe gestern in letzter Minute noch eine Bestellung angenommen, als ich für Sie ans Telefon gegangen bin, Sunya. Sie war von der Puget-Sund-Versicherungsgesellschaft. Ein Manager wird verabschiedet.«

Ich spähe aus dem Fenster. Leichter Morgennebel mit der Konsistenz verdünnter Magermilch drückt gegen das Gebäude. »Ich weiß es zu schätzen, dass Sie mich gestern vertreten haben. Wie gefällt Ihnen das Leben auf der Überholspur?«

Er strahlt. »Prima.«

Wenn das Eisen schon mal heiß ist, will ich es auch gleich schmieden. »Angenommen, Sie hätten die Gelegenheit, die Bäckerei ein paar Wochen ganztags zu leiten?«

»Warum? Wollen Sie weg?«

»Ja, ich habe Mori Matsumotos Angebot angenommen. Ich hätte gern, dass Sie den Laden in den zwei Wochen, die ich weg bin, übernehmen…«

Noch während ich spreche, wird mir klar, dass dies vom geschäftlichen Standpunkt her nicht gerade die beste Zeit ist, sich aus dem Staub zu machen. Andererseits hat Mutter mir schon vor langer Zeit eingebläut, dass es keinen »besten« Zeitpunkt gibt. Die Zeit hat kein Etikett. Nimm sie, tu damit, was du willst, oder, lass sie dir aus der Hand gleiten. Letzten Endes zählt nur dein eigenes Etikett, nicht das der Zeit.

»Ich weiß nicht so recht, Sunya… Das ist alles neu für mich. Es ist schrecklich viel Verantwortung. Sie jonglieren immer so viele Dinge auf einmal…«

»Warum beobachten Sie mich nicht einfach in den nächsten Tagen? Dann können Sie selbst sehen, was ich alles tun muss.«

»Aber… Jill und Scott. Werden sie sich nicht übergangen fühlen? Sie arbeiten doch beide viel länger hier als ich.«

»Ich glaube nicht, dass Scott schon so weit ist, und er weiß das auch. Was Jill betrifft, sie ist jung und will ihren Spaß. Ich bezweifle, dass sie scharf auf die Probleme und die Überstunden ist, die mit der Leitung einer Bäckerei einhergehen. Sie sind der Einzige, der der Aufgabe gewachsen ist.«

Bob senkt den Kopf. Ich verrate nicht, wie unsicher ich war, ob ich ihn überhaupt einstellen sollte, und wie sehr ich mich freue, dass sich diese Entscheidung als eine der besten erwiesen hat, die ich je getroffen habe. Letzte Woche zum Beispiel blieb Bob nach seiner üblichen Nachtschicht noch drei Stunden länger, als eine Eilbestellung für einen Kindergeburtstag hereinkam. Die Mutter, die das große Ereignis vollkommen verschwitzt hatte, rief mit gestresster, panischer Stimme an und bat um einen Schokoladenkuchen mit einem Zuckerguss aus Erdnussbutter-Fondant. Bob erledigte das fröhlich mit Jills Hilfe. Er schrieb sogar den Namen des Jungen in japanischen Schriftzeichen auf den Kuchen.

»Danke, Sunya, dass Sie mich berücksichtigen.« Er blickt jetzt auf. »Es ist genau der richtige Zeitpunkt.«

»Was meinen Sie?«

»Meine Eltern haben mich gestern Abend angerufen. Sie haben einen Käufer für ihr Noodle-House gefunden. Jemand hat ihnen ein sehr großzügiges Angebot gemacht, und sie haben beschlossen, es anzunehmen. Ehrlich gesagt glaube ich, sie tun es mir zuliebe. Es belastet mich, aber wenigstens sind sie vorerst finanziell abgesichert, und ich muss nicht zurück. Sie wollen sich auf der Insel Miya-jima zur Ruhe setzen und das gemächliche Lebenstempo und die herrlichen Strände dort genießen. Sie wollten schon immer mal dorthin, konnten es sich bisher aber nie leisten. Das bedeutet, ich stehe nicht mehr unter dem Druck, zurückzugehen und das Restaurant zu übernehmen. Umso besser. Es ist eine hart umkämpfte Branche, und wenn man nicht aufpasst, kann man jeden Yen verlieren. Irgendwann werde ich zwar zurückgehen und eine Bäckerei eröffnen, aber vorerst …«

»Ich hatte solche Angst, Sie zu verlieren…«

Wir sprechen über Gehalt und Arbeitszeiten. Es scheint alles gut zu laufen. »Eine Sorge habe ich allerdings«, scherzt Bob schließlich. »Während Sie weg sind, wird Donald J. Smith mich fertig machen. Jill hat mir gerade erzählt, dass er aus dem Urlaub zurück ist und ein neues Opfer sucht.«

»Woher weiß Jill das?«

»Keine Ahnung. Sie hat eine Menge Freunde.«

Das setzt bei mir wieder eine ganze Reihe von Mutmaßungen in Gang. Bobs Stimme unterbricht meine Gedanken. »Gestern Abend habe ich meine Tante angerufen und ihr von meiner Entscheidung erzählt, hier zu bleiben. Ich war ein bisschen überrascht, dass sie nicht versuchte, es mir auszureden. ›Es ist Schicksal‹, sagte sie. ›Du bist da, wo du sein sollst.‹ Glauben Sie an Schicksal, Sunya? Schließlich fliegen Sie jetzt doch nach Japan, auch wenn Sie einige Vorbehalte dagegen hatten.«

Ich will loslachen, doch als ich zu Bob aufsehe, steht er mit ernster Miene und vor Überzeugung leuchtenden Augen vor mir.

»Keine Chance, Bob. Ich fliege aus freiem Willen nach Japan.«

Jetzt lächelt er ein wenig.

36

Die Uhr zeigt kurz vor sechs, was bedeutet, dass ich verschlafen habe. Meine Augen sind noch halb zu, als es zweimal laut an der Haustür klopft. Das beharrliche Geräusch lässt mich erschaudern und jagt einen Adrenalinstoß durch meinen Körper, was zu dieser frühen Stunde höchst unangenehm ist. Ich bleibe ein paar Sekunden liegen. Wer könnte das sein? Herumtreiber klopfen nicht. Was gibt es für Neuigkeiten? Wie dringend ist es?

Die Stille, die auf das Klopfen folgt, verstärkt die Spannung nur noch. Ich strecke mich, taumle aus dem Bett und wickle meinen eleganten blauen Morgenrock um mich; vor Kälte zitternd, schlurfe ich zur Tür und fummle am Schloss herum.

Meine Nachbarin Mrs. Petrocelli, die ewige Wetterfee, hat sich mit ihrem hyperaktiven Hund an der Leine auf meiner Veranda postiert. Erleichterung! Ihr knallroter Anorak blendet mich in der sanften Morgendämmerung und vertreibt den letzten Schlaf. Ich murmle ein lustloses »Guten Morgen«, während der unverwüstliche Vierbeiner auf der Suche nach Leckerlis hoffnungsvoll auf der Veranda herumschnüffelt.

»Ich hab Sie doch nicht geweckt? Tut mir Leid! Normalerweise fahren Sie um diese Zeit zur Arbeit.« Sie blickt bedeutungsvoll auf das Zeitungsbündel, das zwischen uns auf dem Boden liegt, und sagt vergnügt: »Heute hat Donald J. Smith doch tatsächlich den aktuellen Wetterbericht in den Schatten gestellt.«

Beunruhigende Gedanken, Schreckensszenarien quälen mich. Doch bevor ich irgendwelche Fragen stellen kann, hat sie sich abgewandt. Ihr Hund zerrt so kräftig an der Leine, dass sie fast das Gleichgewicht verliert. Sie gewinnt kurz den Anschein von Kontrolle zurück, doch eine Sekunde später hechtet sie fröhlich winkend hinter der temperamentvollen Töle die Vordertreppe hinab und ruft mir über die Schulter zu: »Sonnig und für die Jahreszeit zu warm; kramen Sie Ihr rückenfreies Top raus, meine Liebe.«

Ich breite die Zeitung hastig auf dem Esstisch aus und suche den Lifestyle-Teil. Fett gedruckte Worte und Farbfotos verschwimmen vor meinen Augen, bis ich Donalds Kolumne auf Seite D3 entdecke.

DAS LETZTE MA(H)L

Meine lieben Leser,
hiermit möchte ich eine falsche Behauptung zurücknehmen, die vor ein paar Wochen in dieser Kolumne aufgestellt wurde. Damals deutete ich einen Zusammenhang zwischen Drogenhändlern oder der Mafia und einem verdächtigen Fremden an, der vor dem Pastries-Café herumlungerte. Detective Jack Colby, der den Fall untersuchte und mit dem ich mehrmals gesprochen habe, beharrt darauf, dass ein Beweis für eine solche Verbindung nie existiert hat. Er ist zu dem Schluss gekommen, dass es sich dabei um einen harmlosen Streich handelte, und ich gebe mich mit seiner Erklärung zufrieden. Daher ist der Fall abgeschlossen. Ich entschuldige mich öffentlich bei Sunya Malhotra und übernehme die volle Verantwortung für alle Unannehmlichkeiten, die ich ihr bereitet habe. Ich wurde von einer unzuverlässigen Quelle irregeführt.
Aber das Ganze hat auch sein Gutes. Meine Bedenken gegen Bob Nomuras Käsekuchen haben ihn nur noch beliebter gemacht. Das letzte Stück, das ich probiert habe – eine Schokoladen-Orangen-Variation –, ließ sogar diesen ergrauten Traditionalisten vor Begeisterung Walzer tanzen. Und deshalb, weil ich in Zukunft kleinere Brötchen backen werde – oder sollte ich sagen, kleinere Törtchen? –, würde ich Ihnen,

liebe Leser, uneingeschränkt empfehlen, ein Stück Käsekuchen im Pastries-Café zu probieren, wenn Sie es nicht schon getan haben.

Zum Schluss möchte ich Sie informieren, dass diese Kolumne meine letzte ist. Tut mir Leid, wenn ich Sie enttäusche! Schieben Sie es auf die Wanderlust, die das fortschreitende Alter mit sich bringt, aber ich habe meiner Frühpensionierung zugestimmt. Die Unternehmensleitung hat zwar ihr Bestes getan, mich zum Bleiben zu überreden, aber es ist höchste Zeit, mir ein paar Lebensträume zu verwirklichen. Schon bald werde ich durch die azurblauen Gewässer des Mittelmeers schippern, Wein trinken und meine Memoiren schreiben, wozu mich mehrere New Yorker Verleger schon seit geraumer Zeit drängen, wie ich Ihnen jetzt verraten kann.

In meinen fünfunddreißig Jahren bei der Zeitung hatte ich das Vergnügen, dazu beizutragen, das Niveau der Seattler Gastronomie zu der herausragenden Position anzuheben, die sie heute im kulinarischen Pantheon der Nation einnimmt.

Mein Nachfolger wird bald bekannt gegeben. Ich hoffe, Sie werden ihm oder ihr die gleiche begeisterte Unterstützung zuteil werden lassen, die Sie mir über all die Jahre so großzügig gewährt haben.

Bon appétit

Donald J. Smith

Ich grinse breit. Donald wurde offensichtlich gezwungen, seinen Hut zu nehmen. War die Falschinformation über mein Café der Auslöser?

Und wer war Donalds unzuverlässige Quelle?

37

Andrews Party ist jetzt mehrere Wochen her, und seitdem habe ich ihn nicht mehr gesehen. Deshalb muss ich mich heute Abend damit begnügen, es mir in meinem Lieblingssessel gemütlich zu machen und von der Party zu träumen: Andrew und die Frau im violetten Kleid; die unterschwellige Anziehung, die uns im Laufe des Abends einander näher brachte. Gleichzeitig beunruhigen mich die Gerüchte über sein Drogenproblem und seinen Flirt mit Jill, wovon mir Bob in dem aufreibenden Gespräch erzählt hat, das ich vor ein paar Tagen mit ihm geführt habe. Das alles ist ein bisschen viel für mich. Wenn Beziehungen Formen hätten, wäre unsere weder ein Kreis noch ein Dreieck; schon eher ein Sechseck, eine Beziehung, um die ich nicht die Arme legen könnte, ohne mich dabei aufzuspießen. Da ich in wenigen Tagen nach Japan fliege, möchte ich am liebsten sofort alles klären.

Nichts davon wäre wichtig, wenn ich Andrew nicht so gern hätte. Er ist nicht nur klug, sondern hat auch tiefe, unantastbare Gefühle, die er aus irgendeinem Grund in sich verschlossen hält. Wenn ich an einem harten Tag seine Stimme am Telefon höre oder an der Café-Theke einen Blick mit ihm wechsle, verfliegen alle Sorgen. Und es ist eine Freude für mich, Einblick in die private Welt seines Drehbuchs zu bekommen, eine andere Art von Kreativität aus erster Hand zu erleben. Vielleicht sollte ich ihn anrufen?

Ich erhebe mich aus dem Sessel und greife nach dem Hörer. Andrews »Hallo«, heiter und klar, scheint direkt von nebenan zu kommen.

»Sunya?« Seine Stimme wird noch vergnügter, als er

mich erkennt. »Wow! Das war Gedankenübertragung. Ich habe gerade an dich gedacht. Möchtest du auf einen Veggie Burger vorbeikommen? Ich weiß, es ist vermessen, für eine professionelle Köchin kochen zu wollen…«

Meine Stimmung steigt augenblicklich. Noch nie hat ein Mann für mich gekocht! Es gefällt mir ausgesprochen gut.

»Veggie Burger wären einfach toll. Und ob du es glaubst oder nicht, Köchinnen fühlen sich geschmeichelt, wenn sie zum Abendessen eingeladen werden. Ich bringe Wein mit. Ich glaube, ich weiß genau den passenden für Veggie Burger.«

»Fantastisch! Ich kann es kaum erwarten, dich zu sehen. Ich bereite alles vor… Das Einzige, was noch fehlt, bist du.«

»Ich habe noch ein paar Dinge zu erledigen, aber in einer halben Stunde bin ich bei dir.«

Als ich auflege, wundere ich mich. Warum hat er mich nicht angerufen, wenn er ein Abendessen für mich kocht? Ist das nicht ein bisschen einseitig? Dass ich ihn ständig anrufe?

Nach etwa einer halben Stunde stehe ich in zartblauen, nicht allzu schicken *knit pants* und einer dazu passenden Jacke vor Andrews Tür; aus meiner Einkaufstasche lugt ein guter Willamette-Valley-Riesling. Mein Haar ist offen und fällt mir lockig auf die Schultern.

Die Tür geht auf. Da ist er: olivgrünes Polo-Hemd und eine Segeltuchhose, in der Hand die *Los Angeles Times*. Er gibt mir einen Kuss auf die Stirn. Er riecht so gut. Im Hintergrund höre ich die introspektiven Klänge von Andrés Segovias Gitarre – ein Hauch Melancholie. Mit liebevollem Blick nimmt er meine Hand und zieht mich ins Wohnzimmer.

Das Telefon klingelt in einem der Schlafzimmer. Nicht schon wieder! Sein Griff wird fester. »Ich gehe nicht ran«, murmelt er.

Er deutet auf die Couchgarnitur und informiert mich, dass sein Bruder Evan heute Abend eine Verabredung hat. Wir machen es uns gemütlich. Der Wein beruhigt meinen Gaumen, wie Honig mit einem Unterton Aprikose; aber meine Rückenmuskeln sind vom Klingeln des Telefons angespannt. Er drückt meine Hand und sagt: »Schön, dass du hier bist.« Ich nutze die Gelegenheit, mich nach seinem Tag zu erkundigen.

»Heute waren ein paar Filmstudenten am Set, um mit mir zu sprechen«, sagt er mit selbstzufriedenem Gesicht. »Sie sind ganz heiß drauf, richtig loszulegen, und ein paar von ihnen drehen schon Kurzfilme. Für sie ist das alles ein Riesenspaß. Sie sollen nur abwarten, bis sie bei einem Spielfilm Regie führen. Er bestimmt monatelang dein Leben; man verliert sich vollkommen darin. Nach einem 15-Stunden-Tag fällt man nur noch ins Bett… Und wenn man eine freie Minute hat, kommt die Enttäuschung hoch, eine unverhältnismäßig große Einsamkeit…«

Als er sein Weinglas nimmt, fällt mir seine Hand auf – ein kompliziertes Netz aus vorstehenden Adern, elegant, künstlerisch und kraftlos – ein verräterisches Zeichen seiner inneren Unruhe.

»Ich bin gern mit dir zusammen, Andrew, vor allem, weil ich weiß, wie beschäftigt du bist. Dann ist es sogar noch schöner, dich ganz für mich zu haben… Übrigens, was ich dich fragen wollte… und das schleppe ich jetzt schon die ganzen letzten Wochen mit mir herum… Du musst mir nicht antworten, wenn du nicht willst… aber wer war die Frau auf der Party?«

Es herrscht Schweigen, undurchdringlich wie eine hohe Mauer. »Katrina ist meine zukünftige Exfrau.«

Er ist verheiratet! Meine Augen sehen nicht, mein Mund ist ausgetrocknet, ich bekomme keine Luft. Ich brauche ein paar Sekunden, um meine Gedanken zu ordnen. Vielleicht ist es nicht die Information an sich, die mich niederschmettert, sondern vielmehr, dass er es mir verschwiegen hat. Wieder einmal muss ich zugeben, dass Mutter dank ihrer Intuition Recht hatte, auch wenn sie mich damals sehr beunruhigt hat. Ich trinke einen kleinen Schluck von dem Riesling, der jetzt fade, sogar schal schmeckt.

»Sie ist deine Ex? Ich vermute eher« – ich ziehe meinen Satz in die Länge –, »sie ist immer noch an dir interessiert, Andrew.«

»Bildet sie sich wenigstens ein.«

»Wie lange wart ihr denn verheiratet?«

»Nicht mal ein Jahr. In drei Wochen ist es vorbei. Das Schlimme daran ist, dass Katrina meine Hauptdarstellerin ist. Sie spielt Emily. Sie fliegt ständig zwischen L. A. und Seattle hin und her.«

Er sieht jetzt noch angegriffener aus, und ich versuche mein Bestes, das Dilemma, in dem er steckt, zu begreifen. Die Scheidung ist sicher mitverantwortlich für seine emotionale Starre. Katrina ist ständig in seiner Nähe. Ich sehe sie vor mir, wie sie sich an ihn schmiegt – ihre Bambushand auf seiner Schulter –, und zucke zusammen.

»Ich habe sie aus den falschen Gründen geheiratet.« Er hält inne und legt seine Hand sanft auf meine. »Sunya, Sunya ... Obwohl wir uns erst seit ein paar Monaten kennen, bedeutest du mir sehr viel. Ich möchte wirklich mehr von dir ... Aber ich habe Angst.«

Ich blicke in sein verwirrtes Gesicht, auf die Züge, die ich in meinem Herzen trage; dieser Mann hat so viele Narben und Wunden, doch er wird nicht um Hilfe bitten. Ich streichle seinen Arm. »Glaubst du, dass du nach L.A. gehörst?«

»Nein, ich spiele mit dem Gedanken, hierher zu ziehen. Es gefällt mir hier. Weißt du, wie viele Filme hier gedreht werden? Die Drehorte, die Ausrüstung, die Studios – es ist alles vorhanden.« Ein Lächeln, zaghaft, aber fröhlicher werdend, huscht über seine Lippen. »Und der Kuchen hier ist großartig.«

Wir halten uns fest an den Händen und sitzen gedankenverloren da. Ich stelle mir vor, wie schön es wäre, wenn er hierher zöge, doch ich muss zugeben, dass bei mir eine vage Unsicherheit zurückbleibt. Es ist, als hätte ich eine Schachtel geöffnet, die ich nicht mehr schließen kann.

Er steht auf. »Die Veggie Burger sollten jede Minute fertig sein.«

Ich folge ihm in die offene Küche. Ein pikanter Duft umgibt mich, während ich zusehe, wie er Salat schnitzelt, Tomaten klein schneidet, eine Platte aus dem oberen Schränkchen kramt und in der Spüle einen Löffel abwäscht. Als würde er sich hinter diesen Aktivitäten verstecken. Mein Blick fällt auf einen halb gegessenen Granatapfel, der im Schatten einer riesigen Dose auf der Theke liegt. Glänzend rote Kerne, versenkt im harten, lederartigen Äußeren der Frucht, starren mich an wie die glühenden Augen eines mittelalterlichen Drachen. Ein Gesprächsthema. »Ah, du isst gern Granatäpfel.«

Er öffnet die Ofentür und holt ein Blech heraus. »›Early Wonderful‹ aus Kalifornien, bei Sunrise Produce gekauft.«

»Verlierst du nicht die Geduld, wenn du das Fruchtfleisch zwischen den Samen herauspulen musst? Ich ja.«

»Schon, aber ich konnte ihn nicht wegwerfen. Er hat mich an mein Lieblings-Stillleben von dem holländischen Künstler Abraham van Beyeren erinnert. Magst du van Beyeren?«

Ich erinnere mich nur vage, die Arbeiten dieses Künstlers aus der Barockzeit einmal in einer Ausstellung im Seattler Kunstmuseum gesehen zu haben. Vage. Ist auch besser so, denn ich würde das Gemälde lieber durch Andrews Augen sehen. »Ich bin nicht so vertraut mit ihm.«

»Für van Beyeren stand ein Granatapfel für Hoffnung. Ein typisches Stillleben von ihm enthielt einen Granatapfel, ein großes Stück Bauernbrot, einen Krug Wein, eine Obstschüssel und eine Taschenuhr.«

»Eine Taschenuhr? In einem Stillleben aus Brot, Wein und Granatapfel?«

»Ja. Ich glaube, er wollte dem Betrachter damit die Vergänglichkeit des Lebens vermitteln.«

»Aber trotzdem versuchte er, das Leben an einem bestimmten Zeitpunkt festzuhalten. Glaubst du, er hat bloß versucht, sich daran zu erinnern, wie lange er brauchte, um einen Granatapfel zu essen?«

Andrew kichert. Als ich ihm helfe, das Essen zum Tisch zu bringen, geht mir auf, dass im Ganzen gesehen meine persönlichen Probleme wenig bedeuten. Etwa so viel wie ein Granatapfel und eine Uhr. Demütig beschließe ich, von weiteren tiefschürfenden oder persönlichen Fragen abzusehen.

»Ich habe zwei Senfsorten«, sagt er. »Hättest du lieber Orange oder Dijon? Ich habe auch Meerrettich und einen scharfen karibischen Dip.«

»Es gibt schwere Entscheidungen im Leben, aber diese hier machst du mir leicht. Orangensenf. Den esse ich zu Veggie Burger am liebsten.«

Seine Augen lächeln, als wir uns an den Tisch setzen. »Ich will, dass das ein schöner Abend wird«, sagt er. »Nur du und ich… Es war ein langer Tag. Die Crew rebelliert, ich habe das Budget überzogen, meine Schauspieler giften sich an, und die Handelskonferenz beginnt in zwei Tagen. Dann müssen wir auf die Straße, Liveaufnahmen von dem Drama machen uuund… Ich kriege einfach die Sterbeszene nicht hin.«

Ich nehme meinen vegetarischen Burger in Angriff, wenn auch nicht so gierig, wie es meinem Hunger entsprechen würde. Ich sehne mich danach, mehr über die Schlussszenen des Drehbuchs zu hören, damit wir die Vertrautheit zwischen uns, die ich bei unseren früheren Treffen erlebt habe, wiederherstellen können. Ein Anekdotenerzähler und sein Zuhörer sind miteinander verbunden wie Yin und Yang. Ich brauche jetzt etwas, egal was, um die unangenehme Erkenntnis auszublenden, dass er verheiratet ist. Doch ich warte noch. Wir plaudern über Belangloses, räumen den Tisch ab und ziehen uns auf das gemütliche Sofa zurück. Jetzt ist die Zeit reif.

»Willst du deine Geschichte so enden lassen?«, frage ich. »Mit einer Sterbeszene? Wer stirbt denn?«

»Tja, ich arbeite noch dran, aber es soll ungefähr so aussehen.« Er schluckt und starrt ins Leere. »Demonstranten haben sich in der Nähe des Konferenzzentrums breit gemacht. Werner ist mittendrin. Polizisten werfen Menschen zu Boden, legen ihnen Handschellen an, besprühen sie mit Pfeffergas und stoßen sie in Transporter. Schwarz gekleidete Anarchisten werfen Fensterscheiben ein und fordern die Polizei heraus. Es herrscht Krieg, Chaos. Durch den Dunst von Tränengas sieht Werner, wie ein Polizist seine Pistole zieht. Irgendwas hakt bei ihm aus. Er zieht ebenfalls seine Waffe und zielt auf ihn. Doch er sieht den anderen Polizisten neben sich nicht, der seine Pistole auf ihn gerichtet hat. Dann liegt Werner am Boden, vor Schreck wie gelähmt, blutend, kaum fähig zu atmen. Er glaubt, dass er stirbt.«

»Du willst Werner also nicht sterben lassen?«

»Das wäre zu vorhersehbar.«

»Warum wird nicht stattdessen Emily erschossen...?«

Er denkt kurz nach und spricht weiter. »Emily ist dort... Sie sieht, wie Werner seine Pistole zieht. Sie weiß, was passieren wird. Sie will ihn aus der Schusslinie ziehen. Bis hierher plausibel.«

Es ist wunderbar, wie wir den Schluss gemeinsam entwickeln. Jetzt bin ich an der Reihe, und ich bin mit Begeisterung dabei. »Sie schätzt die Entfernung falsch ein und wirft sich vor Werner, als er gerade abdrückt –«

»Warte mal. Ich brauche den Kassettenrekorder.« Andrew steht auf, holt ein Aufnahmegerät von einem Bord, setzt sich wieder, drückt eine Taste und sagt: »Sprich weiter.«

»Die Kugel trifft Emily, und sie geht zu Boden. Sie liegt bewusstlos da, leichenblass, schwer verletzt, ihr rotes Halstuch wird immer röter. Mit einem Schrei lässt Werner die Waffe fallen und kniet schluchzend vor ihr. ›O Gott, nein, nein, nein, Emily!‹ Er versucht, sie wiederzubeleben, aber es hat keinen Sinn. Seine Kleider sind von ihrem Blut durchtränkt. Er bringt sie ins Krankenhaus, und nach mehreren Stunden gequälten Wartens kommt ein Chirurg aus dem OP und sagt ihm, dass sie zwar überlebt, sich aber nur langsam erholen und teilweise gelähmt bleiben wird. Mit dieser Schuld muss Werner nun leben. Er gibt den Polizeiberuf auf und wird Aktivist.«

»Interessante Idee, definitiv eine Möglichkeit. Aber falls ich deine Idee verwende, lasse ich Emily an Ort und Stelle in Werners Armen verbluten. Der Tod ist im Film viel wirkungsvoller. Er ist endgültig und drastisch. Sonst muss ich eine Krankenhaus-Szene drehen, und das wird schwierig. Es zieht die Handlung in die Länge und schwächt die Wirkung ab.«

Ich lehne mich auf dem Sofa in die weichen Kissen zurück. Einerseits freue ich mich, dass er meinen Vorschlag ernst nimmt und wir uns durch sein Drehbuch wieder näher gekommen sind. Andererseits beunruhigt es mich, dass er nicht einmal mit der Wimper zuckt, als ich vorschlage, Emily sterben zu lassen. Eine Figur ist entbehrlich, das ist für ihn kein Problem. Kann er diese Denkweise am Drehort zurücklassen, oder überträgt sie sich auch auf sein Privatleben?

Kaum ist mir der Gedanke gekommen, stellt er den Kassettenrekorder auf den kleinen Wohnzimmertisch und schmiegt sich enger an mich. Als ich zu ihm aufsehe, um zu protestieren (streng genommen ist er noch verheiratet), küsst er mich, ein prüfenderer Kuss diesmal, als wollte er mich für alles entschädigen, was in ihm noch immer unausgesprochen ist, und ein paar Entschuldigungen legt er auch hinein. Eine Millisekunde Widerstand weicht süßer Kapitulation, und in dem Moment verstehe ich, warum ich so lange gewartet habe, bis zu diesem schwierigen Abend, an dem ich von seiner Ehe erfuhr. Vielleicht habe ich auf den Zeitpunkt gewartet, an dem wir beide wussten, dass es kein Zurück mehr gibt. Dass ein solcher Moment durch den Umweg über sein Drehbuch entstanden ist, macht überhaupt nichts. Meine Finger streichen über seine kräftigen Schultern. Er hilft mir vom Sofa auf und führt mich langsam ins Schlafzimmer. Wir sinken aufs Bett; unsere Körper, endlich befreit von der kalten Isolation, von Wochen des stillen Hungerns, vereinen sich, erforschen einander, geben sich hin. Es ist, als wären wir die passenden Teile eines erotischen Puzzles. Sein Liebesspiel hat filmische Qualitäten: Er experimentiert mit Zeitlupe, Weichzeichner, vielen Nahaufnahmen und Orchesterklängen.

Viel später strecken wir uns auf dem Bett aus. Wir liegen in Kissen mit bestickten Bezügen, flüstern Zärtlichkeiten und sind uns sehr nahe. Ich betrachte sein Zimmer genau: ein ovaler Spiegel auf der Frisierkommode, in dem wir im Dämmerlicht nur das trübe Spiegelbild des anderen sehen, ein Nachttisch, der ausschließlich als Ablage für Kuli, Notizblock und Brille zu dienen scheint. An der Wand hängt ein Schwarzweißposter seines gefeierten Films *Storm Country*, das mich einlädt, über die Schulter eines Mannes zu blicken, der auf einen Sturm zeigt, der sich am Horizont zusammenbraut.

Ich wende mich ihm zu. Mit rauer Stimme sagt er: »Du liegst mir sehr am Herzen, Sunya.«

»Und ich will mit dir zusammen sein.«

Er streicht mir über die Stirn. »Ich werde mehr Zeit für uns finden, wenn ich nur die nächsten paar Wochen durchstehe …«

»Du musst erst die Handelskonferenz hinter dich bringen, das weiß ich, Liebling. Ich bin auch zwei Wochen weg.« Was außerdem wichtig ist, auch wenn ich es jetzt nicht sage, ist die Tatsache, dass bis dahin seine Scheidung rechtskräftig sein wird.

»Du willst weg?«

»Ich muss nach Japan.«

»Warum?« Seine Stimme klingt überrascht, verärgert.

»Unter anderem will ich mich über die Sunya-Tradition informieren.«

»Du glaubst doch nicht wirklich an so was, oder?«

»Du hast mich schließlich selbst darauf gebracht, weißt du noch?«, sage ich lachend. »Im Moment bin ich zwar noch ziemlich skeptisch, aber…«

»Brauchst du vielleicht nur Urlaub?«

»Ich brauche schon seit Jahren Urlaub, aber im Moment, wo in meinem Geschäft so gut wie alles schief läuft, würde ich nicht nur so zum Spaß wegfahren. Ich bin da sehr pragmatisch, wie es sich für Bäcker gehört. Wir haben bestimmte Zutaten zur Verfügung und müssen daraus etwas Handfestes machen. Ich habe noch nie etwas so Impulsives getan oder eine so illusorische Idee verfolgt…«

»Ich will nicht, dass du mich verlässt, Sunya.«

Hin- und hergerissen streiche ich mir eine Locke aus der Stirn und schlage die Augen nieder. Die Luft ist muffig, und die Stimmung hat sich verändert. Andrew ist wieder in seine Welt abgetaucht. Ich fühle mich nicht mehr so wohl wie noch vor ein paar Minuten. Wenn ich diese Reise nach Japan antrete, setze ich etwas aufs Spiel, das mir lieb und teuer ist.

Als er mich näher an sich zieht, höre ich ihn seufzen – die Stimme seines Herzens – und spüre, dass zwischen uns eine gewisse Distanz gewachsen ist, zwar nicht groß genug, um beängstigend zu sein, aber trotzdem beunruhigend. Ist das nur das normale Sich-wieder-Abgrenzen nach dem Sex? Oder etwas Bedrohlicheres? Angesichts meiner emotionalen Verletzlichkeit neige ich dazu, es Ersterem zuzuschreiben. Trotzdem fragt sich ein Teil von mir, ob ein Schatten aus seiner Vergangenheit herabgestoßen ist und sich auf schwer erkämpftes Territorium gelegt hat. Warum hält uns die Vergangenheit derart gefangen? Wie sehr ich mir wünschte, ich könnte ihren Fluch vertreiben.

38

Heute wurde die Handelskonferenz eröffnet. Am Abend krallt sich der Wind mit eisigen Fingern an mein Gesicht, als ich das Gelände des Seattle Center überquere und durch die Tür ins Center House schlüpfe. In der Innenstadt, kaum eine Meile von hier, sind die Demonstrationen und Ausschreitungen in vollem Gang. Es ängstigt mich, was sich an meinen eiligen Schritten zeigt.

Ich laufe die Gänge des Center House auf und ab – eine riesige Halle mit Tischen und Stühlen, die in der Mitte gruppiert sind, und einer Einkaufspassage drum herum. Die blau-violetten Leuchtschilder schmerzen in meinen Augen. Wo bleibt Roger bloß? Übermorgen fliege ich nach Japan; daher ist es so dringend, dass wir uns an diesem historischen Abend treffen.

Bin ich am falschen Treffpunkt? Das kann nicht sein. Als wir uns am Telefon verabredeten, sagte er, hier sei es günstig für ihn. Das Büro der People's Trade Campaign, wo seine Mitstreiter sich später am Abend treffen, ist nur einen Block von hier entfernt.

Hinter mir kracht es laut, und ich fahre zusammen. Jemand hat ein Tablett fallen lassen, sonst nichts. Eiswürfel schlittern über den Betonboden wie Glasscherben.

Meine Uhr sagt, dass es nur noch ein paar Minuten bis zu unserem Treffen um neunzehn Uhr sind. Trotzdem kann ich mich nicht setzen. Ich fahre mit der Rolltreppe ins dunkle, leere Untergeschoss und wieder nach oben. Keine Spur von Roger.

Tagsüber habe ich immer wieder Fetzen von Berichten über die Ausschreitungen gehört. Bisher haben sich meine Sorgen um Andrew gedreht, der mit seiner Crew und der Kamera mittendrin ist, um Live-Material von der Demonstration einzufangen – vielleicht filmt er sogar Roger. Irgendwann gegen siebzehn Uhr hat Andrew eine kurze Nachricht auf meinem Anrufbeantworter hinterlassen, damit ich weiß, dass er in Sicherheit ist. Zum Schluss hat er mir ganz romantisch einen Kuss aufs Band gehaucht. Um ehrlich zu sein, habe ich mir um Roger bisher keine Sorgen gemacht.

Ich gehe zurück zum Eingang und trete beiseite, als eine Familie mit einem wimmernden Kind hereinschlendert. Als ich nach draußen trete, liegt das Gelände verlassen vor mir, in eine winterliche Düsternis gehüllt, die meine ernste Stimmung nur noch verstärkt.

Erschaudernd begebe ich mich wieder nach drinnen. Roger kommt schließlich immer zu spät. Warum sollte es diesmal anders sein? Ich setze mich an einen Tisch und schlage die Abendausgabe der *News* auf. Die fetten Schlagzeilen verkünden:

**VERSUCH, REICH UND ARM ZU EINEN,
EXPLODIERT IN TRÄNENGASWOLKE**

Ich kann mir genau vorstellen, wie es passierte. Eine Menschenmenge – 30 000 Leute – mit offizieller Genehmigung marschiert in die Innenstadt zum Konferenzort. Zuerst ist die Stimmung friedlich. Tanzmusik dröhnt von LKWs mit Lautsprechern; festlich gestimmte Demonstranten laufen in den unterschiedlichsten Verkleidungen umher: als Tauben, Monarchfalter und Tümmler. Doch die fröhliche Atmosphäre hält nicht lange an. Demonstranten versuchen, den Zugang zum Konferenzzentrum zu blockieren. Die Polizei reagiert mit Tränengas und Pfefferspray, und das Chaos bricht aus. Bald werden Feuerwehrautos und Krankenwagen angefordert.

Meine Sympathie für die Protestierenden, darunter Roger und seine Gruppe, wächst. Warum hat er noch nicht angerufen? Er hat doch meine Nummer! Ich trage mein Handy zur Abwechslung auch bei mir.

Ich betrachte das Foto in der Zeitung genauer: Polizisten mit Gasmasken und ein Demonstrant, der, Arme und Beine von sich gestreckt, am Boden liegt. Das ist nicht Roger, sage ich mir. Er ist nicht so unvorsichtig. Ich falte die Zeitung so zusammen, dass ich das Bild nicht mehr sehen muss, und schaue mich um.

Zwei Tische weiter isst die Familie jetzt geruhsam zu Abend. Der kleine Junge hat sich inzwischen beruhigt; dafür spielt er mit den Nudeln herum. Das zufriedene Kauen der Eltern und ihr Desinteresse daran, was sich im Rest der Stadt abspielt, machen mich wütend. Ich schlage die Zeitung wieder auf:

> »Gebt uns unsere Straßen zurück«, skandiert die Menschenmenge drüben in der Pike Street. Vagabundierende Anarchisten zerschmettern angeblich die Schaufenster der U.S. Bank, von McDonald's, Starbucks und von Gap. Ein Konferenzsprecher sagt, dass es unter diesen Umständen zunehmend schwieriger wird, die Gespräche fortzusetzen.

Ich sehe noch einmal auf die Uhr. Neunzehn Uhr zwanzig. Da ich die Ungewissheit nicht mehr aushalte, durchwühle ich meine Handtasche, krame mein Handy hervor und rufe im Büro der People's Trade Campaign an.

Es klingelt lange. Endlich geht jemand ran; im Hintergrund aufgeregte Stimmen. »Roger Yahura? Hab ich nicht gesehen. Ich frage mal nach. Bleiben Sie dran.« Mein Griff um das Handy ist kalt und steif. Ich spitze die Ohren, um auch das kleinste Geräusch mitzubekommen. Ein paar Sekunden später kommt der Mann zurück. »Sind Sie verwandt mit ihm? Nein? Sind Sie in der Stadt? Okay, ich habe erfahren, dass Roger verletzt ins Krankenhaus gebracht wurde. Welches Krankenhaus? Weiß ich nicht. Ich kann Sie nicht sehr gut hören. Können Sie später noch mal anrufen? Ich versuche, bis dahin an mehr Informationen zu kommen ...«

»Bitte ... Ich bin mit ihm befreundet. Ich bleibe dran. Bitte holen Sie jetzt gleich alle Informationen ein, die Sie kriegen können.«

Kurz darauf erklärt der Mann, dass Roger im Harborview Hospital liegt.

»Wie schwer ist er verletzt?«

»Tut mir Leid, Ma'am, ich weiß es nicht.«

Ich bin wieder draußen in der Herbstkälte, aber ich spüre sie nicht. Während ich nach Harborview rase, stelle ich das Autoradio an, um die neuesten Nachrichten zu hören. Die Polizei schießt jetzt auf Capitol Hill mit Gummigeschossen auf die Protestierenden. Ich schalte das Radio aus.

Nachdem ich durch die endlosen Krankenhausflure geirrt bin, finde ich endlich das richtige Zimmer. Roger, in klinikweiße Laken gehüllt, das linke Bein im Streckverband, liegt im hintersten Bett und starrt an die Decke. Ein unberührtes Schinkensandwich liegt auf seinem Nachttisch.

»Sunya …« Er erhebt sich halb und streckt mir eine Hand hin, die ich in meine nehme. »Du bist hier … Damit habe ich nicht gerechnet. Tut mir Leid, dass ich dich versetzt habe, aber …« Er verzieht das Gesicht und deutet auf sein Bein.

»Keine Sorge. Wie geht es dir?«

»Ich hatte Glück – nur ein gebrochenes Schienbein. Keine große Sache. In ein paar Wochen bin ich wieder auf dem Damm.«

Er sieht verletzlich aus, niedergeschlagen. Früher hätte ich ihn geküsst und umarmt, obwohl noch zwei andere Patienten im Raum sind, und ihm gesagt, dass alles wieder gut wird und ich ihm beistehe … Jetzt drücke ich nur seine Hand.

»Ich habe buchstäblich kein zweites Standbein mehr, Sunya. Ich erinnere mich, dass du mich davor immer gewarnt hast …«

»Wird dieses Erlebnis deine Meinung ändern oder –«

»Eindeutig ›oder‹. Ich bin jetzt sogar noch überzeugter, dass wir das Richtige tun. Du hättest sehen sollen, was da abgelaufen ist. Diese Arbeit ist wie geschaffen für mich.«

Ich sitze neben ihm. Erschüttert, wütend, hilflos spricht er immer wieder davon, wie sehr er sich wünscht, noch draußen zu sein und die »Agenten der Unterdrückung« zu bekämpfen. Stattdessen ist er in einem Krankenhauszimmer eingesperrt. Beim Sprechen verzieht er vor Schmerz das Gesicht.

Ohne jede Vorwarnung sagt er: »Ich bin froh, dass Kimiko ausgezogen ist.«

Ich lasse ein kurzes Schweigen zu. »Du bist froh?«

»Sie hat mir das Gefühl gegeben, noch in Japan zu leben, obwohl ich jetzt ein anderer Mensch bin. Sie hat in mir etwas zum Vorschein gebracht, das mir nicht gefiel… Wenn ich euch vergleiche, muss ich sagen –«

»Mir wäre es lieber, wenn du uns nicht vergleichst, Roger.«

»Ich bin noch so benommen. Können wir uns irgendwann später unterhalten, Sunya, wenn ich aus dem Krankenhaus raus bin? Ich würde wirklich gern mit dir reden…«

»Aber…« Jetzt ist nicht der richtige Zeitpunkt, ihm von meiner noch ganz frischen Beziehung mit Andrew zu erzählen und in welche neuen Bahnen sie mein Leben gelenkt hat. Als ihm die Augen zufallen, sage ich leise »Gute Nacht« und gehe.

Auf der Heimfahrt kämpfe ich gegen die aufsteigenden Tränen, und mir fällt ein, was mir Freunde oft gesagt haben: dass Menschen in dein Leben treten, eine Weile bleiben und dann weiterziehen wie Regen, wie eine schlimme Grippe, wie eine gute Flasche Wein, die man kurz genießt, die aber bald nur noch eine schöne Erinnerung ist. Ihrer Ansicht nach zählen Beziehungen nicht mehr als die Visitenkarten, die man einsammelt und dann in den Papierkorb wirft. Ich frage mich, ob ich diese Einstellung teile. Egal, wie sehr Roger mich verletzt hat, in meinem Fall lautet die Antwort nein. Manchmal muss erst eine Katastrophe passieren, um einem klar zu machen, wer oder was noch zählt. Oder vielleicht bin ich einfach so.

39

Vierundzwanzig Stunden bevor ich nach Japan fliege, bin ich im Schlafzimmer am Packen, und Mutter leistet mir Gesellschaft. Obwohl ich ein bequemes Soft-Fleece-Sweatshirt und Hausschuhe trage, fühle ich mich nicht wohl. Wir besprechen das Neueste von Roger. Während ich halbherzig meine Sachen packe, versichert mir Mutter, dass sie sich um ihn kümmert, wenn ich weg bin.

Sie tänzelt nervös durch den Raum, inspiziert den Wandschrank und zieht alle neun Schubladen des Frisiertischchens auf. Sie ist überzeugt, dass ich ohne ihre Beaufsichtigung ein paar lebensnotwendige Dinge vergesse, was katastrophale Folgen für meine Reise haben wird. Wie schon so oft in den letzten Tagen fragt sie mich, ob ich wirklich so weit fliegen muss, nur um Urlaub zu machen.

»Gibt es denn auf Whidbey Island kein Zen-Zentrum? Warum fährst du nicht dorthin? Dahin brauchst du nur anderthalb Stunden mit der Fähre, statt zehn Stunden über den Pazifik zu fliegen, die internationale Datumsgrenze zu überschreiten und einen ganzen Tag zu verlieren.«

»Ich bin nicht auf der Suche nach Zen, Mutter ...«

»*Tobe ki?*« Wonach dann?

Ich verstumme. Wie soll ich ihr klar machen, dass es mich ganz stark nach Japan zieht? Ich bin erleichtert, als sie fragt: »Wie warm ist es dort?«

»Zwischen 10 und 15 Grad.«

»Ist dort immer noch Taifun-Saison?«

»Nein.« Ich stecke ein Japanisch-Lehrbuch in meinen Koffer. »Die geht nur bis September.«

Sie sieht erleichtert aus. In den nächsten Minuten erzählt

sie mir fröhlich von den Vorbereitungen für ihre Hochzeit im Juni, wovon vieles über Webseiten der Hochzeitsindustrie abgewickelt wird. Sie hat schon eine vorläufige Gästeliste aufgestellt, einen Fotografen ausgewählt, einen DJ angeheuert, der flotte Tanzmusik auflegen soll, eine extravagante Location für den Empfang gebucht (nichts Geringeres als den Rosengarten in Woodland Park) und edel bedruckte Einladungskarten geordert. »Ich habe sogar einen Countdown-Kalender«, verkündet sie. »Damit ich nichts vergesse. Ich habe schon jetzt das Budget überzogen.«

Ich würde mich mehr für sie freuen, wenn sie nicht ausgerechnet Dushan heiraten würde. Trotzdem schenke ich ihr meine volle Aufmerksamkeit, während ich mit beiden Händen Kleidung und Geschenke im Koffer zusammenpresse, um mehr Platz zu schaffen. Es ist erstaunlich, wie viel in einen kleinen Koffer passt.

»Dushan war gestern bei mir zum Abendessen«, bemerkt Mutter betont beiläufig, als sie sich auf der Kante meines hohen Betts niederlässt. »Rate mal, wen er mitgebracht hat?«

»Wen denn?« In meinem Kopf läuten sämtliche Alarmglocken.

»Willy Cartdale. Ich habe ein großes indisches Abendessen gekocht.«

»Cartdale? Du machst Witze!«

»Doch, ›der Feind‹. Er fand mein *mangsho* sehr lecker. Er hat sich drei Portionen genommen.«

»Ist das dein Ernst? Du hast diese Niete zu dir nach Hause eingeladen und ihm dein Lamm-Curry in den Rachen geworfen? Woher kennst du ihn überhaupt?«

»Mit Spinat kann man keinen Fisch verstecken, wie wir in Bengalen sagen. Ich wusste, dass du und Dushan euch über Cartdale und seine Intrigen gestritten habt. Ich habe Dushan keine Ruhe gelassen, bis er mir alles erzählt hat. Dann habe ich nachgedacht und einen ›Aktionsplan‹ ausgeklügelt. Ich habe Dushan gebeten, Cartdale zum Abendessen einzuladen. Natürlich brauchte es einige Überredungskünste, bis Cartdale zusagte. Ich fand, dass ich nichts zu verlieren habe, wenn er zu mir kommt. Zu Dushans Verlobter kann er schließlich nicht allzu fies sein, besonders wenn sie extra für ihn kocht. Wie du weißt, kann ich mich wunderbar dumm stellen, wenn es der Anlass erfordert.«

Ich halte beim Packen inne und sehe Mutter entgeistert an. »Der Kerl ist ein Widerling. Ich habe ihn kennen gelernt. Er hatte die Frechheit, zu mir in die Bäckerei zu kommen.«

»Du lässt dich zu sehr von persönlichen Gefühlen leiten. Seine Mutter war eine einfache Näherin und hat ihn ebenfalls allein großgezogen. Seine Eltern ließen sich scheiden, als er fünfzehn war. Sein Vater ging einmal in der Woche mit ihm in den Woodland-Park-Zoo und lud ihn zu einem Hamburger bei Jack in the Box ein. Doch darüber ging seine Beziehung zu Willy nicht hinaus.«

»Es ärgert mich, dass du dich in meine Geschäftsangelegenheiten eingemischt hast. Ich an deiner Stelle würde kein Wort von dem glauben, was Cartdale sagt. Ein Mann wie er verspricht dir heute das eine und macht morgen genau das Gegenteil.«

»Liebes, in diesem Leben kann man nur darauf hoffen, sich *shomoy* zu kaufen.« Sie betont das Wort, das »Zeit« bedeutet. »Schwierigkeiten kommen früher oder später immer wieder.«

»Ich kann meine Probleme alleine lösen. Du musst nicht auf mich aufpassen.«

»Glaub mir, du wirst noch genug am Hals haben, wenn du zurückkommst. Doch jetzt habe ich Willy auf meiner Seite. So seltsam es auch klingt, er genießt meine Gesellschaft. Er will wiederkommen und andere Gerichte von mir probieren. Er ist geschieden. Er sagt, die indische Küche sei eines der Grenzgebiete, die er gern erobern würde. Er ist ständig auf Kriegsfuß. Seine Mutter kocht nicht mehr. Der arme Kerl hat seit Jahren keine anständige Hausmannskost mehr gegessen.«

»Glaubst du wirklich, du kannst ihm trauen?«

»Nein, aber es hilft mir zu verstehen, was in ihm vorgeht.«

»Und welche Rolle hat Dushan dabei gespielt?«

»Er war der Vermittler. Weißt du, Schätzchen, ich lerne gerade den ganzen Business-Slang. Dushan ist übrigens stolz auf dich. Deine Bäckerei existiert immer noch, und die Leute stehen hinter dir.«

»Klar. An manchen Tagen kann ich am Rande des Abgrunds kaum die Balance halten. Eine falsche Bewegung und –«

»So ist das Leben eben, Liebes, eine Frage der Balance. Jetzt sei nicht böse! Schon als Kind wolltest du immer alles allein machen. Lass mich zur Abwechslung auch mal was für dich tun. Irgendwann bist du auch Mutter, und dann wirst du verstehen, dass Liebe nicht nur bedeutet, dumm rumzusitzen und in Zuneigung zu schwelgen. Liebe erfordert manchmal energisches Handeln. Es fällt mir schwer, untätig zuzuschauen, wenn ich Schwierigkeiten auf dich zukommen sehe. Es war nur eine Kleinigkeit, aber es gibt mir gleich ein viel besseres Gefühl. Es freut dich sicher, dass mein Blutdruck heute Morgen auf 136 zu 84 gesunken ist. So niedrig war er lange nicht.«

»Mach so weiter, ja?« Ich öffne meine Schminktasche und überprüfe, wie viel Oil-of-Olaz-Handlotion ich noch habe. Mutters Einfallsreichtum überrascht mich. Wer braucht da noch einen Vater? Egal wie brillant er war, mit Mutters Güte, Menschlichkeit und Charakterstärke hätte er sich nie messen können.

Sie steht auf, holt ihre Handtasche aus der Ecke und zieht den Reißverschluss auf. Bevor ich mich's versehe, hält sie mir zwei Reisetuben Colgate hin.

»Nimm die mit«, befiehlt sie, als sie sich wieder auf die Bettkante setzt. »Nur für den Fall, dass dir dort die Zahnpasta ausgeht. Ist das nicht die Marke, die dein Zahnarzt empfiehlt? Vielleicht gibt es diese Marke oder diese Größe in Japan nicht. Womöglich ist sie japanisch beschriftet, und du kannst es nicht lesen. Was willst du dann machen?«

Ich nehme die Tuben und schiebe sie in meine Toilettentasche; ich unterdrücke den Protest, der sich in mir regt. Japan ist ein modernes Land, und ich bin eine erwachsene Frau. Ich bin sehr wohl in der Lage, einen Supermarkt ausfindig zu machen und mir selbst Zahnpasta zu kaufen. Das wäre nicht nötig gewesen, Mutter! Doch ich beschließe, die Sache auf sich beruhen zu lassen. Jetzt, wo mein Koffer gepackt ist, hocke ich mich neben sie auf die Bettkante und drücke ihre Hand. Die feste, tröstliche Berührung ihrer rauen Hände hat mich schon immer vor dem Abheben bewahrt. Im Nu hat mich die Realität wieder, und ich habe festen Boden unter den Füßen. Die Welt ist doch keine totale Katastrophe.

»Und vergiss deinen warmen Mantel nicht. Dort wird es abends bestimmt sehr kalt. Du frierst doch nicht gern.«

Wir bleiben noch ein paar Minuten sitzen und gehen zum zehnten Mal meine Reiseroute durch. Fünfzehn Tage lang keine Karten und Anrufe? Mutter mag derart strenge Regeln nicht, will sich aber daran halten. Sie wird die Tage, Stunden und Minuten zählen, bis ich wiederkomme. Als ich sie zur Tür bringe, fällt mir ihr zögernder Gang auf; daran erkenne ich, dass sie mein Abenteuer in Frage stellt. Ich winke, als sie in ihren Wagen steigt. Der Ruf des Unbekannten hat mich von ihr und meinem engen Förderkreis weggelockt. Der Wind scheint mir zuzusäuseln: Wird diese Reise die Risiken wert sein, die sie mit sich bringt?

Habe ich die richtige Entscheidung getroffen? Sollte ich es mir lieber noch einmal überlegen? Der Himmel funkelt; Vögel zwitschern; heute Nacht soll es Vollmond geben. Trotzdem mache ich mir Sorgen, als ich dort auf der Veranda stehe, die Ellbogen auf das Geländer gestützt.

40

Als mein Flugzeug am Kansai-Flughafen in Osaka landet, sind meine Zweifel wie verflogen. Ich fühle mich ungebunden, unbeschwert und offen für meine neue Umgebung. Nachdem ich den Zoll passiert habe, hole ich mein Gepäck ab und trete aus dem Terminal auf einen Fußgängerweg. Ein Verkehrspolizist mit weißen Handschuhen winkt mich auf eine Insel, an der eine Taxischlange wartet. Bald sitze ich in einem blitzsauberen Taxi und fahre einen breiten Boulevard hinab, der von großen, schimmernden Gebäuden aus Glas und Stahl gesäumt ist. Eine gewisse Enge, Zurückhaltung und Disziplin herrschen vor. Zu dieser späten Vormittagsstunde fließt der Verkehr zügig durch die Straßen; doch obwohl alles sehr geordnet scheint, spüre ich den stummen Druck der etwa 130 Millionen Menschen, die ein Land aus Inseln bewohnen, das nicht größer ist als Kalifornien. Diese Ahnung und die rätselhafte japanische Schrift auf Spruchbändern und Reklametafeln relativieren meine Begeisterung recht bald und schüchtern mich ein.

Nachdem ich mich in Kioto in einem modernen Hotel angemeldet habe, zeigt mir ein Page mein Zimmer. Es ist nur eine winzige Zelle, in der trotzdem irgendwie Platz für ein Bett mit einer bläulichen Decke, eine Lacktruhe und einen Schreibtisch ist, ohne dass man Beklemmungen bekommt. Das einzige Fenster geht auf einen großen, formal angelegten Garten und schafft die Illusion von Weite und Nähe zur Natur. Eigentlich wollte ich mich kurz hinlegen, doch nach dem langen Flug bin ich hellwach und desorientiert. Ich gehe nach unten und bleibe an dem gewundenen Steinweg stehen, der zum Garten führt. Vor mir liegt ein Teich, über den sich eine elegante Brücke wölbt. Rechts sehe ich Büsche und Ziersträucher und schwarze Steine, die unter einem Hain aus anmutigen Kiefern arrangiert sind. Das Ganze vermittelt ein subtiles Gefühl geometrischer Ordnung. Links steht eine stabile Steinlaterne. Irgendwo in der Ferne läutet eine Tempelglocke: tiefe, dumpfe Töne, die in der Luft nachklingen. Der Garten ist so angelegt, dass sich mit jedem Schritt ein neuer Blick auftut. Wäre da nicht der vertraute Duft von Champignonpizza, den die leichte Brise zu mir weht, käme mir alles noch exotischer vor.

Nachmittag. Ich wage mich aus dem Hotel und schlendere durch das Labyrinth aus engen Gassen, das den Hang überzieht; ich rechne mit traditionellen ziegelgedeckten Häusern, kann aber nur eins ausfindig machen. Schon bald stoße ich auf eine Hauptdurchgangsstraße. Ein buttriges Aroma führt mich zu einem modernen Einkaufskomplex. Der Duft kommt aus einer *croissanterie*, der ersten von vielen auf dem Boulevard. Obwohl Backwaren hier keine Tradition haben, sind sie inzwischen fest etabliert, stelle ich anerkennend fest. Ich komme an einem *yakitori*-Stand, wo es Spießchen mit gegrilltem Hühnerfleisch gibt, und an einer Damenboutique mit einem großen »Mode l'Automne«-Schild vorbei, biege um die Ecke und finde mich vor den glänzenden Fenstern eines modernen Salons wieder: die Apsara-Bäckerei. Ich bleibe stehen und sehe sie mir genau an. Ich muss zugeben, dass sie viel edler ist als mein bescheidenes Unternehmen.

Hier werde ich also in den kommenden zwei Wochen arbeiten. Was, wenn ich die Schokolade anbrennen lasse, den Ananasextrakt vergesse, den Tortenboden zu lange backe? Meine Übelkeit weitet sich zu einem Gefühl der Panik und Unzulänglichkeit aus.

Ich atme tief durch, folge einem jungen Paar in den Laden und sehe mich ein paar Minuten um. Obwohl es hier teurer ist als in den *croissanteries*, die ich bisher gesehen habe, ist dieser Laden brechend voll, und die Kunden stehen in einer langen Schlange an. Der Grund ist offensichtlich. Die Vitrine aus Tafelglas wartet mit einem umfassenden Angebot klassischen europäischen Gebäcks auf: *génoise, mille-feuille* und *éclair*. Gäbe es nicht auch eine Auswahl an japanischen Süßigkeiten (*mitsumame*) und ein paar Mischformen, wie zum Beispiel »Grüner-Tee-Kuchen«, könnte ich mich in Paris wähnen. Ich bin enttäuscht, dass es keine Herbstsymphonie-Torte gibt; vielleicht ist sie schon ausverkauft. Während ich zusehe, wie für jeden Kunden extra frischer Kaffee zubereitet wird, höre ich einen Amerikaner sagen, dass er eine doppelte Portion *génoise* will – anscheinend hat er beim letzten Mal nur ein Stück bestellt und konnte nicht genug bekommen. Meine Neugier verstärkt sich, und mir wird sofort wieder übel.

Ich beuge mich über die helle Holztheke, stelle mich einer Angestellten vor und frage nach Mori Matsumoto. Sie sieht flott und tüchtig aus und trägt eine weiße Uniform mit einer blauen Schürze. »Bitte setzen Sie sich«, erwidert sie mit fast akzentfreiem Englisch. »Ich sage ihm, dass Sie hier sind.«

Während ich an einem weiß gedeckten Tisch warte, lausche ich den gedämpften japanischen Gesprächen am Nebentisch. Es ist unheimlich, kein Wort zu verstehen und sich wie ein totaler Außenseiter zu fühlen. Die Sprachmelodie erinnert mich an ein paar Grundredewendungen, die mir Roger beigebracht hat, die ich aber nie angewendet habe. Vor der Bäckerei hupt lautstark ein Auto. Durchs Fenster beobachte ich ein paar Teenager, die einen Elektroladen auf der anderen Straßenseite betreten. Mit den bunten Turnschuhen, den sportlichen, mit Rheinkieseln besetzten Stirnbändern und den T-Shirts, auf denen ein Hot Dog mit Armen und Beinen abgebildet ist, würden sie in keinem amerikanischen Einkaufszentrum sonderlich auffallen.

Ein Mann, den ich auf Anfang sechzig schätze, kommt aus einem Nebenzimmer und geht forsch auf mich zu. Er trägt einen Kochkittel, eine weite Hose und Sneakers; er ist durchschnittlich groß und hat ein heiteres, ovales Gesicht, einen fleckigen Teint und tiefe symmetrische Falten in den Wangen. Er zieht sich einen Stuhl heran und lächelt mich wohlwollend an wie ein älterer Verwandter.

»Willkommen in Japan, Sunya-san. Ich bin Mori Matsumoto.«

»Es ist eine große Ehre für mich, hier zu sein.«

»Ich warte schon mit Spannung auf Sie, seit mir Bobusan am Telefon sagte, dass Sie bereits eine begnadete Bäckerin sind.« Die Stimme ist tief und rau; die Worte scheinen von Herzen zu kommen; aber was mich am meisten beeindruckt, ist die Wachheit in den unbekümmerten, funkelnden Augen. »Ich habe mich darauf gefreut, dass Sie den Kurs mitmachen. Sie sind in diesen zwei Wochen die einzige neue Schülerin.«

»Ich weiß, dass ich eigentlich erst morgen anfange, aber ich konnte es nicht länger erwarten, Ihre Bäckerei zu besuchen.«

»Man kann nie früh genug anfangen.« Er beugt sich näher zu mir. »Sie sind aus Seattle? Ich habe Ihren Mount Rainier gesehen, aber nur auf Bildern. Haben Sie ihn je bestiegen?«

»Nein. Aber an klaren Tagen hat man von meiner Straße aus einen großartigen Blick auf ihn.«

»Ich war noch nie in Seattle, aber ich habe eine Weile in Manhattan gelebt. Seattle scheint mir weniger extravagant, aber Schlagzeilen macht es trotzdem.« Ich bin erleichtert, dass Matsumoto nicht auf die Seattler Handelskonferenz zu sprechen kommt. Stattdessen erinnert er sich an seine Zeit in Manhattan. »Dort konnte man richtig Spaß haben. Ich war damals noch sehr jung, arbeitete als Konditor in einem Restaurant und machte gutes Geld. Die Welt stand mir offen. Ich habe den ganzen Tag gebacken, und abends ging ich in Nachtclubs. Ich kam mit sehr wenig Schlaf aus. Ich war ein törichter junger Mann. Trotzdem erinnere ich mich gern an diese Zeit.«

Seine Erinnerungen veranlassen mich, an die Kämpfe in meinem Leben zu denken, an die Vergnügungen, die ich mir habe entgehen lassen; aber ich bin noch jung. Irgendwann werde ich mir freinehmen und das Leben genießen. Es ist mir unangenehm, dass ich so denke, während ich in einem Laden sitze, in dem die Angestellten offensichtlich besonders hart arbeiten. Ich sehe, dass Matsumoto zur Theke blickt. Wie auf Kommando erscheint ein Kellner und nimmt seine Bestellung entgegen. Es ist klar, dass Matsumoto hier das Sagen hat. Kann ich mich daran gewöhnen?

Kurz darauf bringt der Kellner jedem von uns ein »Kuchenset« – ein Stück *génoise* mit einer Schale duftenden Tees namens *gyokuro*. Eine solche Zusammenstellung hätte ich nie für möglich gehalten, doch ein prüfender Schluck genügt, um mich davon zu überzeugen, dass der exquisite Tee eine erstklassige Ergänzung zu dem Biskuitstückchen ist. Ich bin sprachlos.

Matsumoto erklärt mir, dass der Tee aus der Präfektur Shizuoka kommt, der Heimat des Fuji-san – wie er den höchsten Berg des Landes liebevoll nennt. Die Blätter haben die höchste Güteklasse, und das Wasser, in dem sie ziehen, wird nicht ganz zum Kochen gebracht. Er lächelt auf seine Schale hinab. »In einer Schale Tee kommt das ganze Universum zu einem, sagt man bei uns.«

Sein Universum schüchtert mich noch mehr ein, als ich das Biskuitgebäck probiere – bei weitem das Beste, das ich je gegessen habe. Es hat eine schön feuchte, gleichmäßige Konsistenz und einen subtilen fruchtigen Duft, den ich nicht ganz einordnen kann. Meine Angst vor der Arbeit hier wächst.

»Morgen früh fangen wir ganz simpel an und arbeiten an einfachen Brotsorten«, sagt Matsumoto. »Im Laufe der Woche gehen wir zu süßem Gebäck über, wie zum Beispiel *génoise*. Wir haben ein großes Pensum vor uns, deshalb sind die Tage lang. Vielleicht ist es an der Zeit, Ihnen etwas über die Hintergründe meines Unterrichts zu erzählen.«

»Ja, das wäre schön. Deshalb bin ich ja hier.«

Matsumoto lächelt. »Das ist nichts, was man an einem Tag lernen kann, vielleicht nicht einmal in zwei Wochen.«

Ich schiebe den Teller beiseite. Unterschätzt er mich bereits? Sofort beschließe ich, ihm das Gegenteil zu beweisen.

Später am Nachmittag, als ich im Hotelgarten sitze, überlege ich, was ich aus Matsumotos Einführung bereits gelernt habe. Sein Heilansatz ist experimentell. Er hat mir die Ehre erwiesen, mir von der schmerzlichen Erfahrung zu erzählen, die ihn zur ersten Versuchsperson seines Experiments machte. Vor sieben Jahren starb seine Tochter, die damals in meinem Alter war, an Lungenentzündung. Sein Schmerz war monatelang so groß, dass er nicht backen und auch sonst nicht viel machen konnte. Er war zwar Buddhist, doch da er sich ganz auf seine Karriere konzentriert hatte, praktizierte er den Glauben nicht mehr. Dann traf er einen Mönch namens Bikkhu Karun, der ihn an die Begriffe *dukkha*, Leiden, und *anicca*, die Unbeständigkeit der Dinge, erinnerte, Konzepte, die er zwar gekannt, denen er aber keine Beachtung geschenkt hatte. Matsumoto sah ein, dass er seine Sichtweise ändern musste, um einen Weg aus seiner Trostlosigkeit zu finden, doch für ihn war die Welt noch immer aus den Fugen.

Eines Tages, als er allein in der Küche war, versuchte Matsumoto Brotteig zu kneten. Da er nicht glatt und geschmeidig wurde, wollte er frustriert aufgeben; da ging ihm auf, dass das, was Bikkhu Karun ihm beigebracht hatte, stimmte. Er hatte alles, was er brauchte, um wieder glücklich zu sein, aber er schwelgte in seiner Trauer, drehte sich gedanklich im Kreis und zog daraus sogar ein perverses Vergnügen. In dem Moment rief er: »Stopp!«

Matsumoto brachte das so lustig vor, dass ich lachen musste.

Er erzählte mir weiter, dass seine Ichbezogenheit plötzlich verschwunden war und er sich wieder voll und ganz auf den Teig konzentrieren konnte. In den nächsten Minuten war für ihn nur Teigkneten wichtig, als hätte sich der Kosmos auf diesen einen Teigklumpen reduziert. Er zwang sich, auch die restlichen Schritte zu Ende zu bringen, und plötzlich waren Anspannung und Sorgen verschwunden; er fühlte sich wie neugeboren. Mit klarem Blick sah Matsumoto mich an und meinte: »Vielleicht fragen Sie sich gerade: Ist es wirklich so einfach?«

Ich nickte erwartungsvoll.

Matsumoto betonte, dass Backen eine einfache Tätigkeit ist, die jeder erlernen kann; man braucht dazu nur ein paar Zutaten, einen Ofen und Bereitwilligkeit. Das Ziel besteht darin, andere mit schönen Dingen zu verköstigen, was ungeheuer befriedigend ist; andere zu nähren ist uns allen ein Grundbedürfnis. Außerdem schärft Backen die Sinne. Die Formen, Farben und Strukturen bringen einen dazu, sich auf die wirkliche Welt zu konzentrieren. Matsumoto stellte fest, dass er mit dieser Methode auch anderen traumatisierten Menschen helfen konnte. Sie können trotzdem noch ihre Ärzte und Therapeuten konsultieren, wenn sie das Bedürfnis haben; doch wenn sie durch die Arbeit bei ihm lernen, eine gewisse innere Ruhe zu erlangen, sind solche Besuche nicht mehr annähernd so oft nötig. »Mein Mantra wurde Mehl, Wasser, Hefe, Salz und ›Konzentration auf Eins‹...«

Er schenkte mir Tee nach und sagte, dass die letzten Tropfen in der Kanne am besten schmecken. Obwohl ich gedankenverloren das aromatische Getränk betrachtete, schwirrte mir der Kopf vor Fragen. Ich komme schließlich aus den Vereinigten Staaten, wo man alles hinterfragt und doppelt und dreifach überprüft. »Und mehr braucht man nicht?«

Matsumoto antwortete, dass es noch ein weiteres Element gab: etwas, das er »anwesend sein« nannte. Damit das Backen gelingt, muss man mit Leib und Seele dabei sein. Die Qualität des Endprodukts steht proportional zum Engagement, das man in die Herstellung steckt. Auf lange Sicht führen die simplen Arbeitsschritte, die monotonen Bewegungen, die starke Konzentration und die ästhetischen Ergebnisse dazu, dass man sich im Einklang mit seiner Umgebung und sich selbst fühlt. Er betonte, dass er Backen für den Ausdruck seines besseren Ich hielt. Backen war zu seiner Meditation geworden.

Als ich noch ein paar Schlucke Tee trank (der Geschmack war in der Tat voller), dachte ich über seine Lehre nach. In Paris hatte man mir das Backen als eine Reihe von Techniken beigebracht, eine Folge von Schritten, die zu einem klar umrissenen Ziel führten: dem fertigen Gebäck. Matsumoto dagegen vertrat den Standpunkt, dass man sich vollkommen in die Arbeit vertiefen musste; das Ergebnis würde dann ganz automatisch folgen – ein vollkommen anderer Ansatz. Faszinierend, obwohl ich ihn nicht ganz verstand.

Dann vertraute Matsumoto mir an, dass man ihn oft fragte, warum Backen funktioniert, wo andere, wissenschaftlichere Therapien und Praktiken versagen. Überwindet ein Schüler seinen anfänglichen Widerwillen, und dabei hilft ihm Matsumoto, fühlt er sich in der Küche pudelwohl. Im

Duft von Brot und Gebäck liegt etwas Ursprüngliches, das unsere Seele berührt. Wie man sein Leben lebt, ob man es mit voller Kraft und Aufrichtigkeit oder in einem Zustand von Disharmonie und Unklarheit führt, zeigt sich an der Art, wie man backt.

War das möglich? Der Mensch erlebt immer wieder Rückschläge. Ich persönlich konnte davon ein Lied singen. Aber das alles darauf zu schieben, wie ich mein Leben lebe, ist dann doch ein wenig weit hergeholt.

»Backen spiegelt die geistige Verfassung des Menschen wider«, schloss Matsumoto. »Verstellen ist nicht möglich.«

Damit schlug er leicht auf die Tischplatte und beendete unser erstes Gespräch. Jetzt, wo ich im Garten sitze und den Tag Revue passieren lasse, denke ich: Wenn er glaubt, dass er mich mit seinen hochtrabenden Theorien beeindrucken kann…

Langsam wird es dunkel. Ich kann die Steinlaterne nicht mehr sehen. Wie schon den ganzen Tag taucht Andrews Gesicht vor mir auf. Seattle ist so weit weg, und trotzdem kommt es mir vor, als sei er bei mir. Als könnte ich die Hand ausstrecken und ihn berühren. Als könnte ich seinen speziellen Duft riechen. Ich verschließe diese schönen Erinnerungen tief in mir, stehe auf, gehe zurück in mein Zimmer und ziehe die Springrollos herunter.

Morgen, umgeben von Teigschüsseln, Schneebesen und köstlichem Kaffeeduft, werde ich Matsumotos Ideen auf die Probe stellen. Ich freue mich auf die Herausforderung.

Am Morgen fahre ich mit dem Taxi zur Apsara-Bäckerei. Ich trage eine Kombination mit Fischgrätenmuster, weil ich mir immer noch nicht sicher bin, wie ich mich in der neuen Umgebung kleiden und verhalten soll. Matsumoto begrüßt mich an der Theke mit dem gleichen fröhlichen Lächeln wie gestern. »Ah, Sunya-san. Wir können gleich anfangen.«

Ich erwidere seinen Gruß. Ich bin noch nicht ganz wach.

Zu dieser frühen Stunde ist im Café nicht viel los, und wir treten gemeinsam an die Vitrine. »Darf ich Ihnen zeigen, was meine Schüler gebacken haben?« Matsumoto deutet auf einen Teller mit Windbeuteln. »Eine junge Krankenschwester hat den Brandteig zubereitet, den man als Basis braucht, eine alte Dame die Füllung aus Kaffeepulver und Schokolade, und gemeinsam haben sie die Deckel mit gerösteten Kokosnussstücken dekoriert. Ich überprüfe ihre Arbeit täglich. Sie machen gute Fortschritte.«

»Sieht professionell aus«, bemerke ich.

»Sie brauchten mehrere Versuche. Beim ersten Mal gab die Krankenschwester zu viel Butter in den Teig, wog den Zucker falsch ab und vergaß, die Temperatur zu überprüfen, während die alte Dame ihre Ladung zu früh aus dem Ofen holte.«

Ich brenne darauf, Matsumotos Erklärungen zu hören und wenn nötig zu widerlegen. In dem Moment bemerke ich einen alten Mann, der, den Blick wie gebannt auf die Vitrine gerichtet, am Stock auf uns zuschlurft; ich trete beiseite, um ihm Platz zu machen. Matsumoto deutet auf einen leeren Tisch, und wir setzen uns.

»Wissen Sie, Sunya-san, wenn meine Schüler bei mir anfangen, bringen sie ihre eigenen Arbeitsmethoden mit. Meine Küche ist wie ein kleines Labor, in dem die Ergebnisse unmittelbar und klar sind. Bei den Backübungen offenbaren die Schüler Einstellungen und Gewohnheiten, die eng mit ihrem Leben verwoben sind, die vielleicht bisher nicht von Vorteil für sie waren, sondern nur Verwirrung und Frustration gestiftet haben. In dieser isolierten Umgebung ermutige ich sie, nach der Verbindung zwischen diesen Einstellungen und Gewohnheiten und ihren Backproblemen zu suchen. Ist dieser Zusammenhang erst einmal hergestellt, wird rasch offensichtlich, wie sich diese Einstellungen und Gewohnheiten auf andere Bereiche ihres Lebens auswirken. Die Krankenschwester zum Beispiel verstand plötzlich, dass sie sich bei ihren täglichen Aufgaben zu sehr abhetzte. Die alte Dame stellte fest, dass sie ihren Mitmenschen nicht genug Zuneigung schenkte – was sich hier darin zeigte, dass sie dem Gebäck die nötige Hitze vorenthielt. Sie beschlossen beide, dass sie ihre Sichtweise ändern mussten. Solche Einsichten kommen jedoch nicht sofort. Wenn Sie wieder zu Hause sind, werden Sie weiter backen und ab und zu neue Einblicke gewinnen. Es ist ein lebenslanger Prozess. Wir kommen uns nie ganz auf die Schliche.«

Ich betrachte die Blumentöpfe auf beiden Seiten des Eingangs; die zarten weißen Knospen heben sich von den tiefgrünen Blättern ab. Es ist schwer, mit Matsumoto über seine Philosophie zu streiten; doch die Frage, die mir keine Ruhe lässt, lautet: Wird es bei mir funktionieren?

»Im Gegenzug müssen die Schüler ohne Wenn und Aber meine Befehle ausführen.« Matsumoto lächelt bescheiden.

»Ohne Wenn und Aber?«

»Sie müssen Ihr Ego an der Küchentür abgeben. Und zu der Frage, wie viel man in fünfzehn Tagen lernen kann … Hoffentlich werden diese zwei Wochen Sie auf den richtigen Weg bringen. Ich bin zwar kein Gelehrter, aber ich habe von Bikkhu Karun ein paar Weisheiten übernommen, für die ich praktische Anwendungen gefunden habe und die ich an andere weiterzugeben versuche. Es sind nur ein paar, aber die sind sehr kostbar. Ich möchte Ihnen eine Geschichte erzählen. Einst in einer dunklen Winternacht fiel in meinem Wohnviertel der Strom aus. Ich ging gerade nach Hause, als ich mich urplötzlich in tiefer Finsternis wiederfand. Ich verlor die Orientierung, mir wurde schwindlig, und ich wusste nicht, in welche Richtung ich gehen sollte. Dann stellte jemand eine brennende Kerze aufs Dach. Ich sah die winzige Flamme in der Dunkelheit leuchten; zwar nicht hell genug, um mir den Weg zu weisen, aber ausreichend, um mich zu beruhigen. So ist es auch mit dieser Lehre.«

Langsam, aber sicher ärgere ich mich über Matsumotos kluge Reden und sein Abblocken von Fragen.

Er deutet auf ein Hinterzimmer. »Wir haben zwei Küchen. Die kleinere ist für die Schüler. Möchten Sie sich mal umschauen?«

Ob nun Brot oder süßes Gebäck – ich bin noch nicht zum Backen bereit. Außerdem habe ich jetzt den Duft frischen Kaffees in der Nase. In der Hoffnung, dass Matsumoto mir eine Tasse anbietet, erwidere ich: »Der Kaffee riecht wunderbar …«

Anscheinend hat er mich nicht gehört, denn er steht auf und lotst mich in die enge Küche, deren Wände in hellem Kastanienbraun gehalten sind. Die Küche ist voll gestopft mit glänzenden, modernen Geräten und Utensilien und abgesehen von dem hauchdünnen Mehldunst in der Luft sauber und ordentlich. Neben Küchenwaage und Mehlsieb befinden sich auch ein paar Relikte aus der Vergangenheit: ein Bambus-Schneebesen, ein altes Tee-Service und ein paar abgenutzte Stäbchen, die anscheinend in grauer Vorzeit als Kochgeräte dienten. Das verwirrende Aroma frisch aufgebrühten Kaffees verfolgt mich bis hierher.

Matsumoto hebt eine strapazierfähige Teigschüssel von

einem Bord und stellt Mehl, ein schäumendes Treibmittel, Wasser und Salz auf die Werkbank. »Wollen wir loslegen?«

Ich drücke mich ängstlich gegen die Werkbank und betrachte die Zutaten beklommen.

»Vielleicht zögern Sie.« Matsumoto gibt die trockenen Zutaten in die Teigschüssel. »Unser halbes Leben besteht aus Widerstand. Akzeptieren Sie ihn. Sehen Sie ihn als Begleiter auf dieser Reise. Er wird an Kraft verlieren, langsam schwinden und Ihnen einen neuen Weg weisen.«

Sicher. Ich beuge mich über die Werkbank, und als ich meine Finger ins weiche Mehl tauche, begreife ich zum ersten Mal, dass ich für viel mehr hergekommen bin, als nur um wieder backen zu lernen. Ich spüre, dass meine wirkliche Lektion, egal wie sie lautet, gerade beginnt.

»Ich bitte meine Schüler, sich ganz auf die Aufgabe zu konzentrieren, mit der Tätigkeit eins zu werden. Machen Sie sich frei von Vergangenheit und Zukunft. Leben Sie im Hier und Jetzt, egal, was Sie gerade tun. Wir werden in jeder Sekunde des Tages wiedergeboren.«

Was für eine Aufgabe! Auf Matsumotos Anweisung hin rühre ich die Hefemischung und einen Schlag zerlassene Butter hinein. Eine berauschende Mischung aus Düften steigt aus dem Teig empor. »Lernen alle Schüler das Backen?«

Matsumoto schüttelt den Kopf. »Nicht alle. Es reicht, wenn sie es so weit bringen, wie es ihnen möglich ist. Backen kann sowohl eine praktische Fähigkeit als auch eine Kunstform sein. In beiden Fällen sollte man darin Erfüllung finden.«

Er schnappt sich ein Schneidebrett von der Theke und gibt mir weitere Anweisungen, wie ich den Teig mit der Hand kneten soll. »Lassen Sie Ihre Hände mit dem Teig eins werden. Sie werden Ihnen sagen, ob Sie mehr Mehl brauchen. Wenn Sie wirklich aufpassen, wenn Ihre Sinne komplett auf die Aufgabe eingestimmt sind, werden Sie merken, wann es genug ist. Lassen Sie die Zeit um sich fließen wie einen Fluss. Lassen Sie sich mit ihrer Strömung treiben. Werden Sie nicht ungeduldig.«

Eigentlich kenne ich die Technik des Brotbackens in- und auswendig. Diese Einstellung sieht man mir wohl an.

»Wenn wir glauben, ein Handwerk zu beherrschen, ist es an der Zeit, ganz von vorn anzufangen. Das Leben ist nichts als eine Reihe von Neuanfängen.«

Ich lege den Teig auf eine kunststoffbeschichtete Matte und knete ihn, bis er glatt und elastisch ist. Matsumoto überprüft das Resultat. »Nicht ganz ›Ohrläppchen‹-Konsistenz«, sagt er, »aber nah dran.«

Jetzt bittet er mich, einen weiteren Schub Brotteig herzustellen – eine Variation, die braunes Reismehl enthält. Aber zuerst brauche ich eine Pause. Doch als ich zu ihm aufsehe, um es ihm zu sagen, dreht er den Kopf weg.

Ein paar Stunden später, als ich endlich alle Aufgaben erledigt habe, stelle ich fest, dass meine Beine nachgeben.

»Genug für einen Tag«, sagt Matsumoto. »Jetzt müssen Sie zurück ins Hotel und sich ausruhen.«

Langsam lege ich den fertigen Teig in eine Schüssel, bedecke sie mit Frischhaltefolie und ärgere mich die ganze Zeit darüber, dass er mich herumkommandiert wie ein kleines Kind. »Aber wir sind noch nicht fertig. Wir haben den Teig nicht gehen lassen.«

»Morgen früh um sieben beginnen Sie wieder mit Brot. Ich werde ständig gefragt: ›Sie wollen, dass ich noch mal dasselbe mache?‹ Nun, wir haben hier eine Redensart: ›Man backt nie zweimal dasselbe Brot.‹«

Als ich verärgert und erschöpft zur Spüle wanke, um mir

die Hände zu waschen, geht mir auf, dass er mir gerade eine Weisheit vermittelt: Jede Erfahrung ist einzigartig und verdient unsere uneingeschränkte Aufmerksamkeit, aber keine einzige ist von Dauer. In diesem Licht betrachtet, erscheint mir meine letzte Backkatastrophe nicht mehr annähernd so schlimm. Niemand hat davon erfahren. Man kann sich viele solcher Misserfolge erlauben. Ich wende mich an Matsumoto. »Das war ein äußerst interessanter Tag.«

»Seien Sie Ihr bestes Ich«, sagt er, als er mich zur Tür bringt.

41

Die tägliche Routine in der Apsara-Bäckerei, nach meinen Maßstäben eine fast klösterliche Erfahrung, geht ohne Unterbrechung weiter. Unter Matsumotos Anleitung – ich nenne ihn *sensei*, Lehrer – backe ich jeden Tag stundenlang, bis ich so erschöpft bin, dass ich nicht mehr denken kann. Ich brauche weniger Kaffeepausen. Wenn ich unterbrochen werde, akzeptiere ich das als Teil der Arbeit und mache weiter. Ich kann mich viel besser konzentrieren als vorher. Es ist, als hätte ich eine Barriere in meinem Kopf durchbrochen.

Als Lehrling beobachte ich Matsumoto genau. Seine außergewöhnlichen Kuchen, Torten, Brote und Brötchen verdanken seinem Geschick eine Menge; noch mehr verdanken sie jedoch seiner Warmherzigkeit und seinem Streben nach einem höheren Ziel als nur dem Führen eines Geschäfts. Er inspiriert mich, tagtäglich nach hervorragender Qualität zu streben. Langsam verinnerliche ich seine Küchenweisheiten. Während der stundenlangen Plackerei begrenzen diese Küchenwände meine Welt, aber seltsamerweise erweitern sie auch mein Bewusstsein. Mein Leben in Seattle – Andrew, Mutter, die Bäckerei – taucht gelegentlich in unzusammenhängenden Bildern vor mir auf. Wie im Traum schwinden sie schnell dahin, und ich arbeite weiter: Teig kneten, Butter zerlassen, Nüsse hacken, Sahne schlagen.

Ich habe die Freude am Backen wiedergefunden. Beim Aufschlagen der Eier fällt mir auf, dass die Dotter einen schimmernden Glanz haben. Wenn ich die Hand ins Mehl tauche, genieße ich die samtige Struktur. Die Zimtstangen tanzen geradezu aus dem Glas, wenn ich sie herausschüttle. Ihr Duft labt meine Bäckerseele. Meine Vormittagspause ist erst in einer Stunde, aber das ist mir egal, während ich leise summend die Stangen zu feinem Pulver zermahle.

Heute steht Blätterteig auf dem Programm, der die Grundlage für ein opulentes Dessert namens Mille-Feuille oder »Gebäck aus tausend Blättern« bildet. Ich schneide ein Stück gekühlte Butter in Würfel und gebe sie zu einer abgemessenen Menge Mehl in eine Küchenmaschine. Matsumoto erklärt mir, wie beim Backen aus der sich aufbauenden Feuchtigkeit im Teig die blättrigen Schichten entstehen. Ich ärgere mich, weil er zu glauben scheint, dass ich diese einfache wissenschaftliche Tatsache nicht kenne. Mein Ärger verfliegt jedoch fast so schnell, wie er gekommen ist, und ich konzentriere mich wieder auf die Arbeit. Die Einheitlichkeit der Butterstücke befriedigt mich. Im Nu macht die Arbeit wieder Spaß. Während Matsumoto mir beim wiederholten Ausrollen, Ausbreiten, Falten und Einfrieren des Teiges hilft, bemerkt er: »Gutes Gebäck ist mehr als nur Mehl, Zucker und Butter. Alles, was ich bin oder je gewesen bin, fließt in die Zubereitung.«

Der Teig kommt in den Ofen. Während ich warte, überlege ich, ob ich mich gleichermaßen engagiert habe. War ich abgelenkt? Habe ich etwas zurückgehalten? Kurze Zeit später bläht sich der Teig Schicht für Schicht zu knusprigen »Blättern«. Ich nehme das Gebäck aus dem Ofen, wobei mich Hitze und Aroma umfangen; ich schneide es in Portionen und achte darauf, dass die knusprigen goldenen Blätter nicht zerbröckeln. Ich fülle jedes Rechteck mit einer großzügigen Menge Schokoladensoße, dünnen Apfelscheiben und Schlagsahne und konzentriere mich allein auf diese Aufgabe. Ich und mein Gebäck. Nur darauf kommt es an. Philosophische Konzepte, die man ein Leben lang studieren muss, um sie zu verstehen, übersteigen meinen Horizont, aber das hier kann ich bewältigen.

Als ich fertig bin, hat mich die lange Übung zwar ermüdet, aber auch beruhigt und meine Gedanken geordnet. In mir erklingt Musik. Zusätzlich serviert mir Matsumoto ein Stück Herbstsymphonie-Torte, seine Eigenkreation, und lässt mich mit den Worten »Lassen Sie es sich schmecken!« allein.

In den nächsten fünfzehn Minuten konzentriere ich mich voll und ganz auf den himmlischen Geschmack. Inzwischen weiß ich, dass Matsumoto drei Schokoladensorten mischt (Vollmilch, Halbbitter und Bitter) und dass er Nüsse aus Australien und frische Butter aus Hokkaido kommen lässt. Mehr noch, was den Kuchen zu einer Symphonie für den Gaumen macht, ist die Einstellung, die er hineingelegt hat. Vom subtilen Kastaniengeschmack der Buttercreme bekomme ich Heimweh. Rasch verdrücke ich mich durch die Hintertür. In einem Nebenraum meditiert eine Gruppe barfüßiger Menschen auf einer *tatami*-Matte vor einem Bild, stelle ich mit Interesse fest.

Ein paar Tage später, während ich einen Allzweck-*génoise*-Teig aus Kuchenmehl, Eiern, Butter und Zucker zubereite, frage ich mich, welche geheimen Techniken und Zutaten Matsumotos Biskuit so fest, duftend und lecker machen, ohne dass es je langweilig schmeckt.

Als hätte er meine Gedanken gelesen, bemerkt Matsumoto, während er ein Blech abspült: »Biskuit wird leicht fad, es sei denn, Sie, seine Schöpferin, hauchen ihm Leben ein.«

Was meint er jetzt wieder damit? Da mein Teig fertig ist, gehe ich hinüber zum Bord und greife nach einem großen rechteckigen Backblech.

Matsumoto reicht mir eine tiefere, runde Kuchenform. »Nehmen Sie lieber die«, sagt er, »damit der Kuchen nicht austrocknet.« Seine Augen funkeln, als er zwei Flaschen aus dem Wandschränkchen holt. »Und ein bisschen Rum und Birnensirup können auch nicht schaden.«

Ich rühre den Teig und staune, dass er seine Backgeheimnisse so bereitwillig preisgibt. Ich würde nicht im Traum daran denken, so offen über mein Sunya-Cake-Rezept zu sprechen. »Sie müssen viel herumexperimentiert haben, bis Sie auf dieses perfekte Rezept gestoßen sind.«

Er lächelt. »Warum halten Sie es also nicht geheim, denken Sie? Ich weiß, dass viele Bäcker nicht gern zu viel von ihrer Kunst preisgeben. Für mich ist es genau andersrum. Wenn ich mein Wissen horte, fixiere ich mich zu sehr darauf. Dann kann ich mich nicht weiterentwickeln und etwas Neues kreieren.«

Ich gieße den Teig in die Form. Jeder Augenblick mit Matsumoto ist eine wahre Offenbarung. »Ich bin Ihnen dankbar, dass Sie mich in Ihr Programm aufgenommen haben, *sensei.*«

»Ich bin so froh, dass es funktioniert hat. Um ehrlich zu sein, Sunya-san, ich hatte anfangs Zweifel, ob dieses Programm bei einer erfahrenen Bäckerin wie Ihnen funktionieren würde.«

»Wenn ich zurückgehe, bin ich bereit, meinem Sunya Cake neues Leben einzuhauchen. Ich habe schon ein Projekt in Planung.« Ich halte inne und denke nach. Ich werde Bob bitten, weiter als Manager zu fungieren. Ich werde mich auf die Küche beschränken und Sunya Cake backen, einfach nur backen. Genau da lag mein Fehler. Die Backerei mit dem ganzen Verwaltungskram zu vermengen und zu glauben, dass ich alles auf einmal schaffe. Ich habe es nicht geschafft und dadurch meine Konzentration verloren. Verliert man beim Backen die Konzentration, ist alles verloren. Von nun an werde ich mir auch mehr Freizeit gönnen. »Das Projekt wird ›Operation Sunya Cake‹ heißen.«

Matsumoto lächelt erneut. »Wenn man dem Projekt einen Namen gibt, nimmt es Gestalt an.«

Als ich die Kuchenformen in den vorgeheizten Ofen schiebe, kommt mir ein Hitzeschwall entgegen, und ich habe einen Geistesblitz. Cakes Plus hat noch nicht einmal eröffnet und ist deshalb auch noch keine Bedrohung. Wenn ich mir deswegen Sorgen mache, lebe ich in der Zukunft. Außerdem ist Cakes Plus nur eine Konkurrenz für mich, ein Stein auf meinem Weg, wenn ich mir das einbilde. Statt mich mit dem Gedanken zu quälen, Cakes Plus könnte meinem Geschäft schaden, werde ich mich ganz auf die Leitung meiner kleinen Bäckerei konzentrieren. Vielleicht muss ich die Öffnungszeiten einschränken und meine Tagesproduktion zurückfahren, aber ich behalte den Laden, so lange es geht. Ich bin anders als Cakes Plus, und in diesem Anderssein liegt meine Stärke.

Ein köstliches, fruchtiges Aroma wabert aus dem Ofen und löst in mir ein Glücksgefühl aus. »Ich verstehe langsam, *sensei*, dass ich unabhängig von der finanziellen Situation der Bäckerei ruhig und zufrieden sein kann.«

»Anders gesagt, Sie klammern sich nicht mehr ganz so fest an Ihr Unternehmen.« Matsumoto trocknet sich flink die Hände an einem Handtuch ab. »Wir benutzen manchmal große Worte wie ›Nichtbindung‹, und das verwirrt die Menschen. Ich freue mich, dass Sie den Kern dieses Konzepts verstanden haben.«

»Habe ich das wirklich? Die Liste meiner Bindungen ist lang. Familie, Freund, Stolz aufs Backen, mein Sunya-Cake-Rezept…«

Er lächelt wissend. »Um ehrlich zu sein, arbeite ich selbst immer noch am ›Loslassen‹. Für mich wird der eigentliche Test erst kommen, wenn ich mich aus der Bäckerei zurückziehe. Ich mache mir jetzt schon Sorgen, wie sehr ich die Arbeit vermissen werde, womit ich meine Zeit ausfüllen und wer diese Bäckerei übernehmen soll.« Matsumato holt tief Luft. »Aber das ist erst in ein paar Jahren.«

Letzte Nacht habe ich von einem ruhigen Teich geträumt. Das Wasser war himmelblau, als hätte der gewaltige Himmel seine Lebenskraft an seine Gemahlin, die Erde, abgetreten. Ein Lotusblatt öffnete sich und löste eine winzige Welle aus, die sich in immer breiter werdenden Kreisen über die ganze Wasserfläche ausdehnte. Das Blatt jedoch begnügte sich weiterhin damit, einfach nur in der Mitte zu treiben.

In der Küche der Apsara-Bäckerei wird mir heute Morgen klar, dass mein Aufenthalt bald zu Ende ist. Morgen ist mein letzter Tag. Am späten Nachmittag, als ich langsam Schluss mache, erscheint Matsumoto.

»Wir haben hier eine Tradition«, verkündet er. »Am letzten Tag arbeitet man nicht, sondern darf sich etwas wünschen, und wir tun unser Bestes, um den Wunsch zu erfüllen.«

Ich denke an letzte Nacht, an die ruhige Wasseroberfläche, das empfängliche Lotusblatt, die kleinen Wellen auf dem Teich. An dem Traum muss mehr dran sein.

»Wenn es eine Sehenswürdigkeit in der Stadt gibt, die Sie gern besichtigen würden«, sagt Matsumoto, »kann ich das für Sie arrangieren.«

Als eine meiner letzten Pflichten wische ich Kalkflecken vom Wasserhahn. Bisher habe ich nicht viel von Kioto gesehen, außer bei meinen Ausflügen durch die Straßen und Gärten und beim Souvenir-Kauf. Ich habe ein Adressbuch aus Leder für Andrew erstanden und zwei identische T-Shirts für Mutter und Dushan. Ich glaube, dass ich irgendwann als Touristin wiederkomme. Dann fallen mir die Meditierenden ein, die ich im Hinterzimmer der Bäckerei beobachtet habe.

»Ich hatte gehofft, etwas über die Sunya-Tradition zu erfahren, aber bisher hat niemand ein Wort darüber verloren«, erwidere ich.

»Wir bieten keinen spirituellen Unterricht an, es sei denn, wir werden darauf angesprochen. Aber wenn Sie schon fragen… Unser Lehrer, der Mönch Bikkhu Karun, kann Licht auf das Konzept der ›Leere‹ und der ›unendlichen Möglichkeiten‹ werfen. Für ihn ist das ein zentraler Glaubenssatz.

Ich persönlich habe einen anderen Aspekt seiner Lehre übernommen – die ›Bereitwilligkeit‹, das ›Hier und Jetzt‹ – und ihn auf meine persönliche Situation angewandt. Alles andere überfordert mich. Er ist sehr umgänglich. Das Wort *bikkhu* bedeutet ›jemand, der teilt‹, und das tut er ganz sicher. Wenn Sie ihn treffen wollen, kann ich das für Sie arrangieren.«

Freudige Erwartung steigt in mir auf. »Das würde ich sehr gern, *sensei.*«

42

Vor einem modernen Wohnkomplex, dessen Vordereingang von einer Reihe rotbeeriger Nandina-Büsche flankiert wird, steige ich aus dem Taxi. Ich fühle mich beklommen, da ich noch nie einen so ranghohen Mönch getroffen habe. Matsumotos Lehre hat mir zwar geholfen, aber ich habe keineswegs seine gesamte Philosophie übernommen. Am Eingang streiche ich meinen blauen Leinenrock glatt und schiebe mir das Haar aus dem Gesicht, damit ich zurückhaltend und seriös wirke wie eine japanische Karrierefrau. Ich atme tief durch und drücke auf die Klingel an der grauen Wand.

Die Tür schwingt auf, und zum Vorschein kommt eine Frau mittleren Alters mit runzligem Gesicht und einem straffen Pferdeschwanz. Ich stelle mich vor und begrüße sie förmlich. »*Ogenki desu ka?*« Wie geht es Ihnen? Höfliche japanische Redewendungen wie diese gehen mir langsam in Fleisch und Blut über. Ihre tieferen Bedeutungen faszinieren mich und übersteigen zugleich meinen Horizont.

Sie verbeugt sich. »*Okagesama.*« Mir geht es gut, »berührt von göttlicher Gnade«.

Sie verbeugt sich noch einmal und führt mich in einen Korridor mit einem Reisfeldpflanzenmotiv-Teppich. Wir kommen an einer Nische vorbei, in der ein abstraktes, fast melancholisches pergamentfarbenes Tuschgemälde hängt. Darauf ist ein verletzter Vogel in einem Kiefernwald unter einem drohenden Himmel zu sehen. Am Eingang zu einem kleinen Wohnzimmer mit freiliegenden Holzbalken ziehe ich meine Schuhe aus. Abgesehen von mehreren Stühlen, die um einen niedrigen Couchtisch gruppiert sind, ist der Raum leer. Zwei cremefarbene Wände verstärken die goldene Flut aus Tageslicht, die durchs Fenster strömt. Die anderen beiden Wände sind *fusuma*, tapezierte Trennwände mit Holzrahmen, die mir die Frage aufdrängen, wie groß der Raum wirklich ist. Auf einem Zierbord glänzt ein Messing-Buddha. Vor der Skulptur stehen Räucherstäbchen, von denen dünne, nach Pflaumen duftende Rauchkringel aufsteigen. Die schlichte Schönheit des Arrangements ist erholsam für meine Augen.

Kurz darauf betritt ein gebrechlicher, kahl geschorener Mann im schwarzen Gewand mit zögernden Schritten den Raum. Sein gelassenes Gesicht mit dem mahagonifarbenen Teint ist dunkler als das der meisten Japaner, und seine auffallenden Züge deuten auf eine südasiatische Herkunft hin. Ich schätze ihn auf Ende fünfzig. Er hat etwas Vertrautes an sich, das schwer zu fassen ist. Als er mich sieht, lächelt er, verbeugt sich und legt dabei die Handflächen aneinander. Ich verneige mich ebenfalls und erwidere den Gruß.

»Ich freue mich, Sie kennen zu lernen, Sunya.« Die Stimme ist tief, der Akzent leicht britisch; seine Worte klingen aufrichtig und beruhigend. Mit ausgestreckter Hand bietet er mir einen Stuhl an und lässt sich mühsam nieder. Es ist klar, dass es mit seiner Gesundheit nicht zum Besten bestellt ist.

Schon weniger befangen, setze ich mich auf meinen Stuhl. Der Mönch ist wirklich so umgänglich, wie Matsumoto gesagt hat. Er strahlt eine solche Güte aus, dass ich mich genug entspanne, um sagen zu können: »Es ist mir eine Ehre, Sie kennen zu lernen.«

Die Haushälterin taucht auf, stellt eine Keramikkanne und zwei Tassen auf den Tisch und schenkt uns Tee ein. Er spricht in so schnellem Japanisch mit ihr, dass ich nicht folgen kann. Sie nickt ihm respektvoll zu, sieht mich an und verlässt ehrerbietig den Raum. Er deutet auf das Tee-Service.

Ich führe mit beiden Händen eine Tasse an die Lippen. »*Itadakimasu.*« Die japanische Version des Tischgebets. »Ich werde empfangen.« »Ich hänge von der Gnade Gottes ab«. Dann trinke ich respektvoll und andächtig einen Schluck. Der Tee ist leicht, kochend heiß und ein wenig bitter. Ich hebe den Blick zu Bikkhu Karun. Er hat seine Tasse nicht angerührt.

»Ich kenne Matsumoto schon seit Jahren. Wir sehen uns fast jeden Tag. Er ist ein außergewöhnlicher Mensch, und als er Ihren Namen erwähnte …«

Ich informiere ihn über die Umstände, die mich hergeführt haben. Er hört so aufmerksam zu, dass ich ganz vergesse, dass eigentlich ich diejenige bin, die etwas erfahren will. Als ich ausgeredet habe, nehme ich meine Tasse und trinke noch einen Schluck.

»Sie wollen wissen, was Ihr Name bedeutet. Habe ich Recht, Sunya?«

Ich nicke.

»Das Wort hat auch für mich eine besondere Bedeutung. Noch bevor ich Mönch wurde, wachte ich eines frühen Morgens auf, und das Wort hallte in meinen Ohren. Da ich in Indien geboren und aufgewachsen war, wusste ich, was es bedeutete. Damals war *sunya* genau das, was ich in mir verspürte – eine tiefe Leere, ohne jede Bedeutung –, und ich stellte mein ganzes Leben in Frage.« Er hält inne, um Luft zu holen, als könne er nur mit Mühe weitersprechen. »Als junger Mönch bereiste ich dann dieses Land und ließ mich in einem Tempel nahe des Fujijama nieder. Aber ich fand immer noch keinen völligen Frieden oder Antworten auf meine Fragen. In meinem Kopf war zu viel Lärm, könnte man sagen. Eines Tages, als ich im Yakushi-ji-Tempel in der Stadt Nara betete, wo ich zu Besuch war, hatte ich eine Offenbarung. Ich verstand endlich, dass ich meine weltlichen Sorgen aufgeben musste, Bindungen, die ich geknüpft hatte, ichbezogene Sorgen, an denen ich festhielt, Barrieren, die ich zwischen mir und anderen errichtet hatte. Sie umgaben mich mit einer Mauer und stumpften meine Sinne ab. Mir wurde klar, dass das alles nur Illusionen waren, und von da an hörte ich auf zu suchen und meditierte stattdessen über die finstere Leere. Sie verlor an Kraft, verschwand und gab mir erstaunlicherweise eine strahlende Ganzheit wieder, eine Art Selbstlosigkeit. Die *sunya*, die mich ausfüllte, befreite und einte mich auch. In der Leere lag Liebe. Nächstenliebe. Ich fühlte mich mit anderen verbunden, ich wollte ihnen auf so mitmenschliche Weise helfen wie möglich. Da wusste ich, dass ich auserkoren war, mich diesem Prinzip des Buddhismus zu widmen. Ich meditiere immer noch täglich über die innere Leere und damit auch über die Liebe, die darin liegt. Dort habe ich letzten Endes meine Wahrheit gefunden.«

Ich stelle unsicher die Tasse ab; ich bin so benommen, dass ich nur flüstern kann: »Sind Sie …?«

»Ja, Sunya, ich bin dein Vater. In einem anderen Leben hieß ich Prabhu Malhotra; Bikkhu Karun ist mein angenommener buddhistischer Name.«

Ich drehe mich weg und starre gegen eine leere Wand. Nach all den Jahren tritt mein Vater wieder in mein Leben? Dabei habe ich es schon lange abgeschrieben, ihm jemals gegenüberzustehen. Das ist absurd! Ist das wirklich sein Ernst, oder soll das ein schlechter Scherz sein? Will er mich auf die Probe stellen? Meine Gedanken purzeln durcheinander, während ich mühsam versuche, eine zusammenhängende Antwort zu formulieren.

»Meine Tochter«, sagt er, »du fragst dich, ob ich die Wahrheit sage?« Er rasselt Mutters Mädchennamen, ihr Alter, die Namen ihrer Eltern und unsere alte Adresse im Seattler Ravenna District herunter.

Zu meinem großen Erstaunen stimmen seine Antworten. Ich grabe weiter in meinem Gedächtnis. Das Foto, das meine wütende, tränenüberströmte Mutter mir gezeigt hat, kommt mir in den Sinn. Ja, es ist dasselbe Gesicht, nur runder und faltiger; der Blick ist sanfter. Verzweiflung und Verwirrung übermannen mich. Meine Hände, die ich gegen die Knie gepresst habe, sind völlig taub.

»Sunya, meine Tochter …« Sein Gesicht ist mitfühlend, wenn auch leicht distanziert, was mich in Wut versetzt. Der Mann hat Nerven, mich »Tochter« zu nennen, dieser »heilige« Mann, der sich nichts dabei gedacht hat, mich in die Welt zu setzen und mich zu verlassen, als ich noch ein Säugling war. Ich habe nie gespürt, wie es ist, einen Vater zu haben, und nie erlebt, welche Auswirkungen diese simple Tatsache auf das Selbstwertgefühl hat. Ich habe erhebliche Probleme damit, von jetzt auf gleich seine Tochter zu sein.

»Es ist schon lange her«, murmle ich und stehe auf. »Ich war noch ein Baby, als du weggingst.« Mit einem Blick auf die Narbe an meinem rechten Schienbein fahre ich fort: »Wo war mein ›Vater‹, als ich an einem eisigen Morgen in Seattle die Treppe herunterfiel? Als die Jungs auf mir rumhackten? Als ich die Highschool und das College abschloss? Als Mutter am Blinddarm operiert wurde und ich mich allein um sie kümmern musste?«

»Du hast jedes Recht der Welt, wütend und enttäuscht zu sein, Sunya. Aber bitte versuch zu verstehen, dass jede Handlung ihre Konsequenzen hat und auch ich bis zum heutigen Tag unter meiner Entscheidung gelitten habe. Ich bin auf der Suche nach Frieden von einem Ort zum anderen gewandert. Ich hatte meinen Appetit verloren. Es war nicht leicht für mich zu gehen, aber … es war notwendig … Und jetzt, wo ich am Ende dieses Lebens angekommen bin …« Seine Stimme versagt.

Ich setze mich wieder. Mutters raue, überarbeitete Hände und die sehnsüchtige Hoffnung in ihren Augen, als sie jeden Tag vergeblich in den Briefkasten schaute, tauchen vor meinem inneren Auge auf, als wollten sie jedes aufkeimende Mitgefühl für ihn unterdrücken. »Was willst du von mir?«

Seine Lippen formen gerade eine Antwort, als die Haushälterin mit einer Platte Obst und Süßigkeiten hereinschlurft und sie auf den Tisch stellt. Vielleicht ist ihr meine Aufregung aufgefallen, denn sie wirft mir einen strengen Blick zu. Dieser Mann ist unser ehrwürdiger *roshi*, scheint sie mich zu ermahnen, als sie wieder geht.

Ich starre aus dem Fenster auf den hölzernen Dachvorsprung einer Pagode, die über einer Baumreihe sichtbar ist. In mir höhnt eine Stimme: all die Jahre, in denen er weg war und mich vernachlässigt hat. Einfach so wegwischen? Na klar.

Er zieht sein Gewand fester um seinen abgezehrten Körper. »Willst du wissen, warum ich weggegangen bin?«

Ich zucke gleichgültig mit den Schultern.

»Seit ich denken kann«, beginnt er trotzdem, »wollte ich wissen, warum ich auf dieser Erde bin, was der Zweck meines Daseins ist. Diese Frage quälte mich schon vor deiner Geburt... Dann wurdest du geboren. Ich sah dich in der Krankenhauswiege, schlafend, so klein und perfekt. Ich bat die Krankenschwester, dich auf den Arm nehmen zu dürfen, und sie erlaubte es mir. Das war der wichtigste Moment in meinem Leben. Ich war noch nie so glücklich. Ich schob meinen Finger in dein Händchen, und du schlugst die Augen auf und blicktest zu mir empor. All meine Liebe strömte aus mir heraus. Es war, als wäre ich neu geboren – es war so hell im Raum. Paradoxerweise beschloss ich genau in dem Moment zu gehen. Der Konflikt zwischen meiner Suche nach Erleuchtung und den Pflichten eines Familienvaters war auf einmal sonnenklar. Die Zeit zu handeln kam, als ich am meisten an etwas hing, als ich das meiste zu verlieren hatte, als ich am tiefsten liebte. Mit einem Gefühl großer Traurigkeit, die ich noch heute mit mir herumtrage, legte ich dich der Krankenschwester wieder in die Arme und ging.«

Bei dieser Beichte verzerrt sich sein beherrschtes Gesicht. Nur ganz kurz zeugen seine Augen von einem inneren Kampf. Dann wird seine Miene wieder gelassen. In meinem Kopf herrscht heilloses Durcheinander. Diese unerwartete Begegnung hat meine Welt noch mehr erschüttert.

»Du fragst dich sicher, wie ich in Japan gelandet bin?« Lächelnd sucht er in meinem Blick nach Bestätigung. Das Lächeln schwindet so schnell, wie es gekommen ist. Als er von seiner Reise von den Staaten nach Tibet und schließlich weiter nach Thailand erzählt, sehe ich einen kerngesunden, wissbegierigen jungen Mann vor mir, der mit seinem spärlichen weltlichen Besitz im Rucksack an die Türen buddhistischer Klöster klopfte. Als Gegenleistung für seine Studien kehrte er den Hof und half ab und zu in der Küche. Jeden Morgen zog er los, um Nahrung zu erbetteln. Die Spenden von Gläubigen waren sein einziges Mahl am Tag. Das war das Leben, für das er Mutter und mich verlassen hat? Das Aufheulen eines Motorrads vor dem Haus bietet mir eine willkommene Ablenkung.

Schließlich kehrt mein Blick zu Bikkhu Karun zurück, der darauf wartet, dass ich mich wieder fange. In der erneuten Stille beschließe ich, offen zu bleiben und mir anzuhören, was er zu sagen hat. Danach kann ich immer noch entscheiden, ob ich das, was er sagt, akzeptiere oder nicht.

»Aber muss man unbedingt so lange Wege in Zeit und Raum zurücklegen, um seine Wahrheit zu finden?«, frage ich.

»Durchaus nicht. Ich spreche nur aus persönlicher Erfahrung. Die Wahrheit ist wie der Himmel über uns. Egal wo wir sind, er erstreckt sich über uns, und man kann auf einen Teil davon Anspruch erheben. Deine Wahrheit gehört allein dir. Wenn du sie schließlich verstehst, hallt sie in dir wider. Du verstehst sie besser als alles, was du vorher gekannt hast.«

»Ich bezweifle, dass diese Erklärung Mutter zufrieden gestellt hätte. Sie musste kämpfen, um Essen auf den Tisch zu bekommen, ihr Konto ausgleichen, sich um einen Säugling kümmern und mit der Frage fertig werden, warum ihr Mann sie verlassen hat. Ihre persönliche Wahrheit zu finden wäre für sie der reinste Luxus gewesen. Und vermutlich hätte sie sich gefragt, warum du die Wahrheit, wenn sie überall ist, wo man selbst ist, nicht in Seattle hättest finden können.«

»Du bist meine Tochter. Du stellst alles in Frage, nicht? Nun, ich möchte dir folgendermaßen antworten. Wir werden für unsere Familien geboren, und die meisten von uns sind mit diesem Leben recht zufrieden. Doch es gibt auch ein paar wie mich, die sich zu anderem berufen fühlen. Wir verlassen unsere Lieben und suchen uns eine größere Familie. Wir erfüllen unsere Vorsehung erst, wenn wir das größte Opfer gebracht haben, das wir erbringen können. Als ich endlich meine wahre Natur und Bestimmung erkannte, sah ich, dass ich in dieses Land gehörte, wo der Buddhismus schon immer starken Einfluss hatte. Viele der alten Lehren sind in die Grundüberzeugungen der japanischen Gesellschaft integriert worden. Hier konnte ich im Einklang mit mir selbst leben und lehren. Ich meine das überhaupt nicht hochtrabend. Alles, was ich in meinem Leben getan habe, ist, ein paar Menschen anzuleiten. Wir haben gemeinsam die Leere ausgehalten. Ich bin jetzt viel demütiger als damals. Aber ich habe einen hohen Preis bezahlt … Indem ich meinem Weg gefolgt bin, habe ich denen, die mir am meisten bedeuteten, Leid zugefügt … Könntest du es über dich bringen, Dee darum zu bitten, mir zu vergeben oder wenigstens zu verstehen, warum ich gegangen bin?«

»Nein«, antworte ich entschieden, auch wenn seine offensichtliche Reue mir in den Ohren hallt. »Ich werde Mutter nichts von unserem Treffen erzählen. Mir wäre es lieber, wenn sie nicht einmal ahnt, dass du am Leben bist. Sie will wieder heiraten und ein neues Leben beginnen. Ich will sie nicht um ihr Glück bringen.«

»Ich verstehe... Ja, vielleicht ist es so am besten.«

Ich rutsche unbehaglich auf dem Stuhl hin und her. Ich nehme ihm seine Erklärungen nicht ab, obwohl ich widerwillig akzeptiere, dass er ein ungewöhnlicher Mensch ist. »Aber ich würde gern wiederkommen und dich noch einmal besuchen...«

»Nichts würde mich glücklicher machen, Sunya, aber...«

»Ich nehme an, das bedeutet ›nein‹...«

»Ich fürchte, es ist zu spät dafür. Meine Gesundheit verschlechtert sich zusehends.« Er blickt zu Boden, und ihm entfährt ein kurzer Seufzer. »Ich zeige mich nur noch ganz selten in der Öffentlichkeit...«

Ich setze mich kerzengerade auf. Wieder lehnt er mich ab, aber diesmal werde ich es nicht zulassen. »Ich bin nicht gerade die Öffentlichkeit. So leicht lasse ich mich nicht abweisen. Vielleicht kann ich mich um bessere medizinische Versorgung für dich kümmern.«

»Ich habe getan, wofür ich in diesem Leben ausersehen war. Ich habe schon einen guten Arzt, der sich um mich kümmert, Sunya. Er kann nicht mehr viel für mich tun...«

»Aber du bist noch jung, und wir haben noch so viel zu besprechen. Um ehrlich zu sein, geht mir das alles zu schnell. Ich brauche Zeit, um das zu verdauen –«

»Komm auf alle Fälle zurück und studiere die Sunya-Tradition weiter. Oder vielleicht ist das, was du bei diesem Besuch gelernt hast –«

»Das reicht nicht...«

»Das ist alles, was ich dir geben kann, Sunya. Auf deinem weiteren Weg wirst du mehr entdecken.«

Er macht den schwachen Versuch aufzustehen. Zur gleichen Zeit regt sich etwas hinter der Tür. Die Haushälterin eilt herbei (sie muss schon gewartet haben) und hält ihm die Hand hin.

Ich springe auf. »Wir haben doch kaum angefangen …«

»Ich wünschte, dieses Treffen hätte früher stattgefunden, Sunya, aber –«

»Vielleicht können wir uns noch einmal sehen …«

Er packt das Handgelenk der Haushälterin und steht unsicher auf. Er sieht mich lange an, und sein glückseliger Blick segnet mich. Dann schlurft er in ein Zimmer im Innern des Hauses, als hätte er kein Wort gehört.

Und dann ist der Raum leer. Die Stille verstärkt meine Trostlosigkeit noch. Ich stehe allein da, starr, mit einer schmerzenden Leere in mir.

Die Haushälterin kommt zurück und erkundigt sich steif, ob sie noch etwas für mich tun kann.

»Ich fliege morgen Nachmittag zurück in die Staaten, aber am Vormittag hätte ich Zeit. Ich würde gern wiederkommen und mich verabschieden, wenn ich darf. Würden Sie ihn fragen? *Onegai shimasu.*« Bitte.

Ihr trauriger Blick geht durch mich hindurch, als würde meine weitere Anwesenheit stören.

»*Sumi-masen*«, murmle ich. Verzeihung. »Bitte rufen Sie mir ein Taxi.«

In meinem winzigen Zimmerchen ist das Bett gemacht, ein frischer Morgenmantel hängt an der Badtür, und die Hausschuhe stehen an der Tür bereit. In dieser Welt der Ordnung und Perfektion fällt es mir schwer, meinen Gefühlen freien Lauf zu lassen. Als ich meine Straßenkleidung in den Wandschrank hänge, stelle ich mir Mutters Gesicht vor. Es wird

Zeiten geben, da ich im Gespräch mit ihr den Blick abwenden muss. Sie wird nicht die leiseste Ahnung haben, dass ich an meinen Vater denke, einen Mann, der nicht annähernd so verachtenswert ist, wie sie glaubt. Dieses Geheimnis, tief in mir verschlossen, wird mich gleichzeitig belasten und mir Kraft geben. Würde ich Mutters Liebe aufs Spiel setzen, wenn sie herausfände, was heute passiert ist?

Ich habe plötzlich das Bedürfnis, durch den Garten zu spazieren. Das saftige Grün meiner Umgebung beruhigt mich. Die ständig wechselnde Aussicht macht mir die Vergänglichkeit des Lebens bewusst. Der dumpfe, feierliche Klang der Tempelglocke und der Duft von Champignon-Pizza sind mir vertraut und geben mir Sicherheit.

Viel später, als der Abend seine Schatten auf die Umgebung wirft, kehre ich in besserer Verfassung in mein Zimmer zurück und fange an zu packen. Mein Koffer ist nicht das Einzige, was voller ist als bei meiner Ankunft.

Am nächsten Morgen erwache ich bei strahlendem Sonnenschein. Als ich aus dem Bett steige, erscheint Bikkhu Karuns Gesicht vor mir, sein Antlitz mit den sanften Weisheitsfalten. Ich beobachte einen Vogel, der in der riesigen Weite des bläulich weißen Himmels herumflattert, und mir wird klar, dass sich in mir ein ähnlicher Kampf abspielt.

Heute ist mein letzter Tag in Kioto. Ich ziehe mir für die Reise ein schwarzes knitterfreies Hemdkleid an und beschließe, ein letztes Mal zur Apsara-Bäckerei zu fahren, um Matsumoto in Sachen Bikkhu Karun um Rat zu fragen.

Mit meinem Gepäck in der Hand bleibe ich am Eingang stehen. Irgendetwas ist anders. Kein reges Treiben, kein einladender Kaffeeduft, kein *irasshaimase* zur Begrüßung und kein dankendes *domo* zum Abschied. Stattdessen herrscht leichte Verwirrung. Die Kunden bilden Grüppchen, statt wie sonst in der Schlange zu stehen, und unterhalten sich gedämpft. Die dienstbeflissenen Verkäuferinnen haben ihre Posten hinter der Theke verlassen und laufen orientierungslos umher. Was geht hier vor? Ein Kellner winkt mich mit einem »*Konnichiwa*« heran, lotst mich in die Küche und versichert mir, dass Matsumoto gleich bei mir sein wird. Nichts deutet darauf hin, dass hier heute Morgen gebacken wurde. Ohne den Lärm der Küchenmaschine, die Nüsse und Gewürze zermahlt, ist die Küche unangenehm still.

Matsumoto betritt den Raum so flink wie immer. Doch seine Augen sind gerötet und sein Gesicht wirkt abgespannt, als er einen Stuhl heranzieht und sich setzt. Er braucht ein paar Sekunden, um sich zu sammeln.

»*Sensei*...«, spreche ich ihn an.

»Es ist furchtbar schwer für mich, Ihnen diese Nachricht zu überbringen, Sunya-san.« Mit gesenkten Blicken sitzen wir uns gegenüber. Es ist, als hätten wir schon auf einer tieferen Ebene miteinander kommuniziert. Worte sind reine Formsache. Mit einem Blick, in dem Trauer und Mitgefühl liegen, fügt Matsumoto hinzu: »Bikkhu Karun hat letzte Nacht seinen irdischen Körper verlassen.«

Äußerlich ruhig nehme ich die Nachricht auf. Als der erste Schock nachlässt und von trauriger Akzeptanz des Unabänderlichen abgelöst wird, erscheint vor meinen Augen wieder das geduldige Gesicht des Mönchs, und ich spüre seinen Segen. Gestern war er noch so glücklich, mich zu treffen; Glück, das für mich zum Geschenk wurde. Warum musste ich so starrsinnig sein? Ich kämpfe gegen Reue und ein Gefühl der Sinnlosigkeit und wünschte, wir hätten uns versöhnt.

»Er war schon seit einem Jahr krank.«

Mit gesenktem Kopf sitze ich da, und meine Augen werden feucht; verstecken ist unmöglich. Matsumoto reicht mir fürsorglich ein Taschentuch. Ich presse die weiche Baumwolle an meine Augen.

»Aus dem Munde eines Mannes, dessen Leben der Entsagung gewidmet war, klingt es vielleicht seltsam«, fährt Matsumoto nach kurzem Schweigen fort, »aber Bikkhu Karun hat sehr gelitten, weil er seine Frau noch immer liebte. Damit ist er nie ganz fertig geworden. Er hat versucht, sie zu vergessen, aber die Erinnerungen flackerten immer wieder auf. Er glaubte, das hielte ihn davon ab, zu wahrer Erleuchtung zu gelangen. Er sagte mir, dass ein Mann, der immer noch begehrt, es nicht verdiente, Geistlicher zu sein. Seiner Meinung nach war er bestenfalls ein fehlerhafter Buddhist.«

Soll ich in Mutter alte Gefühle aufwühlen, indem ich ihr von der heimlichen Liebe ihres Ehemanns erzähle? Ihr, die sich nach seinem Weggang und noch Jahre danach so unattraktiv und ungeliebt fühlte? Oder soll ich die Sache unter den Tisch fallen lassen, um ihr neues Glück nicht zu gefährden?

»Mehr als alles auf der Welt wollte Bikkhu Karun Sie vor seinem Tod sehen. Er sagte mir einmal, dass er hoffte, dieses Leben zu verlassen, nachdem er noch einmal Ihr wunderschönes Gesicht gesehen hat, mit Ihnen sprechen konnte und wüsste, dass Sie ihm vergeben haben. Er glaubte, wenn er Ihre Liebe und Vergebung spürte, würde er sich unwahrscheinlich leicht fühlen und wäre frei.«

»Ich war nicht darauf vorbereitet … Ich bedauere, dass ich es nicht konnte …«

Matsumoto nickt verständnisvoll. »Vielleicht ist das sein Abschiedsgeschenk an Sie. Wenn Kummer und Schmerz nachlassen, werden Sie erkennen, dass, wenn Sie wirklich *sunya* sein wollen, in Ihrem Herzen kein Platz mehr für Ärger und Groll sein darf.«

»Ich wünschte mir nur, ich hätte ihn besser kennen gelernt ...«

»Im Tod wird Bikkhu Karun die Buddhaschaft erlangen. Wir nennen einen Toten *hotoke-san*, angesehener Buddha. Er war ein außergewöhnlicher Mönch, der fünfundzwanzig Jahre lang selbstlos gelehrt hat. Er hat nie jemandem Hilfe verweigert. Er hat sein ganzes Geld Bedürftigen gestiftet. Aber besonders gut konnte er mit Kindern umgehen, vor allem mit verstörten Jungen. Sie schienen zu spüren, dass er wirklich ein Heiliger war. Sie hörten auf ihn.«

»Er hat mich hierher gebracht, oder?«, wage ich mich vor.

»Man könnte sagen, er hatte seine Hände im Spiel.« Ein leichtes Grinsen huscht über Matsumotos Gesicht. »Bikkhu Karun hat mir die ganze Geschichte erzählt. Er hatte einen sehr treuen Anhänger, einen Amerikaner, der ihm in dieser Angelegenheit half. Sein Name ist Jordan Jorgen.«

Ich schnappe ungläubig nach Luft. »Jordan Jorgen, der vor meinem Haus herumgelungert hat?«

»Herumlungern war nicht sein Motiv. Er wusste nur nicht, wie er an Sie herantreten sollte. Er war in den letzten drei Wochen in Tokio, um etwas Dringendes für Bikkhu Karun zu erledigen; sonst wäre er hier, um Sie kennen zu lernen.«

»Das wäre bestimmt interessant gewesen. Aber wenn er keine Hintergedanken hatte, wieso hat er sich dann vor meiner Bäckerei und meinem Haus herumgetrieben? Wenn er der Abgesandte meines Vaters war, warum hat er sich nicht einfach vorgestellt?«

»Ich will Ihnen die ganze Geschichte erzählen.«

Als Matsumoto geendet hatte, wusste ich, dass Bikkhu Karun Jordan gegenüber einmal erwähnt hatte, dass er vor Jahrzehnten seine Frau und sein Neugeborenes in Seattle zurückgelassen hatte und nie ganz mit der Schuld klargekommen war, die er seitdem mit sich herumtrug. Das war als Lektion gedacht, welches Leid die Aufgabe weltlicher Dinge mit sich bringt. Jordan verstand es jedoch anders. Er liebte und respektierte seinen Lehrer so sehr, dass er ihn glücklich machen wollte. Zufälligerweise war er in Seattle geboren und aufgewachsen, und seine Eltern lebten noch in der Gegend. Er fragte: »Wollen Sie, dass ich Ihre Familie bei meinem nächsten Besuch ausfindig mache?« Bikkhu Karun antwortete: »Nein, nein. Meine Frau würde dich wahrscheinlich rauswerfen, und meine Tochter kennt mich gar nicht … Aber ich würde sie sehr gern sehen, bevor ich sterbe. Wie soll sie sonst wissen, wie lieb sie mir war?« Bikkhu Karun vergaß dieses Gespräch vollkommen. Und Jordan weihte seinen Meister aus Angst, er könnte ihn davon abhalten, nicht in seine Pläne ein. Sechs Monate später schaute Jordan in Bikkhu Karuns Unterkunft vorbei. Er war gerade aus Seattle zurückgekommen und wollte ihm von seiner Reise berichten. »Übrigens habe ich herausgefunden, dass Sunya Malhotra in Seattle eine angesehene Bäckerin ist«, sagte er. Er hatte noch mehr zu erzählen: Dass er eine Visitenkarte der Apsara-Bäckerei bei ihr abgeliefert hatte. Wie besorgt er um sie war, als er in der Zeitung von dem Bäckereien-Krieg las. Dass er sie beschattete, damit ihr nichts passierte.

Bikkhu Karun war so überwältigt, dass er wie vom Donner gerührt dasaß und nur fragte, ob das der richtige Weg wäre. »Haben Sie uns nicht beigebracht, dass unsere Absichten genauso viel zählen wie unsere Taten?«, erwiderte Jordan. »Meine Absichten sind über jeden Vorwurf erhaben.«

»Eigentlich«, fügt Matsumoto jetzt hinzu, »sollte diese ganze Geschichte keine große Überraschung sein. Wenn Jordan sich etwas in den Kopf gesetzt hat, zieht er es auch durch. Er bedient sich dabei nur, wie sagt man, ›unkonventioneller Methoden‹.«

»Wie seltsam«, sage ich grüblerisch. »Ich hatte schon die ganze Zeit das Gefühl, dass ich hierher geführt wurde.«

»Wir haben da ein Sprichwort: *ushi ni hikarate Zenkō-ji mairi.* ›Komm zum Tempel, um zu beten, auch wenn dich ein tollwütiger Ochse hingeführt hat.‹ Das soll heißen, dass eine zunächst bedrohlich wirkende, zufällige Begegnung durchaus etwas Gutes bringen kann. Doch im Namen Ihres Vaters muss ich mich für alle Unannehmlichkeiten entschuldigen, die Jordans verdächtiges Verhalten Ihnen bereitet hat.«

»Sie brauchen sich nicht zu entschuldigen. Ich möchte diese Erfahrung nicht missen. Aber die Verbindung zu Ihrer Bäckerei habe ich nicht allein durch diese Karte hergestellt. Es war Bob Nomura, mein neuer Chefbäcker, der mich überzeugt hat, hierher zu kommen.«

Matsumoto lächelt. »Bob Nomura war einer dieser eigensinnigen Jungs, denen Bikkhu Karun aus der Krise geholfen hat, ohne dafür eine Gegenleistung zu erwarten. Und sehen Sie, wie er davon profitiert hat! Bob hat ihm seinen sehnlichsten Wunsch erfüllt: einen Besuch seiner Tochter.«

»Ich staune. Diese Ereignisse scheinen sich im Kreis zu drehen.«

»Ich muss Ihnen etwas gestehen. Bei Ihrer Ankunft wusste ich natürlich, wer Sie waren. Ich habe oft überlegt, ob ich

Sie zu Bikkhu Karun bringen soll, aber das hätte gegen die Lehre verstoßen. Es hat mich viel Kraft gekostet, den Mund zu halten.«

Da ich immer noch damit beschäftigt bin, das Geschehene zu verdauen, nehme ich kaum wahr, dass Matsumoto einen Pappkarton von der Theke holt und ihn mir reicht. Ich nehme ihn mit beiden Händen entgegen und öffne ihn. Darin befindet sich ein Porträt mit einem Rosenholzrahmen, eine neuere Aufnahme von Bikkhu Karun. Mit dem schwarzen Gewand und seinem wohlwollenden Blick ruft er sogar auf einem Schwarzweißfoto Hoffnung und Zuversicht hervor.

»Er wollte, dass Sie dieses Bild haben, Sunya-san.«

Ich bedanke mich leise und schuldbewusst.

Er plaudert noch ein wenig mit mir, bis es Zeit für mich ist, zum Flughafen zu fahren. Ein Angestellter eilt geschäftig herein und teilt uns mit, dass mein Taxi wartet.

Es ist Zeit, mich von Matsumoto zu verabschieden. Es ist schwierig, mein Gefühlswirrwarr in Worte zu fassen. Dieser väterliche Mann, Philosoph und Mentor ist mir in der kurzen Zeit sehr ans Herz gewachsen. Obwohl ich nur an der Oberfläche seines riesigen Wissensschatzes gekratzt habe, hat sich mein Leben grundlegend verändert. Mein Blick schweift durch den Raum. Es ist, als hätte ich mir das Recht, in einer Bäckerei-Küche zu stehen, neu verdient.

»Ich bin froh, dass ich Sie kennen gelernt habe, *sensei.*«

Matsumoto schließt einen Moment die Augen; sie sind voller Tränen. »Sie waren wie eine Tochter für mich. Mir war nicht klar, wie viel Schmerz noch in mir war. Ihre Gegenwart hat die blauen Flecken auf meiner Seele gelindert. Ich habe genauso viel von Ihnen gelernt.«

Durch seine Bescheidenheit wird meine Dankbarkeit nur

noch größer. Ich danke ihm herzlich und verspreche wiederzukommen. Insgeheim plane ich bereits einen längeren Aufenthalt.

Matsumoto bringt mich zur Tür. Wir stehen einen Moment schweigend da. Nach einem letzten liebevollen Blick auf die Apsara-Bäckerei wende ich mich zum Gehen.

»Leuchten Sie strahlend wie die Sonne«, sagt Matsumoto mit zusammengelegten Handflächen, »und sanft wie der Mond.«

Ich gehe hinaus ins helle Sonnenlicht; der donnernde Verkehr geht mir durch Mark und Bein. Mein Taxi wartet. Als ich näher komme, winkt mir der Fahrer mit der weißen Mütze zur Begrüßung zu. Kaum bin ich hinten eingestiegen, lässt er den Motor aufheulen.

Ein paar quälende Stunden später hebt mein Flugzeug ab und steigt durch die weißen Wölkchen empor. Als ich das Springrollo herunterziehe, weil mich das grelle Licht blendet, fühle ich mich plötzlich verloren. Mir ist zum Heulen zumute, als wäre ich ein zweites Mal verlassen worden. Eine tiefe Leere, *sunya*, macht sich in mir breit. Sie weitet sich aus, eine dichte, gewaltige Dunkelheit, gegen die ich nicht ankämpfe. Die Theorie hinter all dem übersteigt meinen Horizont. Ich sitze nur da und spüre das stumme Gewicht dieser Leere. Und während ich das tue, zerspringt sie auf einmal. Ihre Fragmente fallen zu Boden und enthüllen ein helles Licht, das sich explosionsartig in mir ausbreitet und die aufgestaute Liebe in mir freisetzt.

In diesem Moment wird mir klar, dass Vater genau das die ganze Zeit wollte. Er wollte, dass ich Alltäglichkeiten nicht mehr so wichtig nehme und stattdessen Mitgefühl, Verständnis und Liebe praktiziere. Er wünschte sich, dass ich meinem Namen gerecht werde.

Ich ziehe sein Foto aus meinem Matchbeutel und betrachte es. Es ist, als würde er neben mir sitzen, mich mit seiner Würde und Güte segnen und mir versichern, dass es nichts mehr zu vergeben gibt. Meine Schuldgefühle schwinden. Alles, was mich bekümmert hat, alles, was ich für wichtig gehalten habe, erscheint mir jetzt belanglos. Die Leere um mich herum quillt nun vor Licht und Freude über. In mir ist eine Kraftquelle, eine verborgene Reserve, die schon die ganze Zeit dort war, zu der man mir nur den Weg zeigen musste. Vater war für mich da, als ich ihn am meisten brauchte. Wenn ich nach Hause komme, werde ich sein Bild neben das von Mutter in mein Schlafzimmer hängen. Ich werde Trost darin finden, endlich beide Elternteile mit Stolz betrachten zu können. Doch als mir klar wird, dass Mutter es dort sicher entdeckt, verwerfe ich die Idee genauso schnell wieder.

Neun lange Stunden sitze ich wach, ignoriere den Spielfilm, der während des Fluges gezeigt wird, und bedauere tief, dass ich mich immer weiter von der Apsara-Bäckerei entferne. Und von dem Ort, wo Vater seine letzten Worte zu mir sprach und wo sein Geist weilt. Der Pilot verkündet, dass wir uns im Anflug auf den SeaTac-Flughafen befinden. Durch das Flugzeugfenster blicke ich hinab auf Seattle, auch Emerald City, die Grüne Stadt, genannt, deren Vertrautheit wie ein Willkommens-Transparent für mich aufgerollt ist. Ich lächle unwillkürlich.

In Kürze wird mein Flieger aufsetzen. Bald werde ich aussteigen und neu anfangen.

43

Natürlich werde ich Mutter nicht erzählen, dass ich Vater besucht habe. Als ich den Ankunftsflugsteig betrete, will ich sie nur umarmen. Ihr glattes, graugesträhntes Haar umrahmt ihr Gesicht; sie trägt einen knöchellangen Regenmantel und riecht leicht nach Sandelholz, ihrem Lieblingsduft. Während wir zur Gepäckausgabe schlendern, erzählt sie mir von einem neuen Highlight ihres Lebens: Sie und Dushan sind im Begriff, den Kaufvertrag für eine kleine Eigentumswohnung im Seattler Freemont District zu unterschreiben, die sie als Zweitwohnung nutzen wollen.

Ich bin heilfroh, dass sie die ganze Zeit redet.

»Es kam alles ganz plötzlich«, fügt sie hinzu. »Wir fuhren dort vorbei, ich habe das ›Zu verkaufen‹-Schild gesehen und wollte mir die Wohnung nur mal anschauen. Ehe ich mich's versah, sprachen wir mit dem Immobilienmakler. Dushan sagt, er will mich zur glücklichsten Braut der Welt machen. So ist er eben. Er tut etwas Wunderbares, wenn man es am wenigsten von ihm erwartet. Er kommt für die Eigentumswohnung auf, obwohl er sich dafür ganz schön verschulden muss. Ich hätte das Geld nicht. Jetzt muss er nicht mehr stundenlang pendeln, und wir sind unter der Woche näher bei dir. An den Wochenenden fahren wir raus nach Mount Vernon, weil es dort so schön ruhig und friedlich ist.« Als sie von Deckenventilatoren, einer Frühstücksecke und Dachfenstern schwärmt, was sie sich schon immer in einem Haus gewünscht hat und jetzt endlich bekommt, leuchtet die Liebe in ihren Augen.

Ich denke nicht schlecht von Dushan. Es ist offensichtlich, dass er sie liebt. Seine Zuneigung für sie ist tief.

»Du bist sehr still, Sunya, aber du siehst gut aus. *Bolo, bolo.*« Sag mir, sag mir. »Was ist in Japan passiert?«

Ich will gerade loslegen, als eine Frau mit einem niedlichen zahmen Schweinchen an uns vorbeizischt. Belustigt frage ich mich, ob das ungleiche Paar ein Flugzeug besteigen will. Noch vor Jahren hätte Mutter empört den Kopf geschüttelt, doch jetzt beobachtet sie die beiden lächelnd.

Ich fasse meine Reise knapp zusammen: Matsumotos Unterricht, Spaziergänge in der Natur, japanische Redewendungen, die ich aufgeschnappt habe. »Es war, als wären die Erfahrungen eines Jahres in fünfzehn Tage gepresst worden.« Als sich Vaters Segnungen und seine mitfühlende Ausstrahlung in mein Gedächtnis schleichen und ich nicht weitersprechen kann, wende ich den Blick ab.

Mutters Lachen durchdringt meine Trance. »Deshalb mache ich keine Reisen. Ich kann nicht so viele Eindrücke auf einmal verarbeiten.« Als wir an einem Verkaufsstand vorbeikommen, dessen Vitrine vor knallbunten Süßigkeiten strotzt, fragt sie: »Wärst du einverstanden, heute Abend bei mir in Mount Vernon zu übernachten? Dushan kocht für uns. Morgen früh können wir dich nach Seattle fahren.«

»Dushan kocht?«

»Er beherrscht drei Gerichte: Spaghetti, Spätzle und *boiled dinner*. Seine Spezialität ist *boiled dinner*, und er kocht es dir zu Ehren.«

Corned Beef mit Kartoffeln, Kohl und Gemüse! Ich spüre, wie mir die Galle hochkommt. Mit Mühe unterdrücke ich meinen Ekel. Na gut, ich werde unvoreingenommen an Dushans Kochkünste herangehen. Mutter und, ja, auch ihm zuliebe werde ich ihm die Chance geben, seine kulinarischen Fähigkeiten unter Beweis zu stellen.

Wir erreichen das Gepäckkarussell. Während ich auf das

verräterische Brummen des anspringenden Förderbands warte, sagt Mutter: »Rogers Gipsverband kommt in ein paar Wochen ab. Er überlegt, ob er nach Washington, D.C. ziehen soll. Man hat ihm einen Posten im Generalstab eines liberalen Politikers angeboten. Sein langjähriges Studium an der Modeschule will er einfach so wegwerfen. Dabei ist er den Job nach der nächsten Wahl vielleicht schon wieder los.« Sie schnalzt missbilligend mit der Zunge. »Kannst du nicht mal mit ihm reden? Er hat nach dir gefragt.«

Ich lasse meine Blicke durch die riesige Halle schweifen, in der ein wildes Durcheinander aus Passagieren und Gepäck herrscht. »Wir werden sehen, Mutter. Er hatte bisher ein angenehmes Leben. Er muss sich austesten, und diese Stelle eröffnet ihm Möglichkeiten, die ihm ein fester Job nie bieten könnte. Und nach zwei gescheiterten Beziehungen braucht er vielleicht auch mal einen Tapetenwechsel.«

Ich sehe den Mann vor mir, der jetzt Anfang dreißig ist, ein paar schmerzliche Rückschläge erlitten und ein paar Pfund zugenommen hat. Paradoxerweise hat sein Misserfolg ihn mit einer stabileren Statur entschädigt. Seine schicken Klamotten passen ihm nicht mehr, die schöne Fassade ist angekratzt, aber dafür ist er endlich bereit, sich mit mir zusammenzusetzen und über unsere Beziehung zu sprechen. Vielleicht, nur vielleicht, können wir jetzt Freunde werden.

»Pierre hat letzte Woche angerufen.«

Ich brauche einen Moment, um diese Neuigkeit zu verdauen. »Pierre?«

»Anscheinend hat er versucht dich zu erreichen. Er hat dir eine Nachricht hinterlassen. Als du dich nach ein paar Tagen nicht gemeldet hast, hat er mich angerufen, um rauszufinden, wo du bist. Nein, er hat mir nicht gesagt, was er will. Er klang ein bisschen überdreht. Sein französischer Akzent ist reizend, wenn er aufgeregt ist.«

Armer Kerl! Das mit dem Job bei Cakes Plus war wohl ein Reinfall. Vielleicht will er sich mit mir versöhnen, vielleicht sogar seinen alten Job in der Bäckerei zurück. Eine herrliche Ironie kommt mir in den Sinn: Würde Pierre damit klarkommen, dass Bob, wenn alles läuft wie geplant, dauerhaft die Geschäftsleitung übernimmt? Wäre er dem zusätzlichen Druck in der Küche gewachsen? Können französische und japanische Einflüsse in meiner Bäckerei nebeneinander bestehen?

44

Am Morgen, während Mutter einkaufen ist, sitze ich in ihrem Wohnzimmer und schmökere in der *News*, als ich plötzlich Dushans eindringliche Stimme höre: »Guten Morgen, Sunya.« Ich lasse die Zeitung sinken. Wir unterhalten uns übers Wetter, über Wohnungspreise, wie schwierig es ist, einen geeigneten Kassierer für die Bank zu finden, und ich weiß, dass er eigentlich auf etwas ganz anderes hinauswill.

»Wenn ich darf, möchte ich gern etwas ansprechen, das mich schon lange beschäftigt«, sagt er.

»Natürlich.« Auch ohne ihn direkt anzusehen, merke ich, dass er verlegen ist, als hätte er sich die Sache sehr gut überlegt und würde jetzt, wo der Augenblick der Wahrheit gekommen ist, am liebsten einen Rückzieher machen.

Er räuspert sich zweimal, was beim zweiten Mal wirklich

gekünstelt klingt. »Wir hatten in der Vergangenheit diverse Meinungsverschiedenheiten, aber ... es ist wichtig, dass du mich besser verstehst.«

Mit anderen Worten, er bittet mich, ihn zu akzeptieren. Ich setze eine neutrale Miene auf und höre ihm aufmerksam zu.

»Ich weiß, ich bin nicht besonders diplomatisch ... Es ist schwer, mit alten Gewohnheiten zu brechen, die ich in meiner Jugend in einem Land angenommen habe, in dem man niemandem trauen konnte. Keiner Menschenseele. Man musste bösartig und gehässig sein, sonst wurde man gedemütigt und zusammengeschlagen. Ich war eigentlich nicht so, überhaupt nicht, aber nachdem ich lange genug herumgestoßen wurde, habe ich gelernt ...«

Das Tageslicht betont Dushans verschwollene Augen. Ich spüre seinen inneren Aufruhr. Ich bekomme eine Ahnung davon, was er in seiner Kindheit durchgemacht hat.

»Ich habe bestimmt oft deine Gefühle verletzt, Sunya. Weißt du, als Kind war ich ständig von Gebrüll und Streitereien umgeben. Meine Eltern hatten nichts für mich übrig. Sie schrien mich an, verspotteten mich oder beschimpften mich als hässlich, Dummkopf, Rüpel, Vielfraß – eine lange Liste. Mein Bruder war genauso. Ich hörte nie ein nettes Wort. Ich konnte es ihnen nie recht machen. Ich musste mich immer schützen.«

In seiner Verletzlichkeit und mit dem schweißigen Glanz auf seinem Gesicht sieht er menschlicher aus als je zuvor. »Ich war genauso im Unrecht, Dushan –«

»Aber als ich mit über vierzig in dieses Land kam und deine Mutter kennen lernte, war es, als wäre ich an einem wunderschönen Ufer gelandet. Ich habe noch nie jemanden getroffen, der so sanft und lieb war. Nie hat mir jemand so viel Frieden gegeben. Und die Menschen hier sind anders. Ich muss nicht so sein wie dort, um Erfolg zu haben. Jetzt finde ich jede Sekunde des Lebens lebenswert. Sie akzeptiert mich, ungehobelt und hässlich wie ich bin. Sie liebt mich trotz allem. Und du bist ihre Tochter, Sunya. Glaub mir, nichts wäre mir lieber, als mit dir befreundet zu sein. Ich bin auf deiner Seite. Was ich dir auf meine schwerfällige Art sagen will, ist –« Er fängt so heftig an zu husten, dass seine Stirn sich zuerst rosa, dann dunkelrot färbt. Er steht auf und rennt in die Küche.

Ein Stückchen Wahrheit kann den schlimmsten Lärm dämpfen, zum Beispiel den des langen LKW, der am Fenster vorbeibrummt. Ich lasse meinen Blick auf Mutters dezembergrünem Rasen ruhen. In letzter Zeit ist viel Regen gefallen. Ich kann nicht garantieren, dass Dushan und ich uns nie wieder streiten. Wir sind sehr verschieden, ich bin viel dominanter als meine Mutter, und ich bezweifle, dass Dushan seine Ecken und Kanten je ganz glätten wird. Doch als er zurückkommt, sehe ich seine Wärme und Hilfsbereitschaft, was auch Mutter in ihm gesehen haben muss. Seine Güte, die tief in ihm vergraben liegt, braucht nur die richtigen Umstände, um zu wachsen. Als er sich mit hängendem Kopf wieder setzt, sehe ich, was es ihn gekostet haben muss, so viel von sich preiszugeben. Er hat es getan, weil ich ihm nicht gleichgültig bin.

»Nun, ich habe es dir auch nicht gerade leicht gemacht, Dushan.«

Kaum habe ich noch ein paar entschuldigende Worte gesagt, sehe ich Dushans Erleichterung. Er hebt den Kopf wieder. »Ach, das ist wunderbar. Ich hatte gehofft, dass es so kommen würde … Ich wäre mir wie ein Trottel vorgekommen, wenn du mich immer noch … wenn du mich jetzt immer noch verachten würdest, wo ich mir die Freiheit genommen habe, für dich eine Kreditlinie einzurichten.«

»Du hast was?«

»Ja.« Er grinst. »Ich habe gesehen, welche Kämpfe du ausfichtst ... Ich hätte einem solchen Druck niemals standgehalten ... Das ist das Mindeste, was ich für dich tun kann ... Und ich sorge dafür, dass Jim Paradise davon erfährt. Ich hoffe, dann hat er weniger Bedenken wegen deiner Pacht ...«

»Aber Dushan ...« Mir bricht der Schweiß aus. O nein, nicht schon wieder! Schon wieder mischt er sich in meine Angelegenheiten. Meine Finanzen sind meine Sache. Er soll mich in Ruhe lassen! Doch dann sehe ich die Leidenschaft in seinem Gesicht. Er tut das für Mutter und mich und auch aus Eigennutz. Diese Sache kann uns einander näher bringen oder ein für alle Mal einen Keil zwischen uns treiben. Ich brauche eine Weile, um die Situation zu überdenken.

»Warum ... warum ... Ich weiß nicht, was ich sagen soll. Oh, danke, Dushan, das ist –«

Schritte auf dem Teppich. Als ich mich umdrehe, sehe ich Mutter strahlend auf uns zukommen. »Ich habe mir den Räucherlachs auf dem Markt angesehen. *Bhalo kichu na.*« Nichts Besonderes. »Ich muss wahrscheinlich doch bei Pike Place einkaufen. Für unsere Einweihungsparty ist nur das Beste gut genug.«

Dushan strahlt sie an. »Du sagst es, Liebling.«

Mutters Augen leuchten vor Glück. Unter ihrem dunklen Mantel lugt ihre bestickte, mangofarbene Bluse hervor. Mir geht auf, dass auch diese einst schiffbrüchige Frau endlich ihr fernes Ufer erreicht hat. Ein seltsames Paar! Als ich über ihre gemeinsame Zukunft nachdenke, empfinde ich nichts als Freude für sie.

Dushan entschuldigt sich und geht in die Küche. Mutter sinkt neben mich aufs Sofa und nimmt eine elfenbeinfarbene Grußkarte vom Couchtisch. »Die ist von Willy Cartdale. Er war so liebenswürdig, sich schriftlich bei mir für das Abendessen zu bedanken.«

Ich werfe einen Blick darauf: eine handelsübliche Dankeskarte von Hallmark. Unleserliche Handschrift. »Ich bin übrigens nicht mehr so wütend wie anfangs, als du mir von dem Abendessen erzählt hast.«

»Aber du weißt nicht, wie lange wir Willy noch in Schach halten können? Nun, mein Liebes, Willy hält Dushan über all seine Aktivitäten auf dem Laufenden. Und was Dushan weiß, weiß auch ich. Gemeinsam haben wir ihn unter Kontrolle. Willy wird dir keine unangenehmen Überraschungen mehr bereiten, da kannst du dir sicher sein.«

»Du gibst immer auf mich Acht, Mutter.«

Sie wendet sich mir zu. Ihr geduldiges, fürsorgliches Gesicht strahlt, und ihr Blick ruht liebevoll auf mir. Trotz all ihrer Runzeln und Unvollkommenheiten, trotz allem, was sie erlitten hat, erhellt ihre Schönheit den Raum. Gegen meinen Willen werde ich sentimental und bekomme feuchte Augen. Ich blinzle.

In den letzten Monaten, als die Welt die Lichter langsam für mich ausgehen ließ, war Mutter zur Stelle: eine zierliche, aber beeindruckende Macht, die niemals in ihrer Entschlossenheit nachließ, mir zu helfen. »Ich habe ein solches Glück…«

Sie tut es mit einer Handbewegung ab. »Willst du jetzt nach Hause, Sunya?«

Ich hole mein Gepäck aus dem Schlafzimmer. Inzwischen hat sich Dushan zu Mutter gesellt. Sie stehen nahe beieinander, plaudern und lächeln sich an: zwei Liebende, sicher in dem Bewusstsein, dass sie aufeinander zählen können. Das macht sie unbezwingbar; sie sind eine Inspiration für mich. Es kommt von Herzen, als ich sie anlächle. Doch dann überfällt mich die Erinnerung an Vater, und der glückliche Moment ist vorbei.

Bei mir zu Hause gehen Mutter und ich schnurstracks ins Schlafzimmer. Trotz meiner Proteste besteht sie darauf, mir beim Auspacken zu helfen; dazu lässt sie sich auf der Bettkante nieder. Ich erzähle ihr mehr von meiner Japanreise, während ich meinen Koffer ausräume; den Matchbeutel mit Vaters Foto stelle ich vorläufig beiseite. Sie interessiert sich für jedes Detail und löchert mich mit zahlreichen Fragen. »Gibt es dort immer noch Straßen mit Kopfsteinpflaster? Rauchen sie wirklich so viel? Und Sushi ist dort nichts Besonderes?« Sie ahnt, dass ich ihr etwas verschweige. Das spüre ich.

Aber vor allem ist sie von Matsumoto fasziniert und will mehr über ihn wissen. Als ich geschäftig ins Bad eile, um meinen Kulturbeutel wegzuräumen, erwähne ich, dass Matsumoto mir geholfen hat, meine innere Ruhe wiederzufinden, und dass er mich gelehrt hat, in der Gegenwart zu leben.

»Er hört sich so weise an und trotzdem so begeisterungsfähig«, sagt Mutter. Als ich verstohlen durch die Tür ins Schlafzimmer luge, öffnet sie gerade meinen Matchbeutel. »War er schon immer so?«, fragt sie.

»Nein.« Ich komme zurück ins Schlafzimmer. »Du wirst es nicht glauben, aber er hat mir von seiner wilden Jugend in Manhattan erzählt...«

Ich verstumme, als ich sehe, dass sie den Inhalt des Matchbeutels ordentlich auf meinem Bett verteilt hat. Mutter hat das Foto mit dem Rosenholzrahmen ausgegraben, das sorgfältig in Seidenpapier verpackt und in mein dickes Sweatshirt eingewickelt war. Sie betrachtet es stirnrunzelnd. »Wer ist das?«, fragt sie.

O nein! Ich atme tief durch und kontrolliere mühsam meine Stimme. »Ein sehr weiser Mann, ein buddhistischer Mönch, der die Sunya-Philosophie lehrte.«

»Wie heißt er?« Ihre Stimme klingt panisch.

Meine Knie werden weich. Ich bemühe mich, meine gelassene, erleuchtete Mitte wiederzufinden. »Er heißt Bikkhu Karun.«

»Irgendwie habe ich das Gefühl, dass ich ihn schon mal gesehen habe. Ist das sein richtiger Name oder nur ein Titel?« Während Mutter das Foto betrachtet, verfinstert sich ihr Gesicht. Ihre gepuderten Wangen kommen mir jetzt faltiger vor als sonst.

Unfähig, die Fassade länger aufrechtzuerhalten, flüstere ich: »Ja, Mutter, er ist es.«

Ein erdrückendes Schweigen umgibt uns. Sie steht auf und knallt das Foto mit der Vorderseite nach unten aufs Bett. »Das ist also aus meinem tollen Ehemann geworden ... Wie kommst du an dieses Foto?« Ich schlucke und suche vergebens nach einer Antwort, während ich mir Sorgen um ihren Blutdruck mache. Sie nimmt das Foto erneut in die Hand, dreht es wieder um und studiert es mit zugleich neugierigem und ungläubigem Blick. »Und du wolltest mir nichts davon erzählen? Sunya ...«

»Komm, wir setzen uns, Mutter.«

Wir hocken uns auf die Bettkante. Trotz der weichen Steppdecke sitzt Mutter unbehaglich da, die Augen anklagend zusammengekniffen. »Dieser Mann war das Zentrum meines Universums. Ich habe dreißig Jahre nichts von ihm gehört, und du wolltest es mir nicht erzählen ...«

»Ich glaube, es gibt ein paar Dinge, die du wissen solltest, Mutter.« Ich halte ihr Schweigen für Zustimmung und erzähle ihr von meiner Begegnung mit Vater und seinem anschließenden Tod. Ich muss oft innehalten, weil meine Stimme versagt. Als ich fertig bin, sitzen wir eine Weile stumm da. »Du siehst also«, sage ich abschließend, »auch wenn wir keinen Kontakt zu ihm hatten, hat er uns nicht vergessen. Er hat nie aufgehört, uns zu lieben, und auch wenn sein Weggang Gründe hatte, mit dir hatte es nichts zu tun.«

»Sagst du.«

»Sieh doch, wie stark du geworden bist. Wie gut du dich um mich gekümmert hast ...«

Bei diesen Erinnerungen wird Mutters Gesicht tieftraurig. Ich wünschte, wir könnten uns umarmen und gemeinsam Vaters gedenken. Einen Lichtstrahl auf den alten Kummer werfen. Doch sie, immer noch verzweifelt, sieht mit leerem Blick aus dem Fenster und springt jäh auf. »Ich habe um zehn einen Termin beim Immobilienmakler. Wir sprechen ein andermal darüber.«

»Wir könnten gemeinsam zu Abend essen ...«

Sie nimmt ihre Handtasche, schnappt sich ihre Jacke und rennt zur Tür; sie dreht sich kaum um, um mir zum Abschied zuzuwinken.

Voller Reue nehme ich Vaters Foto in die Hand und betrachte es liebevoll. Sein Anblick gibt mir Ruhe und Frieden. Vater hat mir seine Liebe hinterlassen. Eigenständig wie ich bin, ist das alles, was ich brauche.

45

Bei meiner Rückkehr in die Bäckerei überrascht mich mein Personal mit einem riesigen weißen Kuchen, der mit Rosetten besetzt und mit dünnen Zitronengrasringen verziert ist. Sofort rufe ich bei Andrew an, um ihn zur Begrüßungsparty einzuladen, aber er ist nicht da. Wir stehen um den Küchentisch herum und feiern mit Kuchen, *eggnog*, einer Art Grog, und Anekdoten über Japan; dabei schweift mein Blick oft zur Tür. Noch mehr erstaunt mich, dass Jill mich trotz unserer früheren Feindseligkeiten freundlich anschaut, sich an mich heranpirscht und mir verstohlen zuflüstert: »Schön, dass Sie wieder da sind, Sunya. Sie sind die Seele dieses Ladens.«

Ich lächle sie versöhnlich an. Als ich ihr antworten will, zieht Scott Fotos seines Neugeborenen hervor, die er uns unbedingt zeigen will. »Dylan ist schon so intelligent«, sagt er. »Er sieht mir ein bisschen ähnlich, findet ihr nicht?«

Es tut gut, wieder in eine beruhigende Routine zu verfallen. Da Bob die administrativen Aufgaben übernimmt, widme ich mich in der arbeitsreichsten Zeit des Jahres ganz dem Backen. Bob ist viel organisierter als ich, und seit er die Geschäftsleitung übernommen hat, läuft alles viel glatter. Heute Morgen konzentriere ich mich auf eine Großbestellung Champagnertrüffel für eine Büroweihnachtsfeier. Als ich die Flasche Haselnuss-Sirup aus dem oberen Schränkchen holen will, fällt mir auf, dass Bob einen Ausdruck des wöchentlichen Putzplans an die Schranktür gehängt hat. Bei mir wurden einzelne Angestellte noch spontan zu bestimmten Reinigungsarbeiten abkommandiert.

Ein paar Minuten später kommt Bob mit der Zeitung unter dem Arm herein. Mit seinem Pullover mit rundem Ausschnitt, einer warmen Baumwollhose und neuen Halbschuhen ist er viel besser gekleidet als früher. Seine violette Haarsträhne hat er wieder schwarz gefärbt. Er bewegt sich selbstbewusst, als wüsste er genau, was er als Nächstes tun wird. Wir begrüßen uns, und bevor ich ihm wegen seines Organisationstalents ein Kompliment machen kann, platzt er heraus: »Sie haben endlich Donald J. Smiths Nachfolge bekannt gegeben.«

»Wer ist es?«

»Irgendein Restaurantkritiker aus Washington D. C. Wie ein Ortsfremder die Seattler Gastronomieszene beurteilen soll, ist mir ein Rätsel. Aber ich muss sagen, ich war erleichtert, dass Donald nicht mehr aus dem Hinterhalt auf uns schießen konnte.«

»Es ist seltsam, aber ich vermisse den alten Donald.«

»Das kann nicht Ihr Ernst sein, Sunya!«

»Doch. Und ich bedauere es, wenn seine Entlassung etwas mit mir zu tun hatte.«

»Sie hätten ihn sowieso gefeuert. Es gab zu viele negative Reaktionen auf seine Kolumne.«

»Er hatte das Recht, zu sein, wie er war.«

»Mag sein, aber die Zeitung muss trotzdem die Meinungen der Leser berücksichtigen, und er wurde langsam zur Witzfigur. Übrigens habe ich gehört, dass er jetzt zu Hause ist. Diese Mittelmeer-Reise hat er nie gemacht. Anscheinend ist er gesundheitlich angeschlagen.«

Bob legt die Zeitung auf die Theke, wäscht sich die Hände und beginnt, ein paar Mandarinorangen zu teilen. Im Stillen sende ich Donald die besten Genesungswünsche. Vielleicht laufen wir uns irgendwann mal über den Weg;

dann kann ich hoffentlich Frieden mit ihm schließen. Doch jetzt schmelze ich weiter Schokolade, ein Stückchen nach dem anderen.

Als ich eine Stunde später eine Verschnaufpause einlege, gehe ich hinüber ins Café. Es ist etwa zur Hälfte besetzt. Ich erschrecke, als ich Jim Paradise an einem Tisch sitzen sehe. Die Windjacke, die er trägt, erinnert mich daran, dass es für heute eine Sturmwarnung gab. Vor ihm liegt ein Buch, aber es ist nicht aufgeschlagen. Als ich auf ihn zugehe, blickt er von den Resten seines Orangen-Pecannuss-Muffin auf und setzt sich kerzengrade hin.

»Ah, Sunya, Sie sind zurück! Haben Sie die gebacken?«

Ich nicke glücklich.

»So wunderbar frisch und leicht! Er ist noch warm. Muss gerade erst aus dem Ofen gekommen sein. Und diese selbstgemachte Preiselbeer-Marmelade ist unglaublich. Ich hatte vergessen, wie süchtig man nach Ihrem Gebäck werden kann. Seit ich vor zwei Wochen meine Frau mit hergebracht habe, war ich schon dreimal hier. Übrigens wollte ich mich sowieso mit Ihnen in Verbindung setzen.«

»Irgendwas Besonderes …?«

»Setzen Sie sich.«

Als ich mir einen Stuhl heranziehe, wird Jims Stimme leise und ernst. »Ich weiß von Ihrer Kreditlinie bei der Home Street Bank. Das ist hilfreich. Meine Assistentin bereitet gerade einen neuen Pachtvertrag über drei Jahre für Sie vor.«

Ich danke Dushan im Stillen und lächle. Doch die Freude währt nicht lang, denn Jim fügt hinzu: »Aber … Cartdale verklagt mich wegen einer Klausel in seinem Pachtvertrag.«

»Und was machen Sie jetzt?«, frage ich, als der Schock etwas nachlässt.

»Ich reiche eine Gegenklage ein. Hätte ich bloß vorher gewusst, was für ein …« Jim hält inne und spießt mit der Gabel das letzte Muffinstück auf. »Bestimmt freut es Sie zu hören, dass die große Eröffnung seiner Zweigstelle in Wallingford abgeblasen wurde.«

»Wirklich? Mir fällt ein Stein vom Herzen! Das beste Weihnachtsgeschenk, das man mir machen konnte. Diese letzten paar Monate …« Mir fällt auf, dass Jims Miene sich verdüstert.

»Ihre Probleme sind noch lange nicht vorbei, Sunya. Cartdale eröffnet seine Bäckerei zwar nicht in meinem Haus an der Meridian Street, aber er sieht sich schon nach Alternativen in der Gegend um. Für ihn ist das nur eine vorübergehende Verzögerung. Anscheinend ist er der Meinung, dass Wallingford eine erstklassige Gegend für ›*big business penetration*‹ ist, wie er es nennt. Es sei schon zu lange eine verschlafene Wohngegend. Er würde sie gern aufwecken.«

»In dem Fall werde ich gewappnet sein. Und in der Zwischenzeit bediene ich meine Kunden, so gut ich kann.«

»Ich wünschte, ich könnte so gelassen sein wie Sie.« Er seufzt, blickt auf seinen leeren Teller und erhebt sich. »Ich glaube, ich genehmige mir noch einen Muffin. Ich laufe am Wochenende ein Rennen, da werde ich die zusätzlichen Kalorien verbrennen. Wenigstens rede ich mir das ein.«

Ich eile in die Küche, um mein Personal zu instruieren. In unserer duftenden kleinen Nische zu überleben ist jeden Tag eine neue Herausforderung. Als würde man sich an einem Hang wild wachsende Erdbeeren schmecken lassen, bevor der Bär aus dem Wald stürmt, warne ich sie und mich.

Mit noch butterbeschmierten Händen bestücke ich die Kuchenvitrine mit einem Blech *daisy buns* – goldener Blätterteig unter einer mit Zuckerguss überzogenen hubbeligen Oberfläche –, als eine Stimme, die mir lieb und teuer ist, sanft meinen Namen ruft.

»Andrew!« Mein Trost, der Mann meines Herzens, sieht in seinem weißen irischen Zopfmusterpullover einfach zum Knuddeln aus. Er muss die zweite Nachricht bekommen haben, die ich ihm hinterlassen habe. Glückselig schlängle ich mich an der Kuchenvitrine vorbei. Wochen der Trennung enden in einer festen Umarmung, einem sicheren Gefühl. Insgeheim hoffe ich, dass er inzwischen geschieden ist. Wir lassen uns nur los, weil wir vor den Kunden keine Show abziehen wollen.

Seine Augen leuchten vor Freude. »Du bist wieder da! Wie war die Reise?«

»Sagenhaft!«

»Und das Heilprogramm …?«

»Es hat mir viel gebracht.«

»Ich habe dich fast nicht wiedererkannt. Eine neue Sunya!«

Ich freue mich über das Kompliment; ich möchte unbedingt wissen, für welches Drehbuch-Ende er sich entschieden hat, wie der endgültige Titel lautet und wann der Film ins Kino kommt. Außerdem sehne ich mich mit jeder Faser meines Herzens danach, bei ihm zu sein, den Kopf liebevoll an seine Brust zu lehnen, in seinen Berührungen und Küssen Trost zu finden.

»Du hast unsere Abschlussparty verpasst«, sagt er.

»Wir müssen uns bald sehen.«

»Halt morgen Abend für mich frei.«

»Mach ich.«

Morgen kommt mir vor wie ein ferner Hafen. Ich widme mich wieder der Kuchenvitrine und biete Andrew ein frisch gebackenes *daisy bun* an, dessen Duft in der Luft liegt. Hinter ihm hat sich bereits eine kurze, ungeduldige Schlange gebildet.

Er sieht mich eindringlich an. »Sunya ... Ich würde gern bleiben ... aber ich komme zu spät zu einer Besprechung. Ich nehme mir nur einen Kaffee mit.«

Mit einer Tasse in der Hand geht er. Ein Blitzbesuch! Ich sehe ihm nach und registriere seinen gleichmäßigen Gang bis ins letzte Detail. An der Tür dreht er sich um, lächelt zurückhaltend und winkt. Ich brauche ein paar Sekunden, bis ich mich wieder ganz auf meine Arbeit konzentrieren kann.

46

Ganz unten in dem Stapel Post, der mich zu Hause erwartet, finde ich einen Umschlag von Kimiko. Er ist in ihrer vertrauten ordentlichen Schrift an mich adressiert, aber das Briefpapier ist weiß, nicht wie sonst in warmen Pfirsichtönen gehalten. Ich setze mich an meinen Schreibtisch und überfliege die Zeilen.

Liebe Sunya-san,
wenn das bei dir im Briefkasten landet, bist du bereits aus Japan zurück. Ich freue mich, dass du mein Land besuchen konntest. Dadurch fühle ich mich dir irgendwie näher.
Als wir vor ein paar Wochen kurz über Roger sprachen, habe ich mich dir nicht ganz anvertraut. Ich finde, es ist an der Zeit, dir etwas zu beichten. Schon als ich Roger bei dir zum ersten

Mal sah, war ich ganz vernarrt in ihn. Ich hasste die Vorstellung, dass du als Nicht-Japanerin mit ihm zusammenlebtest. Ich redete mir ein, du hättest kein Recht auf einen so attraktiven japanischen Mann. Aufgrund meiner Herkunft verdiente ich ihn nicht nur mehr, sondern wüsste auch besser mit ihm umzugehen als eine gaikokujinn josei.
Ich habe schon von Kindesbeinen an gelernt, wie man einen Mann zufrieden stellt, besonders einen Japaner. Ich folgte ihm schamlos zu seinen politischen Treffen und lud ihn mehrfach zu mir ein. Anfangs lehnte er ab, doch dann, an einem regnerischen Abend, gab er nach. Er war damals sehr verletzlich, weil deine Bäckerei so bekannt geworden war; du warst bei jedermann beliebt, und er fühlte sich bedroht. Bei mir zu Hause quälten ihn Schuldgefühle, aber ich massierte seinen Körper so lange, bis er sich vollkommen entspannte und zu allem bereit war.
Hätte ich mich nicht so angestrengt, wäre er sicher bei dir geblieben.
Wie furchtbar von mir! Ich habe nicht nur eine Schwester verraten, sondern auch mich selbst. Und das alles für eine Beziehung – nein, eine Affäre –, die nur ein paar Monate dauerte.
Ich bedauere, dass ich eure Liebe zerstört habe. Du hast mir vertraut, und ich habe mich deiner Freundschaft nicht würdig erwiesen. Nach außen hin habe ich dir schöngetan, doch innerlich brannte ich vor Neid. Ich bereue es zutiefst und werde es bis ans Ende meiner Tage bereuen.

Ich hoffe, dass du mir verzeihen kannst; aber wenn das nicht möglich ist, verstehe ich es.
Deine Kimiko

Während ich mit dem Brief dasitze, holt mich die Vergangenheit ein und bringt die Tränen und Unsicherheiten einer gelösten Beziehung mit sich. Doch statt die traurigen Gedanken wegzuschieben, lasse ich mich auf sie ein. Endlich ist es in Ordnung, sich schlecht zu fühlen, zurückzudenken und Ereignisse noch einmal zu durchleben, von denen ich wünschte, sie wären nie geschehen, und zu sehen, wie lange die negativen Gefühle anhalten. Schließlich verlieren die Erinnerungen die Kontrolle über mich; sie lösen sich in einer neu gefundenen inneren Energie auf und verschwinden.

Es ist an der Zeit, tief in mir nach dem Mitgefühl zu suchen, das Kimikos Leid lindern könnte. Als ich langsam und gemächlich in die tiefe Stille gleite, spüre ich, wie eine Last von zwei Seelen fällt.

Ich ziehe eine Schreibtischschublade auf, hole schönes Briefpapier und einen Kugelschreiber heraus. Und schon bald gleitet meine Hand ruhig übers Papier, während ich meinen Gedanken Ausdruck verleihe.

Liebe Kimiko,
meine Japan-Reise war außergewöhnlich. Sie hat mir geholfen, auf deinen Brief zu antworten. Vorher hätte ich womöglich anders reagiert, und das wäre schlecht für uns beide gewesen. Im günstigsten Fall hätte ich nie geantwortet. Danke, dass du so offen und ehrlich warst und mir etwas anvertraut hast, das bestimmt nicht

leicht zu beichten war. Ich habe großen Respekt vor deinem Mut und deiner Integrität. Für uns beide hat sich in der Zwischenzeit so viel verändert, dass jede weitere Diskussion sinnlos wäre. Aber es ist ein gutes Gefühl, den schweren dunklen Vorhang vor diese Episode meines Lebens zu ziehen; das Gleiche gilt hoffentlich auch für dich.
Was gibt es da zu verzeihen?
Du hast einen neuen Weg eingeschlagen, auf dem dich ganz sicher neue Widrigkeiten und Sorgen erwarten, ganz genau wie ich es getan habe.
Bitte sei nicht zu hart zu dir. Seit der Lektüre deines Briefes bin ich nicht mehr wütend auf dich. Während ich dasaß und an dich dachte, wurde mir klar, dass nur eine versöhnliche Haltung unserem Kummer ein
Ende bereiten kann.
Deine Sunya

Ich klebe den Umschlag sorgfältig zu. Ich sehe Kimikos Gesicht vor mir; es ist jetzt nicht mehr betont kühl, dafür irgendwie besser einzuprägen. Ich bezweifle, dass ich bald von ihr hören werde; aber vielleicht werden wir uns eines Tages zufällig bei einem *sanposhimas* durch die Gärten des Nanzen-ji-Tempels in Kioto treffen. Wir werden stehen bleiben, uns begrüßen und im Schatten eines Kamelienbaumes miteinander plaudern. Dann schlägt sie vielleicht eine Tasse Tee vor, und ich würde zunächst zögern, aber schließlich einwilligen. Es wird vermutlich eine Zeit dauern, bis wir die Herzlichkeit und Nähe aus der Zeit wiederfinden, in der Fuchsien zwischen uns das einzige Thema waren.

Doch wenn es um Freundschaften geht, kann man immer auf einen Neuanfang hoffen.

47

Es ist Abend, und Mutter ist gerade von einer ganztägigen Shopping-Tour in der Innenstadt gekommen. Ich habe sie leicht beklommen zum Abendessen eingeladen. Wir sitzen im Wohnzimmer, wo Mutter, die eine seladongrüne Kombination aus Hose und Pullover trägt, ein Glas Kirschsaft in der Hand hält und mir von ihrer erfolglosen Suche nach Gartenmöbeln erzählt.

»Ich habe beschlossen, heute nichts zu kaufen. Es gab nicht viel Auswahl, und außerdem war ich nicht in der Stimmung.«

Wahrscheinlich meint sie damit, dass die Erinnerung an Vater ihr den Tag verdorben hat, was mich nur noch nervöser macht. Doch dann fällt mir eine Veränderung an ihr auf. Mutters Gesicht ist jetzt ruhig und gelassen, ihre Haltung aufrecht und gelöst. Sie steht mit beiden Beinen fest auf dem Boden.

»Ich habe mich lange mit Dushan unterhalten«, sagt sie. »Er hat mir geholfen, mit der Sache ins Reine zu kommen, indem er sagte: ›Hätte dein Mann dich nicht verlassen, Dee, hätte ich dich nie getroffen.‹ Dann umarmte er mich fest, als könnte er den Gedanken nicht ertragen. Da wurde mir klar, dass sich alles zum Guten gewendet hat. Weißt du, Sunya, dein Vater hat mich kein einziges Mal so umarmt. Doch, diese Situation hat mir auch viel Gutes gebracht…« Ihr Gesicht spannt sich an. »Und ich bin froh, dass du deinen

Vater endlich kennen gelernt hast. Das war sehr wichtig für dich.«

Wieder sehe ich Vater vor mir. Ich höre seine gelassene Stimme und spüre seinen Geist. Die Begegnung mit ihm hat mir geholfen, mein Herz zu öffnen, mich in meinem Selbstwertgefühl bestätigt und mir das Gefühl gegeben, ganz zu sein. »Ich werde ab und zu nach Japan reisen, um herauszufinden, was ihn dort gehalten hat.«

Mutter trinkt ihren Kirschsaft bis auf den letzten Tropfen aus und lächelt mich mit rötlich violetten Lippen an. »*Tumi koro.*« Tu das.

Da sie momentan recht zufrieden wirkt, kann ich gleich noch eine andere Mission erfüllen. Ich stehe von meinem Stuhl auf. »Komm, ich muss dir was zeigen.«

Wir gehen ins Schlafzimmer, wo an der Südwand zwei Fotos hängen. Mutter betrachtet das Bild mit dem Rosenholzrahmen lange. »Du hast ja einen richtigen kleinen Schrein errichtet.« Dann tritt sie einen Schritt zurück. »Jetzt, wo ich das alles hinter mir gelassen habe, bin ich immer noch furchtbar traurig, aber ich bereue nichts mehr. *Ek dom na.*« Überhaupt nichts.

»Er hat um deine Vergebung gebeten, Mutter ...«

»Ich sehe jetzt ein, dass er ein Mann war, der für Größeres bestimmt war als für das Leben, das ich ihm hätte bieten können. Wenn seine Familie in Indien von seinen Leistungen erfahren hätte, und nicht nur von den akademischen, wäre sie stolz auf ihn gewesen. Sie hätten ihn *Maha manush* genannt.« Einen Mann von großer Integrität. »Er ist den hohen, meiner Meinung nach unerreichbaren Idealen, die Indien in ihm erweckt hat, gerecht geworden.«

Ihre Augenlider sind schwer, das Gesicht geschwollen; sie scheint in ihre Träumereien versunken zu sein. Vielleicht denkt sie an ihre frühen Jahre in Indien. Wie viel sie zurückgelassen hat. Wie sie in ein neues Leben geschubst wurde. Sekunden später schüttelt sie die Gedanken ab, streicht sich das Haar aus der Stirn und wendet sich an mich.

»Krieg ich jetzt was zu essen, Sunya? Ich sterbe vor Hunger.«

»Das Abendessen ist fertig. Pasta und Curry Primavera.«

»Wunderbar.«

Auf dem Weg in die Küche sehe ich lächelnd in ihre feuchten Augen.

48

Kurz vor Einbruch der Dunkelheit stehe ich vor Andrews Wohnung. Ich trage eine Seidenbluse mit Puffärmeln, einen schicken Rock und halbhohe Stiefel. Meine Haare habe ich zu einem Chignon hochgesteckt, was ich selten tue. Als ich auf die Türklingel tippe, entspricht ihr leises fröhliches Läuten genau meiner Stimmung. Ich stelle mir Andrews Freude vor, wenn sein Blick auf die Geschenke in meiner Einkaufstasche fällt. In der Eigentumswohnung gegenüber ist ein unschöner Streit im Gange.

Beim dritten Klingeln öffnet Andrews Bruder Evan die Tür. Sein herbstbraunes Haar ist feucht und einen Ton dunkler als sonst. Seine Augenbrauen und Lippen sind fast exakt wie die von Andrew.

»Tut mir Leid, Sunya, ich habe Sie nicht gehört. Ich stand unter der Dusche. Kommen Sie herein. Ich weiß nicht, wann Andrew zurückkommt, aber Sie können gern hier auf ihn warten.«

Damit hatte ich nicht gerechnet.

Evan deutet auf die Sitzecke und eilt in sein Schlafzimmer. Auf halbem Weg bleibt er stehen und sagt: »Andrew reist morgen früh sehr zeitig ab, aber das wissen Sie wahrscheinlich schon. Das ist die letzte Gelegenheit, ihn noch zu erwischen.«

Ich höre, wie eine Tür geschlossen wird.

Das letzte matte Tageslicht schwindet vor meinen Augen. Die Luft im Raum ist stickig wie bei einem Sandsturm. Ich schlendere in die offene Küche. Der Kühlschrank brummt nervtötend. Im Obstkorb liegt nur noch ein Zweig mit einem verwelkten Blatt. Ich hole die Kuchenschachtel aus meiner Tasche und schiebe sie auf die gekachelte Küchentheke. Spontan öffne ich den Deckel und atme den frischen Duft des mehrstöckigen Kuchens ein, der mit Schokoladenguss überzogen und mit Bosc-Birnenscheiben belegt ist. So perfekt habe ich ihn noch nie hinbekommen. Ich stelle mir vor, wie Andrew ein Stückchen probiert, sich den Sinneseindrücken von Geschmack und Textur hingibt und das Gesicht mit einem verzückten Ausdruck hebt wie ganz am Anfang unserer Beziehung.

Evan taucht wieder auf und klimpert mit seinen Autoschlüsseln. Sein Blick fällt auf den Kuchen. »Sunya Cake?«

Ich bringe so etwas wie ein Lächeln zustande.

»Ich habe ihn noch nie unangeschnitten gesehen. Das ist wirklich ein Prachtexemplar! Und er duftet toll. Ich muss ihn wohl später probieren. Ich muss jetzt leider los. War schön, Sie wiederzusehen, Sunya.«

Ich murmle lustlos einen Abschiedsgruß. Dann schlendere ich zum Fenster und schiebe die Webvorhänge aus Jacquard-Stoff zur Seite. Blauviolette Schatten kriechen über den Green Lake. Hier und da werden in Gebäuden Lichter eingeschaltet, um die langen zermürbenden Stunden der Dezemberdunkelheit abzuwehren, eine Dunkelheit, die jetzt schon schwer auf mir lastet. Unten auf der Straße brummen Autos vorbei, in einer technischen Welt, die hektisch und laut ist. Hier in Andrews Wohnzimmer spüre ich nur vage, wie die Zeit verrinnt, Sekunde um Sekunde, leise, allmählich, unabwendbar.

Wie lange habe ich so dagestanden? Meine Finger sind kalt und steif geworden. Was wartet auf der anderen Seite eines hohen Gipfels namens Vorfreude? Erschrocken wirble ich herum und gehe in Andrews Schlafzimmer.

Ich betrachte das Durcheinander. Hier haben wir uns geliebt, unser erstes und einziges Mal. Damals war der Raum sauber und ordentlich, das Bett einladend. Im sanften Licht konnten wir den anderen im Spiegel der Frisierkommode reflektiert sehen. Jetzt wende ich mich hastig vom höhnischen Blick des Spiegels ab.

Wie anders mir der Raum nun vorkommt, wie fremd. Das Bett, jetzt ohne Bettlaken, wirkt traurig und kalt; die Federkissen sehen ohne die bestickten Bezüge schlaff und blass aus. Zwei halb gepackte Koffer nehmen den gesamten Boden ein: Hemden, Hosen, Sonnenbrillen und Unterwäsche, dazu ein Frisbee. Offene Koffer sind nicht nur hässlich, sondern auch heimtückische Hindernisse, die einen zum Stolpern bringen, egal wohin man sich dreht.

Ein Mann im Aufbruch. Ein Mann, der tut, was er will, ganz gleich, was er noch gestern versprochen hat.

Mein Blick fällt auf einen Zettel auf der Frisierkommode: schlichtes weißes Papier und blaue Tinte; eine vertraute Schrift, an mich adressiert. Ich zögere, ihn in die Hand zu nehmen; meine Finger schrecken davor zurück, nach der noch brennenden Glut eines verglühenden Feuers zu greifen.

Liebe Sunya,
nach Drehschluss gibt es eine neue Krise, und wie immer bin ich derjenige, der alles retten muss. Bitte entschuldige diesen Zettel. Ich wollte meinen letzten Abend in deiner netten Gesellschaft verbringen, deine Hand halten und dir tief in die Augen schauen. Ich habe bei dir angerufen, aber da warst du wohl schon weg. Es tut mir nur Leid, dass ich dir nicht alles persönlich erklären konnte.
Ich wünschte, du könntest mit nach L. A. kommen. Ich muss zurück. Ich komme einfach mit dem trüben Wetter in Seattle nicht klar. Ich brauche die chaotische Energie und den intensiven Sonnenschein von L. A., um zu funktionieren.
Du hast angedeutet, dass dein Leben hier in deiner Bäckerei ist, und das muss ich respektieren. Ich habe keinen Zweifel, dass sie wachsen und gedeihen wird. Ich nehme an, ich kann dich nicht überreden, in L. A. ein Café aufzumachen? Sunya Cake wäre dort bestimmt ein Riesenhit. Auf der beiliegenden Karte findest du meine Adresse und privaten Telefonnummern.
Irgendwann, wenn du ein bisschen Freizeit hast, würde ich mir wünschen, dass du mich besuchst. Dann zeige ich dir meine Stadt und alles, was das Leben für mich lebenswert macht. Wer weiß, vielleicht kann ich dich sogar noch überreden, deine Meinung zu ändern …
Bis dahin werde ich dich vermissen. Der

Geschmack von Sunya Cake und die Erinnerung an unsere gemeinsame Zeit werden immer in meinem Herzen bleiben. Du bist ein außergewöhnlicher Mensch. Du hast Gefühle in mir geweckt, die ich schon verloren glaubte.
Sieh dir auf alle Fälle meinen Film an, dessen endgültiger Titel Zeit der Liebe *lautet, wenn er nächstes Jahr herauskommt. Ich habe mich für den Schluss entschieden, den du vorgeschlagen hast. Er ist wirklich am logischsten, und ich kann dir gar nicht genug danken. Ich widme den Film meinen Eltern und einer ungenannten Freundin, die mich inspiriert hat. Diese Freundin bist du.*
Ich hoffe, du verzeihst mir, wenn nicht jetzt, dann irgendwann.
In Liebe,
Andrew

Ich lese den Brief noch ein paarmal und verstehe trotzdem nicht, was er bedeutet. Trauer und Verlust machen mich schwer von Begriff. Warum musste unsere Zeit so verfrüht enden? Mit müden Fingern lege ich den Zettel zurück.

Soll ich antworten? Was könnte ich schon schreiben?

Mit brennenden Augen krame ich in meiner Einkaufstasche und hole eine Karteikarte hervor, auf der das steht, woran ich am meisten hänge. In diesem Rezept für Sunya Cake, den er so gern aß, steckt all meine Backerfahrung. Gestern Abend musste ich meinen nahezu fanatischen Widerstand dagegen überwinden, die einzelnen Arbeitsschritte, die genauen Maßangaben und Tipps für die zum Backen geeignetsten Marken zu notieren. Doch als ich unterschrieben und den Stift weggelegt hatte, fühlte ich mich ruhig und gelassen.

Als ich nun die Rezeptkarte in der Hand halte, deren vergoldete Ränder glänzen, funkelt in mir die Erinnerung an eine Begebenheit aus meiner Kindheit. Es war der Tag, an dem ich zum Jahrmarkt ging, dem Puyallup Fair, in der Hosentasche mein bescheidenes Taschengeld, das ich monatelang gespart hatte. Ich fuhr Karussell, bis mir schlecht war, lachte, bis ich Magenkrämpfe bekam, und als die untergehende Sonne die fröhliche Menschenmenge in ihrem Honigleuchten badete, machte ich mir Vorwürfe, weil ich alles bis auf den letzten Cent verpulvert hatte. Doch als ich zu Hause meine Hosentaschen leerte, fand ich noch ein paar stecken gebliebene Münzen darin. Welche Freude! Selbst wenn man denkt, man hat alles ausgegeben, hat man wahrscheinlich doch noch eine geheime Reserve. Man muss nur daran glauben und so lange danach suchen, bis man sie findet. Das ist das große Geheimnis des Lebens, über das ich an jenem Tag stolperte.

Das Rezept verschwimmt vor meinen Augen. Ich lege die Karte auf ein Kissen und betrachte sie einen Moment liebevoll. Zärtlich flüstere ich »Lieber Andrew« und hauche einen Kuss in die Luft.

Kurz darauf verlasse ich selbstsicher und aufrecht seine Wohnung und atme den wohltuenden Abendwind ein.

Danksagung

Zuallererst danke ich meiner Lektorin Linda McFall und meiner Agentin Liza Dawson, die von Anfang an von dem ehrgeizigsten Romanprojekt, das ich je unternommen habe, begeistert waren und mir unschätzbare Hilfe geleistet haben.

Barbara Galvin, Diana Stadlmueller, Diane St. Marie und Karen Bell danke ich für ihre Sachkenntnis und dafür, dass sie sich so viel Zeit für mich genommen haben.

Auch Jim Molnar und Laura Fine-Morrison haben mir sehr geholfen.

Für die Beantwortung all meiner Fragen möchte ich auch Leslie McKey, Masako Seikimoto, Renee Mroczek (der auch die ersten Kapitel gelesen hat), Greg Smith und Genjo Marinello Osho danken.

John Keegan und Alice Peppler möchte ich meinen Dank für ihre Anregungen aussprechen, sowie dafür, dass sie sich die Zeit genommen haben, ein paar Seiten zu lesen.

Besonderer Dank gilt Jim Frey und den »Freyers«, die die Entstehung des Buches miterlebt haben. Ebenso Barbara McHugh.

Ich fand die Informationen in Buddhism: Japan's Cultural Identity *von Stuart D. B. Picken sehr hilfreich und habe mich häufig darauf bezogen.*

Am allermeisten danke ich meinem Mann Tom Kirchner – für seine Liebe und seine uneingeschränkte Unterstützung.